DONGSUH MYSTERY BOOKS 154

眼の壁
너를 노린다
마쓰모토 세이초/문호 옮김

동서문화사

옮긴이 문호(姜英吉)
조선대학교 정치외교학과 졸업. 미육군성 기갑학교 수학, 미육군성 행태과학연구소 연구관 역임. 옮긴책 와일드《행복한 왕자》디킨즈《크리스마스 캐럴》암스트롱《작은 독약병》등이 있다

DONGSUH MYSTERY BOOKS 154
너를 노린다
마쓰모토 세이초 지음/문호 옮김
초판 발행/1977년 12월 1일
중판 1쇄/2004년 8월 1일
중판 5쇄/2006년 4월 1일
발행인 고정일/발행처 동서문화사
창업 1956. 12. 12. 등록 16-345(윤)
서울강남구신사동 540-22 ☎ 546-0331~6 (FAX) 545-0331
www.epascal.co.kr

*

이 책의 출판권은 동서문화사(동판)가 소유합니다.
의장권 제호권 편집권은 저작권 법에 의해 보호를 받는 출판물이므로
무단전재와 무단복제를 금합니다.

편찬·필름·제작 일체 「동판」 자본으로 이루어짐에 따라
출판권 소유권자 「동판」에서 제조출판판매 세무일체를 전담합니다.
사업자등록번호 211-90-02201
ISBN 89-497-0250-9 04800
ISBN 89-497-0081-6 (세트)

너를 노린다
차례

도쿄역 1·2등 대합실 …… 11
자살 …… 40
바 레드문 …… 72
살인자 …… 102
납치 …… 133
프로와 아마추어 …… 162
수사의 눈 …… 192
미노지 작은 거리에서 …… 221
수사전진 …… 248
중앙알프스에서 피살 …… 277
호반에서 목맨 사나이 …… 312
나무상자와 마대 …… 343
죽음의 비등 …… 373

사회파 미스터리의 탄생 …… 401

도쿄역 1·2등 대합실

1

6시가 지났는데도 과장은 제자리로 돌아오지 않았다. 1시간 전에 전무실엘 갔는데 아직까지 소식이 없다. 전무는 영업부장을 겸하고 있지만 그의 방은 회계과와는 떨어져 있었다.

창문으로 비치는 햇살도 약해졌고 하늘에는 황혼녘 어스름이 뿌옇게 물들어왔다. 실내에도 노을빛이 스며들어오고 있었다. 여남은 되는 직원들은 책상 위에 장부를 펼쳐놓고 있기는 했지만, 그것은 그저 바라다보기 위한 것에 지나지 않았다. 5시 퇴근 시간을 지나 다른 과는 두서너 명 남아 있을 뿐이었다. 그래서 이 회계과만이 마치 바다의 섬처럼 동그마니 남아들 있었는데, 사람들의 표정은 하나같이 모두 피곤에 지친 듯이 보였다.

차장인 하기자키 다쓰오(萩崎龍雄)는 아무래도 과장의 얘기가 좀더 길어지나보다 생각했다.

"과장은 늦는 모양이니, 그만 정리하죠……."

그가 말을 꺼내자 모두들 기다렸다는 듯이 생기를 회복하고 책상 위를 정리하기 시작했다.
 직원들은 저마다 스탠드를 끄고 인사를 했다.
 "먼저 실례합니다."
 그들의 등은 거리의 밝은 빛을 조금이라도 빨리 받으려는 듯 서둘러 사무실을 빠져나갔다.
 "하기자키 씨는 좀 더 계시겠어요?"
 그들 중 누군가가 지나는 말로 물었다.
 "네, 조금만 더……."
 다쓰오는 대답했다.
 넓은 방에 켜진 오직 하나의 스탠드 불빛 속에 담배연기가 천천히 피어오른다.
 다쓰오는 과장이 하고 있을 일을 상상하고 있었다. 거액의 어음을 결제할 날이 바로 내일이다. 게다가 봉급날까지 겹쳤다. 예금 잔고나, 내일 입금될 돈을 계산에 넣더라도 6천만 원가량이 부족하다. 어음 결재는 물론, 봉급날을 연기할 수도 없다.
 이 쇼와(昭和)전기제작소는 공장과 지점을 합쳐서 5천 명의 직원이 있었다. 하루라도 월급을 늦추게 되면 노동조합에서 가만 있지를 않을 것이다.
 회계과장인 세키노 도쿠이치로(關野德郎)는 어제부터 자리에 붙어 있질 못했다. 월말에는 입금될 것이 있지만, 그때까지의 공백을 메울 자금을 조달하느라 바삐 뛰어다니고 있는 것이다. 과장은 그런 거래상의 전화통화는 자기 자리에서 절대 하지 않았다. 다른 과에서 알게 되면 곤란한 점도 있긴 했지만 그는 회계과 직원은 물론, 차장인 다쓰오에게조차 정식으로 털어놓고 이야기한 적이 없었다. 따라서 그런 일엔 모두 전무실의 전화를 썼고, 전무와 둘이서만 의논을 했다.

지금까지도 종종 그래왔지만, 이번엔 아무래도 은행 대출이 잘 안 되는 모양이었다. 회사는 거래 은행에서 빌려온 돈이 약 1억 원가량 있는데 아직 갚지 못했다. 은행에서는 재대출을 거절하는 모양이었다. 그래서 과장은, 어제부터 다른 금융사를 알아 보느라고 자리에 붙어 있지 못했던 것이다. 그것은 다쓰오도 알고 있었다.

그런데 오늘 이렇게 늦게까지 전무실에 남아 있는 걸 보면 분명 그 일이 잘 안 된 모양이다. 하기는 봉급과 어음 결재가 내일로 다가왔으니, 전무나 과장도 무척 초조할 것이다.

'과장도 고생이 많군.'

선량한 성품의 세키노 과장이 이마에 비지땀을 흘리면서 기를 쓰고 노력하고 있다고 생각하니, 하기자키 다쓰오는 먼저 돌아갈 수가 없었다.

바깥은 어두워져서, 창문에는 벌써 네온 불빛이 비치기 시작한다. 벽에 걸린 전자 시계를 보니, 7시 10분이었다.

다쓰오가 담배를 한 개비 더 꺼내 물고 막 불을 붙이려는데 구둣소리를 내면서 세키노 과장이 들어왔다.

"오, 하기자키 씨는 아직 있었군그래?"

과장은 외로이 혼자 앉아 있는 다쓰오를 보고 말했다.

"미안하네. 어서 퇴근하게."

과장은 책상 위를 서둘러 치우면서 말했다.

"잘됐습니까?"

다쓰오가 물었다. '잘됐습니까?' 하는 것은 이심전심으로 통하는 말이었다.

"응."

세키노 과장은 이렇게 간단히 대답했는데 어딘가 힘이 있는 듯한 대답이었다. 그래서 다쓰오는 정말 잘된 모양이구나 하고 은근히 기뻐했다.

과장은 비쩍 마른 등을 돌리고, 옷걸이에서 바바리코트를 내려 입다가 갑자기 무슨 생각이 난 듯 다쓰오 쪽을 향해 물었다.

"하기자키, 자네 오늘 무슨 약속이라도 있나?"

"아니, 별일 없습니다만……."

"자네, 집이 아사가야(阿佐ヶ谷)였지?"

"그렇습니다."

"주오선(中央線)을 타겠구먼, 마침 잘됐어. 8시 조금 지나 도쿄역에서 사람을 좀 만나기로 했는데, 그때까지 나하고 같이 시간을 좀 보내지 않겠나?"

"네, 그러지요."

다쓰오는 이미 늦기도 했을 뿐더러 과장의 노고를 위로하는 뜻에서 선뜻 승낙을 했다. 둘은 경비원만 남아 있는 어두운 방을 어깨를 나란히 하고 나왔다. 전무는 벌써 돌아간 모양인지 자가용이 뜰에 없었다.

바깥으로 나오자 둘은 도바시(土橋)에 가까운 니시긴자(西銀座)에 있는 대폿집으로 들어갔다. 회사 근처 옆골목에 있어서 자주 들르는 집이다.

아주 비좁은 집으로 벌써 사람들이 들끓고 있었다. 담배연기 속으로 희미하게 두 사람을 보자, 마담은 웃는 얼굴로 미안하다는 표정을 지으며 손님 자리를 좁혀 테이블 한쪽에 둘이 앉을 의자를 마련해 주었다.

다쓰오는 하이볼 컵을 들고 과장의 컵에다 대는 시늉을 했다. 과장의 건투를 바라는 뜻에서였다.

"참 다행이로군요."

다쓰오는 나직이 작은 소리로 말했다.
"응, 그저 뭐……."
과장은 약간 눈을 가늘게 뜨고 눈꼬리에 주름을 지어 보였다. 그러고는 곧 그 눈은 손에 든 컵에 담긴 하얀 액체를 응시했다. 다쓰오는 그 모습을 보자 이상한 생각이 들었다. 과장은 긴장하고 있는 것이다. 그 시선은 긴장하고 있을 때 이 사람이 곧잘 하는 버릇이었다.

과장의 일은 아직 끝나지 않았다. 이제 닥쳐올, 신경을 써야 할 일을 기다리고 있는 것이다. 그렇게 생각하니 도쿄 역에서 사람을 만나야 한다는 과장의 말이 생각났다. 그것이 당연한 대출자금 문제와 관련되어 있다는 것은 쉽게 추측할 수 있었다. 아마 과장의 저 눈은 아직 안심할 상태가 아니라는 것을 말하고 있는 것이리라.

그러나 다쓰오는 자세한 내용을 물을 수는 없었다. 상사인 과장이 전무와 상의해서 하고 있는 일이니만큼 차장인 그로서는 꼬치꼬치 물을 만한 일이 못 된다. 대체적인 내용은 짐작으로 알고 있지만, 자세한 내용은 귀띔조차 들은 바 없기 때문에 정식으로 물을 수도 없다. 다쓰오는 그런 모호한 입장이었던 것이다.

다쓰오는 그런 것에 대해서 별로 불만을 품지는 않았다. 그가 차장이 된 것은 작년이었고, 그는 올해 스물아홉이라는 젊은 나이다. 승진이 빨라서 모든 사람의 선망의 대상이 되어 있지만, 그것이 반감으로 바뀌지 않도록 하기 위해서 그는 당분간 조심성 있게 근무할 작정이었다. 소문으로는 여러 가지 말이 있었지만, 그로서는 전무가 밀어주고 있는 것 같다는 생각 외에는 자기가 승진할 만한 아무런 이유도 없다고 생각하고 있었다.

얼굴이 동그란 마담이 이중턱 위에 크게 입을 벌려서 웃음을 담고, 그들이 있는 곳으로 왔다.

"자리가 좁아서 미안합니다."

다쓰오는 마담과 가벼운 농담을 주고받으면서 자연스럽게 과장의 입을 열게 해봐야겠다고 마음먹었다.

과장은 때때로 한마디씩 하면서 웃기는 했지만 마음을 놓지는 않는 모양이었다. 여전히 눈에 보이지 않는 긴장이 그를 억눌러 자유로운 기분을 막고 있었다. 그는 때때로 손목시계를 들여다보곤 했다.

"자, 그럼 나가볼까?"

이윽고 과장이 말했다. 8시가 가까워지고 있었다.

봄이 다가옴에 따라 초저녁 긴자의 뒷거리는 사람들로 붐비기 시작했다.

"날씨가 꽤 풀렸군요."

다쓰오는 과장의 기분을 맞추려고 말을 꺼냈는데, 과장은 그 말에는 대답도 없이 지나는 택시를 세우더니 먼저 올라탔다.

차창 밖으로 번화한 거리의 불빛이 몰려갔다. 불빛이 과장의 옆얼굴을 밝게 비추고는 사라졌다. 마치 과장 마음속의 동요를 나타내고 있는 것 같았다.

6천만 원이라는 현금 지급일이 내일로 다가오고 있다. 지금 과장은 그 현금을 마련하느라 필사적으로 노력하고 있는 것이다. 그는 두 손을 코트 주머니에 깊숙이 찌르고, 눈은 정면 운전대 앞 유리를 주시한 채 꼼짝 않고 있었다. 차창에는 마루노우치 일대의 높고 어두운 건물이 스쳐가고 있었다.

'과장자리도 수월치는 않구나.'

다쓰오는 새삼스레 그렇게 생각했다.

그는 일부러 담배를 피워 물었다.

"일은 늦게야 끝날까요?"

그 말에 과장은 나직이 대답했다.

"글쎄……."

그 말 속에도 뭔가 종잡을 수 없는 막연한 것이 있는 듯했다.

"과장님 댁에도 오랫동안 찾아뵙지 못했군요."

다쓰오가 또 말했다.

"조만간 한번 와 주게. 집사람도 잘 있느냐고 묻더군."

긴자역에서 도쿄 역에 도착하기까지 10분간, 그들이 주고받은 말은 이것뿐이었다. 다쓰오가 그렇게 애를 써도, 조금도 풀리지 않는 침울한 분위기였다.

택시가 역 주차장에 멎었다.

과장은 앞서서 역 구내로 들어갔다. 혼잡한 역 구내의 어수선한 분위기가 액체처럼 그의 몸을 감싸 흔든다. 과장은 왼쪽으로 갔다. 유리문이 내부의 밝은 빛을 비치고 있었다. 1·2등 대합실이었다. 과장은 문을 열고 다쓰오를 뒤돌아 보았다.

"여기서 사람을 만나기로 했어."

"그럼, 전 여기서 그만 돌아갈까요?"

다쓰오가 그렇게 말했다.

"글쎄……."

과장은 새삼 다시 안을 둘러보고 나더니 말했다.

"아직 안 왔나 보군. 올 때까지 잠깐 앉아 있다 가게나."

그들은 안으로 들어섰다.

대합실은 외부와 차단되어 있는 넓은 방이었다. 파란 쿠션의 의자가 테이블을 중심으로 줄지어 놓여 있었다. 넓은 벽 공간에는 일본 명소들의 부조가 걸려 있었는데 지명 표기가 로마 글자로 되어 있었다. 역 대합실이라기보다는 넓은 로비와 같은 느낌을 주는 곳이었다.

 외국인도 많이 있었다. 군복을 입은 군인들이 떼를 이루어 떠들고 있다. 어린이를 데리고 앉아 있는 부부도 있었다. 창구에 기대 뭔가를 묻고 있는 사람들도 있었고, 의자에 앉아서 신문을 읽고 있는 사람도 있었다. 그런 외국인들은 모두 커다란 가방을 옆에 놓고 있었다.

 일본인은 일행 세 사람이 한패가 되어 수군수군 작은 소리로 이야기를 주고받고 있을 뿐이다.

 과장은 벽 쪽에 놓인 의자에 앉았다. 다쓰오도 그 옆에 나란히 앉았다. 의자마다 작은 사이드 테이블이 놓여 있었다.

 다쓰오는 과장이 기다리는 사람은 여행자가 아닐까 하고 생각했다. 그래서 도쿄 역에서 기차를 타려는 그를 기다리기로 한 모양이라고 짐작했다.

 "화려한 대합실이군요."

 다쓰오가 말했다. 외국인 전용 대합실로 잘못 생각할 정도였다.

 문을 밀고, 일본 사람 둘이 들어왔다. 그러나 과장은 그대로 앉아 있었다. 기다리는 사람이 아닌 모양이었다.

 다쓰오는 테이블 위에 놓인 미국 사진잡지를 집어들고 한 장씩 들춰보았다.

 두서너 장 보고 있을 때, 과장이 일어났다. 다쓰오는 과장의 초라한 뒷모습을 바라보았다.

 과장은 비교적 느린 걸음으로 무늬가 있는 플로어를 걸어갔다. 그러고는 저쪽의 KYOTO라고 돋을새김을 한 벽 아래 서서 누군가에게 허리를 굽혀 인사를 했다.

 순간, 다쓰오는 약간 놀랐다. 과장 앞에는 지금 막 들어온 두 사람의 남자가 앉아 있었던 것이다. 그러면 과장은 그들이 들어올 때는 보지 못했단 말인가? 아니면 얼굴을 모르는 사람이었단 말인가?

두 남자 중 한 사람은 이쪽으로 등을 돌리고 있고, 또 한 사람은 옆으로 앉아 있었다. 거리는 꽤 떨어져 있었지만, 다쓰오가 본 그 사나이의 옆얼굴은 마흔쯤 되어 보였다. 그는 짧게 깎은 머리에 붉은 볼이 불룩했고, 검은 금속테 안경을 쓰고 있었다.

그들도 과장을 보자 의자에서 일어나 인사를 했다. 등을 이쪽으로 돌리고 있는 사람이 가장 정중해 보였다. 그 사나이는 마주 서 있는 과장에게 앉으라는 손짓을 하고 의자에 앉았다.

다쓰오는 거기까지 보고 일어났다. 그때 마침 이쪽을 바라다본 과장에게 다쓰오는 가볍게 고개를 끄덕이며 인사를 했다. 과장도 그에 답해서 고개를 끄덕였기 때문에 붉은 얼굴의 사나이도 다쓰오 쪽을 바라보았다. 안경이 번쩍였다. 저쪽을 향하고 앉아 있는 사나이는 등을 돌린 채 한 번도 이쪽을 뒤돌아보지 않았다.

다쓰오는 입구를 향해서 천천히 걸어갔다.

그때 그는 유리문 저쪽에 서 있는 한 여자의 모습을 보았다. 아직 쌀쌀해서인지 여자는 검은색 양장을 하고 있었는데 하얀 얼굴을 유리문에 밀착시키듯 하면서 안쪽을 들여다보고 있었다. 전등 빛이 유리에 반사되어서 여자의 얼굴과 모습을 똑똑히 볼 수 없었지만, 그 자세로 보아 안에 있는 사람을 엿보고 있는 것 같았다.

다쓰오가 좀더 자세히 보려 했을 때, 갑자기 여자의 모습이 사라져 버렸다. 그건 마치 다쓰오가 걸어 나오는 바람에 그 여자가 그 자리를 떠났다고 생각할 수도 있는 그런 상황이었다.

다쓰오는 큰 걸음으로 문을 열고 나갔다. 그러나 바깥에는 많은 사람들이 오가고 있었고 그중엔 검은색 양장을 한 여자도 많이 있어 도저히 방금 전 여자를 찾아낼 수 없었다.

그 여자는 단순한 호기심에서 1·2등 대합실을 들여다보고 있었던 것일까, 아니면 누구를 보고 있었을까? 다쓰오는 걸으면서 그런 생각을 했다. 누구를 보고 있었던 것이 아니라 누군가를 지켜보고 있었던 것은 아니었을까?
"이상한데……."
 다쓰오는 의심쩍은 기분으로 주오선의 2번 홈 계단을 올라갔다.

2

 11시 20분, 회계과장 세키노 도쿠이치로는 전화를 받았다.
"호리구치 씨라는 분에게서 전화가 왔습니다."
 교환수의 목소리가 들렸다.
"세키노 씨입니까?"
 남자의 목소리가 들려왔다.
"그렇습니다. 호리구치 씨입니까? 어젯밤엔 실례했습니다."
 세키노의 목소리에는 기다리고 있었다는 기분이 배어 있었다.
"천만의 말씀, 그런데 저쪽에 이야기를 해놓았습니다. 곧 와주세요, 저는 T회관에서 기다리겠습니다. 그릴에 있을 테니까요."
 상대편의 목소리는 약간 목이 쉰 듯한 소리였다.
"T회관이지요?"
 세키노가 다시 확인하자, 저쪽은 그렇다고 대답하고 전화를 끊었다.
 세키노는 수화기를 놓고, 차장인 하기자키 다쓰오를 보았다. 그러자 장부를 보다가 고개를 든 다쓰오의 시선과 마주쳤다. 다쓰오의 눈은 전화의 내용을 알고 있다는 빛이었다.
"하기자키, 현금을 받아올 준비를 해주게."
 세키노의 목소리에는 이제야 겨우 한숨 돌렸다는 안도감이 넘쳐 있었다.

"큰 놈으로 세 개면 될 거야……."

과장은 듀랄루민제 대형 트렁크를 말하고 있는 것이다. 이 회사에서는 은행에서 현금을 찾아올 때는 늘 그 트렁크를 사용했다. 다쓰오는 10만 원 묶음 3백 개 정도의 부피를 재빨리 머리에 떠올리면서 물었다.

"은행은 어디지요?"

"R상호은행 본점."

세키노 과장은 정확한 발음으로 말했다.

"내가 전화를 할 테니, 차에 두서너 사람 태우고 그리로 가주게."

"알겠습니다."

다쓰오의 대답을 듣자 세키노는 자리에서 일어났다.

그는 양복 안주머니를 확인하듯 손으로 눌러보았다. 거기에는 봉투가 있었고, 봉투 속에는 3천만 원의 금액을 기입한 약속어음이 들어 있었다. 아침부터 준비하고 있었던 것이다.

세키노는 외투를 집어들고 전무실로 갔다. 전무에게는 손님이 와 있었지만 세키노의 얼굴을 보자 의자에서 일어나 이쪽으로 걸어왔다. 전무는 체구가 왜소한 사람으로 키가 세키노의 어깨 정도밖에 안 되었다. 그는 한쪽 손을 바지에 찌른 채 낮은 소리로 말했다.

"됐나?"

태연한 표정이기는 했지만 그도 매우 걱정하고 있었던 모양이다.

"방금 전화가 있었습니다. 곧 다녀오겠습니다."

세키노도 작은 소리로 그렇게 말했다.

"다행이구먼. 그럼 다녀와요."

세키노는 전무가 손님이 앉은 쪽으로 가는 것을 곁눈질해 보면서 방을 나왔다.

회사에서 T회관까지는 차로 5분 정도밖에 안 되는 거리다. 따사로운 햇빛이 빌딩이 늘어 선 거리에 밝게 비치고 있었다. 세키노는 앞에서 달리고 있는 관광버스의 창문으로 보이는 승객들의 뒷모습을 멍청한 시선으로 바라보았다. 정말 봄이 온 듯한 느낌이 들었다.

세키노가 T회관의 빨간 주단 위를 걸어서 지하 그릴로 들어서자 의자에 몸을 굽히고 앉아 신문을 보고 있던 한 사나이가 신문을 놓고 서둘러 일어났다.

약간 긴 얼굴, 가늘게 뜬 눈, 곧은 콧마루의 사나이였다. 그러나 두꺼운 입술은 긴장이 풀린 듯 무표정했다. 세키노가 어젯밤 도쿄 역 1·2등 대합실에서 만났던 호리구치 지로(堀口次郎)라는 사나이였다.

"어젯밤에는 실례했습니다."

호리구치는 머리를 숙였다.

의자에 앉자 호리구치는 세키노에게 담배를 권했다. 생김새와는 달리 붙임성 있는 사나이였다. 웨이터가 커피를 가져왔다. 호리구치는 담배연기를 천천히 내뿜으며 말했다.

"지금 막 은행에 전화를 했는데, 지금 잠깐 외출 중이라는군요. 잠깐 여기서 기다립시다."

세키노는 순간, 좀 이상한 느낌이 들었다. 그러나 다음 순간 시간이 염려되었다. 현금을 받아가지고 회계과 직원들이 전부 달라붙어 월급봉투에 액수대로 현금을 넣는 작업시간을 뇌리에서 반사적으로 계산하고 있었던 것이다. 시계를 보니 벌써 12시가 가까워져 있었다. 점심을 먹으러 나갔다면 시간이 걸릴는지도 모른다.

"아마 곧 들어올 겁니다."

호리구치가 세키노의 걱정을 눈치챈 듯 말했다.

"연락하라고 했으니 30분쯤 있으면 돌아올 겁니다. 바쁘신가요? 잠깐 기다려 보세요"

"미안합니다."

세키노는 쓴웃음을 지었으나 마음은 가라앉았다.

"그보다도 세키노 씨."

호리구치는 정색을 하고 다가앉으며 얼굴을 세키노 쪽으로 가까이 했다.

"제가 받는 것은 틀림없겠죠?"

속삭이는 듯한 어조였다. 약간 쉰 듯한 목소리였지만 또렷한 발음이었다.

"20만 원의 사례금 말이지요? 알고 있습니다. 약속대로 지키겠으니 염려하지 마시오."

세키노도 작은 소리로 대답했다.

"고맙습니다."

"오야마(大山) 씨를 납득시키는 데 아주 애를 먹었어요. 액수가 좀 많아야죠. 그래서 오야마 씨도 처음엔 안 된다는 거예요."

"그러시겠지요."

세키노는 고개를 끄떡였다. 그 말도 무리가 아니라고 생각했다. 오야마 오시오(大山利雄)라는 사람은 바로 이제부터 그들이 만날 상대이다. 그가 R상호은행의 상무이사라는 것은 이미 명부를 조사해서 알고 있었다

"애쓰신 덕분입니다."

"아니에요. 댁의 회사가 탄탄하기 때문이죠. 아무리 뒷이자를

따로 받는다고 해도 위태로운 데는 돈을 내지 않아요. 그런 건 문제가 안 되었는데 금액이 좀 커서요."
"그래서 아무 데서도 돌릴 수가 없었던 겁니다."
세키노는 '아무 데'라는 단어에 힘을 주어, 1류급의 거래은행이라는 뜻을 상대편이 알아듣도록 했다.
"이달 30일까지 20일의 기간입니다. 판매에서 들어올 돈과 큰 거래회사인 탄광에 들어간 돈이 나오게 돼 있습니다. 실은 6천만 원 정도 부족했지만 3천만 원은 다른 데서 돌려왔어요. 정말로 입체자금이 없어서 그런 것이니 저쪽에서는 그다지 염려하지 않아도 됩니다."
"네, 알고 있습니다. 내가 잘 이야기했습니다. 게다가 저쪽에서도 뒷이자를 받게 되니 불만이 있을 리 없죠. 장산데요 뭐, 탄탄한 회사라면 돈을 돌려준다는 건 당연한 일이죠."
호리구치는 말을 마치자 얼굴을 바로 하고 말했다.
"어떻습니까? 요즘 탄광의 경기가 좋다던데요."
그는 예사로운 말투로 세상 돌아가는 이야기를 하기 시작했다.
"그렇습니다. 팔리기도 잘할 뿐더러 지불도 빨라서 괜찮지요. 우리 회사에서는……."
세키노가 이야기를 하고 있을 때, 웨이터가 조심스럽게 다가왔다.
"호리구치 씨라는 분……."
"나야."
"전화가 왔습니다."
호리구치는 자리에서 일어나 세키노를 내려다보며 말했다.
"오야마 씨일 겁니다. 돌아오신 모양이군요."
세키노는 호리구치가 전화를 받으러 가는 것을 보며, 또 자기

가슴을 손으로 눌러보았다.
　호리구치는 곧 웃음을 띠고 돌아왔다.

　잠시 뒤 그들이 탄 차는 니혼바시(日本橋)에 있는 R상호은행 본점 앞에 섰다. 증축한 지 얼마 안 되는 그리스식의 굵은 기둥이 햇빛을 받아 하얗게 반짝거렸다.
　두 사람이 차에서 내리자 머리를 깨끗이 갈라 빗고 안경을 낀 젊은 사람이 기다리고 있다가 호리구치를 보고 가까이 왔다.
　"호리구치 씨죠? 상무님께서 기다리고 계십니다."
　젊은이는 정중하게 머리를 숙였다. 차림새가 은행원답게 깨끗하고 말쑥한 남자였다.
　"안내하겠습니다."
　젊은이는 절도 있는 태도로 앞서서 건물 안으로 들어갔다.
　천장이 높아서 광장처럼 넓은 공간에는 무수한 책상과 사람들이 정연하게 들어앉아 있었다. 책상마다 많은 형광등 스탠드들이 불을 밝히며 질서정연하게 배열되어 있었다.
　처음 오는 사람이라면 이 건물 속에 한 걸음 발을 들여놓자마자 대번에 이 위압적인 느낌을 주는 은행 특유의 질서에 압도되지 않을 수 없을 것 같았다. 손님들로 붐비는 대리석 바닥을 지나 젊은 은행원은 호리구치와 세키노를 응접실로 안내했다. 흰 커버를 씌운 네 개의 의자가 응접실 테이블을 둘러싸고 있었다. 테이블 위에는 온실에서 가꾼 튤립이 꽃병에 꽂혀 있었다.
　"곧 상무님을 모시고 오겠습니다."
　은행원은 다시 고개를 숙이고, 들어온 문으로 서둘러 나갔다.
　두 사람은 의자에 앉았다. 호리구치는 접대용 담배를 한 개비 빼서 피우며 나타날지 모르는 오야마를 기다리는 데 신경을 썼다.

입구와 반대쪽 문의 유리에 사람 그림자가 어렸다. 이어 누군가 가볍게 노크를 했고 문이 열렸다. 호리구치는 허겁지겁 담배를 재떨이에 비벼 껐다.

들어온 사람은 얼굴이 약간 붉고 몸집이 큰 사나이였다. 백발이 은빛처럼 빛나는 것은 충분한 손질을 한 증거였다.

스카치더블 차림이 큰 몸집에 잘 어울렸다. 그는 흰 이를 드러내고 유쾌하게 웃었다. 호리구치와 세키노는 동시에 일어났다.

"야아."

오야마 상무는 호리구치 쪽을 향해서 우선 입을 열었다.

"어제는 실례가 많았소."

침착하며 함축성 있는 어조였다.

"오히려 제가 실례했습니다."

호리구치는 책상 위에 두 손을 집고 머리를 숙였다. 옆에서 보고 있는 세키노는 그 인사의 내용을 짐작할 수 있었다.

호리구치는 세키노를 잠깐 보고 나서 상무에게 말했다.

"말씀드린 쇼와 전기제작소의 세키노 회계과장입니다."

그리고 세키노에게는 "오야마 씨입니다" 하고 소개했다. 세키노는 명함을 꺼내주면서 정중하게 머리를 숙였다.

"세키노라고 합니다. 이번엔 매우 무리한 부탁을 올려서······."

"원 천만에요."

상무는 여전히 붉은 얼굴에 웃음을 띠며 세키노의 명함을 받았다.

"직원에게 지시를 하고 오겠습니다. 호리구치 씨, 이따가 내게로 오시지요."

상무는 호리구치 쪽을 보았다. 호리구치는 알았다는 듯이 머리를 숙였다. 상무는 일어나서 그 커다란 등을 돌리고 밖으로 나가

버렸다. 5분도 채 걸리지 않았다. 뒷이자를 따로 주기로 한 3천만 원의 어음 할인은 이상하다고 할 만큼 쉽사리 해결되었다.

"대단한 위인인데요. 관록이 있습니다."

호리구치는 상무가 사라진 쪽 문을 바라보면서 말했다.

"오야마 씨가 당신에게 명함을 주지 않는 것은 뜻이 있어서 그랬을 겁니다. 그도 그럴 것이 은행으로서도 약간 꺼림칙한 거래니까요. 하기야 어느 은행에서나 뒷구멍으론 하고 있는 것이기는 하지만 그래도 중역으로서는 여러 가지 생각이 많을 겁니다."

세키노는 고개를 끄덕였다. 그럴는지도 모른다. 어쩌면 오야마 상무는 이 뒷이자를 받아서 자기 개인의 몫으로 처리할지도 모른다. 하기는 뒷이자를 누가 먹든 이쪽은 현금으로 바꾸기만 하면 그만이다.

"그럼 세키노 씨."

호리구치가 피우고 있던 담배를 재털이에 비벼 끄면서 말했다.

"어음을 주실까요? 오야마 씨에게 가지고 가야겠습니다."

세키노는 안주머니에 손을 넣었다. 그는 안주머니 단추를 끄르면서 순간적으로 약간의 불안을 느꼈다. 그러나 쓸데없는 걱정이라고 그것을 뿌리쳤다. 무슨 걱정이 있단 말인가? 은행원에게 안내되어 들어온 은행 응접실이다. 오야마 상무도 만났다. 그 모든 것은 이 호리구치의 노력에 의한 것이다. 불안하게 생각하고 있다는 것을 호리구치에게 눈치채여 괜히 불쾌하게 해서는 안 된다. 그는 그렇게 생각했다. 돈은 꼭 필요하다. 여기서 거절당한다면 어떻게 될 것인가. 전무를 비롯해서 5천 명이나 되는 종업원이 기다리고 있는데……. 세키노는 자기 책임이 얼마나 중대한지 절실히 통감했다.

그는 흰 봉투를 꺼냈다. 그러고는 약간 떨리는 손 끝으로 안에 든 것을 끄집어냈다.

"여기 있습니다."

쇼와 전기제작소 발행의 액면 3천만 원짜리 어음이었다.

"아, 네에."

호리구치는 눈도 한번 깜짝하지 않고, 무감하게 그것을 받아들었다. 그러고는 눈을 가늘게 뜨고 금액이 씌어 있는 곳을 힐끗 훑어보더니 자리에서 일어났다.

"맞습니다. 그럼, 현금 찾는 수속을 하고 오겠습니다. 잠깐 여기서 기다리십시오."

그는 한쪽 손에 어음을 그대로 든 채 안쪽 문으로 나갔다. 입구 문으로 나가지 않고 오야마 상무가 출입한 안쪽 문으로 나간 것이 세키노의 불안을 어느 정도 덜어 주었다.

세키노는 곧 현금을 받을 준비를 해야겠다고 생각했다. 그래서 응접실의 한쪽 구석 탁자에 놓인 수화기를 들고 자기 회사를 바꿔 달라고 했다.

수화기에선 하기자키의 목소리가 들려왔다.

"과장님이시죠?"

"음, 이제 겨우 돈을 받게 됐네. 곧 준비해서 차를 보내 주게."

"알았습니다."

수화기를 놓고 세키노는 의자로 돌아왔다. 담배를 한 개비 뽑아서 불을 붙이고 천천히 연기를 내뿜었다. 약간 마음이 놓였다. 그러나 돈다발을 보기 전에는 아직 불안한 마음이 완전히 가라앉지 않을 것 같았다. 그는 그런 기분 속에 담배를 한 대 다 태웠다. 그리고 나서도 10분은 지났을 것이다.

'수속에 시간이 이렇게 걸리나?'

이렇게 생각하고 담배를 한 대 더 붙여 물었다. 시간이 흐름에 따라 가라앉았던 마음이 다시 무너지기 시작하는 것을 그는 느꼈다. 초조한 불안이 뱃속 저 끝에서부터 끓어오르고 있었다.

그는 의자에 앉아 있을 수가 없어서 일어났다. 그리고 기름이 누렇게 젖은 마룻바닥을 또닥또닥 두서너 바퀴 돌았다. 담배를 태울 마음의 여유도 이미 없었다. 그는 탁상에 놓인 튤립을 찬찬히 들여다보았다. 빨간 꽃잎이 그의 불안을 한층 더하게 했다. 30분이 지났다.

세키노는 응접실을 뛰쳐나왔다.

거기에는 좀전에 본 그 위압적인 느낌의 사무실이 있었다. 모든 은행원은 하나같이 모두 질서정연하게 책상 앞에 앉아 있었다. 계산기 앞에 앉은 은행원도 있었다. 창구에서는 지폐를 부채처럼 벌리고 여자 은행원이 금액을 헤아리고 있었다. 그 앞에서 손님들은 조용히 기다리고 있었다.

세키노는 거울처럼 그림자가 비치는 대리석 카운터에 팔굽을 짚고 상반신을 앞으로 내밀어 은행원에게 성급히 말했다.

"상무이신 오야마 씨를 좀 만나게 해주시오."

은행원은 펜을 손가락 사이에 낀 채, 얼굴을 돌리고 친절하게 대답했다.

"오야마 상무는 닷새 전부터 홋카이도(北海道)에 출장중이십니다. 앞으로 일주일쯤 지나야 오십니다."

세키노 도쿠이치로는 갑자기 눈앞이 캄캄해져서 아무것도 눈에 들어오는 것이 없었다. 주위의 정경이 흔들리면서 기울어졌다. 세키노가 괴상한 소리를 지르는 바람에 거기 있었던 4, 5명의 은행원이 깜짝 놀라서 일어났다.

3

"그것은 말예요, 어음 사기꾼이 한 짓입니다. 할인된 어음을 맡아가지고, 달아나는 날치기를 말하지요. 외국에서는 빌 이터라고 하는데 흔히 있는 사기예요."

몸집이 작은 사나이가 의자에 앉아서 빠른 어조로 설명했다.

그날 밤, 쇼와 전기제작소의 중역실은 모든 사원이 퇴근한 뒤에도 전깃불이 켜져 있었다.

중역회의 참석자는 사장과 전무 그리고 상무뿐이었다. 이른바, 최고 간부들만의 회의였다. 그 밖에는 세누마(瀨沼)라는 회사 고문 변호사와 회계과장인 세키노 도쿠이치로가 있었다.

세키노 과장은 백지장처럼 창백한 표정으로 고개를 떨구고 있었다. 사고력이 이미 그의 머릿속에서 사라져 버린 것 같았다. 지금까지 입술을 떨면서 낮에 있었던 사건 경과를 대충 설명했지만, 꿈속에서 말하고 있는 듯한 인상이었다. 3천만 원의 어음이 눈 깜박할 사이에 그의 손에서 사라져 버린 것이 아무래도 현실처럼 생각되지 않는 모양이었다. 너무나 어처구니없고 너무나 엄청난 사실 앞에 그는 정신을 차릴 수가 없었던 것이다.

머릿속은 진공 상태였다. 귀에서는 쉴새없이 왱왱거리는 소리가 들려왔다. 그는 '이것이 어젯밤 꿈이 계속되는 것이라면 얼마나 좋을까'라는, 그가 젊었을 때 읽은 외국 소설의 한 구절을 머리에 떠올리고 정신없이 그 말을 거듭 생각하고 있었다.

"세누마 씨."

전무가 변호사를 보며 말했다. 그 말도 세키노의 뒤에는 멀리서 들려오는 듯했다.

"은행에 조회해 보니, 그 사나이는 할인된 현금을 찾아가지 않았다던데요."

"그야 그럴 테지요. 그 자리에서 은행으로부터 현금을 찾아가는 것 같은 그런 위험한 짓은 누구도 안 합니다. 아마도 그 어음은 지금쯤은 제3자의 손에 넘어가 배서되고 있을 겁니다. 제3자 배서인은 당당하게 그 어음으로 돈을 찾을 것입니다."

변호사의 이런 소리도 세키노의 청각에는 아무런 영향을 주지 못했다.

"그런 경우 그 어음을 법률적으로 차압할 수는 없을까요?"

전무는 아직도 희망을 버리지 못하고 그렇게 물었다. 그의 얼굴빛도 창백했다.

"차압한다는 뜻은?"

"그러니까 무효로 한다는 거죠. 이건 명백한 사기니까요. 어음을 날치기당한 겁니다."

변호사는 잘라 말했다.

"어음이란 법률 용어에서 말하는 무인(無因)증권(증권상의 권리가 증권의 발행 행위만으로 발생하는 유가증권)입니다. 즉, 사기든 도난이든 관계없이 제3자의 손으로 넘어가면 유효한 것이 됩니다. 방법이 없습니다. 기일까지 결재를 해야 합니다. 사기에 걸렸다는 걸 알고 있더라도 결재하지 않으면 부도가 되는 겁니다."

변호사의 말투는 듣기에 따라서는 짓궂게까지 들리기도 했다.

사장도 전무도 그리고 상무도 침묵했다. 아니, 입을 열 수가 없었다는 편이 적절한 표현인지도 모른다.

"세누마 씨."

전무가 또 말했다. 전무는 이마에 땀을 흘리고 있었다.

"신문에 공고하면 어떨까요? 도난에 의한 어음의 무효 공고입니다. 왜 그…… 저…… 신문의 광고란에 곧잘 나는 소액 어음의 분실공고 같은 것 말입니다."

"소용 없어요."
세누마 변호사는 다시 한 번 잘라 대답했다.
"상대인 배서인이 신문을 못 보아서 몰랐다고 하면 그만입니다. 아무 소용도 없습니다. 그리고 그런 공고는 회사가 3천만 원의 어음을 어음 사기꾼에게 날치기당했다는 것을 광고하는 거나 다름이 없어요. 여하튼 이젠 이 사건을 경찰에 의뢰해서 공개하든가 아니면 신용 때문에 외부에 알리지 않든가 하는 선택을 해야 합니다."
세 사람의 간부들은 벽 앞에 서서 움직이지 못하는 사람들처럼 막연하게 난처한 표정을 짓고 있었다.

"세키노 씨."
사장이 비로소 입을 열었다. 그 소리에 세키노 도쿠이치로는 자다가 깬 사람처럼 깜짝 놀라서 정신을 차렸다.
"네?"
정말 입으로도 펄쩍 뛰어오르듯이 사장 쪽을 향했다. 그는 두 무릎을 모으고 엉덩이를 의자에서 절반쯤 들어올리고 있었다.
사장은 사건이 발생하자, 초대받아 가 있던 하코네(箱根)에서 서둘러 상경했다. 노령의 온후한 노인인데도 얼굴에는 시퍼렇게 정맥이 드러나 있었다.
"자네 설명으로 대강 사건 내용은 알아들었는데, 그렇다면 상호은행 쪽에도 잘못은 있는 것으로 보이는데."
사장의 음성은 감정을 참으려고 무척 노력하고 있는 음성이었다.
"다시 한번 자네가 은행에 도착했을 때부터의 상황을 설명해 보게!"

"네에."

세키노 도쿠이치로는 그렇게 대답했지만 입술이 마르고 목이 타서 제정신이 아니었다. 그는 마른침을 삼켰다.

"호리구치 지로라고 자칭하는 사나이와 함께 R상호은행 본점 앞에 도착하니까, 스물 네댓 살쯤 돼 보이는 사나이 하나가 서 있다가, 우리를 은행 안으로 안내했습니다."

세키노는 쉰 목소리로 말하면서, 그때 그 사나이가 은행 앞에서 밝은 햇빛을 받으면서 파란 양복을 입고 서 있던 모습을 머리에 떠올렸다.

"그래서 그 남자의 대체적인 인상을 자네가 기억할 수 있어서 은행원에게 물었더니, 아무도 그런 사람은 모르겠다는 대답이었단 말이지?"

"네, 그렇습니다."

"그 사람도 한패였겠지요."

지금까지 아무 소리도 없던 상무가 한 마디했다.

"좋아, 그래서?"

사장은 상무의 말을 묵살하고 세키노를 향해 시선을 고정시킨 채 뒷말을 재촉했다.

"응접실에 들어가자 그 사나이는 나갔습니다. 대신 스스로 오야마라고 하는 사나이가 들어왔습니다. 머리가 세고 뚱뚱한 쉰네댓 살쯤 되어 보이는 사람이었습니다. 호리구치와는 어제는 실례를 했다고 인사를 주고받더군요. 호리구치가 저를 소개한 다음에, 그 사람은 직원에게 말하겠다고 하면서 나가 버렸습니다. 그 뒤 호리구치가 저에게 어음을 오야마 상무에게 가지고 가야 하니 달라고 하기에 저는 전적으로 믿고 꺼내 주었습니다."

전적으로 믿은 건 아니었다. 어음을 건넬 때 불안한 예감은 있었다. 봉투를 꺼낼 때도 손끝이 떨렸다. 그러나 그런 망설임을 깨뜨린 것은 3천만 원의 현금에 기대를 걸고 있는 회사였다. 그 중압감과 초조감이 그의 손끝에서 어음을 떠나게 했던 것이다. 그러나 세키노는 그런 말은 입 밖에 낼 수가 없었다.

"호리구치는 어음을 가지고 응접실에서 나갔습니다. 저는 그동안 혼자 있었습니다. 그 시간은 한 30분가량 됩니다."

탁상 위 빨간 튤립이 눈앞에 떠올랐다.

"그래서 불안해서 응접실을 뛰쳐나와 은행원에게 오야마 상무를 만나게 해달라고 말했더니 상무는 홋카이도에 출장중이라고 하더군요. 저는 깜짝 놀랐습니다. 오야마 상무의 인상을 물으니까 쉰 서넛의 빼빼 마른 몸집으로, 머리털은 검고 머리 앞 부분은 대머리라고 하더군요. 그래서 틀림없는 사기라고 단정했습니다. 저는 은행의 영업부로 달려갔습니다. 그리고 수위에게 은행 안을 수색해 달라고 했습니다. 그러나 아무 데도 호리구치와 오야마 상무를 자칭한 사내들은 없었습니다. 나는 미친 듯이 어음과장에게 달려갔습니다. 그랬더니 그런 소리는 금시초문이라는 것이었습니다. 나는 오야마 상무라고 자칭한 사람의 인상을 말하고, 그 사나이가 어째서 이 은행의 응접실을 쓸 수 있었는가를 물었습니다. 과장도 놀라서 조사를 했는데, 그 이유는 영업부장한테서 알 수 있었습니다."

사장은 양미간을 찌푸리고 신중히 그의 말을 듣고 있었다.

세키노 회계과장은 말을 계속했다. 그는 완전히 생각할 힘을 잃어버리고 그저 있었던 사실만을 또박또박 진술하고 있는 것 같았다.

"영업부장은 책상에서 한 장의 명함을 내보였습니다. 명함에는 이와오 데루스케(岩尾輝輔)라는 이름이 박혀 있었는데, 직함은 ××당 소속 국회의원이라고 씌어 있었습니다."
"나가노현(長野縣) 출신 의원이지요. ××당에서는 평의원에 불과합니다."
고문 변호사가 주석을 붙이듯이 한 마디했다.
세키노는 계속해서 말했다.
"부장은 그 사람이 이 국회의원의 명함을 가지고 왔었다는 겁니다. 그는 부장에게 이 은행에서 이와오 의원과 만나기로 되어 있는데 아직 오지 않은 모양이라면서, 응접실에서 만나고 싶으니 잠깐 장소를 빌려줄 수 없겠느냐고 부탁을 하더라는 것입니다. 부장은 그 국회의원이 은행장과는 친숙한 사이일 뿐더러 요 전에 있었던 상업은행법 성립 때도 국회에서 진력해 준 적이 있다는 사실을 알고 있었기 때문에 그러라고 승낙을 했다는 것입니다. 그 뚱뚱한 사람의 요구를 부장은 그럴듯하게 생각하고 믿었던 모양입니다.

그 사나이는 부장 옆에 있는 내빈용 의자에 앉아서 한참 동안 세상 돌아가는 이야기를 하고 있었다는데 그 태도가 국회의원을 기다리는 태도로는 조금도 손색이 없는 것이었다고 합니다. 그런데 그때 스물대여섯 살쯤 된 젊은 사람이 와서 그 뚱뚱한 사나이에게 '지금 오셨습니다' 하고 말하더라는 것입니다."
"그 젊은 사내가 바로 자네를 은행 앞에서 기다리고 있다가 안내한 바로 그 사람이겠지?"
전무가 말했다.
"그런 것 같습니다. 부장은 그 젊은이를 뚱뚱한 사내의 비서인가 뭔가라고 생각한 모양입니다. 그리고 나서 그 두 사람은 자리를 떠나 응접실로 갔는데 그러고는 다시 돌아오지 않아서 부장은 그때까지 그들이 응접실에 있는 것으로 생각했답니다."

"세 놈의 공모로군요."
변호사가 말을 가로챘다.
"오야마 상무라 자칭한 뚱뚱한 사내와, 호리구치라고 칭한 사내, 그리고 안내역을 맡았던 젊은이 등 세 사람의 공모입니다. 은행 응접실을 이용한 비교적 단순한 사기입니다만."
"이와오라는 국회의원은 조사해 보셨습니까?"
사장은 세누마 변호사 쪽을 향해 물었다.
"전화로 문의했더니, 일주일 전부터 나가노의 선거구에 가 있는 모양입니다. 그러나 이것은 아마 이와오 의원과는 무관할 것입니다. 그는 명함을 이용당했을 뿐이라고 생각됩니다. 지금 속달을 보내 문의하고 있습니다만."
"나도 그렇게 생각해요."
사장은 고개를 끄덕였다.
"그런 사람의 명함 한 장으로 알지도 못하는 사내에게 응접실을 빌려주는 은행 놈들이 나빠요. 그런 식이기 때문에 이런 사기 행위가 대낮에 공공연하게 행해지는 거요. 은행에도 잘못이 있어."
드디어 사장은 분노를 드러내면서 말을 했다. 그는 또 시선을 세키노 도쿠이치로에게 고정했다.
"자네가 그 호리구치라는 사내를 만난 경로를 처음부터 다시 한 번 들어 보세."
"네, 아자부(麻布)의 야마스기 기타로(山杉喜太郞)에게서 호리구치 지로라는 인물의 존재를 알게 되었습니다. 야마스기란 사람에게서는 아시다시피 단기로 세 번씩이나 자금을 빌린 적이 있었습니다."
세키노가 그렇게 말하자, 사장은 알고 있다는 듯이 고개를 끄덕였다.

 야마스기 기타로는 아자부에 사무실을 가지고 있는 야마스기 상사의 사장이지만 그 사무실에서의 실제 업무 내용은 금융이었다. 즉, 고리대금업자였던 것이다. 큰돈을 움직이고 있다는 면에서는, 도내 굴지의 업자였다. 세키노가 말한 것처럼 이 회사에서도 전에 세 번이나 돈을 빌려 쓴 적이 있었다. 그것은 물론 사장도 잘 아는 일이었다.

 "이번의 입체자금 조달도, 야마스기 씨에게 부탁하면 어떨까 하여 전무님과 상의를 해서 결정한 것입니다."

 전무는 긴장한 표정으로 세키노를 바라다보았다.

 "저는 전화로 야마스기 기타로에게 부탁했습니다. 그러나 야마스기는 금액을 듣자, 그렇게 많은 돈은 현재의 자기로서는 불가능하다면서 일단 거절했습니다."

 "일단이라니 그건 무슨 뜻인가?"

 사장이 물었다.

 "네, 그 뒤에 야마스기가 말하는데, 그렇게 급한 일이라면 다른 사람에게 말해 줄 수도 있다, 원한다면 잠깐 들러보라는 겁니다. 그래서 제가 한 40분 뒤에 가보았더니 야마스기는 사무실에 없고 여비서만 있었습니다."

 "여비서만?"

 "네, 비서인지 뭔지는 자세히 모르겠습니다만 그런 일을 보고 있는 젊은 여자였습니다. 우에자키(上崎)라는 이름이었습니다. 먼저 있었던 세 번의 변통에서도 모두 이 여자가 야마스기 기타로의 비서 같은 일을 하고 있었습니다. 그래서 아는 것입니다. 그 우에자키라는 여자는 제 얼굴을 보더니 사장, 즉 야마스기로부터 이야기를 들었다고 했습니다."
"그럼 그 여자가 호리구치라는 사내를 소개했는가?"
"소개했다고 할 수는 없습니다. 이 사무실에 호리구치라는 사람이 종종 놀러 오는데, 금융 브로커 같은 일을 하고 있는 사람으로, 먼저도 두서너 번 사람을 소개했는데, 일을 잘 처리했다는 겁니다. 그러니 그렇게 급한 일이라면, 한번 얘기를 해보는 게 어떻겠느냐고 하더군요. 우에자키라는 여자는 그런 식으로 야마스기의 말을 저에게 전해 주었던 것입니다.

제가 호리구치라는 사람은 신원이 확실한가 물었더니, 여비서는 그런 것은 자세히 모르겠고, 다만 얼마 전에도 꽤 많은 금액의 거래가 틀림없이 성사되었다고 대답했습니다. 그래서 저는 곧 돌아와서 전무님께 보고했습니다. 어쨌든 돈은 다음날 당장 써야 하니까, 일단 얘기는 건네보는 것이 좋겠다는 전무님 의견도 있었고 저도 그렇게 생각했습니다. 사태가 급박했기 때문에 저는 지푸라기라도 움켜쥘 기분이었던 것입니다.

그래서 다시 야마스기 상사로 전화를 걸었더니, 여비서가 말하기를 그럼 저쪽에 연락을 해보겠다고 했습니다. 5시가 좀 지나서 연락이 있었는데 호리구치 씨는 그날밤 8시 10분경에 도쿄 역, 1·2등 대합실에서 만나고 싶다면서, 저쪽은 자기네들을 알아 볼 수 있는 표시로 탁자 위에 경제 잡지를 놓아 두겠다는 것이었습니다."
"그 말도 그 여비서가 한 말인가?"
"그렇습니다. 그래서 전무님께 다시 의논을 드렸습니다. 전무님께서도 어쨌든 만나보라는 의견이셨습니다. 저도 어떻게든 돈을 빌려야겠다고 생각했기에 도쿄 역으로 나갔습니다."
세키노 도쿠이치로는 이야기를 하면서, 그때 이미 불안한 생각이 들었다는 사실을 머리에 떠올렸다. 차장인 다쓰오를 도쿄 역까지 데리고 갔던 것도 바로 그런 불안을 불식해보기 위한 노력이 아니었던가. 그 일은 비밀이어서 하기자키 다쓰오를 돌려보냈다. 그는 막연하게 그런 생각을 했다. 아무튼 그때는 혼자서는 너무 초조했다.

"그래서?"

사장은 눈에 불을 켜고 다음 말을 재촉했다.

자살

1

세키노 도쿠이치로는 사장의 재촉을 받고 말을 계속했다. 시선을 아무 데도 고정하지 못했다. 그는 때때로 이를 악물듯이 하며 바싹 마른 입술을 혀로 축였다.

"도쿄 역에서 호리구치라는 사람을 만났습니다. 처음에는 상대편 얼굴을 몰라서 탁자에 놓인 경제 잡지를 보고 알았습니다. 그때 그는 다른 사나이와 이야기를 나누고 있었는데, 제가 가까이 가서 제 이름을 대니까 앉으라고 하면서 자기 옆자리를 가리켰습니다. 그래서 세상 돌아가는 이야기를 몇 마디 하고 있자니까 또 한 사내는 뭔가 눈치를 챈 듯 일어나서 가버렸습니다."

"그놈도 어음 사기꾼의 한패겠지요."

변호사가 혼자서 중얼거리듯 말했다.

"둘이 있게 되자, 호리구치는 일에 대한 이야기를 시작했습니다. 야마스기 씨로부터 대충은 이야기를 들었다, 어쩌면 일이 될 성싶다는 것이었습니다. 저는 매우 기뻤습니다. 하늘에라도 올라가는 기분이었습니다. 정말 살았다 싶었던 것입니다. 그때 호리구치가 꺼낸 말이 R상호은행의 오야마 상무였습니다. 자기와는 오래전부터 특별한 관계가 있어서 편의를 받고 있다고 하면서 뒷이자만 준다면, 그를 통해 일이 되도록 해주겠다는 것이었습니다. 저는 잘 부탁한다고 했습니다. 그는 그 사례금으로 자기에게 20만 원만 달라고 했습니다. 저는 그 요구도 승낙했습니다. 그러자 호리구치는 그럼 내일이라도 곧 오야마 상무에게 말해서 그 결과를 전화로 연락해 주겠다고 말하고, 우리는 헤어졌습니다."

그러고 난 후의 이야기는 먼저 이야기한 그대로였다. 그것은 이미 알고 있는 일이라 아무도 묻는 사람이 없었다.

그래서 사장의 추궁은 다른 곳으로 옮겨졌다.

"자네는 사기당했다는 사실을 알고서는, 곧 야마스기한테로 찾아갔다고 했지?"

"네, 은행에서 돌아오자마자 전무님께 보고했습니다. 야마스기한테는 전무님과 같이 갔습니다."

전무는 사장 쪽으로 얼굴을 돌렸다.

"그렇습니다. 세키노 씨의 말을 듣고 저도 정말 놀랐습니다. 그때까지의 진행 상황은 저에게 일일이 상의를 한 것이기 때문에, 저에게도 책임이 있습니다. 그래서 세키노 씨와 동행해서 야마스기를 만나러 간 것입니다."

"그래서 야마스기는 뭐라고 하던가?"

사장은 전무는 보지도 않고 계속 세키노를 다그쳤다.

"야마스기 기타로는 사무실에 있었습니다. 전무와 둘이서 만나 모든 경과를 말하니까, 대단히 놀란 표정이었습니다. 그 일은 매우 유감이라고 했습니다."

"매우 유감이라고?"
"자기로서는 아무런 책임도 없다는 것이지요. 호리구치라는 사나이가 종종 자기 사무실에 출입하기 때문에 이야기해 준 것뿐으로, 그에 대해서 책임을 진 것은 아니라는 것이었습니다. 그러고 생각하니 우에자키라는 그의 여비서의 말투도 그러했습니다. 호리구치를 소개한 것은 아니고 다만 이런 사나이가 있다는 말을 한 것에 불과하다는 것입니다.
 그래서 호리구치라는 사나이의 주소와 신원을 물으니까, 야마스기는 확실한 것은 모른다고 대답했습니다. 그러고는 그런 브로커는 흔히 있다는 것이었습니다. 자기 사무실로 놀러 오기는 하지만, 그와 거래해 본 적은 한 번도 없다는 식의 말투였습니다."
사장은 생각에 잠긴 듯한 표정이 되었다.
야마스기 기타로는 솜씨가 비상하기로 이름이 난 고리대금업자다. 그가 하는 말을 정직하게 받아들여서 좋을지 어떨지는 함부로 결정할 수가 없다. 야마스기와 어음 사기꾼 사이에는 눈에 보이지 않는 어떤 끈이 있는 것은 아닐까? 사장은 머리를 두 손으로 감쌌다. 그 모습은 함정에 빠져서 허둥거리는 동물의 모습과 비슷했다.

"사장님!"
전무가 의자에서 서둘러 일어나더니 사장 앞에서 허리를 기역자로 꺾었다.
"이번 잘못은 정말 무어라고 말씀을 올려야 할지 모르겠습니다. 깊이 사죄합니다. 용서해 주십시오."
그는 두 손을 바로한 부동 자세로 정중하고 절도 있는 사죄의 형식을 취했다. 너무 깍듯해서 도리어 비굴한 느낌을 주기까지 했다.

세키노 도쿠이치로는 여전히 멍청하게 전무의 태도를 보고 있었다. 피고의 입장에 있는 그로서는 사죄의 말을 입 밖에 낼 만한 정신적 여유가 없었다. 그의 얼굴 표정에는 움직임이 없었다. 그는 마치 이 장소에선 방관자 같았다.

"지금은 잘잘못을 가릴 때가 아니야."

사장은 머리에 대고 있던 손을 볼로 옮겼다.

"우선 이 시점에선 3천만 원의 사기당한 어음을 어떻게 하느냐가 문제야. 이 문제를 생각해봐."

"3천만 원은, 현재의 우리 회사 입장으로선 굉장히 큰돈입니다."

상무가 말했다.

"뻔히 눈을 뜨고 빼앗길 수는 없습니다. 사직 당국에 호소해서 그 어음 사기꾼 일당을 잡아내게 하는 것이 어떨까요?"

"상무님의 말씀도 지당하십니다."

변호사인 세누마가 말했다. 그는 매우 침착하게 담배에 불을 붙였다.

"그러나 그렇게 되면 이 사건이 세상에 널리 알려지게 된단 말씀입니다. 그것은 회사의 신용 문제가 됩니다. 아무튼 이 사건은 지능범죄치곤 지극히 단순한 수법입니다. 하기는 너무 단순해서 도리어 속아 넘어가기가 쉽기도 했지만."

그런 단순한 사기에 걸렸다는 것을 세상이 알면, 도리어 비웃음을 사게 됩니다, 하는 의미가 그 말 속에 들어 있었다.

"그렇다고 사기를 당했다는 걸 알면서도 그 어음을 결재해야 한단 말입니까?"

상무는 변호사를 쳐다보았다.

"아시다시피 어음은 무인증권이기 때문에 정당한 제3자의 배서가 있으면, 결재하지 않을 수가 없습니다. 그 전에 법적 조치를 취하시려면 그게 아직 어음 사기꾼들 손에 있을 때, 경찰에 조사를 의뢰해야 합니다. 그러나 그것은 아마 허사일 겁니다. 지금쯤은 제3자의 손에 넘어가 이 사람 저 사람이 배서에 연기(連記)를 했을 것입니다. 그러니 그것을 제소해 봤자, 그 결과는 회사의 신용을 떨어뜨릴 뿐으로 아무런 효과도 없을 겁니다. 이 점을 아무쪼록 염두에 두셔야 할 줄로 압니다."

문제는 회사의 신용과 체면을 손상시키느냐, 아니면 비밀에 붙이느냐로 압축됐다.

"이런 케이스가 다른 회사에도 있습니까?"

전무가 물었다. 전무는 조금 전에 일단 정식으로 사장한테 사과를 했기 때문인지 다소 안색에 생기를 띠고 있었다.

"그야, 많이 있지요. 내가 은밀히 들은 것만 해도……."

변호사는 대답했다.

"그런 경우, 어떻게들 처리합니까?"

사장이 질문을 던졌다.

"1류 회사에서는" 세누마 변호사가 말했다. "절대적으로 숨기고 있습니다. 어느 회사에서는 1억 이상의 피해를 입은 적도 있습니다. 그러나 외부에 알려질까 두려워 사직 당국에 제소하는 따위의 일은 하지 않았습니다."

더이상 아무도 질문하는 사람은 없었다. 무거운 침묵이 중역실을 누르고 있었다. 다만 상무만이 불만스럽게 무슨 소린가 중얼거릴 뿐이었다.

사장은 다시 머리를 두 손으로 싸안았다. 그러곤 소파의 팔걸이에 늘어진 듯 몸을 기댔다. 그 모습을 차마 정면으로 볼 수 없어서 세키노 도쿠이치로를 제외한 세 사람은 고개를 떨어뜨린 채 발밑만 물끄러미 내려다보고 있었다.

세키노는 여전히 멍청한 자세였다.

사장은 갑자기 두 팔을 풀고 머리를 들었다. 얼굴이 빨갛게 상기되어 있었다.

"그래, 경찰에 사건을 의뢰한다 해도 소용이 없을 거야. 끝까지 비밀로 해야 해."

사장은 결단을 내렸다. 신용을 택한 것이다.

모두는 깜짝 놀랐다. 일제히 사장에게 시선을 돌리고 눈을 내리깔았다.

"세키노!"

사장은 격노한 음성으로 소리쳤다.

"자네는 회사에 손해를 입혔어. 책임을 져!"

세키노 도쿠이치로는 정신없이 일어나 비틀거리더니 리놀륨 바닥 위에 꿇어 앉아, 두 손을 짚고 이마를 바닥에 댔다.

세키노가 밖으로 나왔을 때는 8시가 지나 있었다.

긴자는 사람들로 들끓고 있었다. 마침 사람들이 많을 시간이었다.

젊은 아베크족들과 중년의 사람들이 길을 메우고 천천히 강물처럼 흐르고 있었다. 모두 시름없는, 즐거운 표정들이었다. 이 속에 세키노 도쿠이치로의 불행 같은 것을 알아줄 사람은 아무도 없었다. 모든 사람들의 얼굴은, 오늘 밤과 내일에 희망을 걸고 한결같이 행복한 듯이 보였다. 세키노는 무덤 속을 거니는 것처럼, 주위와는 아무런 상관없이 고독하게 걸었다. 쇼윈도의 밝은 불빛이 키카 큰 그가 움직일 때마다 그의 침울한 얼굴을 차례로 비췄다.

그는 마쓰자카야(松坂屋) 앞으로 빠지는 옆골목에서 택시를 잡았다. 거의 무의식적으로 차를 세운 것 같은 돌발적인 행동이었다.

"어디로 모실까요?"

운전기사가 핸들을 쥔 채 목적지를 물었다. 손님은 대답이 없었다. 타기는 했지만 그때까지 세키노는 목적지를 말하는 것을 잊고 있었던 것이다.

"아자부."

생각해서 말한 것이 아니라 그저 그런 소리가 멋대로 입에서 튀어나왔다.

차는 달리기 시작했다. 세키노는 시트 한구석에 앉아서 바깥을 내다보고 있었다. 차는 신바시(新橋)에서 오나리몬(御成門)을 빠져서 시바(芝) 공원을 달렸다. 헤드라이트 불빛에 공원의 나무들이 흔들리고 있는 게 보였다. 운전기사는 인사차 말을 걸었지만 손님이 아무런 대답도 않자, 입을 다물고 말았다.

전찻길로 나오자 다시 운전기사가 "어디쯤에 세울까요?" 하고 물었다. 세키노는 꿈에서 깬 것처럼 "록폰기(六本木)" 하고 말했다.

차에서 내렸을 때 세키노는, 자기가 처음부터 야마스기 기타로를 찾아가려 했던 것은 아니었다고 생각했다. 그저 정신없이 여기까지 온 것에 불과했다. 그러나 그것은 의식 밑바닥에 야마스기 기타로를 다시 한 번 만나서 따져보고자 하는 충동이 있었기 때문이리라. 그래 봐야 쓸데없는 짓에 지나지 않을 것이다. 야마스기가 자기 같은 보잘것 없는 인간을 상대할 리가 없다. 그러나 세키노는 자기 운명을 이런 데로 몰아넣은 야마스기라는 벽을 두들겨

보지 않고는 견딜 수가 없었다. 사고는 혼란스러웠지만, 뭔가가 본능처럼 그를 여기까지 끌어들인 것이다.

야마스기 상사는 거기 있었다. 3층 건물이었지만, 어느 창문에도 불빛이 보이지 않았다. 물론 정면 출입문도 잠겨 있었다.

세키노는 건물을 끼고 좁은 길로 들어가서 건물 뒤로 돌았다. 주위는 어두웠고, 건물에서는 차가운 냉기가 스며왔다. 벨이 눈에 띄어 버튼을 눌렀다. 이어 아래층 창문 하나가 밝아지더니, 사람 그림자가 어른거렸다. 그 유리창이 반쯤 열리고 안에서 어떤 사람이 얼굴을 밖으로 내밀었다.

"누구십니까?"

숙직자인 성싶었다.

"세키노라고 합니다. 야마스기 씨 계십니까?"

"무슨 일이신지 내일 오시죠. 사장님은 저녁에 간사이(關西)로 출장가셨는데, 업무상 찾아오셨으면 내일 회사로 나오셔서 직원에게 말씀하시죠."

"그러시면, 우에자키라는 여비서의 주소를 좀 알 수 없을까요? 오늘 꼭 만나뵈어야 할 일이 있는데요."

세키노는 한참만에 말했다. 숙직자는 어둠 속에 서 있는 세키노의 얼굴을 한참 내려다보았다.

"우에자키 씨도 찾아가야 소용없을 겁니다. 사장님과 같이 가셨으니까요. 무슨 일인지는 모르겠지만 업무에 관한 것이라면 내일 회사로 오십시오."

그는 이렇게 말하고는 귀찮은 듯이 창문을 닫아 버렸다.

세키노는 담배가게 앞에 있는 빨간 공중전화의 수화기를 잡았다. 그리고 수화기에서 들리는 남자 목소리에 대고 말했다.

"옆집에 사는 세키노입니다. 언제나 신세만 집니다. 미안하지만 집사람을 좀 불러주실 수 없겠습니까?"
그리고 나서 한 3분쯤 수화기 속에서 라디오의 음악소리가 흘러나왔다.
이윽고 덜컹 하는 소리가 들렸다.
"여보세요."
아내인 지요코(千代子)의 목소리가 들렸다.
"지요코요? 나요."
세키노는 말했다.
"네에."
"일이 좀 있어서, 당분간 집에 돌아가지 못하겠으니 그리 알아줘요."
미리 마음먹었던 대로 말했다.
"여보세요, 아니, 그럼 언제쯤에……."
"모르겠소! 어쨌든 당분간 못 돌아갈 거요."
아직 아내의 목소리가 수화기 저편에서 "여보세요, 여보세요" 하고 울렸지만, 세키노는 수화기를 철컥 하고 내려놓았다. 귀에는 아내의 목소리가 계속 맴돌았다.
세키노는 가게에서 편지지와 봉투를 사들고 마침 지나는 택시를 타고 시나가와(品川) 역으로 갔다.
쇼난선(湖南線) 플랫폼으로 밝은 불빛 행렬을 이끌고 아타미(熱海)로 가는 열차가 들어왔다. 세키노는 열차에 몸을 실었다. 그는 자리에 앉자 곧 잠을 자는 것처럼 눈을 감았다. 코허리에 기름이 배고 차가운 진땀이 눈언저리에 솟았다. 2시간 가까이 그는 한 번도 창밖을 내다보지 않았다.
유가와라(湯河原)에 도착한 것은 11시 반이었다. 역을 나와서 비로소 그는 하늘에 별이 떠 있는 것을 보았다.

역전에 등불을 든 여관 안내인들이 늘어서 있었다.

"유가와라 산속에는 여관이 없나요?"

그러자 바로 산속 여관의 안내인이 세키노를 택시에 태웠다.

차는 시내를 따라서 경사를 올라갔다. 아직 모든 여관엔 불빛이 밝게 빛나고 있었다. 세키노는 전에 아내와 같이 여기 왔던 일이 생각났다.

여관에서는 그의 요구에 따라 조용한 방으로 안내했다.

"늦어서 미안하오."

세키노는 여종업원에게 그렇게 말했다. 저녁은 먹고 왔으니 필요 없다고 했으나 실은, 그는 점심도 저녁도 먹지 않았다. 그런데도 시장기를 조금도 느끼지 못했다.

목욕을 하고 나서 그는 책상에 마주 앉아, 편지지를 싼 꾸러미를 풀었다.

여종업원이 가지고 온 숙박계엔 본명을 썼다.

"내일 아침엔 늦게 일어나셔도 괜찮으시겠습니까?"

"아니 일찍 일어나야 해. 계산은 지금 했으면 하는데."

그리고 편지를 써놓을 테니 좀 부쳐달라고 부탁했다.

편지를 쓰는 것은 꽤 오래 걸렸다. 아내인 지요코에게 부치는 것과, 사장과 전무 앞으로 보내는 것, 그리고 차장인 하기자키 다쓰오 앞으로 보내는 것 등 네 통의 편지를 썼다.

하기자키에게 보내는 것이 제일 길었다. 그는 이번 사건의 경위를 자세하게 썼다. 하기자키 이외의 사람들에게는 그런 것을 말해 둘 필요가 없었던 것이다.

편지를 다 쓰고 났을 때는 4시가 가까워지고 있었다. 그는 그 편지들을 책상 위에 놓고 우표값을 함께 올려 놓았다. 그러고 나서 담배를 두 개비 피우고 양복을 입으려 일어섰다.

 여관을 나온 세키노 도쿠이치로는 산속으로 들어갔다. 날이 새지 않아서 아직 어두웠다. 시냇물 소리만이 들렸다. 그는 봄풀을 구두로 밟으면서, 더듬듯 검은 덩어리처럼 우거져 있는 수풀 속을 헤치고 들어갔다.

2

 도쿄는 이상건조 기후인지 뭔지로 맑은 날이 계속되다가 어제부터 겨우 가랑비가 내리기 시작했다.
 하기자키 다쓰오는 아자부의 야마스기 상사 앞에서 택시를 내렸다. 상사 건물은 오래된 3층 건물로 외관은 회색인 아무런 장식도 없는 멋없는 건물이었다. 입구 옆에 붙어 있는 놋쇠 간판도 글자의 일부가 벗겨져 있었다. 이곳이 수억의 자금을 움직이고 있다고 알려진, 도쿄에서도 손꼽히는 금융업자 야마스기 기타로의 본거지이다.
 입구를 들어가니 접수처가 있었다. 앉아서 신문을 보는 소녀가 눈에 들어왔다.
 "대출 때문에 온 사람인데……."
 하기자키 다쓰오는 명함을 꺼냈다. 명함은 어제 찍은 것으로, 쇼와 전기제작소의 것은 아니었다.
 소녀는 명함을 가지고 안으로 들어갔다가 나오더니 "들어 오십시오" 하고 바로 옆에 있는 응접실로 안내했다. 이 응접실도 낡고 협소했다. 벽에는 금색으로 표구한 액자가 하나 걸려 있었다. 액자의 글자도 낙관도 다쓰오로서는 읽을 수가 없었다. 서양식 방에 어울리지 않는 이런 장식이 있는 것은 금융업자다운 점이었다.

마흔 정도 돼보이는 직원이 다쓰오의 명함을 가지고 들어왔다.
"대출에 관한 일이시라니, 제가 담당입니다. 어디 말씀을 좀 들어 볼까요?"
그는 말했다.
"사장님께 2, 3일 전에 전화로는 말씀을 드렸습니다만, 혹시 알고 계신지요?"
다쓰오는 반문했다.
"사장님께요?"
직원은 다시 생각하는 듯이 다쓰오의 명함을 보고 있다가 명함에 이름만 있고 회사명도 아무것도 없는 걸 확인하자 고개를 갸웃했다.
"어느 분의 소개로 오셨습니까?"
"아니, 그것도 사장님께서 알고 계실 것입니다. 어쨌든 사장님께 말씀해 주십시오."
다쓰오는 약간 억지를 쓰듯이 말했다.
"사장님께선 어제 오사카에 가셔서 지금 안 계십니다. 저는 아직 아무 말도 듣지를 못했는데요."
직원은 꽤 정중한 태도로 나왔다. 사장이 여행중이라는 것은 아침에 전화를 걸어서 알고 있는 다쓰오였다.
"거참 곤란한데……."
다쓰오는 일부러 난처한 표정을 지었다.
"어느 분이든, 사장님으로부터 말씀을 들은 분은 없을까요?"
"그럼, 잠깐만 기다려 보십시오. 비서에게 물어보고 올 테니까요."
아무쪼록 그렇게 해달라고 다쓰오는 고집스럽게 말했다. 그는 비서에게 물어보겠다는 직원의 말에, 마음속으로 이젠 됐다고 기뻐했다. 그러나 어쩌면 다른 사람이 올지도 모르고, 혹은 이제 그 직원이 혼자서 되돌아올지도 모른다는 불안도 있었다.

5분쯤 기다리고 있으려니까, 문 유리에 파란색이 어른거리고, 가벼운 노크 소리가 났다. 다쓰오는 드디어 때가 왔다고 생각했다.

문을 열고 모습을 보인 것은 키가 늘씬한 젊은 여자였다. 검은 눈이 먼저 다쓰오의 관심을 끌었다. 여자의 시선은 다쓰오의 얼굴에 직선으로 선을 긋듯이 집중되었다. 다른 뜻은 아무것도 없을 성싶은 지극히 사무적인 눈초리였다.

그녀의 손에는 다쓰오의 명함이 들려 있었다.

"사장님 비서로 있는 사람입니다."

그녀는 의자에 걸터앉기 전에 말했다.

"명함을 드렸습니다만."

다쓰오가 말했다.

"네, 받았습니다."

여자는 유리판을 깐 둥근 테이블 끝에 다쓰오의 명함을 내놓았다. 우에자키 에쓰코(上崎繪津子)라는 한자를 다쓰오는 순식간에 포착했다.

푸른 투피스가 몸에 아름다운 곡선을 이루며 밀착해 있었다. 그 모습이 의자에 앉자 '자, 그러면 용건에 대한 이야기를 들어봅시다'라고 하는 듯이 다쓰오를 바라보았다.

"3백만 원만 빌려 주셨으면 합니다."

다쓰오는 우에자키 에쓰코의 용모를 관찰했다. 검은 눈동자가 비교적 많은 커다란 눈, 가늘게 뻗은 콧마루와 꼭 다문 조그만 입술의 우에자키는 볼에서부터 턱에 걸친 선에는 어딘가 앳된 흔적이 엿보였다. 그러나 범상치 않은 눈과 입술하고는 어쩐지 조화가 안 되었다.

"사장님께 말씀을 드렸던가요?"

여자가 물었다.

"드렸습니다, 2, 3일 전에 전화로. 나중에 사무실로 와달라는 말씀이었습니다."

"실례지만 무슨 장사를 하고 계신가요?"

"유리 기구 도매상을 하고 있습니다. 제조회사에 불입할 돈이 급해서 그러는 겁니다."

"어느 분의 소개로 오셨나요?"

"소개는 없습니다."

"담보라든가, 뭐 그런 것은요?"

"시부야(澁谷)에 있는 가게와 상품입니다. 나카노(中野)에는 지금 살고 있는 집도 있습니다."

다쓰오는 엉터리로 말했다. 그렇게 말하면서도 여자의 얼굴에서 시선을 떼지 않았다. 우에자키 에쓰코는, 그래서 약간 눈을 내리깔았다. 속눈썹 그림자로 눈이 한층 더 검게 보였다.

"사장님으로부터는 아무런 말도 못 들었습니다."

그녀는 곧 눈을 들더니 여전히 사무적인 말투로 말했다.

"내일 저녁에 돌아오실 예정입니다. 돌아오시면 말씀을 들어 두었다가, 사장님께서 안 계시더라도 말씀드릴 수 있도록 해두겠습니다. 3백만 원이라고 하셨지요?"

"그렇습니다."

"전화를 해주시든가, 오시든가 하시겠습니까?"

"어느 쪽이든 좋습니다."

다쓰오와 우에자키 에쓰코는 테이블을 가운데 두고 동시에 일어섰다. 그녀의 균형잡힌 선 모습은 퇴색한 응접실의 벽 때문에 한층 도드라져 보였다. 투피스의 푸른 색도 한층 선명하게 보였다.
 다쓰오는 밖으로 나왔다. 가랑비는 아직도 뿌리고 있었다. 그의 눈에는 아직도 방금 본 우에자키 에쓰코의 얼굴이 남아 있었다.
 그것을 기억하기 위해서 여기 온 것이다. 우에자키라는 여자의 얼굴을 알아둘 필요가 있었다. 그 목적을 그는 지금 이룩한 것이다.
 시계를 보니 3시가 채 못 되었다. 건너편에 조그만 찻집이 있는 것이 눈에 띄었다. 그는 차들이 빈번히 오가는 도로를 건넜다.
 찻집 홀은 한 쌍의 남녀가 있을 뿐 텅 비어 있었다. 다쓰오는 도로에 면한 창가에 자리를 잡고 앉았다. 창에는 하얀 비단 커튼이 드리워 있었다. 그 커튼 두 폭이 합쳐진 사이에서는 투명한 유리를 통해 저쪽의 광경이 한눈에 보였다. 야마스기 상사 건물을 바라보기에는 안성맞춤의 장소였다.
 주문한 커피가 오자 그는 될수록 천천히 시간을 끌면서 마셨다. 지금은 3시, 야마스기 상사의 퇴근 시간인 5시가 되기까지는 2시간이나 더 있어야 한다. 그때까지 여기서 기다릴 각오였는데 무엇보다 다행인 것은 가게가 한산하다는 점이었다.
 여점원이 레코드를 틀고 있었다. 소란스런 음악이었다.
 저쪽에 앉은 한 쌍은 머리를 마주대고 나직이 이야기하고 있었다. 얽히고 설킨 이야기인 성싶었다. 사내는 무엇인가를 설득하고 있는 모양이다. 여자는 손수건을 때때로 눈에 대곤 했다.
 다쓰오는 커피잔을 비웠다. 여점원이 신문을 가져다 주었지만 읽는 척만 하고, 눈길을 창문에서 떼지 않고 바깥을 내다보았다. 우에자키 에쓰코가 6시 전에 나올지도 모르기 때문이다. 그래서 회색 건물에서 눈을 뗄 수가 없었던 것이다.
 저쪽 여자는 드디어 손수건으로 얼굴을 가리고 말았다. 남자 쪽은 난처한 얼굴을 하고 있었다. 가게의 여자애가 힐끗힐끗을 그 광경을 보고 있었다.

다쓰오는 여자 손님이 우는 것을 보자, 세키노 과장의 시신에 달려들어 울어대던 그의 아내의 모습이 머릿속에 떠올랐다.

세키노 도쿠이치로는 유가와라의 깊은 산속에서 시체로 발견되었다. 산책하러 나갔던 온천 손님이 발견했던 것이다. 포켓에서 명함이 나왔기 때문에 신원은 곧 판명되었다.

경찰은 가족과 회사 양쪽에 모두 연락을 취했다.

사장은 정말 놀랐다.

"이건 정말 너무 했어. 그렇게 극단적으로 생각하고 있을 줄은 몰랐어."

책임을 지라고 무섭게 화를 내면서 나무라기는 했지만 이런 심각한 사태로까지 연결될 줄은 몰랐다. 그러나 사장은, 세키노에게는 퇴직과 자살은 그다지 차이가 없다는 것을 미처 생각지 못했다. 세키노의 약한 성격으로는 그러한 경우 당연히 거기까지 갈 가능성이 있었던 것이다.

유서는 가족 앞으로 보낸 것 외에 사장과 전무, 그리고 하기자키 다쓰오 앞으로 보낸 세 통이었다. 모두 우편으로 왔는데, 그것은 세키노 도쿠이치로가 죽기 전에 여관에서 쓴 것이었다. 사장과 전무 앞으로 보낸 편지에는 회사에 큰 피해를 끼쳐서 죄송하다고 씌어 있었고, 다쓰오에게 보낸 편지에는 사건의 경과가 상세하게 씌어 있었다.

그러나 그런 기분에서 써보낸 것치고는, 평소 신뢰하고 있었던 다쓰오에게 갖가지 사연이 간곡하게 씌어 있었다.

다쓰오는 지금까지 막연히 상상만 하고 있던 사건의 진상을 그

유서를 통해 비로소 상세하게 알 수 있었다.
 사건은 물론 사내에서도 극비에 붙여 아무도 모르게 했다. 그러나 그것으로 세키노 도쿠이치로의 생명을 앗아간 놈들이 아무런 추궁도 받지 않고, 이 세상에서 자유롭게 호흡하고 있어도 되는 것인가. 다쓰오는 그것이 불합리하다고 생각했다.
 단순히 불합리하다는 이유 때문만은 아니었다. 그는 세키노로부터 매우 신임을 받고 있었다. 그 은혜를 갚는다는 것이 지금 세상에서는 낡은 생각인지 모른다. 부조리에 대한 분노의 감정을 어떻게 처리해야 좋을지 몰랐다. 경찰엔 의뢰할 수 없다니 그렇다면 할 수 없다. 다쓰오는 단독으로 이 사건의 진상을 추적해 보리라 결심했다.
 그러나 그것은 회사에 출근하면서 할 수는 없는 일이었다. 그래서 하는 수 없이 1개월의 휴가를 얻기로 했다. 그의 회사에는 1년 중, 20일의 특별휴가가 있었다. 그러나 일이 바빠서, 그는 작년도, 재작년도 한 번의 휴가도 얻지 못했던 것이다. 그래서 30일간의 휴가는, 사규상으로는 불합리한 것은 아니었다. 문제는 회사가 한꺼번에 그것을 허락하느냐 어떠냐 하는 것이었다. 만일 허락해 주지 않는다면 퇴직할 각오로 다쓰오는 전무에게 휴가의 뜻을 밝혔다.
 "어디 몸이라도 아픈가?"
 전무가 물었다. 병이라고 한다면 진단서를 첨부하지 않으면 안 된다. 그는 처음부터 일신상의 사정이라고 끝내 고집했다.
 "지금 이렇게 오래 쉬어서는 곤란하지만, 자네가 그런다면 할 수 없지. 되도록 빨리 나오도록 해주게."
 전무가 양보를 했다. 다쓰오는 이 사람에게 벌써부터 촉망을 받고 있던 터였다. 그것은 세키노 과장이 중간에서 여러 가지로 다쓰오에게 유리한 이야기를 해주었기 때문이었다.

다쓰오는 세키노의 유서 내용을 노트해 가며 검토해 보았다. 우선 호리구치라고 자칭한 어음 사기꾼의 소재를 알려면, 아무래도 야마스기 기타로를 만나야겠다는 생각이 들었다. 야마스기는 호리구치를 세키노에게 소개한 것은 아니라고 하고 있지만 눈에 보이지 않는 연결은 확실히 있는 성싶었다.

결국, 회사에서는 3천만 원의 돈을 마련해서 어음을 결재하지 않을 수가 없었다. 물론, 어음은 제3자 두 사람의 이름으로 배서가 되어 있었다. 대단한 피해였다. 요즘 경제계는 경기가 좋다고 하지만, 쇼와 전기제작소의 최근 영업 실적은 좋은 편이라고는 할 수 없었다. 3천만 원의 손실은 대단한 것이었다. 이렇게 되자, 한 개인의 자살 가지고는 회사 운영에는 티끌만큼도 도움이 되지 않았다. 그런 의미로 보면 세키노 도쿠이치로의 죽음은 개죽음이라고 할 수밖엔 없었다.

전무가 회계과 차장인 하기자키 다쓰오에게 지금 장기간 휴가를 가서는 곤란하다고 한 것은 회사의 이러한 부득이한 사정 때문이었다.

그러나 다쓰오는 어떻게 해서든, 세키노 과장을 자살로 몰아넣은 악당들을 추적하지 않고는 견딜 수가 없었다.

야마스기 기타로는 악당으로 이름난 고리대금업자이다. 그는 회사만을 상대로 고리대금을 하고 있지만, 정계에도 끈을 가지고 있다고 알려져 있었다. 이런 거대한 바다나 산처럼 엄청난 인물로부터 비밀을 캐낸다는 것은 불가능에 가까운 일이다.

그래서 하기자키 다쓰오가 노린 것은 그 비서로 있는 우에자키 에쓰코였다. 다쓰오는 그 여자에게서 돌파구를 찾아내기로 작정했다. 그래서 오늘, 그는 상대의 얼굴을 우선 확인해 두었던 것이다.
 그리고 다음으론 그녀에게 접근할 것을 생각하고 있는 것이다.

 한 잔의 커피로 2시간을 보내는 것은 정말 괴로운 일이다. 다쓰오는 홍차를 한 잔 더 달라고 했다. 한 쌍의 손님은 언제 갔는지 없었다.
 비는 아직 내리고 있었다. 내리기 시작하면 언제나 6월의 장마처럼 추적추적 내렸다. 자동차가 흙탕물을 튀기며 달리고 있다. 도쿄의 도로는 어느 곳이나 깨끗하지 못하다.
 다쓰오의 눈이 번쩍 빛났다.
 한 대의 자동차가 건너편 회색 건물 앞에 멈추는 것이 보였다. 그는 손목시계를 들여다보았다. 아직 4시가 채 안 됐다. 우에자키 에쓰코가 퇴근할 시간은 아직 1시간 이상 남았지만 다쓰오는 이상한 예감이 들었다. 그는 마시지도 않은 홍차 값까지 치르고 바깥으로 나왔다.
 거리를 지나는 여느 사람들처럼 천천이 걸어가면서, 건물 쪽을 주의해 보았다. 차는 아직 멈춰 있었다. 차체가 거울처럼 빛나는 대형 고급차였다. 차체는 백색의 판금으로 되어 있었다. 차에는 운전기사만 타고 있는데, 누군가를 기다리는 모양이었다.
 5분이라면 긴 시간이지만, 다쓰오는 계속 주시했다. 드디어 그 낡은 건물로부터 새하얀 레인코트를 입은 낯익은 여자가 나타났다.
 운전기사가 차 문을 열어 주려고 움직이는 것이 보였다.
 다쓰오는 좌우를 보았다. 택시가 빠른 속도로 달려오고 있었다. 빈 차 표시의 빨간 불이 흐린 날씨 탓에 더욱 뚜렷하게 눈에 들어왔다. 다쓰오는 손을 들었다. 마침 택시를 잡을 수 있는 것이 얼마나 다행인지 몰랐다.

"어디로 모실까요?"

그가 차에 올랐을 때는 대형 고급차가 막 움직이기 시작한 때였다.

"저 차 뒤를 따라 주세요."

다쓰오는 전면 유리를 통해 손으로 가리켰다. 운전기사는 고개를 끄덕이고, 가속기를 밟았다. 앞차는 아오야마(青山) 1가에서 곤다와라(權田原) 전찻길을 달려갔다. 왼쪽으로 궁성의 외원(外苑)이 보이기 시작했을 때 운전기사가 물었다.

"경찰에 계신 분인가요?"

"네, 말하자면 그렇죠."

다쓰오는 하는 수 없이 이렇게 대답했다. 남의 차를 추적하는 이상, 이런 거짓말은 어쩔 수가 없는 일이다. 앞의 차는 신호에 걸려서 멈췄다가는 또 가곤 했다. 신주쿠(新宿)에서 오우메(青梅) 가도로 나왔다. 바로 뒤를 따라가서는 눈치를 챌지 모르기 때문에 약간의 간격을 두자, 그 사이로 트럭이라든가 택시가 끼어들었다.

"이 차는 르노군그래."

르노라면 만일의 경우엔 스피드를 낼 수가 없다. 운전기사는 다쓰오의 마음을 알아챈 듯 태연히 말했다.

"걱정없어요, 신주쿠에서 오기쿠보(荻窪) 근처까지는 신호등이 열두 곳이나 있으니까요. 약간 떨어져도 절대 놓치지는 않습니다요."

사실, 신호등에 이를 때마다 앞 차가 먼저 가서 서 있는 데까지 뒤따를 수가 있었다. 차 뒤쪽에 흰 레인코트가 보였다.

"저건 여자로군요?"

운전기사가 흥미있는 듯 말했다.

앞차는 오기쿠보까지 와서는 남쪽의 조용한 주택가로 방향을 돌려 들어갔다. 다쓰오는 뒤쪽 창에 보이는 여자의 모습을 보면서 우연히 세키노 과장과 도쿄 역 대합실에 동행했을 때, 문의 유리 너머로 비쳤던 여자 모습을 머리에 떠올렸다.

3

앞 차는 계속 주택가를 달려갔다.

"저건 53년형 닷지로군요."

운전기사가 뒤돌아보며 다쓰오에게 말했다.

어제부터 내린 비로, 근처의 나무들은 푸릇푸릇 물들어 가고 있었다. 그러나 벚나무만은 시들어서 볼품이 없었다.

전에 고노에(近衞) 공이 살던 별장인 데키가이장(荻外莊) 근처를 지나자 길 양쪽 담 위로 뻗은 나뭇잎이 무성해지기 시작했다. 차는 물론 사람의 통행도 매우 드물었다. 길은 비에 젖어 번들번들 빛나고 있었다.

"자, 그만 여기서 멈춰요."

하기자키 다쓰오가 이렇게 말한 것은, 앞 차가 속력을 줄이고 오른쪽으로 커브를 틀어 보이지 않게 됐기 때문이었다. 차가 커브를 틀어 들어간 쪽으로는 큰 길이 없었다.

"여기서 내리시겠어요?"

운전기사는 미터를 보면서 말했다.

"굉장히 큰 집으로 들어갔군요."

추적하던 닷지에 무척 흥미를 가진 듯한 어투였다.

"수고했소이다."

다쓰오는 택시 요금을 주었다.

"수고하십시오."

운전기사는 차를 돌려서 갔다. 다쓰오는 내심 씁쓸히 웃었다.

비는 여전히 추적추적 내리고 있었다.

젖은 길에는 사람의 그림자가 없었다. 잘 손질된 나무들의 저쪽 깊숙이에 파란 지붕과 흰 담벽이 어른어른 보였다.

다쓰오는 우산을 쓰고 길을 천천히 걸어갔다. 아까 그 차가 들어간 집 앞까지 가자, 그는 그 집을 관찰하기 시작했다.

그 집은 20미터 정도의 길이로 돌담이 쌓여 있었고, 그 안에는 잔디가 깔려 있었다. 그 위에는 진달래가 일정한 간격으로 정연하게 늘어서 있었다. 또 집 둘레에는 나무들이 무성하게 자라 있어서, 뒤에 가려진 집은 지붕의 일부분만 보일 뿐이었다.

저택으로서도 상당히 컸다.

열려 있는 대문부터 현관까지 자갈을 깐 길이 구부러져 있고, 보이는 것은 정원수뿐이었다.

한 번 건물 앞을 지나갔던 다쓰오는 예닐곱 집 정도 지나갔다가 다시 되돌아왔다. 물론 사람의 말소리 같은 것은 하나도 들리지 않았다. 피아노 소리가 들려오고 있었지만 그것은 그 앞집에서 나는 소리였다.

문기둥에 걸려 있는 오래된 문패에는, '후네자카(舟坂)'라는 글자가 씌어 있었다. 특징 있는 굵직한 글씨였다. 그것도 비에 젖어 번들거렸다.

다쓰오는 일단 길 모퉁이까지 왔다가 다시 되돌아섰다. 그 밖에는 아무도 통행인이 없어서 신경이 더욱 쓰였다. 어디서 누군가 몰래 자기의 이런 행동을 지켜보고 있는 것 같아서 마음이 꺼림칙했다.

세 번째의 관찰에서도 별로 새로운 발견은 하지 못했다. 정원수와, 자갈길과, 깊숙이 자리잡은 지붕에 가랑비가 조용히 내리고 있을 뿐 아무런 변화도 없었다.

다쓰오는 우에자키 에쓰코가 나오길 기다릴까 어쩔까 꽤 오랫동안 궁리를 했다. 언제 나올는지도 모를뿐더러, 비가 오는데다 벌써 근처는 어둑어둑 저물어가고 있었다. 그에게는 이미 무작정하고 기다릴 인내력이 없었다. 게다가 여기서 택시를 잡는다는 것은 생각지도 못할 일이었다.

도대체 저 저택의 주인인 후네자카라는 사람은 어떤 신분의 인물일까? 그 집은 외관으로 보아서도, 상당한 지위에 있는 사람이든가, 부자임에 틀림없었다. 우에자키 에쓰코는 무슨 용무로 이 집을 방문했을까. 역시 야마스기의 금융 관계 용무로 갔을까, 아니면 그것과는 관계 없는 개인적인 일로 갔을까?

저 53년형 닷지는 야마스기 상사의 것일까, 저 저택의 것일까. 그 차의 넘버를 외어두지 않았다는 것은 실수였다. 그러고 보니, 다쓰오는 자신의 행동에는 역시 결정적인 데 가서는 헛점이 많다는 것을 느꼈다.

'후네자카는 어떤 인간일까?'

그가 오기쿠보 역에 다다를 때까지 계속 생각한 것은 이것이었다.

역 앞 약방에 공중전화가 있었다. 다쓰오는 우연히 생각이 나서 가게로 들어갔다.

"전화번호부를 잠깐 보여 주세요."

그는 두꺼운 전화번호부에서 '후네(丹)' 항목을 들췄다. 후네자카는 드문 성인지 셋밖에 없었다.

후네자카 히데아키, 스기나미 구 오기쿠보(杉並區 荻窪) ××번지.

'이것이로구나' 하고 그는 생각했다. 그는 수첩을 꺼내서 그것을 적어 넣고, 전화번호도 함께 적어 넣었다.

후네자카 히데아키, 이것이 그 저택의 주인 이름인가? 도대체 무엇을 하는 사람일까? 물론 전화번호부만으론 알 수 있는 일이 못 된다.

할 수 없이 그는 지나는 길에 있는 책방에 들어가서, 연감의 부록에 붙어 있는 인명록을 선 채로 들여다보았다.

후네자카 히데아키라는 이름은 나와 있지 않았다. 그러나 연감의 발행소가 신문사인 것에서, 그에게는 하나의 연상이 떠올랐다.

다쓰오가 학창시절 친구인 다무라 만키치(田村滿吉)를 신문사로 찾아간 것은 이튿날 오후였다. 현관에서 전화로 연락하자, 다무라는 3층에서 윗도리를 걸쳐 입으면서 현관으로 뛰어내려왔다.

"야, 이거야 뜻밖의 손님인걸. 회사가 근처에 있는데도 영 한 번도 오질 않더니……."

다무라 만키치는 다쓰오를 보며 말했다.

"지금 바쁜가?"

다쓰오가 묻자, 한 30분 정도는 시간을 낼 수 있다고 했다.

"잠깐 자네에게 물어볼 말이 있어서 왔는데……."

"그래? 그럼, 근처에서 잠깐 차나 한잔 할까?"

둘은 신문사 근처에 있는 찻집으로 갔다.

손님은 그리 많지 않았다.

"무얼 물으러 왔지?"

다무라는 안경을 벗고, 증기 타월로 얼굴을 싹싹 훔치더니 물었다. 성급히 구는 것은, 그전과 조금도 변하지 않았다.

"응, 약간 이상한 소리 같지만 실은 자네, 후네자카 히데아키라는 사람 모르는가?"

다쓰오는 소리를 낮추어서 물었다.

"모르겠는데. 나하고는 접촉이 없는 사람이야. 그래 그 사람도 역시 하이쿠(일본 고유의 정형시 중 하나)를 짓는 사람인가?"

다무라 만키치는 대뜸 이렇게 말했다. 그는 다쓰오가 현대 하이쿠에 심취하고 있다는 것을 벌써부터 알고 있었다.

"아냐, 그게 아냐. 신문사 일로서 그런 사람을 아는가를 묻고 있는 거야."

"뭐라고 했지? 그 이름이?"

"후네자카 히데아키."

"후네자카 히데아키라······."

다무라는 입속으로 두어 번 되풀이 중얼거리더니 무언가 생각난 듯했다.

"그러고 보니, 어쩐지 들은 이름 같은데······ 그 사람 자네가 하고 있는 일과 무슨 관계가 있는가?"

그는 천장을 쳐다보면서 혼잣말처럼 중얼거리고 나서 반문했다.

"응, 관계가 있어."

다쓰오가 고개를 끄덕이자

"확실히 들은 적이 있는 이름인데 말이야, 대학교수도 아니고······ 연예인도 아니고······, 잠깐 기다려 봐! 전화로 회사에 물어보지."

다무라는 그렇게 말하더니 막 가져온 커피에는 손도 대지 않고 일어났다.

다쓰오는 담배를 한 개비 꺼냈다. 그러나 그것을 채 다 피우기 전에 다무라는 싱글벙글하면서 돌아왔다.

"알았어."

다무라는 식은 커피를 스푼으로 저으면서 말했다.

"그래? 다행이군. 그래 어떤 일을 하는 사람이래?"
다쓰오는 다무라의 얼굴을 들여다보았다.
"글쎄, 어쩐지 귀에 익은 이름이라고 생각했지. 하긴 너무 오래되어 기억해 낼 수가 없었단 말이야. 그 후네자카 히데아키라는 사람은 말이야."
"응."
"한마디로 우익 중간 보스 중 한 사람이야."
"뭐? 우익의?"
"응, 하기는 이름 있는 거물은 아니지만 말야. 3년 전에 공갈죄로 검거됐던 일도 있지. 내가 어디서 들은 것 같다는 건 그때의 일이 있었기 때문이야."

우익 보스와 우에자키 에쓰코와는 어떤 관계가 있을까? 다쓰오는 멍청한 눈빛으로 생각했다.
다무라는 그 모습을 보더니 물었다.
"도대체 어떻게 된 거야?"
약간 호기심을 느끼기 시작한 표정이었다.
"자네, 그 후네자카라는 인물에 대해서 좀더 자세한 것은 모르겠나?"
다쓰오는 그 말에는 대답하지 않고 물었다.
"글쎄……."
다무라는 커피를 마시고 나서 담배에 불을 붙이고, 빙그레 웃으면서 다쓰오를 바라보았다.
"그렇게 의심할 거까지는 없네."
다쓰오가 말했다.
"차차 자네 도움이 필요해지면 죄다 얘기를 할게……."

빈말이 아니라, 사실 그렇게 될지도 모른다는 생각에서 그는 이렇게 덧붙였다.
"그래? 알겠네."
다무라는 깨끗이 긍정했다.
"그렇다면 이제 내가 전화해서 물은 그 친구를 이리 오라고 하지. 그 녀석은 자세히 알 거야. 벌써 오래 됐지만 지면에서 '최근 우익의 움직임'이란 특집을 다룬 적이 있어. 그때 그 녀석이 취재하러 다녔거든. 그러니까 어느 정도까지는 사정을 알고 있을 거야. 기다려 보게. 내 전화로 말해 볼 테니."
다무라는 다시 일어나서 전화기 쪽으로 갔다가 곧 되돌아왔다.
"온다고 했어."
"그래? 이거 바쁜데 미안하네."
다쓰오는 이렇게 말했다. 그러자 다무라는 화제를 돌렸다. 둘이는 옛 친구들의 소식 같은 걸 서로 이야기하며 시간을 보냈다.
머리가 긴 비쩍 마른 사내가 들어와서 옆에 앉은 것은 한 20분 지나서였다.
"이 친구는 우치노라고 해. 같은 사회부에 있지."
다무라는 두 사람을 서로 인사시켰다. 우치노(內野)라는 친구는 긴 머리를 예술가처럼 손가락으로 쓸어 올렸다.
"이 친구가 후네자카 히데아키에 관해서 자세한 걸 알고 싶다고 하는데, 좀 얘기해 주게나."
다무라는 다쓰오를 가리키며 우치노에게 말했다.
"바쁘신데 정말 미안합니다."
다쓰오가 이렇게 말하자, 우치노는 약간 쑥스러운 듯이 빙그레 웃었다.
"우익에 대한 것은, 전에 취재 때문에 약간 조사한 적이 있습니다만, 후네자카 히데아키라는 사람에 대해서는 저도 잘 모릅니다. 직접 만난 적은 없으니까요."
우치노는 조용한 목소리로 이야기하기 시작했다.
"그다지 큰 존재는 아닙니다. 예를 들면……."
그는 그 방면에서 유명한 인물 이름을 몇 개 들면서 말했다.
"전쟁 전부터 그런 유명한 거물과는 격이 다릅니다. 뭐라고 할까요, 그런 정통파와는 약간 동떨어진 존재라고 할까요? 이전에는 ××숙(塾) 밑에 있었다고 합니다만 거길 뛰쳐나와서 따로 한 파를 만든 겁니다. 숙장(塾長)과 싸움을 하고 나왔다고도 하고, 내쫓겼다고도 합니다만, 어느 쪽이 정말인지는 잘 모르습니다. 그러나 이런 소문으로 보아 그의 성격은 짐작이 갈 듯합니다."
"전에 공갈 사건에 연루된 것은 뭣 때문에 그랬었지?"
다무라가 끼어들어 물었다.
"아아, 그건 정부 보조금을 미끼로 해서 탄광회사를 집어먹었던 거야."
"참, 그랬었지."
다무라는 그렇게 말하고 손목시계를 보더니 자리에서 일어났다.
"나는 일이 있어서 이만 실례하겠네."

다무라 만키치가 가버리자 우치노는 이야기를 계속했다.
"후네자카는 그런 공갈을 꽤 많이 해오고 있다는 소문입니다. 그러나 꽤 솜씨가 좋은 사내로 전후파로서는 제법 두각을 드러낸 편입니다. 내가 취재차 그쪽을 조사한 것은 벌써 2년 전의 일인데, 지금은 대단한 세력을 가지고 있는 모양입니다. 부하들도 꽤 거느리고 있구요. 그러나 그렇게 세력을 모을 수 있다는 것은 역시, 후네자카 히데아키가 자금 조달에 솜씨가 있기 때문이 아닐까요?"
'자금'이란 말이 나오자 다쓰오는 정신을 바짝 차렸다.
"그 자금이라는 것은 어떤 방법으로 만드는 건가요?"
다쓰오는 열중해서 물었다. 가슴을 찌르는 것이 있었기 때문이었다.
"후네자카의 경우, 탄광을 위협해서 돈을 내게 하는 방법을 써 왔겠지요. 하지만 아마도 그 사건은 말하자면 빙산의 일각일 겁니다. 아직도 표면에 드러나지 않은 것이 꽤 많을 테니까요."
"주로 회사 상대인가요?"
"그렇다고 할 수 있지요. 돈은 회사에서 뜯어내기가 가장 쉬우니까요."
"사기도 있을까요?"
다쓰오는 내쳐 물었다.
"글쎄요, 잘은 모르겠지만 후네자카라면 능히 그럴 수도 있을 겁니다."
"그렇지만 그는 그렇게 불법적 방법만으로 자금을 조달하나요?"
"그렇게 말씀하시면 나는 확실한 말을 할 수가 없지요. 무슨 증거를 쥐고 있는 것은 아니니까요. 그러나 후네자카와 같은 이른바 무명의 신흥 우익은 대개 주머니가 그런 비합법적인 방법으로 채워질 가능성이 많다고 할 수 있지요, 이건 물론 추측입니다만."
"그렇겠군요."
"그러나 지금은 후네자카 히데아키도 꽤 많은 돈을 가지고 있는 모양이니 뒷배경도 상당히 넓어졌겠지요."

"출신은 어딥니까?"

"북쪽 지방의 농부 아들로, 학교는 다니지 않고 독학을 했다고 하더군요. 이것도 뜬소문입니다. 게다가 사진 찍기를 매우 싫어합니다. 절대로 카메라맨을 가까이 오지 못하게 한다는 겁니다. 그래서 그의 사진은 어느 신문사에도 없다는군요. 나이는 마흔 예닐곱 된 모양인데 무슨 사상적 이론 같은 것은 없습니다. 전형적인 충신(忠臣) 애국형이라고나 할까요?"

"집은 오기쿠보이죠?"

"그렇습니다. 그쪽에 산다고 들었습니다."

우치노는 일단 그렇게 대답했지만 여기서 뜻있는 웃음을 그 눈에 떠올리며 물었다.

"혹시 니시긴자(西銀座) 뒷거리에 있는 바 레드문이라는 집을 아십니까?"

"글쎄요, 니시긴자라면 대강 압니다만, 그래 어디쯤 되는데요?"

"나미키(並木) 거리에서 신바시 쪽으로 가서……."

우치노는 설명했다. 그러나 술을 그다지 좋아하지 않는 다쓰오는 레드문이라는 바에 대해서는 아무런 지식도 없었다.

한참 그 집이 있는 곳을 말하더니, 우치노는 목소리를 낮추어서 말했다.

"레드문의 마담이, 실은 후네자카 히데아키의 최근 애인이란 소문이 있어요."

다쓰오는 우치노와 찻집에서 헤어져서, 유라쿠 거리(有樂町)에서 긴자 쪽으로 몽유병자처럼 걸어나왔다. 몽유병자처럼 걸어나왔다는 표현이 가장 적절하리라.

그는 목적도 없이 그저 걷고 있었다. 생각을 정리하기 위해서 다리를 움직이고 있을 뿐이었다.

지금까지는 어음 사기꾼과 야마스기 기타로라는 고리대금업자 사이에 있는 보이지 않는 선을 생각하고 있었는데, 또 하나의 새로운 선이 나타난 것이다.

그 3천만 원은 후네자카 히데아키라는 인물이 소속한 우익 자금으로 흘러들어간 것은 아닌지.

우익, 이 괴물과 같은 벽에 부딪히자 다쓰오는 망연해졌다.

단순한 어음 사기꾼의 사기는 아니었다.

이 사기에는 배후가 있었다. 다쓰오는 갑자기 여러 겹으로 층층이 쌓인 중압감을 느꼈다. 우익이라는 엄청난 폭력체의 조직이 기어나오고 있다.

다쓰오는 머뭇거렸다. 이 주저는 공포의 감정과 통하고 있었다. 가슴을 서늘하게 하는 야만적인 시퍼런 칼들이 시야에 가득히 비쳐 왔다.

깊이 파고들었다가는 위험하다. 행동을 포기할까도 했다.

그러나 하나의 흥미가 그를 붙잡고 늘어졌다. 날씬한 모습이 눈앞에 어른거리고 있다. 그것은 우에자키 에쓰코라는 이름의 여자였다. 그 고리대금업자의 사무실에서도 보았고, 자동차에 앉아 있는 것도 보았다. 반짝반짝 빛나는 눈이 특징적이었다. 가늘게 뻗은 콧마루와, 무어라 표현할 수 없을 만큼 순진한 입술을 가지고 있었다. 볼이 그 속에서 투명하게 빛을 내고 있었다.

그 여자도 조직의 한 사람일까? 이 의문스러운 생각은, 적어도 다쓰오에게는 어떤 구체감 같은 것을 안겨 주었다. 그것은 배가 물속으로 잠겨 버릴 위험에 놓였을 때, 우연히 아름다운 여자 승객을 보고 마음의 위로를 느끼는, 같이 탄 승객의 미신적인 착각과도 같은 것이었다. 이 여자가 있는 한, 그런 엄청난 일이 있을 수 있겠는가' 하는 어떤 안도감이 있었던 것이다.

  그럴 리가 없다. 우에자키 에쓰코의 존재를 느꼈을 때, 다쓰오의 심리에는 이런 착각이 그림자처럼 작용했다. 공포의 현실감은 멀어지고 하나의 용기가 솟았다.

  그 용기는 물론, 세키노 과장을 자살로 몰아넣은 일당을 추적하는 데 있었지만, 동시에 그것은 우에자키 에쓰코라는 여자를 추적하는 것이기도 했다. 이때부터 그는 이 사건에 대해 자신도 의식하지 못할 정도로 이상하게 열중하기 시작했다.

바 레드문

1

 비는 그쳤지만, 4월인데도 으슬으슬 추운 밤이었다. 바(酒場) 레드문은 니시긴자(西銀座)의 번화한 골목에 있었다. 하기자키 다쓰오는 거무튀튀한 철판을 붙인 무거운 문을 어깨로 밀고 들어갔다.
 담배 연기로 실내는 뿌옇게 흐렸다. 종업원이 선 채로 얼굴을 돌리고 큰소리로 다쓰오를 맞아들였다. 들어가자 왼쪽이 카운터였는데 박스를 친 객석은 더 안쪽에 있었다. 힐끗 둘러보니, 박스마다 모두 손님과 여자들이 자리를 잡고 앉아 있었다.
 기타를 든 두 명의 악사가 부르고 있는 노래에 맞춰 손님과 여자들이 춤을 추고 있었다.
 그들 뒤의 좁은 통로를 지나서 다쓰오는 카운터 앞에 앉았다.
 양주병이 진열된 선반을 배경으로, 바텐더가 셰이커를 흔들고 있었다. 그와 나란히 기모노를 입은 여자와 양장한 여자가 서 있었다.

"무엇으로 하실까요?"

눈이 큰 여자가 물었다. 깨끗한 이미지의 젊은 여자였다. 아마 이 여자는 아닌 것 같았다.

"하이볼."

탄산수를 섞어 달라고 주문했을 때 서너 너덧 명의 여자들이 손님을 보내고 다쓰오 옆으로 왔다.

"어서 오세요."

다쓰오는 이미 약간 마시고 있었다. 여자가 그의 옆에 나란히 앉았다. 그 얼굴을 보고 비슷하다 싶어서 물었다.

"당신, 마담이에요?"

여자는 웃으며 대답했다.

"안됐습니다, 마담은 훨씬 더 아름다워요, 저기."

그녀는 고개를 돌려 눈으로 마담을 가리켰다.

박스의 손님을 가운데 앉히고, 세 사람의 여자가 앉아 있었다. 그 손님은 취해서 한 손으로 여자의 어깨를 안고 있었다. 어느 쪽이 마담인지 알 수가 없었다. 되물으려고 했을 때 우연히 그중 한 여자가 이쪽으로 고개를 돌렸다. 그러고는 담배를 손가락에 끼고 일어나서 이쪽으로 걸어왔다.

"마담이 오시네, 마담이……."

옆의 여자가 말했다.

기모노를 입었는데 늘씬한 키였다. 생각했던 것보다는 젊었고, 얼굴은 긴 편이었으며 가는 눈을 하고 있었다. 시오자와(鹽澤)의 검은 가스리(붓으로 살짝 스쳐서 그린 무늬가 있는 옷감)에 노랑색 허리끈을 두른 차림이 말쑥한 인상을 주었다. 그녀는 느릿느릿 물결이 굽이치듯 걸어오더니 말했다.

"안녕하세요, 처음 오신 분이시군요?" 마담은 다쓰오를 보고 금방 웃기 시작했다.
"참, 그렇게 말씀드려도 괜찮은가 몰라." 그녀는 옆에 있는 종업원에게 말했다.
"취해서 그런 게 아니야. 요새는 손님 얼굴을 곧잘 잊어버린단 말예요. 아무래도 나이 탓인가 봐."
이렇게 말하면서 그녀는 얼굴을 들었다. 예쁘게 생긴 코가 유난히 눈길을 끌었다.
마담은 의자에서 일어나려는 그를 눈으로 제지하면서, 다쓰오의 어깨를 손가락으로 짚었다.
"아무래도 오늘 처음 오셨나봐!"
다쓰오의 귀에 대고 얼굴을 가까이 댔다.
"예, 처음이에요. 친구에게 듣고 왔지요. 손님이 아주 많은데요……."
다쓰오는 컵을 든 채 몸을 비틀어서 그녀의 얼굴을 가까이 보았다. 웃고 있는 여자의 눈가에는 잔주름이 많았지만, 볼은 생기를 띠고 있었다.
"그래요? 감사합니다, 자주 좀 오세요."
세 사람의 손님이 위세도 당당하게 문을 열고 들어왔다. 뒤에서 종업원이 그녀를 불렀다. 마담이 달려가자 옆에 있던 여자도 새 손님에게로 달려가 버렸다.
'그렇지, 저 여자가 후네자카 히데아키의 여자라고 했지…….'
컵에 들었던 얼음조각이 이에 부딪혀 대각거렸다. 다쓰오는 노란 액체를 넘기면서 멍청히 생각하고 있었다. 그 얼굴 모습은 아직 눈에 남아 있었지만 나중에 다시 한 번 보리라 마음 먹었다.
지금까지 모르고 있었지만 다른 여자와 이야기를 하고 있던, 옆에 앉은 사내가 찬찬히 다쓰오의 얼굴을 지켜보고 있다가 이윽고 자기의 컵을 들고 다쓰오에게로 가까이 왔다.

"형씨는 오늘 처음입니까? 나는 오늘로 세 번째입니다요."

베레모를 쓴 서른두서넛 되어 보이는 3류회사 사원 같은 사나이가 취해서 흐릿해진 눈으로 다쓰오를 보았다. 이 사내는 아까부터 혼자서 마시고 있었다.

다쓰오는 짐짓 모른 척 하고 다시 생각에 잠겼다.

우에자키 에쓰코를 추적한다는 것은 단념할 수 없다. 그런데 후네자카 히데아키라는 인물이 나타나자 사태는 일변했다. 사건의 윤곽이 확대되었다. 3천만 원의 어음이 이 우익 손에 흘러들어갔다는 것은 확실한 사실이다.

지금까지는 야마스기 기타로가 어음 사기꾼들을 조종하고 있다고 생각해 왔지만 그런 것이 아닌 성싶다. 어음 사기꾼의 배후는 후네자카 히데아키라는 우익이 아닐까? 야마스기는 마침 그때, 쇼와 전기제작소가 입체자금의 조달에 초조해하고 있는 것을 알고 이 정보를 후네자카에게 팔았다고 보는 것이 타당할 것이다.

야마스기도 한몫 하고는 있지만 이 사건 음모의 원줄기는 후네자카라는 우익 보스인 것 같았다. 이렇게 생각해 보면 R상호은행에서 호리구치라고 칭한 놈들의 정체도 대강은 짐작할 수 있다. 이와오 데루스케라는 국회의원의 명함을 소도구로 이용한 수법 역시 흔히 그들이 씀직한 방법이다.

다쓰오는 세키노 과장의 유서로 사건의 자세한 경과를 알고 있다. 그것을 수첩에 메모까지 해 놓았다. 이와오 국회의원의 명함을 썼다는 것도 그래서 알게 되었는데, 이 국회의원의 정체도 앞으로 꼭 알아볼 생각이다.

그런데 가장 중요한 인물인 호리구치라고 칭한 어음 사기꾼의 인상에 대해서 세끼노 과장은, 나이가 서른 전후로 얼굴이 긴 사나이라고만 했을 뿐이다. 특징은 전혀 씌어 있지 않았다. 서른 전후의 얼굴이 긴 사나이만으로는 아무래도 하늘에서 뜬구름을 잡는 격이다. 하긴 남의 얼굴에 대한 인상이라는 것은 원래 대개 그렇고 그런 식이지만.

그러나 다쓰오가 레드문에 오게 된 것은 호리구치를 거기서 발견하게 될지도 모른다는 막연한 기대가 있었기 때문이었다. 그것은 후네자카의 여자가 마담이라는 것을 안 순간부터였다.

인상이란 것은 원래가 확실한 것이 못 된다. 그러나 호리구치나 후네자카와 연결되어 있는 이상, 이 바에 오지 않을 리가 없다는 생각을 버릴 수가 없었다. 그는 도망갈 필요도 숨을 필요도 없다. 경찰의 추적이 전혀 없는 것이다. 태연하게 거리를 활보하고 다녀도 무방하다. 따라서 이 레드문에 모습을 나타낼 가능성은 충분히 있는 것이다. 또 그것이 호리구치라면 다쓰오는 틀림없이 그 모습만 봐서도 능히 찾아낼 수 있을 것 같은 생각이 들었다.

이렇게 되자, 우에자키 에쓰코는 그의 마음에서 멀어져 갔다. 야마스기 상사에 대한 의심은 지류가 되고 호리구치를 발견하는 것이 원줄기가 되어 의식에 떠올랐다. 원줄기를 추격하는 것이, 빠른 길이라고 그는 직감했던 것이다.

그러나 한 가지 불안한 것이 있었다.

그것은 후네자카 히데아키란 존재였다. 아니 그보다도 우익의 특수조직이었다. 호리구치가 이 조직 속에 숨어 있는 것이 아닌가 하는 걱정이었다. 그렇게 돼 있다면, 밖에서는 어떻게 해 볼 도리가 없다.

그러나 호리구치는 단순한 어음 사기꾼일 것이다.

믿는 것은 이것뿐이었다. 그는 조직의 주요한 인물이 아니다. 다만 이용당한 사나이에 불과하다. 그래서 그는 제멋대로 거리를 돌아다니고 있을 것이다. 다쓰오가 노리는 유일한 희망은 바로 그 점이었다.

걱정은 오히려 따로 있었다.

그것은 호리구치라는 사내를 추적하고 있다는 것이 알려지면, 혹 후네자카 일파가 압박해 오지나 않을까 하는 두려움이었다. 전후파라고는 하지만 후네자카는 우익의 신예 세력이다. 우익의 괴물적인 조직을 생각하면 다쓰오는 등골이 오싹해지는 불안을 느꼈다.

그런데 야마스기 상사의 우에자키 에쓰코가 후네자카 히데아키의 저택에 출입하는 것은 무엇 때문일까? 그것은 단순한 연락 때문일까? 아니면, 별다른 관계라도 있는 걸까? 다쓰오로서는 그 점을 알 수 없었다. 우에자키 에쓰코에 대한 관심을 버리지 못한 채, 막연히 호리구치를 추적하려고 레드문에 어정어정 나타난 하기자키 다쓰오의 혼돈된 행동은 아마추어의 탐사 역량의 한계를 나타내고 있었다.

다쓰오의 옆에 앉은 사나이는 하이볼 컵을 손에 쥐고 허공에 높이 쳐들며 건배를 들자는 시늉을 해보였다.

"이런 곳은 단골이 되지 않으면 여자애들에게도 환영을 못 받는 모양이야."

그러고 보니, 그 사나이의 옆에는 여자가 하나도 없었다. 건장한 체격으로 보기에도 무뚝뚝한 표정을 하고 있었다. 기다란 코와 음침한 눈에 게다가 목은 산돼지처럼 굵었다. 어깨가 약간 올라간 자세로 풍채가 좋지 않다. 복장도 고급은 못 되었다. 베레모만이 아주 귀여운 인상을 주었는데, 그렇다고 그것이 바 여자들에게 환영을 받을 성싶지는 않았다. 다쓰오는 할 수 없이 건성으로 대꾸

했다. 사나이는 취해 있었다.

"저 마담 근사한데, 형씨. 저건 틀림없이 기생 출신이야. 근데 어떤 놈이 서방일까?"

뒷말은 입속으로 중얼거려서 잘 알아들을 수 없었는데, 그는 고개를 떨구더니 컵으로 카운터를 두드리며 "야아" 하고 큰소리로 술을 청했다.

다쓰오는 우연히 마담을 보았다. 마담은 지금 들어온 세 사람 일행의 자리 틈에 끼어 앉아 애교를 떨고 있었다. 거기에는 여자가 네 사람이나 몰려 있었다. 일행은 이른바 '회사 손님'인 성싶었다.

그러고 보니 마담은 어느 여자보다도 말쑥하고 아름다웠다. 웃고 있는 옆얼굴에선 요염한 모습이 엿보였다. 손님을 다루는 솜씨도 익숙했다. 때때로 다른 테이블에 시선을 떨구곤 했는데, 그때만은 날카로운 시선이 되곤 했다. 그러고는 지나가는 종업원을 불러 술심부름을 시키기도 했다. 손님의 술컵을 들고 떠들어 대고는 있었지만 장사에만은 빈틈이 없었다.

'저것이 후네자카 히데아키의 여잔가' 하고 생각하니, 다쓰오는 그녀의 몸에서 요염한 기운이 피어오르는 것 같았다.

그는 홀 안의 객석을 안 보는 척하면서 차례차례 둘러보았다.

'서른 전후의 얼굴이 긴 사나이……'

인상의 기준은 그것뿐이었다. 처음에는 허공을 잡는 듯했지만 그래도 그런대로 어렴풋한 기준은 되었다.

그 이유는 우선 명백히 마흔 이상의 남자는 제외되기 때문이다. 그리고 이런 바에 오는 남자는 나이가 좀 든 사나이가 많다는 것이 사람을 식별하는 데 도움을 주었다.

백발이나 대머리는 안심하고 제외해도 된다. 게다가 쉰 이상의 사나이는 대상이 아니다.

그런 눈으로 그는 손님들을 보고 있었다.

조명이 어두워서 잘 알 수가 없었다. 게다가 담배연기가 안개처럼 자욱하게 피어오르고 있었다. 더군다나 박스에 앉아 있는 손님은 가려져 들여다볼 수 없으니, 어떻게 생긴 사람이 있는지조차 모른다. 그러나 다쓰오는 그런 곤란한 점보다도 또 다른 의문이 떠올랐다.

그것은 서른 전후의 얼굴이 긴 사람이라는, 세키노 과장의 표현이 매우 평범하다는 점이었다. 이 평범한 표현은 상대로부터 특별한 인상을 받지 않았다는 것을 의미한다. 즉, 호리구치라는 사나이에겐 눈을 끌 만한 특징이 없다는 것을 뜻한다. 이것은 사람을 찾는 데는 아주 불리한 조건이라 할 수 있다.

인상이 약했다고 한다면 서른 전후라든가 긴 얼굴이라든가 하는 것도 막연하고 불확실한 표현이 된다. 연령이란 보는 사람에 따라서 매우 다르게 마련이다. 목격자의 증언이 사실과 다른 경우를 왕왕 볼 수 있기 때문이다. 긴 얼굴이라고 했지만 그것 역시 믿을 수 없는 것으로 사실은 그렇지 않은지도 모르는 것이다.

'도대체 이렇게 막연하니, 알 수가 있나.'

다쓰오는 다시 또 자기 컵에 시선을 떨어뜨리고, 카운터에 팔꿈치를 짚고서 멍청하게 생각에 잠겼다. 옆자리의 술취한 베레모 사나이는 흥얼거리며 노래를 부르기 시작했다.

다쓰오가 두 번째로 레드문에 온 것은 그로부터 이틀 후의 밤이었다. 9시를 조금 지난 시간이었다.

바 안은 여전히 붐비고 있었다. 다쓰오가 들어가니까 여자들이 일제히 그의 얼굴을 보았다.

박정한 인심, 단골손님이 아니라는 것을 알자 그녀들은 곧 자기 손님 쪽으로 얼굴을 돌려 버리고 만다.
다쓰오는 홀 안을 둘러보았지만 마담의 모습은 보이지 않았다.
카운터에는 대여섯 사람의 손님이 앉아 있었는데 거기에는 낯익은 베레모 사나이도 있었다. 그런데 오늘 밤엔 여자가 둘씩이나 좌우에 붙어 있었다. 아마도 단골손님 대우를 받기 시작한 모양이었다. 오늘도 그는 취해서 여자 둘에게 무슨 소리를 떠벌리고 있었다.
다쓰오가 앉자 얼굴이 넓적한 여자가 카운터 앞에 다가와서 물었다.
"어서 오세요, 뭘 드시겠어요?"
"하이볼로. 그런데 마담은 안 계신가?"
너무 서둘러 물은 것 같지만 그것이 제일 궁금했던 것이다.
"마담 언니는 말예요. 잠깐 외출했어요. 곧 돌아올 거예요."
여자는 눈을 가늘게 뜨고 찬찬히 다쓰오를 바라보면서 대답하고는 엷은 입술을 오므리고 웃었다.
다쓰오는 하이볼을 마시면서 일전에 그랬던 것처럼 홀 안을 관찰했다.
박스는 다섯 개 있었다. 그중 한 박스엔 머리가 허옇게 센 신사가 여자의 어깨를 감싸안고 술을 먹이고 있었다. 여자가 네 사람씩이나 모여 있는 것으로 미루어 인기 있는 손님인 성싶었다. 또 한 박스엔 중년의 사나이와 세 사람의 젊은 사람들이었다. 직장 상사가 부하를 데리고 온 듯한 인상이었다. 또 다른 곳에는 두 사람의 중년으로 큰소리로 이야기를 주고받고 있었다. 또 한 곳에는, 세 사람 일행이었는데 초로에 가까운 회사원 차림의 사람들로 얼른 보아도 '회사 일'로 해서 한잔 하러 온 것을 알 수 있었다.

나머지 한 곳에는 가장 안 쪽에 있는 박스라 어두워서 잘 안 보였지만, 손님이 이미 취했는지 몸을 구부리고 있었다. 자세히 보니 여자를 안고 있었다.

'도대체 이런 식으로 호리구치를 찾아낼 수 있을까?'

다쓰오는 또 불안해졌다. 어쩐지 무의미한 짓을 하고 있는 것 같아서 허무한 생각이 들기조차 했다. 소용 없는 노력으로 엉뚱한 짓만 계속하고 있는 것 같은 생각이 자꾸만 들었다.

뒤에서 누군가가 다쓰오의 등을 두드렸다. 다쓰오가 돌아다보니 베레모 사나이가 컵을 들고 웃고 있었다.

"야아, 당신 또 오셨군요."

베레모 사나이는 비틀거리며 다쓰오 옆자리에 앉았다.

두툼한 입술을 열어 누런 이를 드러내고 기다란 코는 주름을 잡고 있었다.

"이럭저럭 나도 이젠 이 집의 단골이 됐나 봐요."

그는 즐거운 듯이 그렇게 말하더니 "이봐" 하고 여자를 불렀다.

"거 참 잘됐군요."

다쓰오도 컵을 들었다.

"하하하, 당신도 곧 그렇게 될 거요. 당신은 미남이라서 나보다 인기가 있을 거구요."

그는 계속 히죽히죽 웃으며 다쓰오의 얼굴을 바라보았다.

"그런데, 당신은 마담을 목표로 하고 있는 모양이더군요."

다쓰오는 약간 뜨끔했다. 단순한 말이지만, 이 사나이는 다른 뜻을 담고 말하고 있는 것이 아닐까. 어떻게 이 말을 받아들여야 할까. 그는 그 순간 판단을 어떻게 내려야 할지 몰랐다.

이때 입구 문이 열렸다. 누군가가 들어오고 있었다. 다쓰오는 그쪽을 보고 저도 모르게 숨을 죽였다. 우에자키 에쓰코가 걸어들어오고 있었던 것이다.

2

 다쓰오는 순간적으로 얼굴을 카운터 아래로 푹 숙였다. 그리고 하이볼을 마시고 있는 시늉을 했다. 이 시점에서 우에자키 에쓰코와 부딪힌다는 것은 곤란하다.
 얼마 전 야마스기 상사를 방문했을 때, 그는 사장도 알고 있다고 하면서 자금 융통을 신청했다. 야마스기 기타로가 출장에서 돌아왔을 지금쯤은 그것이 거짓말이라는 것을 에쓰코는 알고 있을 것이다. 그러니 여기서 얼굴을 보인다는 것은 재미없는 일이다. 게다가 그 여자의 거동을 관찰하는 데는 얼굴을 보이지 않는 편이 유리하다. 마침 에쓰코는 이쪽으로 오지 않고, 카운터 옆에 앉았다. 일렬로 앉아 있는 한쪽 끝이기 때문에 그 사이에 손님이 네댓 사람 있어서 서로 상대를 볼 수는 없었다. 다쓰오는 에쓰코의 말소리에 주의깊게 귀를 기울였다.
 "마담은?"
 에쓰코가 종업원에게 묻는 소리가 들렸다. 가벼운 말투로 묻는 품이 이 집과는 매우 친한 사이라는 것을 쉽사리 알 수 있었다.
 "잠깐 나가셨어요, 곧 돌아 오실 거예요."
 종업원의 대답이다.
 "그래요? 나, 진피스를 줘요."
 "어서 오세요, 네에."
 머리를 깨끗이 갈라 빗은 바텐더가 에쓰코 쪽을 향해 상냥하게 웃으며 알았다는 듯이 머리를 숙였다.
 그리고 나서 셰이커를 흔들었다. 다쓰오 옆에 앉은 베레모 사나이는 앉은 채로 고개를 뽑아 에쓰코 쪽을 보았다.

"누구야, 저 여자는?"

그는 옆에 있는 여자에게 작은 소리로 물었다.

"마담 친구예요."

"흐응, 그래? 그럼 저 여자도 술집 마담인가?"

"아니, 그렇지 않아요."

종업원은 웃으며 머리를 저었을 뿐 더 이상 설명하려 하진 않았다. 베레모 사나이는 그것으로 납득을 했는지, 아무 말없이 컵에 담긴 술을 입속으로 흘려넣었다. 역시 에쓰코와 이 집 마담은 관계가 있다는 것을 다쓰오는 그 여자의 말을 통해서 알 수 있었다. 그것은 곧 후네자카 히데아키와의 관계인 것이다. 또 한걸음 나아가서 후네자카와 야마스기 기타로와의 관계인 것이다. 그 사이에 3천만 원을 앗아간 어음 사기꾼이 움직이고 있는 것이다. 도대체 그 어음 사기꾼은 어디 숨어 있단 말인가. 3천만 원은 어디로 흘러갔으며 누가 먹은 것일까? 사례를 2할로 보더라도 6백만 원이다. 1할 5푼으로 본대도 4백 50만 원이다. 그 일에 가담한 사람들에게 분배해 줬다손치더라도 3백만 원 정도는 제 주머니에 들어갔을 것이다.

그렇게 큰 공돈을 주머니에 넣고 집에 틀어박혀 있는 놈이 어디 있겠는가. 다쓰오는 상상을 넓혀갔다. 후네자카의 조직 속에 숨어 있다고 생각할 수도 있겠지만, 경찰의 추적이 있는 것도 아니니 그는 어떤 곳에 가도 태연할 수 있을 것이다. 그렇다면 지금쯤은 어디 온천으로 여자라도 데리고 가서 즐기고 있을지도 모른다. 아니면, 시내의 요정이라든가 카바레 같은 데서 기분 좋게 놀고 있는지도 모른다.

그 돈 때문에 세키노 과장은 가족을 남겨 놓고 자살을 했다. 한쪽은 선량한 인간이 생명을 끊고 가족이 울고 있는데, 한쪽은 혀를 내밀고 즐기고 있다. 그것을 생각하니 다쓰오는 분노로 온몸에 뜨겁게 열이 올랐다. 그는 어떻게 해서든 그놈을 찾아내고야 말겠다는 결심을 새삼스럽게 다짐했다.

물론 곤란한 일일 것이다. 그 배후에는 우익이라는 괴물과 같은 벽도 있다. 그러나 불안하더라도 용기를 잃지 말아야겠다고 그는 생각했다.

어쨌든 호리구치라는 어음 사기꾼은 틀림없이 이 바에 나타나고야 말 것이다. 레드문은 후네자카와 야마스기를 연결하는 선 위에 있는 하나의 점이다. 이 점에 호리구치가 나타나지 않을 리가 없지 않은가?

"야마모토 군."

그때, 손님이 부르는 소리가 났다.

"네에."

바텐더가 상냥한 얼굴을 그쪽으로 돌렸다.

"자네 오늘 후추(府中)에 갔었나?"

손님은 진피스를 마시면서 말하고 있는 모양이었다. 다쓰오는 그 소리만 듣고 있었다.

눈앞에 서 있는 바텐더의 얼굴에 웃음이 떠올랐다.

"네에, 잠깐 동안."

"손해 봤지?"

"아뇨, 그리 많이 따지도 못했지만요……."

그는 위스키 병을 기울여 노란 액체를 컵에 따라부으면서 대답했다.

"안 되겠는걸. 벌써부터 그만둔다 하면서 아직도 계속하고 있다니……."

"헤헤헤."

컵에 얼음조각을 넣더니 그는 이마에 손을 댔다.

"형씨, 형씨도 경마를 하나?"

베레모 사나이가 껴들었다.

바텐더는 베레모 사나이를 보더니 물었다.

"아니, 손님께서도 경마를 하십니까?"

"나도 오늘 후추에 갔었죠."

"네에, 그래요? 그래 어땠습니까?"

그는 카운터 너머를 들여다보는 시늉을 했다.

"따가지고 왔지요."

"뭘 사셨는데요?"

"세 번째 경주의 6의 2."

"아아, 그럼 하먼과 민드니시키로군요. 하먼이 맞을 줄은 몰랐는데요. 배당은 7백 50원이었지요."

"다음엔 여섯 번째 경주로 3의 5를 1만 원어치 샀지."

"야아, 그거 잘하셨군요. 나는 반대로 갔기 때문에 실패했어요. 그 배당도 대단했지요. 8백 40원이었다고 기억합니다."

"형씨는 기억력이 좋으시군그래."

"이것이다 하고 걸었다가 졌으니, 그 경주의 배당금을 잊을 리가 있겠어요?"

"형씨는 거기 자주 가슈?"

"그렇게 자주는 못 갑니다. 엄벙덤벙하다간 월급탄 거 죄다 날리고 가불을 해야 하니까요."

"그렇겠지. 창구에서 당신 같은 미남 얼굴은 본 기억이 없으니까……."

"헤헤헤."

과연 바텐더는 나이는 좀 든듯 보였지만 젊었을 때는 꽤 미남이었을 것 같았다. 실컷 여자를 즐겨온 피로 같은 것이 깨끗하게 면도한 얼굴의 한구석에 나타나 있었다. 다쓰오는 화려한 바에서 이런 얼굴을 보면 왠지 모르게 애수를 느낀다.

입구 문이 열렸다. 그러자 여자들의 얼굴이 일제히 그리로 향했다.

"어서 오십시오."

여자들은 명랑하게 맞았다. 베레모 사나이 옆에 있던 여자가 둘이 모두 일어났다. 바텐더는 멀리서 허리를 굽혀 인사를 했다.

다쓰오가 남들이 눈치채지 못하게 고개를 돌려 그쪽을 보니까, 백발을 깨끗하게 빗어넘긴 키 큰 사나이가 젊은 남자를 거느리고 막 박스에 앉는 참이었다. 청년은 백발 노신사를 에스코트하는 모양이었다.

여자들이 두서넛 그 손님 주위로 달려갔다. 이 집에서는 상당히 인기 있는 손님임에 틀림없었다.

여자가 하나 카운터로 왔다.

"야마모토 씨, 선생님이 오셨어요."

"네, 알았습니다."

바텐더는 고개를 끄덕이고 선반에서 검은 양주병을 꺼내 준비하기 시작했다. 그가 즐겨 마시는 술을 알고 있음에 틀림없었다.

선생님? 다쓰오의 귀가 번쩍 띄었다.

선생님이라니? 누구일까? 이 니시긴자의 술집에는 이른바 문화인이라는 사람들이 많이 드나든다. 그러나 방금 들어온 사람은 그런 타입의 노신사는 아니다. '선생님'이라고 불리고 있으니, 후네자카 히데아키가 아닌가 하는 생각이 언뜻 들었지만, 그는 그 생각을 곧 부정했다. 후네자카는 아직 40대인 것이다.

또 한 가지 놀라운 것은 언제 왔는지 마담이 돌아와 있었다. 그녀는 그 선생님이란 사람 옆에 앉아 있었는데 우에자키 에쓰코도 그 옆에 나란히 앉아 있었다.

다쓰오와 그 박스와는 꽤 거리가 떨어져 있어서, 이야기의 내용은 알 수 없었다. 그러나 이야기는 별다른 것은 아닌 성싶었다. 웃음소리가 계속 들려왔다. 다쓰오는 등 뒤로 그 웃음소리를 듣고 있었다. 자주 뒤돌아볼 수가 없었던 것이다.
베레모 사나이는 바텐더와 여전히 경마이야기를 하고 있었다.
다쓰오는 바텐더에게 손짓을 했다.
"네에."
바텐더는 이야기를 중단하고 얼굴을 가까이 들이댔다.
"형씨, 저 손님 누구였더라? 어디선가 한 번 뵌 듯싶은 분인데……."
다쓰오가 물으니까 바텐더는 잠자코 흰 이를 드러내고 웃어 보이기만 했다. 그는 얼굴을 돌리고 다시 베레모 사나이와 경마이야기를 시작했다. 단골손님의 이름은 다른 손님에게 그다지 알리고 싶지 않은 모양이었다.
기타를 든 악사가 둘 들어왔다.
"신 아저씨."
박스의 여자가 소리를 쳤다.
기타가 울리기 시작했고 노랫소리가 들려왔다. 다쓰오는 그제야 비로소 뒤를 돌아볼 수가 있었다.
선생이란 사람의 얼굴이 정면으로 보였다. 흰 머리에 불그레한 얼굴이었다. 옆에 앉은 청년은 덩치가 작아 보였다. 우에자키 에쓰코는 그 노인 옆에 앉아서 앞에 앉은 마담과 이야기하고 있었다. 검은 옷을 입은 마담의 등이 보였다. 그 사이로 다른 여자들이 끼어 있었다.

노래를 부르는 사나이는 격자무늬의 와이셔츠를 입은 뚱뚱한 사나이로 기타를 안고 있었고, 그 뒤의 키가 큰 사나이는 아코디언을 연주하고 있었다.

이런 광경을 찬찬히 보고 난 뒤 다쓰오는 자세를 원래대로 돌렸다.

도대체 저 사나이는 누구일까? 우에자키 에쓰꼬와도 가깝다. 후네자카와 야마스기가 연결된 사나이라는 것만은 쉽사리 상상할 수 있었다. 그것도 선생님으로 불리고 있으니 상당한 인물임에 틀림없다. 사실상 그럴 만한 관록을 그 사나이는 몸에 지니고 있었다.

노래는 다쓰오의 등 뒤에서 계속되었다. 유행가가 차례로 흘러나왔다. 여종업원들은 신이 나서 합창을 하고 다른 손님들도 이 호화판 박스를 부러운 듯 바라다보고 있었다.

이런 상태가 한 15분쯤 계속됐을까? 군가를 마지막으로 노래가 끝났다.

그러자, 그 박스에서 여러 사람의 말소리가 들려왔다. 손님은 일어나서 가려고 하는 모양이었다. 다쓰오는 힐끗 그쪽을 보았다. 우에자키 에쓰코가 '선생님'과 어깨를 나란히 하고 막 움직이기 시작한 참이었다.

다쓰오는 서둘러 계산을 끝냈다.

"형씨, 벌써 가시는 거요?"

베레모 사나이가 얼굴을 돌렸다.

"네에, 먼저 실례합니다."

"그래요? 그럼 또……."

그 사나이가 악수를 청해 왔다. 다쓰오는 악수할 처지도 아니었지만 할 수 없이 그의 손을 잡았다. 상대는 검도라도 한 듯한 튼튼한 손을 가지고 있었다.

'선생님'과 청년과 에쓰코는 여자들의 전송을 받으며 문 쪽으로 갔다. 마담이 뒤따라 가면서 이야기를 하고 있었다.

다쓰오는 어떻게 해야 할지 결정을 내리지 못했다. 그러나 '선생님'과 에쓰코의 행선지를 알아두고 싶은 생각이 본능적으로 일어났다.

마담은 한길로 나가서, 차가 달리고 있는 큰길까지 전송을 했다. 그들의 뒤를 다쓰오는 천천히 뒤따랐다.

택시를 세우고 세 사람이 올랐다. 마담과 종업원은 보도에 서서 손을 흔들었다.

다쓰오는 다른 차가 없을까 하고 양옆을 살펴보았으나 빈차가 없었다. 마음이 초조해졌다. 그들이 탄 택시가 움직이기 시작했다. 그는 차체 뒤에 붙은 번호판에 눈을 주었다. 3-14362, 차가 사라지도록 그는 그 숫자를 여러 번 중얼거렸다.

그러고 나서 다쓰오는 수첩을 꺼내들고, 깨끗한 케이크가 줄지어 진열된 가게의 윈도 불빛에 다가가 방금 외운 번호를 써넣었다.

그러나 다쓰오는 조금 떨어진 곳에서 흰 와이셔츠에 검은 나비넥타이를 맨 웬 사나이가 그의 이런 거동을 찬찬히 바라다보고 있다는 것을 미처 깨닫지 못했다. 다쓰오가 걷기 시작하자, 나비넥타이의 사나이는 재빠른 걸음으로 골목 안으로 사라졌다.

다쓰오는 천천히 걸었다. 언제나 무엇을 생각할 때는 그렇게 걷곤 했다. 오늘은 머리가 복잡해서 생각이 잘 풀리지 않았다.

어느 쪽 선을 추적해야 할까. 그는 그것을 판단할 수가 없었다. 레드문에 달라붙어 있으면 호리구치라는 어음 사기꾼이 나타날 것도 같고, 후네자카 히데아키라는 인물의 세컨드라는 마담의 동태도 관찰할 수가 있다. 그러나 그 호리구치가 언제 올지 그걸 모른다. 올 경우 그를 알아보는 것도 쉬운 일이 아니다. 게다가 이것은 그저 막연히 기다리는 것뿐, 자칫하면 시간만 낭비하게 될지도 모른다. 희망이 있다면 우에자키 에쓰코가 다시 거기를 찾을지도 모른다는 것뿐이다. 그녀가 나타나면 한번 뒤쫓아 보고도 싶다. 그러나 생각해 보면, 이것 역시 꼭 그렇다고 할 수는 없다. 그녀의 주변에 호리구치가 꼭 나타날지 알 수 없기 때문이다.

그는 자신을 잃어가고 있었다. 쓸데없는 일에 몸부림치며 허둥거리고 있는 듯한 생각이 들었다.

그는 걸어가다가 다른 바를 보고 그 안으로 들어갔다. 답답한 심정은 그 술집에서 하이볼의 컵을 들고 앉아 있어도 마찬가지였다.

이 홀도 어두컴컴하고 좁았다. 손님은 그리 많지 않았다.

여자가 옆에 와 앉았지만 별로 이야기하고 싶은 생각은 없었다. 여자는 따분한 듯 안주로 나온 밤 껍질만 벗기고 있었다.

그때 입구 문이 열리더니 기타를 든 악사가 둘 나타났다.

다쓰오는 순간적으로 이상스럽게 생각했다. 조금 전에 레드문에서 노래를 부르고 있던 사람들이다. 격자무늬의 뚱뚱한 사나이가 낯익었던 것이다.

그러나 그들은 한 구역 안을 다 돌아다니기 때문에 이 집에 오는 것이 그리 이상한 일은 아닐 것이다.

손님이 노래를 신청하고 있었다.

다쓰오는 그만 돌아가고 싶어졌다. 그는 일어나서 좁은 통로를 걸어 출입문 쪽으로 갔다. 그의 옷자락이 격자무늬 사나이의 기타를 스쳤다. 그 사나이는 일부러 그러기라도 하듯 통로 한가운데 버티고 서 있었다.

기타소리가 멎었다.

"야아, 이 자식! 남의 장사를 방해할 셈이야!"

다쓰오가 변명을 할 시간도 주지 않았다. 격자무늬의 뚱뚱한 사나이는 다짜고짜 다쓰오의 멱살을 움켜쥐었다. 억센 손아귀였다.

"밖으로 나가자!"

그가 외치자 아코디언을 켜던 키 큰 사나이가 다쓰오의 팔을 잡고 가세했다. 홀에 있던 손님과 여자들이 모두 일어났으나 말리는 사람은 아무도 없었다. 문이 열리면서 다쓰오는 거리로 떠밀려나갔다.

또 다른 사나이 셋이 거기 서 있다가 통행인의 눈에 띄지 않게 다쓰오를 둘러쌌다. 다쓰오는 그들이 젊은 사람들이라는 것만 알 뿐 인상을 보아둘 여유조차 없었다.

그들은 다쓰오를 둘러싼 채 걸음을 옮겼다. 남들이 보기에는 아무 일도 없는 사람들로 보였을 것이다.

그들이 광포하게 나온 것은 골목 안, 사람들의 통행이 없는 곳에 이르렀을 때였다. 다쓰오는 거기서 몰매를 맞았다. 그는 땅에 쓰러져 움직이지도 못하게 두들겨 맞았다.

"이 자식, 괴상한 짓 하지 말란 말이야!"

그중의 한 명이 다쓰오의 얼굴에 침을 뱉었다. 그 말은 이 구타가 단순히 기타에 부딪혔던 앙갚음이 아니라는 것을 그에게 알려주는 것이었다.

베레모 사나이가 약간 떨어진 으슥한 곳에 서서 이 광경을 지켜보고 있었다.

3

다쓰오는 경시청의 교통과로 갔다. 그리고 창구에서 물었다.
"차 번호를 알면 자동차 소유주를 알 수 있을까요?"
"조사하면 알 수 있습니다만……."
직원이 다쓰오의 얼굴을 보며 말했다.
"무슨 사고라도 있었나요?"
"사고가 아닙니다. 그 차에 탔었는데 물건을 잊어버리고 내렸습니다."
"택시군요."
"그렇습니다."
"넘버는?"
다쓰오는 그저께 밤에 수첩에 적어 둔 번호를 말했다. 직원은 장부를 꺼내서 들쳐보며 말했다.
"그 넘버의 차는 메지로(目白)에 있는 ××택시회사 소속입니다. 잊은 물건이 있다면 여기서 연락해 드려도 좋습니다."
"아뇨, 괜찮습니다. 다른 차도 탔기 때문에 어느 차에 놓고 내렸는지 모호해서요. 내가 가서 직접 물어보지요."
어두운 건물 속에서 나와 그런지, 바깥의 밝은 햇빛이 눈부셨다. 웃옷을 벗고 와이셔츠만 입고 걸어다니는 사람도 있었다.
다쓰오는 어제 하루 종일 몸이 아파서 일어나지를 못했다. 그다지 큰 상처는 입지 않았지만, 얼굴 한쪽이 부어올라서 어젯밤까지 얼음찜질로 겨우 가라앉혔다. 게다가 땅바닥에 쓰러져 밟혔기 때문에 팔과 다리에 찰과상을 입어서 아직도 아팠다. 허리에 맞은 타박상이 결려서 어제는 하루 종일 방 안을 기어다녔다. 양복은 흙투성이가 되었고 와이셔츠는 찢기고 소매에는 피가 묻어 있었다.

오늘 아침 그는 그런 고통을 참고 일어나 여기까지 왔던 것이다.

기타의 사나이에게 부딪힌 복수로서는 지나친 것이었다. 그것만이 원인이라면 이렇게까지 심할 수가 없다. 그 사나이는 일부러 좁은 통로를 막고 서 있었던 것이다. 상대는 처음부터 싸움을 걸려고 계획했던 것이다.

그 기타맨에게 시비를 당할 직접적 이유는 다쓰오에겐 없었다. 이유가 없는 폭력을 당했다는 점에 그의 직감이 보이지 않는 동기를 납득하게 했다. 일찍이 막연히 느끼고 있던 불안이 처음으로 현실로 나타나기 시작한 것이다.

그 기타의 사나이는 레드문에서 노래를 부르고 있었다. 그리고 다쓰오를 어두운 골목에서 때려눕힌 사나이는 '괴상한 짓 하지 마라'며 얼굴에 침을 뱉었다. 직감의 증명은 이것 둘로 충분한 것이다.

그러나 레드문에서 다쓰오가 무엇을 어떻게 했다는 건가? 아무 짓도 하지 않았다. 그는 다만 하이볼을 마시고 나왔을 뿐이었다. 다른 손님과 조금도 다름이 없다. 그의 거동 어디에 그들의 주의를 끌 만한 수상한 점이 있었단 말인가?

여기까지 생각하자 다쓰오는 마음에 짚이는 것이 있었다. 그렇다, 그때 '선생'이란 인물과 우에자키 에쓰코를 쫓아가느라고 서둘러 나왔다. 그 거동이 이상하게 보였을지도 모른다. 그래서 누군가가 그의 뒤를 쫓아서 엿보고 있었는지도 모른다. 그때 다쓰오는 그 둘이 탄 택시의 번호를 외어 가지고, 케이크 집 윈도 불빛으로 그것을 수첩에 써넣었다. 그들의 주위를 끌었다고 한다면, 이것만은 충분한 이유가 될 만한 행동이었다.

'저쪽에서도 이젠 그 정체를 드러내기 시작했구나.'

다쓰오는 생각했다. 이것으로 레드문이 어느 누군가의 아지트라는 것은 대체로 확실해졌다. 그것이 누군지는 아직 모를 일이다.

지금까지 품어 오던 불안은 그것이 현실로 나타나기 전에도 느껴졌었다. 그러나 그저께와 같은 사건을 겪고 나자 도리어 이상하게 보이지 않았던 불안이 더욱 그를 두려움에 떨게 했다.

'선생'과 에쓰코를 태운 택시를 찾아 그 행선지에서 무언가를 알아내려고 한 것은 그런 모험적인 용기가 솟았기 때문이었다.

메지로의 ××택시회사를 찾아가자 다쓰오는 직원에게 택시의 넘버를 말하고 그때의 운전기사를 만나고 싶다고 말했다. 잃어버린 물건에 대해서 물어볼 것이 있다는 것이 구실이었다.

직원은 근무일지를 보았다.

"시마다(島田)라는 운전기사입니다. 오늘도 같은 차를 몰고 나갔습니다. 그런데 습득물이 있었다는 보고는 없었는데요."

그러면서 그는 고개를 기웃거렸다. 다쓰오는 그 운전기사에게 미안한 생각이 들었다.

"아닙니다. 다른 택시도 탔었는데, 어디에 두고내렸는지 몰라서 그러는 겁니다. 아무튼 잠깐 물어보고 싶어서요."

"그렇다면 메지로 역전으로 가보세요. 구내 택시니까, 어디 나가지 않았으면 거기에 주차하고 있을 겁니다."

다쓰오는 역으로 걸음을 옮겼다.

마침 한가한 시간이었던지, 역전에는 다섯 대의 택시가 늘어서 있었다. 기억에 떠오르는 3-14362 택시가 그 한가운데서 지루한 듯 햇빛 속에 졸고 있었다.

운전기사는 시트에 누워서 주간지를 읽고 있었다.

"시마다 씨죠?"

다쓰오가 말을 걸자 운전기사는 서둘러 몸을 일으켰다.

"그렇습니다."

"좀 쑥스러운 말입니다만 형씨, 혹 그저께 밤 10시경, 긴자의 ××당 앞에서 남자와 여자 손님 한 쌍을 태우지 않으셨습니까?"

운전기사는 의아스러운 표정을 지으면서도 기억을 더듬는 모양이었다.

"아아, 남자는 나이를 먹은 신사분이고 여자는 젊고 아름다운 사람이었지요?"

"그렇습니다. 그 두 사람이 어디서 내렸는지 알 수 있을까 해서요? 실은 저는 여자 쪽의 가족인데, 그저께 밤에 집을 나가서 여지껏 돌아오지 않아 찾고 있는 중입니다."

다쓰오는 여기서도 그런 거짓말을 하지 않을 수 없었다. 운전기사는 무슨 사정이 있다고 생각한 모양으로 곧 가르쳐 주었다.

"그 여자는 유라쿠 거리에서 내렸어요. 개찰구 쪽으로 걸어가는 것을 보았습니다."

"유라쿠요?"

그렇다면 에쓰코는 국철(國鐵)로 돌아간 모양이었다.

"차 안에서 두 사람의 거동은 어떠했습니까? 예를 들면 아주 친한 사이라는 그런 인상을 보이지 않던가요?"

"글쎄요……."

운전기사는 또 고개를 갸웃거렸다.

"잘 모르겠는데요. 그분들이 탄 곳에서 유라쿠 거리까지는 3분도 채 안 걸리니까요."

그건 그럴 것이다.

"그래서 그 남자 손님은 어디까지 태워다 주셨습니까?"

"미야케자카(三宅坂)입니다. 의원 숙사 앞이었습니다."

"의원 숙사……."

다쓰오의 머리에 순간적으로 떠오르는 것이 있었다. '선생'이란 국회의원을 말하는 것이다. 그렇다, 그렇다면 '선생'이라고 일컬어질 만하다.

다쓰오는 시마다 운전기사가 사양하는 것을 무리해서 2백 원을 사례금으로 주고 매표구에서 유라쿠 거리까지의 차표를 샀다.

차를 타자 그는 손잡이에 매달려 무심히 창밖에 흘러가는 광경을 바라보았다. 햇빛이 눈부셨다. 나무는 새싹이 돋기 시작했다. 하얀 구름이 빛을 발하고 있다.

눈은 멍청히 그런 광경을 바라다보고 있었지만 마음속은 분주했다.

국회의원은 이와오 데루스케임에 틀림없다. 이 사건의 첫머리에서 그의 명함이 R상호은행에서 이용되었다. 어음 사기꾼은 그 명함으로 은행의 응접실을 빌려 사기극을 연출했다.

'다무라에게 내용을 말해 줘야겠어.'

다쓰오가 유라쿠 거리에 내려서 신문사 현관에 이르기까지 생각한 것은 바로 이런 것들이었다.

"또 귀찮은 것을 부탁하러 왔네. 이와오 데루스케라는 국회의원의 사진을 좀 보았으면 좋겠는데."

신문사의 살풍경한 응접실에서 다무라 만키치의 얼굴을 보자 다쓰오는 다짜고짜 말했다.

"뭐야? 아직도 그 사건에 매어 있는 건가?"

땀을 많이 흘리는 다무라는 와이셔츠만 입고 있으면서도 이마에 땀을 흘리고 있었다. 그는 정력적인 눈으로 다쓰오를 관찰하듯 찬찬히 보았다. '야아, 이젠 그만 그 사건이 어떤 건지 좀 실토를 해

보지' 하고 말하는 듯한 눈초리였다.

"자네에게도 의논을 하려고 해. 어쨌든 이와오 국회의원의 사진을 좀 보여 주게."

'그래? 알겠다' 하는 듯이 다무라는 기운차게 의자에서 일어나 나갔다. 그러고는 15분도 채 지나지 않아서 성큼성큼 되돌아오더니 네댓 장의 사진을 책상 위에 내던졌다.

"우리가 가지고 있는 사진은 이것뿐이야."

다쓰오는 곧 그중 한 장을 집었다. 그것은 틀림없이 레드문에서 본 '선생'의 얼굴이었다. 옆얼굴, 많은 사람에 둘러싸인 얼굴, 연설하고 있는 얼굴, 사진은 모두 그가 이와오 국회의원이라는 것을 증명하고 있었다.

"알았어. 이거 고마우이."

다쓰오는 사진을 돌려주었다. 역시 예상했던 그대로였다.

"알았다면 그것으로 단가? 하바리 국회의원의 얼굴을 다 조사하고, 그거 혹 지난번의 후네자카와 무슨 관계가 있는 게 아닌가? 자, 이젠 그만 좀 털어놓지그래. 자네가 바란다면 신문에는 쓰지 않을게. 어디 나도 일을 좀 해보세나. 뭘 하고 있는지 모르겠지만, 아마추어인 자네 혼자로는 아무리 애써 봐야 소용이 없을 거야."

다무라가 말했다.

다무라는 담배연기를 내뿜었지만 연기 속으로 가늘게 뜬 눈이 번쩍거리고 있었다.

그런 말을 듣자 다쓰오는 동요했다. 사실 그가 하는 말대로였다. 처음에는 자기만의 힘으로 추적하고 싶어서 혼자서 애를 썼지만 단순한 어음 사기꾼의 범죄가 아니고 사건의 배후는 엄청난 것인 것 같다. 그는 깊은 미궁 속으로 끌려들어가는 기분이었다. 지금처럼 한 곳만 빙빙 돌고 있어 가지고서는 아무 소용도 없다.
 다무라에게 협력을 바라는 것도 좋지만, 곤란한 것은 회사가 비밀로 하고 있는 것을 털어놓고 말하지 않으면 안 된다는 점이다. 그는 그것이 걸렸다.
 "곤란하다면 신문엔 안 쓸게. 그렇게 약속해도 안 되나?"
 다무라는 다쓰오를 응시했다. '어때? 이 국회의원의 사진만 하더라도 내가 필요하지 않았느냐 말이다.' 다무라의 눈은 그렇게 말하는 듯했다. 신문에는 절대로 쓰지 않는다는 그 마지막 한 마디로 그는 드디어 타협하기로 결심했다
 "회사의 비밀이야."
 다쓰오는 입을 열었다.
 "그러리라 짐작은 했어."
 "그러니까 쓰지는 말아 주게."
 "알았어."
 다무라는 힘있게 고개를 끄덕였다.
 "회사에선 그대로 덮어두려 하지만 나는 그럴 수 없었네. 그 때문에 내 은인은 자살을 했어."
 "그래?"
 다무라가 다가앉았다. 그의 이마가 땀으로 한층 더 번들거렸다.
 다쓰오는 사건 경과를 이야기하기 시작했다. 다무라는 팔짱을 끼기도 하고, 손으로 턱을 괴기도 하고, 또 손가락을 물기도 하면서 대단히 열중하는 태도로 이야기를 들었다. 다쓰오의 이야기가 끝나자, 그는 코를 벌름거리며 숨을 크게 내쉬었다.
 "그거 참 재미있군그래."
 그는 흥분해서 한마디 했다.
 "어음 사기꾼에게 어음을 사기당한 회사나 상점은 도쿄에 얼마

든지 있어. 그중에는 1억 원쯤 손해를 본 회사도 있는 모양이야. 다만, 어느 회사나 피해를 신고하지 않는다는 것이 특징이지. 그래서 그 실체를 포착하지 못하고 있어. 우리 부장도 그걸 조사해서, 언젠가 특집을 한번 내면 좋겠다고 벼르고 있는 정도란 말이야."

다무라는 다쓰오의 얼굴을 보았다.

"그렇지만 염려는 말게. 약속은 지킬게, 그런데 자네 회사의 경우 그 어음 사기꾼의 배후에 우익의 끈이 달려 있다니 거 참 재미있는데? 좋아, 나도 한 몫 끼자!"

신문사 차는 궁성 외곽길을 달리고 있었다. 궁성 앞에는 관광버스가 여러 대 늘어서서 지방에서 상경한 관광객들을 내려놓고 있었다.

"이와오 의원에게 전화를 걸었더니 곧 만나 주겠다는 거야. 하바리 국회의원은 신문사에서 만나자면 아주 좋아하거든. 국회가 끝나면 T호텔의 친목회에 가 있겠다면서 그리로 오라고 하더란 말야."

다쓰오는 이 차에 타기 전에 그렇게 말을 들었다.

R상호은행에서 이와오 국회의원의 명함이 사용되었으니, 그를 만나면 그것을 물어보리라는 것이 다무라의 생각이었다.

"이 질문은 하나의 탐색전이야. 이와오 의원만 해도 충분히 의심스러운 점이 있으니까 말이야. 그가 어떤 반응을 보일지 두고 보자."

다쓰오는 그것은 과연 신문기자다운 착상이라고 생각했다. 그런데 이와오라는 인물은 도대체 어떤 사람일까?

"나가노 현(長野縣) 출신의 초선 의원. 보스는 ××씨야, 보스와의 연결을 생각하면 후네자카를 거점으로 하는 우익 방면과의 접촉도 충분히 생각할 수 있어."

다무라 만키치는 차가 호텔에 도착할 때까지 계속 이야기를 했다. 호텔 프런트에서 전화로 연락하니까 로비에서 기다려 달라고 했다. 그러나 오래 기다릴 필요는 없었다. 흰머리를 깨끗이 빗어 넘긴 커다란 사나이가 점잖을 빼면서 천천히 로비로 들어왔다. 다쓰오가 레드문에서 본 바로 그 '선생'이었다

다무라가 명함을 꺼내들고 다가갔다.

"이와오 선생이십니까?"

"그렇소."

몸집이 큰 사람이라 뚱뚱하고 키가 작은 다무라를 위에서 내려다보았다. 입가에는 의식적인 미소가 돌고 있었다.

"용건부터 말씀드립니다. 3월 10일경 어느 회사가 R상호은행을 무대로 어음 사기를 당했습니다. 세상에서 흔히 어음 사기꾼이라고 합니다만, 피해는 꽤 큰 금액이었습니다."

이와오 의원의 얼굴에서 미소가 사라졌다. 다쓰오는 옆에서 그 표정을 놓치지 않으려고 눈을 크게 떴다.

"그때 선생의 명함이 쓰였는데, 마음에 짚이는 것이 없습니까?"

"모르겠는데……."

의원은 얼굴을 굳히고 기분이 나쁜 듯이 대답했다.

"그러나 선생의 명함이 쓰였는데요."

"모르오. 누가 한 짓인지 모르겠소."

"그러나 선생의 명함을 받은 자가 악용했다고 생각됩니다. 그런 면에서 마음에 짚이는 것이 없습니까?"

다무라는 물고 늘어졌다.

"당신의 용무라는 건 그건가?"
의원은 순식간에 얼굴이 벌개졌다.
"네에."
"여보슈, 나는 매일같이 몇십 장씩 명함을 쓰고 있어요. 데이고쿠 은행 사건의 마쓰이(松井)라는 사람도 아니니, 일일이 명함을 준 데를 기억하고 있을 수는 없잖소."

다무라를 노려보면서 화를 낸 이와오 국회의원은 넓은 등을 돌리고 큰 걸음으로 성큼성큼 사라졌다. 나타날 때의 점잔은 어디로 갔는지 양탄자 위에서 거친 발소리가 들렸다.

"으음, 저 친구 뭔가 관계가 있음직한데……."
다무라가 그의 뒤를 바라보면서 입가에 웃음을 띠며 말했다.

다쓰오도 동감이었다. 지금 본 의원의 표정 변화도 그렇거니와 엊그제의 레드문의 경우하며…… 직감은 적중한 것 같았다.

그러나 호텔의 현관에서 다무라와 함께 햇빛이 비치고 있는 바깥으로 나왔을 때, 다쓰오는 별안간 무슨 생각이 들었는지 우뚝 그 자리에 섰다.

'만일 이와오 의원이 정말 그렇다면 지금의 면회로 자기들 패거리에게 정보를 흘리지나 않을까?'

살인자

1

특급하행선 비둘기 호는 도쿄 역을 12시 30분에 출발한다.
다쓰오는 이 열차로 오사카로 떠나는 전무를 전송하러 나갔다.
몸집이 작은 전무는 여러 사람에게 둘러싸여 한층 더 작아 보였다. 전무는 발차 직전까지 명랑하게 주위 사람과 담소를 했지만 그래도 어딘가 모르게 쓸쓸한 그늘이 있었다. 전무는 오사카 지점장으로 전임이 된 것이다. 좌천이었다. 명백히 3천만 원의 어음 사기의 책임을 묻는 처분이었다.
전송하는 사람들은 말할 것도 없이 쇼와 전기제작소의 직원들이었다. 이런 경우는 전송하는 사람들이 도리어 기운이 없는 법이다. 아무렇지도 않은 듯한 표정들을 하고 있지만, 당사자를 바로 보지 못했다. 그러나 짓궂은 눈초리도 몇 있었다. 웃음소리가 때때로 났지만 그것은 어딘가 텅빈 느낌을 주는 그런 것이었다.
다쓰오는 그 일행에서 떨어져 뒷전에 서 있었다. 아직 한마디도 전무와는 말을 하지 않았다. 여럿이 있는 앞에서 인사를 하는 것보다는 멀리서 아무 말없이 좌천되어 가는 사람을 전송해 주고 싶었던 것이다.

열차가 움직이기 시작하자 여러 사람이 흔드는 손 위로 창문에 비친 전무의 상반신이 서서히 흐르기 시작했다. 전무도 손을 흔들고 있었는데, 그때 그의 눈길이 뒷전에 서 있는 다쓰오에게 한순간 멎은 것 같았다. 전무는 팔을 뻗어 크게 저었다. 그제야 비로소 다쓰오도 손을 힘껏 흔들었다. 서운한 감정이 폭풍처럼 일어났다.

열차의 빨간 후미의 불빛이 멀리 사라지자 전송객은 흩어지기 시작했다. 플랫폼에는 허탈감이 감돌았다. 사람들은 제각기 출구 쪽으로 향한 계단으로 천천히 몰려갔다.

다쓰오는 오늘 밤 사표를 쓰리라고 마음먹고 있었다. 휴가 기간도 곧 끝난다. 그러나 처음의 생각과는 달리, 사건의 실마리조차 파악하지 못했다. 발품만 팔고 쓸데없이 방황만 계속하고 있을 뿐이었다. 언제쯤 그 단서가 보일지 그것도 알 수 없었다. 그렇다고 해서 이 시점에서 체념할 수는 없었다. 그래서 그는 사직을 생각하기에 이르렀던 것이다. 한 사람을 자살하게 하고, 또 한 사람을 추락시킨 그 사나이를 그는 끝까지 뒤쫓아 찾아내고 싶었다. 아집일지 모른다. 그러나 지금도 어딘가에서 유유하게 대로를 활보하고 있을 그 사나이를 그는 아무리 해도 용서할 수가 없었다. 풀이 죽은 전무의 모습이 눈앞에서 사라졌을 때부터, 그가 품고 있는 증오심은 한층 더 맹렬하게 불붙어 올랐다.

먹고 사는 것쯤은 어떻게든 될 성싶었다. 이 경우 독신이라는 것이 얼마나 고마운지 몰랐다. 혼자 몸이니 퇴직금으로 한 1년쯤은 굶지 않고 지낼 수 있을 것이다. 아직 젊다는 의식이 결심을 더욱 북돋아 주었다.

걸어가고 있는 그의 어깨를 뒤에서 누군가가 두드렸다. 돌아보니 양복을 깨끗하게 정장한 초로의 신사가 웃고 있었다. 처음엔 누군지 곧 알 수는 없었지만, 그는 이내 이 신사가 회사의 고문 변호사 세누마라는 것을 알아보았다. 세누마는 중역실에만 출입하고 있었기 때문에 얼굴은 알고 있었지만, 그와 이야기해 본 적은 한 번도 없었다. 그런 사람이 친숙하게 어깨를 두드렸으니 가쓰오는 약간 당황해서 머리를 숙였다.
"전무도 드디어 서쪽으로 가버리고 마셨군요."
세누마는 다쓰오와 나란히 걸으면서 말했다. 그 역시 전무를 전송하러 나왔던 것이다.
"이렇게 나와 주셔서 감사합니다."
다쓰오는 직원의 입장에서 인사를 하고 머리를 숙였다. 세누마는 고개를 끄덕이며 다쓰오의 얼굴을 바라다보았다.
"그런데 당신, 요사이 회사에서 못 본 것 같은데요."
변호사는 인사말처럼 가벼운 말투로 이렇게 말했다.
"네, 여러 날 회사를 쉬었습니다."

여행객들이 분주하게 흐르고 있는 속을 두 사람은 천천히 걸어가고 있었다.
"어디 몸이라도 불편한가요?"
세누마가 물었다.
"아니, 휴가입니다."
"아아, 그렇다면 다행이오만……."
인사말은 그것으로 끝난 듯싶었는데 변호사는 뜻밖의 말을 했다.
"몸은 소중한 것입니다. 당신은 아직 젊으니까 위험한 일에는 될수록 가까이 하지 않는 편이 좋을 거요."

다쓰오가 눈을 돌렸을 때는 변호사가 막 소리를 내어 웃기 시작했을 때였다.

"하하하, 그럼 또."

그 웃음은 뭔가 퍽 의미 있는 말같이 들렸다. 약간 앞으로 몸을 숙인 듯한 자세의 세누마는 다쓰오 앞을 재빨리 걸어서 앞서갔다. 혼잡스럽게 지나가는 사람들이 그의 꾸부정한 등을 시야에서 막아 버렸다.

보이지 않는 손으로 느닷없이 한 대 얻어 맞은 느낌이었다. 그 묘한 말의 의미를 어떻게 해석해야 할지 다쓰오는 판단을 내리지 못했다. 그러면서도 그에 앞서 먼저 어떤 직감이 왔다.

'저 변호사는 내가 하고 있는 일을 알고 있다.'

그건 충고일까, 경고일까?

알고 싶은 것은 그것이 호의에서냐 적의에서냐 하는 것이었다.

생각해 보면, 세누마 변호사가 다쓰오가 하고 있는 일을 알고 있다는 것은 있을 법한 일이다. 전무로부터 들었을는지도 모른다. 그렇다면 어째서, 보통 말로 조용히 설득하지 않는 것일까? 수수께끼와 같은 어투가 이상스러웠다.

하기는 정면으로 이야기할 수가 없어서 그랬는지도 모른다는 생각도 해보았다. 그렇게 할 수도 있는 것이다. 그것은 공공연하게 이야기할 수 없는 비밀이 아닌가? 변호사는 생각이 깊어서 그랬는지도 모른다.

출구에서 입장권을 내줄 때도 다쓰오는 그 생각에만 잠겨 있었다. 출구를 빠져나오자 다쓰오는 갑자기 목이 마른 것을 느꼈다. 이상스럽게 후텁지근하고 더웠다. 햇빛이 환하게 비치고 있는 광장과 빌딩을 어두운 구내에서 바라다보니 그것들은 마치 액자 속에 든 그림처럼 보였다.
 다쓰오는 갑자기 발을 멈췄다. 지금까진 모르고 있었는데 바로 앞에 세누마 변호사의 굽은 등이 보였다. 그는 왼쪽으로 걸어가고 있었다. 보고 있자니까 변호사는 곧바로 복도 끝으로 걸어가서 문을 열고 그 안으로 유유히 사라졌다. 문의 글자는 볼 필요도 없었다. 그곳은 1·2등 대합실이었다.
 다쓰오는 자기 가슴의 고동소리를 들었다. 이것은 우연의 일치일까?
 그 사건이 일어난 전날 그는 세키노 과장과 여기 왔었다. 과장은 여기서 그 사람들과 만났다. 그 상대는 과장을 자살로 몰아넣는 서막을 여기서 펼쳤던 것이다. 바로 그 대합실로 세누마 변호사는 구부정한 몸을 이끌고 들어간 것이다.
 대합실이니 누가 들어가든 이상할 건 없다. 그러나 다쓰오는 우연이라고 생각하고 그 앞을 지나치기에는 너무나 가슴이 두근거렸다. 그는 멈칫 서서, 결단을 내리려고 담배를 꺼내서 불을 붙였다. 손끝이 떨리는 것은 가슴이 심하게 고동치는 증거였다. 한 1, 2분 그렇게 하고 있다가 다쓰오는 참을 수 없어 문 쪽으로 천천히 걸어갔다. 그리고 몸을 밀착하듯이 유리창에 대고 안을 들여다보았다.
 군복을 입은 외국 군인들이 일행과 함께 소파에 기대거나 서 있었다. 전에 과장과 같이 왔을 때와 조금도 다름이 없었다. 그러나 다음 순간 다쓰오는 숨을 삼켰다.
 서 있는 변호사의 특징 있는 등이 보였다. 그런데 그와 마주하고 있는, 얼굴이 반쯤 보이는 사나이가 낯익었다.
 얼굴보다는 머리에 쓴 모자가 먼저 눈에 띄었다고 해야 할 것이다. 베레모였다. 틀림없이 레드문에서 옆에 앉아 이야기하던 그 베레모의 사나이였다.

변호사는 등을 구부리고 베레모의 사내에게 무슨 소리를 듣고 있었다.

두 사람은 선 채 이야기를 하고 있었다. 다쓰오는 그들로부터 눈을 뗄 수가 없었다.

그러나 다쓰오는, 그들을 응시하면서 우연히 지금 자기가 취하고 있는 자세가 그날 밤, 유리창을 통해서 본 검정 옷을 입은 여자의 자세와 같으리라는 생각이 떠올랐다. 아마 똑같을 것이다.

'역시 그때의 그 여자도, 이렇게 응시하고 있었다.'

자기의 경험으로 확신을 얻었다는 것은 우연이었다. 그러자 다음과 같은 직감이 왔다.

'과장을 엿보고 있던 사람이 있었다.'

틀림없이 그렇다. 이유는 알 수 없다. 어렴풋이 연상되는 것은 우에자키 에쓰코와 레드문의 마담의 모습이지만.

이야기가 끝났는지 변호사는 피곤한 듯 소파에 앉았다. 베레모 사나이는 곧바로 문 쪽으로 왔다. 다쓰오는 문에서 떨어졌.

급히 서둘러 걷기 시작한다는 것도 이상하게 보일 성싶어 다쓰오는 천천히 플랫폼 쪽으로 향했다. 그런데 그게 잘못한 일이었다.

발소리가 등 뒤로 가깝게 들렸다.

"여어!"

그 소리는 바로 귓가에서 들렸다.

'들켰구나' 하고 그는 생각했다. 그러나 용기를 내어 뒤돌아보니까, 베레모 사나이의 무뚝뚝한 얼굴엔 웃음이 가득 차 있었다. 레드문에서 보았던 밤의 표정과 조금도 다르지 않았다.

"야아, 오랜만입니다."

할 수 없이 다쓰오도 인사를 했다.

"그 양복이 낯익어서 말을 걸었습니다."

'아아, 그랬었구나' 하고 다쓰오는 쓴웃음을 지었다. 언제나 같은 양복이니 그럴 수도 있는 일이다.

"아니, 왜 요샌 뵐 수가 없죠? 저는 거의 매일 밤 갑니다."

그러며 베레모 사나이는 다쓰오를 쳐다보았다. 레드문 이야기였다.

"거 참, 경기가 좋아서 다행이십니다."

다쓰오는 웃으면서 말했다.

"저 같은 싸구려 봉급자로선 그렇게 자주 갈 수가 없습니다. 값이 보통이라야죠."

"비싸죠."

그는 말했다.

"그렇지만 덕분에 이럭저럭 여자들에게도 환영을 받게 됐습니다. 하하하, 그것도 밑천이 드는 일이더군요."

웃으니까 담뱃진으로 검어진 이가 드러났다. 다쓰오는 경계를 하고 있었지만 상대편은 조금도 다른 뜻이 없는 성싶어 보였다.

"그런데, 혹 경마 안 하십니까?"

뚱딴지 같은 물음이었지만, 다쓰오는 베레모가 레드문에서 바텐더와 경마 이야기를 하고 있던 것이 생각났다.

"네에, 저는 그쪽엔 전혀……."

"그것 참 유감이군요."

베레모 사나이는 정말 유감스럽다는 듯 다쓰오를 찬찬히 바라다보았다.

"나는 지금 후추(府中)로 가는 길입니다."

베레모 사나이는 부스럭거리며 호주머니에서 구깃구깃한 출마표(出馬標)를 꺼냈다. 그는 그것을 떨치듯 한 번 저어 보였다.
"오늘 오후의 승부는 재미있습니다. 어떻습니까? 구경하러 가 보시지 않으시렵니까?"
"아뇨, 나는 취미가 없어서요."
"당신에게 재미있는 일이 있을 텐데…… 어때요? 결단을 내려서 한번 가보시지요."
약간 집요한 것이 느껴졌다. '당신'이라고 하는 말투에도 특별한 의미가 있는 듯이 들렸다.
"실은 다른 용무가 좀 있습니다."
귀찮은 생각이 들어 이렇게 다쓰오가 말했다.
"그래요? 그럼 할 수 없군요. 그렇지만 유감입니다."
베레모 사나이는 그제야 겨우 체념한 것처럼 "그럼" 하고 손을 들더니 다쓰오와 헤어져서 2번 플랫폼의 계단을 빠른 걸음으로 올라갔다.
뒷모습으로 보니 양복은 싸구려였고 후줄근해 보였다. 그러나 돈은 있는 성싶었다. 도대체 저 사나이의 정체는 무엇일까? 세누마 변호사와도 안면이 있는 것을 본 다쓰오로서는 보이지 않는 선 같은 것을 느끼지 않을 수 없었다.

상점가에 있는 찻집에서 다쓰오는 주스를 단숨에 들이켰다. 목이 많이 말랐던 것이다.
들려오는 레코드 소리를 건성으로 들으면서 담배를 태우고 있자니 머릿속에 여러 가지 생각이 떠올랐다.
전무가 차를 타고 떠나던 쓸쓸한 모습이 아직도 눈에 선하다.
"당분간 집에 들어가지 못할 테니……" 하고 전화로 아내에게 말하고 자살한 세키노 과장도 머리에 떠올랐다. 유가와라의 어두운 숲 속을 방황하는 모습이 눈에 보이는 듯했다.

그러나 정작 방황하고 있는 것은 자기 자신이란 생각이 들었다. 지금까지 과연 무엇을 알아냈단 말인가? 3천만 원의 빼앗긴 돈은, 어음 사기꾼들의 손을 거쳐 그 일부가 우익으로 흘러갔을 것이라는 막연한 윤곽밖에는 아는 것이 없다. 그러나 그것도 아무런 실증이 없다. 확증이 없으니 공상이라고 경멸을 당해도 할 수 없는 일이다.

야마스기 기타로나 후네자카 히데아키, 그리고 또 우에자키 에쓰코나 레드문의 마담 등 의심스러운 인물들이 나타났지만, 찬찬히 생각해 보면 그들은 모두 상상으로 만들어 낸 어떤 인물이라고 해버린다면 그렇게 볼 수도 있는 사람들이다. 근거가 없는 것이다. 문제의 핵심인 호리구치라고 스스로를 일컫던 어음 사기꾼은 그 그림자도 보지 못하지 않았는가.

그렇다면 나는, 나는 정녕 허무한 그림자를 쫓고 있는 것이 아닌가? 아니, 그렇지는 않다. 확실히 하나의 반응은 있었다. 레드문을 나와서 이유 없는 몰매를 맞지 않았던가. 그것이야말로 나의 생각이 환상이 아니었다는 것을 보여준 것이었다. 곤란은 있겠지만 실망할 것은 아니다. 방향을 잘못 잡지는 않았다. 저쪽에서 그 좌표를 제시해 주었다고도 할 수 있는 것이다.

여기까지 생각하자 그는 별안간 정신이 들었다.

이와오 의원을 방문한 것은 경솔한 일이었지만 꼭 그런 것만은 아닌 듯싶다. 상대가 정말 그쪽과 한패였다면 그 패거리들에게 경보를 흘릴 것이다. 그러면 그 결과 어떤 형태의 징후가 나타날 것이다. 기회는 그것이다. 그렇다. 그 면회는 뜻하지 않은 실험을 한 셈이다. 근사한 착상이었다. 경솔한 짓이 아니라 뜻밖의 성과를 얻게 될지도 모른다. 다쓰오는 용기가 솟아오름을 느꼈다.

다쓰오는 일어나서 전화기를 찾았다. 어쩌면 다무라가 그 실마리라도 잡지나 않았을까 해서였다.

곧 다무라 만키치의 목소리가 울렸다.

"마침 전화 잘 걸었어. 지금 자네에게 연락할 방법을 생각하고 있던 중이야."

다무라의 목소리는 나직했지만 꽤 흥분하고 있는 것 같았다.

"뭐야? 무슨 일이 있었나?"

다쓰오의 가슴도 뛰었다.

"아니, 뭐가 있는 게 아니라, 어떤 일을 알았단 말이야."

"뭔데? 전화로 말하기 곤란하면 내가 그리로 갈까?"

"아니, 전화로 해도 돼. 지금 마감 시간이 돼서 좀 바쁘니까."

"그럼 뭔데?"

"음, 그 어음 사기꾼들 말이야. 그들의 무대를 알았어."

"응? 어딘데?"

"도쿄 역 대합실이야. 대개 1·2등 대합실을 이용하고 있다는군. 놈들은 아마 거기서 연락을 취하고 있는 모양이야. 이건 틀림없는 정보야. 이야기는 이것뿐인데, 여보세요, 여보세요, 알았나? 내 말을…… 여보세요, 여보세요."

도쿄 역 1·2등 대합실!

다쓰오는 수화기를 놓는 것도 잊어버리고 멍청히 서 있었다. 갑자기 머릿속이 분주하게 움직이기 시작했다.

세키노 과장이 갔던 그날 밤뿐이 아니었다.

과장은 유서에다 세누마 변호사가 중역회의에서 사건을 비밀로 해야 한다고 극력 주장했다고 썼었다. 자기가 폭행을 당해 쓰러진 것도, 베레모 사나이가 술을 마시고 있던 레드문을 나가면서 바로 있었던 일이라는 것을 그는 순식간에 생각해 냈다.
 그 두 사람은 지금 막 그 대합실에서 무엇을 이야기하고 있었을까?
 세누마 변호사의 그 말은 역시 경고였다.
 다쓰오는 갑자기 주위에 있는 모든 사람이 적처럼 보였다.
 그러나 뒤에 가서 가장 크게 후회한 일은 베레모 사나이가 경마장에 가자고 권하는 것을 거절했던 일이다.

2

 해가 머리 위에 있었다. 굉장히 높게 뻗은 히말라야삼목은 뿌리께만 검은 그림자를 동그랗게 떨어뜨리고 있었다.
 땅바닥에 흩어진 수많은 종잇조각 위를 사람들이 이리저리 돌아다니고 있었다.
 베레모 사나이가 여기에 도착했을 때 매표구는 한산했다. 레이스는 시작된 모양이었다. 베레모 사나이는 천천히 걸어서 경주장으로 갔다.
 말이 멀리서 달리고 있었다. 관심이 없는 사람들에겐 이상스럽게 공허한 느낌을 주는 그런 달리기였다. 마이크가 그 경주 상황을 떠들어대고 있었다.
 베레모 사나이는 아래서 스탠드를 쳐다보았다.
 수천의 눈이, 얼굴이 말의 움직임을 응시하고 있었다. 그 속에서 '그 사람'의 얼굴을 찾아내기란 쉬운 일이 아니었다.
 베레모 사나이는 양손을 주머니에 찌르고 천천히 걸음을 옮겼다. 남이 보기엔 매우 한가한, 생기가 없는 걸음이었다.
 환성이 일어나며, 그 많은 얼굴들이 흔들렸다. 각양각색의 말들이 일제히 결승점으로 달려들어갔다. 스탠드에 있던 사람들이 몰려내려왔다.

좋은 날씨였다. 우거진 잔디가 파랗게 빛났다. 하얀 목련이 한층 더 선명하게 보였다. 멀리 농가의 지붕에는 아지랑이가 피어올랐다. 베레모 사나이는 담배에 불을 붙이자 방향을 돌려 걷기 시작했다. 사람들의 뒤를 따라가는 것 같은 걸음걸이였다. 그러나 눈은 쉴새 없이 '그 사람'을 찾고 있었다.

매표소에는 사람들이 떼를 지어 있었다. 베레모 사나이는 그들 속으로 들어갔다. 손은 주머니에 넣은 채였기 때문에, 마권을 사려는 건 아닌 모양이었다. 다만 흔들흔들 움직이고 있을 뿐이었다. 몸의 움직임이 옆으로 쏠리는 것은, 사람들의 얼굴을 들여다보기 위해서일까?

매표구는 옆으로 길게 늘어서 있었다. 붐비는 창구가 있는가 하면 아주 한가한 창구도 있었다. 베레모 사나이는 그 사이를 어슬렁거렸다. 그도 역시 남이 보기에는 마권을 사려고 망설이고 있는 듯이 보였다.

또 스탠드 쪽에서 사람들이 몰려와 매표구 앞을 한층 더 붐비게 했다. 베레모 사나이도 그 틈바구니에 끼었으나, 그러나 눈은 재빨리 움직이고 있었다.

그 눈이 돌연 어느 지점에 멈췄다. 거기에도 매표구가 있었다는 걸 그는 몰랐던 모양이다. 사람들은 많지 않았다. '1천 원권 매표장'이라는 표지판이 나붙어 있었다.

베레모 사나이는 그곳으로 걸어가서 '그 사람'을 기다렸다. 그래, 여기라면 올 것이라는 확신에 찬 표정 같은 것이 그의 눈에 어렸다.

창구에 모이는 사람들은 차차 줄어갔다. 시간이 흘렀다. 마권을 사는 사람들의 동작이 차차 분주하게 움직이기 시작했다. 마감 5

살인자

분 전을 알리는 벨이 울렸다. 그러나 '그 사람'은 나타나지 않았다.

베레모 사나이는 경주장 쪽으로 가려고 했다. 그러나 발이 움직이지 않았다.

달려오는 사나이가 있었다. 짙푸른 색의 양복을 입고 있었다. 매표 창구에 돌진하자 매우 급한 동작으로, 손을 동그란 구멍에 집어넣었다. 한참 만에 손을 빼냈을 때는 그 손에 예닐곱 장의 표가 쥐어져 있었다.

베레모 사나이는 웃는 얼굴로 그 푸른 색 양복의 등 뒤를 쿡쿡 찔렀다.

"여어, 와 있었군그래."

그 사나이는 베레모 사나이의 얼굴을 순간적으로 응시했지만, 곧 입술에 웃음을 띠고 말했다.

"여어, 안녕하시오? 손님께서도 오셨군요."

"경기가 아주 좋군그래."

베레모 사나이가 상대의 손에 쥐어져 있는 1천 원권을 보면서 말했다.

"그렇지도 않아요. 아침부터 잃기만 하고 있는걸요. 지금 마구간에서 정보가 들어왔기 때문에 입에 거품을 뿜고 이걸 사러 왔는데, 글쎄 어떨지."

"으응, 구멍(경마용어, 다크호스, 별로 알려져 있지 않은 유망주)이로군 그래."

두 사람은 어깨를 나란히 하고 경주장이 보이는 데로 갔다. 베레모 사나이의 옆에 있는 자가 그가 찾고 있던 바로 '그 사람'이었다.

말이 달리기 시작했다. 공원과 같은 초록의 아름다운 풍경 속을 말들은 직선으로 정연하게 늘어서서 달리고 있었다. 그것이 차차 활 모양을 그리며 코너를 돌기 시작했다.

그는 몸을 잠시도 가만두지 못했지만 이윽고, 초조해서 발을 구르기 시작했다. 환성이 주위에서 여울물 소리처럼 일어났다.

"제기랄!"

그는 손에 쥐고 있던 마권을 찢었다. 그것은 조그마한, 여러 개의 조각이 되어 발 밑에 흩어졌다. 주위의 사람들은 움직이기 시작했지만, 그는 결승점을 지나서 아직도 달리고 있는 말에 시선을 주고 서 있었다.

"안 맞았나?"

베레모 사나이는 7천 원을 잃어버린 사나이를 위로하듯 말했다.

"그 자식, 엉터리 없는 정보를 가르쳐 줬군……."

그는 혀를 찼다. 그러나 얼굴빛은 그다지 난감해하는 성싶지는 않았다.

"자넨 구멍만 전문으로 노리는가?"

"그렇지는 않습니다만, 좋은 정보라고 생각했었는데."

그가 걷기 시작하자 베레모 사나이가 그 옆에 따라붙었다.

"뭘 샀었지?"

"3의 5. '오사에'에다가 '우라'를 두 장 샀는데, 모두 허탕이에요."

"저런……."

베레모 사나이는 자기의 의견을 말하지 않았다.

"손님은 어떤 거였죠?"

그가 물었다.

"나는 이번 건 쉬었어, 아침부터 맞지 않는 것 같아서 신중히 하고 있지."

살인자 115

"아주 착실하시군요."

두 사람은 스탠드 아래로 내려왔다. 출전할 말들이 이리저리 거닐고 있었다.

그는 주머니에서 구겨진 출마표를 꺼내들고 말과 비교하기 시작했다. 심각한 표정을 짓고 있었다. 코허리에 땀이 배 있었다.

"어느 놈으로 할까요?"

그는 갑자기 그렇게 물었다.

"글쎄……."

베레모 사나이의 얼굴에 순간 낭패한 기색이 스쳤다.

"2의 4를 걸까…… 그게 재미있을 것 같은데."

어쩐지 확신이 없는 듯한 말투였다.

"야아, 손님께서도 주로 구멍만 노리는군요."

그는 이렇게 말했지만 조금도 흥미를 느끼는 것 같지 않은 표정이었다.

매표구로 갔다. 2의 4는 창구가 하나밖에 열려 있지 않고 손님은 한 사람도 없었다. 창구에서 매표하는 아가씨도 한가하게 앉아 있었다.

그는 1백 원권짜리 매표구 같은 것은 거들떠보지도 않았다. 1천 원권의 창구로 다가가더니 손을 들이밀었다. 그것을 다시 뺐을 때, 그의 손에 열 장 정도의 마권이 겹쳐진 것을 베레모 사나이는 보았다.

그가 스탠드로 가자 베레모 사나이는 여전히 그를 따라왔다.

"사셨어요?"

"백 원짜리를 석 장 샀지. 자네처럼 그렇게 경기가 좋은 편이 못 돼서 말이야."

그는 흐흥 하고 코웃음을 치는 듯하더니, 마침 그때 달리기 시작하는 말을 바라보기 시작했다. 그러나 그 레이스가 끝났을 때 그의 손가락은 다시 열 장의 마권을 찢기 시작했다.

돈 1만 원이 하얀 종잇조각이 되어 팔랑팔랑 날았다.

"또 잃었군."

그는 앞서보다 더 큰소리로 혀를 두 번씩이나 찼다. 얼굴빛도 약간 좋지 않아 보였다.

"아무래도 오늘은 글렀군."

그는 입술을 혀끝으로 핥으면서 말했다.

"아아, 목이 마른다. 손님, 저 근처에 가서 맥주라도 한잔 하실까요?"

매점 안은 비어 있었다.

"맥주 두 병."

그는 맥주값을 지불한 다음, 성냥을 그어서 입에 문 담배 끝에 불을 붙였다. 약간 짜증이 난 듯이 보이는 거친 동작이었다.

"얼마나 잃었는데?"

베레모 사나이가 맥주를 따라 주면서 물었다. 그는 왼손으로 세 손가락을 세워 보였다.

"3만 원. 오늘은 좀 잃은 셈이지요."

베레모 사나이는 눈을 가늘게 뜨고 상대를 보았다.

"그래? 매일 얼마나 가지고 나오는데?"

"한 댓 장."

"다섯 장? 5만 원이란 말이야? 그건 큰데, 도저히 우리와는 비교가 안 되는군그래. 단위가 달라. 역시 자네들은 경기가 좋군그래."

베레모 사나이는 맥주 거품을 입가에 묻힌 채 감탄하듯 말했다.

살인자 117

"전에 맞아서 딴 돈이 있었어요. 뺏고 뺏기고, 빼앗겼다가는 다시 뺏고 하면서, 빙글빙글 돌고 있는 겁니다."

그는 땅콩을 씹으면서 말했다.

"사는 방법이 근사하군그래."

베레모는 칭찬처럼 그렇게 말했다.

입구 쪽으로 사람들이 지나가는 것이 보였다. 이번엔 안 사나?"

"좀 쉬어야겠어요. 기분 전환도 좀 할 겸……."

그는 컵을 거꾸로 들고 말했다.

"쉬다니 그럼 오늘은 가게에 나가지 않을 건가?"

베레모 사나이가 말하자 그는 손목시계를 보았다.

"이것 봐라, 벌써 시간이 이렇게 됐나? 좀 늦겠는걸. 가게에 연락을 해둘까?"

그는 일어나서 여자애에게 전화 있는 곳을 물었다. 그리고 큰 걸음으로 그쪽을 향해 걸어갔다. 베레모 사나이는 그 뒷모습을 힐끗 바라보고는 잔에 맥주를 따랐다.

저쪽에서 전화를 걸고 있는 그의 모습이 보였다. 이야기 소리는 멀어서 들리지 않았다. 처음에는 몸을 세우고 있다가 차차 등을 구부리더니 수화기에 귀를 대고 업히는 자세가 되었다. 저쪽의 이야기를 열심히 듣고 있는 모양이었다. 그때 그의 얼굴빛이 어떠했는지는 멀리 있는 베레모 사나이로서는 알 수가 없었다. 물론 다른 변화도 마찬가지였다.

그는 수화기를 놓자 멍청히 선 채로 있었다. 1분쯤 그러고 있었다. 눈은 벽의 어느 한곳을 응시하고 움직이지 않았다. 그러나 그는 용기를 내는 것처럼 몸을 한번 빙 돌리더니, 다시 큰 걸음으로 뚜벅뚜벅 걸어서 베레모 사나이 쪽으로 돌아왔다.

베레모 사나이는 그의 얼굴을 보았다. 그러나 그의 변화는 눈치채지 못했다.

"가게는 오늘 쉬겠어요."

변화라고 한다면 그 말뿐이었다. 그러나 베레모는 이 말을 평범하게 받아들였다.

"호오, 그래?"

"어쩐지 마음이 내키지 않아서요."

"잡쳤나?"

"글쎄요, 그런데 손님은 또 사시겠어요?"

"글쎄, 아무래도 좋지 뭐."

베레모 사나이는 아리송한 얼굴로 대답했다.

"전 그만 가겠습니다. 어디서 한잔 하고 싶군요. 먼저 실례하겠어요."

"아니, 잠깐, 잠깐 기다려."

베레모 사나이는 탁자에 컵을 놓았다.

"그렇게 몰인정하게 굴지 말게. 나도 어째 기분이 나지 않는군 그래. 자네와 함께 돌아가겠네."

"나와 함께요?"

그는 눈이 순간적으로 번쩍 빛났지만 베레모 사나이는 마지막 컵을 기울이기에 분주했다.

"좋습니다, 그럼 가십시다."

레이스가 시작됐는지 다시 마이크가 떠들어대고 있었다. 매표구 근처엔 사람들이 별로 없었다. 히말라야삼목의 그늘이 길게 뻗었고 인부들이 뜰을 쓸고 있었다.

두 사람은 나란히 경마장 문을 나서자 주차하고 있는 택시 쪽으로 갔다.

"신주쿠(新宿)로."
차에 오르자 그는 곧 운전기사에게 말했다.
"신주쿠? 호오, 신주쿠에서 마시나?"
베레모 사나이가 그 옆에 앉아서 말했다.
"그 근처가 마음 편해서 좋아요. 손님은 어디까지? 역시 긴자(銀座)입니까?"
"글쎄……."
베레모 사나이는 망설이다가 대답했다.
"글쎄, 나도 그럼 신주쿠로 갈까. 자네와 함께 마셔 볼까……. 어때? 괜찮겠지?"
"네에, 그야 물론 좋습니다만."
그의 눈에 한순간 빛이 반짝 어렸다가 사라졌다.
차는 고슈(甲州) 가도를 달리고 있었다.
시야는 차차 저녁 풍경으로 변해가고 있었다.
"그런데 손님의 경기는 어땠습니까?"
"경마 경기 말인가?"
베레모 사나이는 되물었다.
"네에, 오늘 따셨나요?"
"틀렸어, 오늘은. 아침부터 계속 허탕이야."
"네 번째 레이스는 뭘 사셨는데요?"
"네 번째 레이스……."
베레모 사나이는 잠깐 생각하는 듯한 표정을 했다.
"글쎄 뭐였더라…… 3의 5를 샀었던가 내가……."
"3이오? 아아, 그 '히노데 컵' 말이군요. 그건 아깝게 떨어졌지요."
그가 말했다. 그 말을 듣자 베레모 사나이는 좀 마음이 놓인 모양이었다.

"그놈은 땅이 질어야 잘 뛰는 놈이지요. 일전 나카야마(中山)에서도 비가 내렸기 때문에 우승했습니다. 출발이 빠른 말이지요. 5는 '미네히카리'였지요?"

"그랬었지."

"4등으로 들어왔으니 '다카이치'보다는 한 6마신쯤 늦게 들어왔지만, 그렇게까지 실력 차이가 있는 건 아니란 말입니다. 일전에 후추에 나왔을 때 보셨던가요?"

"못 봤어. 그때 그만 기회를 놓쳤지."

"'하마가제'와는 굉장한 차이였어요. 실력은 있지만 붐비면 약하거든요. 레이스가 어떻게 전개되느냐에 따라서 좌우되는 놈이에요. 그리고 5레이스엔 무얼 사셨지요?"

"5레이스 말인가?"

베레모 사나이는 약간 거북한 표정을 지었다.

"2였던가……."

"2?"

"아니, 6이었어."

"'쓰키오' 말이군요. 그놈도 컨디션이 나빠요."

"맞았어, 6이었어. 6을 머리로 해서 왕복을 샀었지. 3하고 말이야."

베레모 사나이는 별안간 용기를 내어 말했다.

"3은 '호시모토'였지요? 그건 제3코너 근처에서 둘러싸였지요. 그렇게 되면 빠져나갈 수가 없어요. 딴 놈이 뒤에서 따를 때는 굉장히 속도를 내는 놈이지만, 경마장에 내놓으면 이상하게 약해지는 놈입니다."

"그렇다더군."

살인자 121

베레모 사나이는 맞장구를 쳤다. 어딘지 말에 힘이 없는 것으로 미루어 그다지 자신이 없는 모양이었다.
"손님도 말에 대해선 잘 아시는 편이군요?"
"글쎄…… 좋아하는 편이지."
그의 눈에 싸늘한 표정이 떠오르기 시작했다. 입가에 왜 그런지, 비웃는 듯한 웃음이 풍기고 있었다.
신주쿠의 높은 건물들이 보이기 시작했다.

3

베레모 사나이와 그는 신주쿠 가부키(歌舞伎) 거리의 오뎅집으로 들어가 술을 마셨다.
어느새 밖은 어두워졌다. 홀 안은 일을 마치고 돌아가는 샐러리맨과 신주쿠의 불빛이 그리워서 온 사나이들로 가득 차 있었다.
오징어회를 성게 알젓으로 무친 것과, 스모노를 담은 접시와 작은 술병 셋이 놓여 있었다.
"자네는 양주만 좋아하는 줄 알았더니 이런 것도 마시는군그래."
베레모 사나이가 술병을 그의 잔에 기울이면서 말했다.
"손님도 양쪽 다 합니까?"
"그렇지. 그런데 아무래도 일본술이 구미에 맞는다고나 할까. 오늘 밤은 천천히 한잔 하세."
"천천히? 글쎄요……."
그는 힐끗 베레모 사나이를 보는 듯했다.
"이젠 그만 슬슬 돌아가 볼까 합니다."
"뭐 바쁜 일이라도 있나?"
"별로 일은 없지만, 어째 신이 나지 않는군요."

"경마에 돈을 잃었다고 침울해할 정도의 아마추어는 아니겠지. 자, 좀더 마시자구. 취하면 내가 데려다 주지. 집은 어디지?"
"집이요?"
이때도 그의 눈에는 복잡한 빛이 움직였다.
"메구로(目黑)입니다."
"음, 메구로 어디쯤 되나?"
"마치 심문을 하는 것 같군요."
베레모 사나이의 얼굴에 약간 낭패해하는 듯한 그림자가 스쳤다.
"미안하이. 차로 바래다 주려고 물었을 뿐이야. 나는 시나가와(品川)니까, 메구로라면 가는 길이로군."
"유텐지(祐天寺) 쪽이에요."
베레모 사나이는 고개를 끄덕였다. 그리고 그 이상의 질문은 하지 않았다.
"딱히 볼일이 없으면 좀더 마시자구. 나도 혼자서 이대로 돌아가기가 어쩐지 외롭군. 계산은 내가 할게."
"아뇨, 돈이라면 저도 있습니다."
그리고 나서 술을 두 병 더 비우자 그는 계산을 끝냈다. 양복 안주머니에서 천 원짜리를 꺼냈는데, 지폐는 지갑에 넣지 않고 그냥 뭉치로 넣고 다니는 모양이었다.
두 사람은 밖으로 나왔다. 사람들이 모이는 곳이라 거리는 붐볐다. 악기를 안고 술집을 한 집 한 집 기웃거리고 다니는 사나이라든가, 어깨동무를 하고 떠벌리며 지나는 사나이들도 있었다.

"변화하군그래. 자네 돌아가고 싶은가?"
베레모 사나이가 말했다.

"돌아가고 싶은데요. 바래다 주지 않아도 좋아요."
그는 대답했다.
"뭘 그래? 좀더 마시지. 자네는 아직 취하지 않았어. 좀 취하잔 말이야. 나와 함께 말이야."
"취하면 뭐 좋은 일이라도 있나요?"
그는 빙그레 웃고 입을 다물었다.
"취하면 천하태평해지지."
베레모 사나이가 주장했다.
"자넨 좋은 사나이야. 자네와 헤어지고 싶지가 않아. 나는 다리가 있는 쪽이니까 말야. 좀더 같이 다니세. 이케부쿠로(池袋) 쪽에 술맛이 좋은 집이 있지. 여기선 자네가 냈으니 그 답례로 같이 가서 한잔 더 하세."
벌써 취했는지 베레모 사나이는 약간 짓궂은 듯했다. 그는 마침 지나가는 소형 택시를 발견하자 위세 좋게 손을 들어 세우더니 그의 팔을 붙들고 차에 올랐다.
"놓치지 않겠단 말이야."
베레모 사나이의 목소리는 역시 취해 있었다.
그는 아무 소리 않고 가만히 있었다. 그의 어깨에는 베레모 사나이의 한쪽 팔이 놓여 있었다. 불빛이 흐르고 있는 창밖을 내다보고 있는 그의 얼굴에는 무엇인가를 골똘히 생각하는 표정이 나타나 있었다.

이케부쿠로의 서쪽 뒷골목에 있는 술집을 두 집씩이나 돌아가며 마시자 두 사람은 완전히 취하고 말았다. 그의 얼굴은 푸르죽죽한 빛으로 변해 있었다.
"취했어요. 졸려요, 손님. 난 가겠어요."

맨 나중 술집을 나오자 그는 말했다.
"그래? 간다구? 좋아! 내가 보내 주지."
베레모 사나이는 비틀거리면서 그의 등을 두드렸다.
"바래다 주지 않아도 돼요. 혼자 갈 수 있으니까요."
그는 거절했다.
"그렇겐 안 돼, 자네는 취했어. 약속했잖은가. 바래다 주지."
"괜찮아요, 혼자 가지요."
"이 사람아, 그러지 말게. 내가 자네를 바래다 줘야지."
"멀어서 안 돼요, 걱정 말아요."
"멀어도 내가 가는 길에 있어. 자네 집 앞까지 데려다 줄게."
 취한 사람끼리의 이 분쟁을, 마침 그때 지나가다가 손님이라고 간주하고 멈춰 선 택시가 해결해 주었다. 운전기사가 한 손을 뒤로 돌려서 열어 준 문 안으로 베레모 사나이는 그를 밀어 넣었다. 이때 상대가 뜻밖에 강한 힘을 가지고 있는 것을 그는 알았다.
"메구로."
 베레모 사나이가 운전기사에게 명령조로 말했다.
 차는 인터체인지를 서쪽으로 돌아서 달렸다. 어두운 도로를 헤드라이트 불빛이 화살처럼 연이어서 흐르며 교차했다. 10분쯤 지나자 다시 신주쿠의 밝고 번화한 불빛 세계로 들어섰다.
 이세탄(伊勢丹) 앞의 교차점을 통과했을 때, 지금까지 좌석 뒤에 기대서 자는 듯이 늘어져 있던 그는 떨구고 있던 고개를 갑자기 일으켰다.
"스톱!"
 그가 소리쳤다. 차바퀴가 소리를 내며 급정거했다.
"왜, 왜 그러는 거야?"
 베레모 사나이도 몸을 일으켰다.

살인자 125

"내려야겠어요, 여기서."

그는 문을 열고 한쪽 발을 땅 위에 내려 디디려고 했다. 베레모 사나이는 몸을 일으켰다.

"왜 그러나? 메구로에 안 돌아가나?"

"여기서 마시고 싶어서……, 잘 가세요."

"이 사람아, 잠깐 기다려."

베레모 사나이는 굴러떨어지듯 그의 뒤를 따라 내렸다.

"그럼, 나도 마시겠어. 지금까지 같이 마셨어. 그렇게 따돌리지 말게나."

"손님, 요금 주세요."

운전기사가 말했다. "좋아" 하고 베레모 사나이는 바지 주머니에서 구겨진 백 원권을 두 장 꺼냈다. 그러는 동안에도 그의 한쪽 팔을 꼭 끌어안고 있었다.

"손님, 너무 짓궂으신데요."

그는 혀를 찰 듯이 불쾌하게 말했지만 베레모 사나이는 끄덕도 하지 않았다.

"그런 소리 말게. 취하면 혼자서는 있지 못하는 성미야. 어딘가? 자네가 마시러 간다는 집은?"

그러나 그는 대답도 않고 기분 나쁜 듯 걷기 시작했다. 베레모 사나이는 달라붙어서 떨어지지 않았다.

"이쪽인가?"

그는 큰길을 횡단하고 또 몇 개인가의 한길을 건너갔다. 취했을 텐데도 그의 걸음걸이는 무척 빨랐다. 이상한 것은 베레모 사나이도 그에 못지않은 정확한 걸음걸이였다.

약간 어두운 거리로 들어서자 그는 옆골목으로 들어갔다. 좁은 골목 양쪽의 처마 밑에는 간판을 겸한 등불이 즐비하게 늘어서 있었다. 그중에 조그마한 술집 하나가 목표였던 모양이다. 판잣집이었다.

"오빠."

여자가 밖에 서 있다가 작은 소리로 부르며 가까이 다가왔다. 그런 여자가 네댓 명이나 됐다.

"재미있는 곳인데……."

베레모 사나이는 코를 킁킁거렸다. 찌개 냄새와 소변 냄새가 섞여서 났다. 길 한쪽, 한가운데 공중화장실이 있었다.

그는 그 집 안으로 들어갔다. 물론 베레모 사나이도 뒤따라 들어갔다. 중년 여자가 담배를 물고 앉아 있다가 "어서오세요" 하고 그들을 맞아들였다. 한 대여섯 사람만 앉으면 가득 찰 것 같은 좁은 홀이었다.

손님은 둘이 있었다. 노동자인 듯 햇볕에 그을린 얼굴로 소주를 마시고 있었다. 그 옆에 있던 젊은 여자가 그의 옆에 와서 앉았다.

"뭘로 하실까요?"

"맥주."

그가 말했다.

"나도 맥주."

베레모 사나이가 말했다. 그러면서 그는 담배를 꺼내 물고, 무뚝뚝한 얼굴로 홀 안을 둘러보았다. 좁은 장소를 최대한으로 이용한 홀이었다. 부엌, 선반이 있고 그래도 텔레비전이 놓여 있었다.

"어서 드세요."

그는 거품이 이는 맥주를 컵에 받았다. 그 한 잔을 반쯤 마셨다. 그러고 나서 그는 손짓을 해 젊은 여자를 부르더니 그 귀에 대고 뭔가 속살거렸다. 중년 여자인 마담은 아랑곳하지 않고 베레모 사나이를 향해서 맥주를 컵에 더 따랐다.
"안 드세요?"
젊은 여자는 쌩긋 웃고 나더니 눈으로 베레모 사나이를 가리켰다.
"괜찮아요? 이 손님은……."
그는 여자의 팔을 툭툭 두드렸다. 젊은 여자는 천천히 일어나서 손님의 뒤를 돌아 아무 일도 없었던 듯이 안으로 들어가 버렸다.
"손님." 그는 컵을 쥐고 있는 베레모 사나이에게 낮은 소리로 말했다. "잠깐 2층에 올라가서, 지금 그 여자와 얘기 좀 하고 오겠습니다. 여기서 기다리시겠습니까, 먼저 돌아가시겠습니까?"
그러면서 그는 빙글빙글 웃었다. 베레모는 코를 쳐들고 천장을 노려봤다. 그 의미를 알아챈 모양으로 난처해하는 표정이 얼굴에 나타났다.
"다음으로 연기하지그래?"
베레모 사나이가 그렇게 말하자 그는 웃었다.
"그래? 그럼 기다리지. 아주 비위가 좋군. 얼마나 걸리겠나?"
"30분가량."
"내 기다릴게. 같이 돌아가세."
그는 작은 의자에서 일어나, 한길에 면한 문을 열고 일단 밖으로 나갔다. 그리고 이 집과 옆집의 사잇길로 몸을 옆으로 세워 안으로 들어가서, 한쪽에 붙은 문을 열고 사라졌다. 거기까지 확인하고 베레모 사나이는 홀로 돌아왔다.
마담이 눈꼬리에 주름을 잡고 웃었다.
"기다리시는 거예요? 아주 별나신데요."
베레모 사나이는 맥주를 받았다.

"이 근처는 모두 그런가?"

"그렇죠. 하지만 누구보고 그런 말 하면 안 돼요."

"그런 말을 왜 해. 지금 그 사람, 여기 자주 오나?"

"아니, 처음이에요."

"정말?"

"정말이에요."

마담은 정색해서 말했다.

"호오, 그런 것 치곤 너무 잘 알고 있는데."

베레모 사나이는 무슨 생각을 하는 듯한 눈초리를 했다.

이윽고 베레모 사나이는 손목시계를 보았다. 그가 나간 지 10분이 지나 있었다. 땅콩을 먹고 맥주를 마셨다. 한참 만에 다시 시계를 보니 20분이 지나 있었다.

"호호, 기다리시기 지루하죠?"

"글쎄, 어처구니없는 일인걸."

30분이 지나자 베레모 사나이의 표정은 초조해지기 시작했다. 베레모 사나이는 돌연 컵을 탕 하고 놓았다.

"마담, 이 집의 출입문은 두 곳뿐인가?"

마담은 놀란 듯이 베레모 사나이의 얼굴을 보았다. 그의 눈은 날카롭게 빛나고 있었다.

"그렇습니다."

손님이 누구인지를 짐작한 모양으로 중년의 여자는 얼굴빛이 변해서 대답했다.

"알았어."

베레모 사나이는 의자를 넘어뜨리며 일어나더니 안으로 들어가 좁은 사다리계단을 소리를 내면서 올라갔다.

방문이 바로 거기에 있었다. 베레모는 방문을 대담하게 두드렸다. 그 바람에 헐겁게 만든 문이 흔들거렸다.
"야아!"
대답이 없었다. 또 두드렸다.
"네에."
여자의 대답이 안에서 났다.
"열어도 돼?"
"여세요."
그는 방문을 열어젖혔다. 꽃무늬의 이불 옆에 서서 여자는 스커트의 단추를 채우고 있는 참이었다.
그의 모습은 없었다.
"남자는 어디 있냐?"
그는 소리질렀다.
"돌아갔어요."
여자는 베레모 사나이를 쳐다보며 말했다. 베레모 사나이는 방 안을 둘러보았다. 3조 다다미방이 한눈에 보였다. 빨간 이불이 방의 절반을 차지하고 있었다. 작은 책상과 그 위에 놓인 인형, 벽에는 비스듬히 붙인 영화배우의 사진, 걸려 있는 잠옷밖에 없었다. 빨간 네온이 창문으로 보였다.
"언제 갔나?"
"지금 막."
베레모 사나이는 계단을 뛰어내렸다. 사잇길을 지나는데 좁아서 빨리 달릴 수가 없었다. 밖으로 겨우 빠져나가서 좌우를 살펴봤지만 그를 닮은 사람은 찾을 수가 없었다. 그는 한쪽으로 달려가려고 하다가 갑자기 멈춰 섰다.
어떤 생각이 떠오른 모양이었다. 틀림없이 그 방에는 벽장이 있었다.

베레모 사나이는 천천히 되돌아서서, 골목길에 몸을 옆으로 세우고 걸었다. 입구에서 사다리계단을 오르려 할 때, 홀에 악사들이 들어온 모양인지 아주 빠른 템포의 춤곡을 연주하는 소리가 들렸다. 손님들이 손뼉을 치면서 합창을 했다.

계단을 올라가는 발소리는 노랫소리에 섞여 들리지 않았다.

베레모 사나이는 계단을 올라가자 방문을 열어젖혔다. 요는 깔린 채 그대로 있었으나 사람은 없었다. 그는 한 발을 방 안에 들여놓았다.

옆에서 허연 것이 움직였다. 그래서 몸을 빼려고 했을 때 그 허연 것이 달려들었다. 베레모 사나이는 배 옆구리에 딱딱한 물건의 감각을 느꼈다.

"기, 기다려 주게."

베레모 사나이는 눈을 크게 떴다. 아래층에선 소란한 기타와 손뼉치는 소리가 재미있는 듯 계속되고 있었다. 그는 한 마디의 말도 없었다. 그럴 필요가 없다는 듯이 상대편 몸에 밀착한 권총의 방아쇠를 당겼다. 생각보다는 소리가 둔했다.

베레모 사나이는 모자를 떨어뜨리고 꽃무늬 이불 위에 쓰러졌다. 연기가 자욱했다.

그는 상대를 보았다. 쓰러진 사나이는 기어가려고 했다. 손발을 버둥거렸다.

아래층에서는 기타소리가 계속 났지만, 손뼉 박자는 멎고 누군가가 큰소리로 떠들고 있었다.

그는 엎드려 버둥거리는 베레모 사나이를 타고 앉았다. 아래에 깔린 사나이는 공포의 빛이 서린 흰 눈을 크게 뜨고 있었다.

"빌어먹을! 너 짭새지? 말에 대해선 아무것도 모르면서 잔재

살인자 131

주를 부려서 사람을 유혹이나 하고, 이 새끼!"

그는 땀을 흘리며 한 손으로 베레모 사나이의 얼굴을 누르고 총구를 입에 갖다 댔다. 아래 깔린 사나이는 필사적으로 입술을 다물고, 이를 악물며 방어했다.

그는 마치 물건을 가지고 작업을 하듯 총구로 다문 입을 열었다. 총구는 혀를 헤치고 입속으로 깊숙이 들어가, 베레모 사나이는 마치 권총을 입에다 물고 있는 것같이 되었다. 그때 좀전보다도 커다란 굉음이 났다. 연기가 피어오르는 아래로, 베레모 사나이의 입이 석류처럼 터지면서 피를 내뿜었다.

기타가 줄이 끊어진 것처럼 뚝 그쳤다. 그는 사다리계단을 뛰어내렸다. 위층을 들여다보려고 올라오는 젊은 여자를 밀쳐 넘어뜨리고, 그는 사잇길로 향했다. 몸을 옆으로 해야 하기 때문에 시원히 뛸 수가 없었다. 그는 서둘러 헤엄을 치듯, 거기를 빠져나가자 비로소 자유롭게 달릴 수 있었다.

사람들이 떠들썩해지기 시작한 것은 그 직후였다.

납치

1

어딘가 먼 곳에서부터 소리가 나는 것 같았다. 그것이 몇 번째 되풀이되었을 때, "하기자키 씨, 하기자키 씨" 하고 부르는 또렷한 목소리가 귀에 들어왔다. 하기자키 다쓰오는 눈을 떴다.

하숙집 아주머니가 자리 옆에 무릎을 꿇고 앉아 있었다. 아주머니는 잠옷 위에 하오리(羽織, 기모노 위에 입는 짧은 겉옷)를 걸치고 어깨에 전등 불빛을 받으며 앉아 있다. 전등은 자기 전에 다쓰오가 틀림없이 껐었다.

다쓰오는 의식을 가다듬었다.

"하기자키 씨, 손님이 오셨어요."

아주머니 뒤에 다무라 만키치의 둥그런 얼굴이 보였다.

"어? 자네가 웬일인가?"

다쓰오는 머리맡에 끌러놓은 손목시계를 보았다. 3시가 조금 지나 있었다.

"아주 신나게 자던데?"

다무라 만키치는 통통한 몸집을 다다미 위에 도사렸다. 빨간 얼굴을 하고 있어서 취했나 싶었는데, 자세히 보니 그렇지는 않고 이마에 땀이 약간 배어 있었다. 흥분했을 때의 버릇으로 코를 씩씩거리며 분주하게 소리를 내고 있었다.

"자고 있는 것이 당연하지. 이런 시간에 남의 집에 찾아오는 놈이 도대체 틀려먹었지."

다쓰오가 일어나는 것을 보자 아주머니는 아래층으로 내려갔다.

"뭐야? 도대체 이런 밤에?"

"돌발사건이야. 어서 이걸 보게나. 번쩍 눈이 뜨일 테니."

다무라는 주머니에서 포개 접은 신문을 꺼냈다. 그러곤 그걸 펼쳐서 그 기사가 있는 곳에 굵은 손가락을 대고 톡톡 쳤다.

"마지막 도내판(都內版)으로 지금 막 인쇄가 끝난 조간이야. 아직 잉크냄새가 나지? 이거야, 이거."

다쓰오는 기사를 바라보았다. 4단 타이틀로 다른 어느 것보다도 큰 기사였다.

간밤 신주쿠에서 살인사건
전직 형사인 변호사 사무소 직원

4월 25일 11시경, 신주쿠구 통칭 ××골목의 술집 '다마에'의 우쓰지 다마에(宇土玉枝·41세) 씨 댁 2층에 올라갔던 두 손님 중 한 사람이 권총으로 사살됐다. 범인으로 추정되는 다른 한 사람은 도주했다.

이 손님들은 30살 전후의 푸른 색 양복을 입은 사나이와 베레모를 쓴 40살 정도의 사나이로, 처음엔 둘이 함께 술을 마시고 있었으나, 젊은 사나이가 종업원인 T양(18세)을 2층으로 데리고 올라갔다. 베레모 사나이는 홀에서 기다리고 있었는데, 30분쯤 후에 이 사나이도 2층에 올라가 문 밖에서 젊은 사나이를 불렀다. T양의 말에 의하면 젊은 사나이는 동행한 사람이 귀찮게 군다고 하면서 벽장 속에 숨어서 T양에게 돌아갔다고 말하라고 했다고 한다. 베레모 사나이는 그 말을 듣고 일단 밖으로 나갔다. 젊은 사나이는 T양에게 고맙다고 하면서 아래층으로 내려 가라고 하며 천 원을 주었다. 그래서 T양은 아래층으로 내려와 손님을 맞아 접대하고 있는데 그 사이에 베레모 사나이는 되돌아왔던 모양으로 돌연 2층에서 총소리가 났다. T양이 웬일인가 싶어 계단 입구까지 갔을 때, 계단을 달려 내려온 젊은 사나이는 T양을 떠다밀고 옆골목을 거쳐서 도주했다. 2층에 올라가 보니, 베레모 사나이는 이불 위에 총을 맞고 쓰러져 있었다. '다마에'에서는 110번으로 전화를 했다.

경시청에서는 사토무라(里村) 수사 1과장 이하 야구치(矢口) 경부반이 출동, 현장을 검증했다. 피해자는 옆구리에 한 방 맞고 쓰러진 이후 다시 한 방 입에 맞은 모양으로 처참한 모습이었다. 피해자의 양복주머니에서 '미나토구(港區) 아자부 거리 세누마 변호사 사무소 직원 다마루 도시이치(田丸利市)'라는 명함이 나온 것으로 신원을 추측할 수 있었다.

'다마에'에서는 두 사람 모두 처음 온 손님이라고 한다. 경시청에서는 요도바시(淀橋) 경찰서에 수사본부를 설치하고, 범인 체포에 나섰다. 세누마 변호사는 여행으로 부재 중이고, 동사무소 숙직원의 말로는 다마루 씨는 전직 형사로 5년 전에 변호사 사무실 직원으로 고용된 사람이라고 한다. 수사본부는 T양을 소환, 당시 사정을 청취중에 있는데, T양에겐 매춘 혐의도 받고 있는 모양이다. 흉기인 권총은 콜트로 보이며, 경찰은 오늘 중으로 그 시체를 해부, 탄환을 꺼내 감식할 예정이다.

"이 기사는 오전 2시, 조간 최종판 기사 마감 시간 직전에 들어왔네. 나는 오늘 밤 야근이었거든. 이것을 경시청에 나가 있던 기자로부터 받았을 때는 깜짝 놀랐어. 세누마 변호사라면, 자네 회사의 고문 변호사가 아닌가?"

그렇다. 그렇단 말이다. 그러나 다쓰오의 대답은 곧 말이 되어 나오지 않았다. 그는 자기 자신에게 말하듯 가슴속으로 중얼거리고 있었다. 졸음은 사라졌다. 산만한 사고력을 갑자기 하나로 모으려고 그는 노력했다.

"그렇지, 세누마 변호사지?"

다무라는 거듭 말했다.

"그래."

베레모 사나이, 베레모 사나이…… 바 레드문에서도 만났고 도쿄 역 대합실에서도 보았다. 아아, 그렇다. 그때 그는 세누마 변호사와 무엇인가 이야기를 하고 있었다.

"이것은 자네네 회사가 당한 그 어음 사기꾼 사건과 관계가 있다고 나는 생각했지. 아니, 틀림없이 관계가 있어. 직감이야. 자네는 마음에 짚이는 것이 없나?"

다무라는 침을 튀기며 흥분해서 말했다.

"잠깐 기다려 주게."

다쓰오는 머리를 감쌌다. 지금까지 세누마 변호사를 저쪽 사람으로 알고 있었는데, 이것은 약간 잘못된 생각인 성싶다. 전직 형사인 사무소원이라면 변호사의 의뢰사건을 조사하는 비밀원이 아니었을까? 그렇다면 세누마는 베레모를 쓴 전직 형사에게 무엇을 추적시키고 있었을까? 그러자 다시 여기서 레드문과 도쿄 역 대합실에서 본 베레모 사나이의 모습이 눈에 떠올랐다. 세누마 변호사가 그와 대합실에서 무언가 이야기하고 있었던 것은 그 타협이었던가, 보고를 듣고 있었던 것은 아니었을까?

"그렇군그래, 그러고 보니 마음에 걸리는 것이 많은데."

다쓰오는 아직도 생각을 가다듬으면서 이렇게 대답했다.

"이 사람아, 세누마 변호사는 그 사건을 추적하고 있었단 말이야. 변호사가 먼저 범인을 알아냈단 말이야. 전직 형사는 그것을 추적하다가 도리어 범인에게 살해된 거야."

그렇겠지, 그랬음에 틀림없다고 다쓰오도 생각했다. 자기가 오리무중으로 더듬질하면서 방황하고 있는 동안 세누마는 벌써 범인을 추격 중에 있었던 것이다. 그것은 프로와 아마추어의 차이였다. 다쓰오는 자신의 무능을 통감했다. 아무리 뜻이 크다고 해도 결국에 가서는 실력의 한계가 있었다.

"세누마 변호사는 어젯밤부터 아타미에 가 있어. 변호사들 회합 때문에 말이야. 그걸 알아냈기 때문에 나는 곧 세누마 변호사가 묵고 있는 여관으로 전화를 걸었다네."

다무라가 말했다.

"그래, 변호사는 있던가?"

다쓰오는 눈을 들었다.

"있었어. 본인이 전화를 받았어."

"뭐라고 하던가?"

"그 일에 관해서는 조금 전에 경찰로부터 전화 연락이 있었다. 다마루 도시이치는 틀림없이 우리 사무소 직원이지만 본인인지 아닌지는 현장에 가서 피해자를 보기 전에는 알 수 없다. 내일 아침, 즉 오늘 아침이지. 첫차를 타고 귀경한다는 거야."

다쓰오는 그 말을 듣자 약간 이상하다고 생각했다. 아타미에서라면 택시를 타고라도 달려올 수 있다. 이 정도로 큰 사건이 일어났으니 서둘러 달려와야 한다. 아침 차까지 기다린다니, 약간 늑

장을 부리는 것 같다. 자기가 거느리고 있는 직원이 살해되었다는 것쯤 그다지 대수롭게 생각하지 않는단 말인가?
"세누마 변호사는 무조건 모르겠다는 거야. 이런 말은 마감 시간에 대지 못해서 신문엔 실리지 못했어."

사인에 대해서 마음에 짚이는 것이 없다는 것은 거짓말일 것이다. 세누마 변호사의 명령으로 전직 형사인 그 직원은 활동하고 있었던 것이다. 상대가 신문사라 귀찮으니까, 그렇게 대답했을 것이다. 변호사는 틀림없이 알고 있다.

게다가 그 사람은 그 3천만 원의 어음을 사기한 어음 사기꾼을 추적하고 있었던 것이다. 회사에서 부탁을 받아서 했을까, 아니면 다른 동기에서 그것을 조사하고 있었을까?

어느 쪽이든 세누마 변호사도 후네자카 히데아키에 연결되는 우익의 선에 당도했음이 틀림없다. 그래서 다쓰오가 전무를 도쿄 역에서 전송하고 갈 때, 세누마 변호사는 다쓰오에게 위험한 짓은 하지 말라고 충고했을 것이다. 다쓰오가 무엇을 하고 있는지, 그는 알고 있었던 것이다.

이로써 두 가지를 추측할 수 있다. 다쓰오가 하고 있는 일이 무엇인지를 알고 있는 이상, 변호사는 전무로부터 그에 대한 말을 들었을 것이다. 아니면 그가 그것을 알 리가 없다. 그렇다면 세누마 변호사의 활동은 회사로부터 의뢰를 받아서 하고 있다는 결론이 나온다.

또 하나는 전직 형사라는 그 베레모 사나이가 바 레드문에 진을 치고 있었던 것으로 미루어 세누마 역시 후네자카의 주위를 탐색하고 있었다……

전직 형사는 옛날의 솜씨를 발휘해서 그 범인을 추적했을 것이다. 추적을 받은 범인은 반대로 추적자를 사살했다. 왜 그랬을까? 죽일 수밖에 없는 사태였을까?

"오늘 아침, 날이 새면 세누마 변호사는 도쿄로 돌아올 것이다. 그러곤 수사본부에 출두해서 피해자를 확인하고 무슨 말을 할 거야. 어떤 소리를 할지 궁금한데…… 그렇게 되면 사건은 자연히 폭로될걸. 살인사건이라 경시청에서도 범인을 철저하게 조사할 테니까 말이야."

"그런데 왜 죽였을까?"

"그야 물론 추적을 당했으니까 그랬겠지."

"그렇지만, 대수롭지 않은 사기사건이 아닌가. 게다가 추적을 한다고 해도 그는 경찰관이 아니지 않냔 말야. 일개 변호사 사무소의 직원이야 죽일 것까진 없잖아."

다쓰오가 말했다.

"문제는 바로 거기에 있어. 어쨌든 세누마 변호사가 입을 열면 단서는 잡히게 될 거야. 오랜만에 일다운 일을 하게 되었는데, 자네와의 인연으로 해서 남에게 선수권 뺏기고 싶진 않은데."

다무라는 그렇게 말하면서 숨을 크게 내쉬었다. 신문기자다운 야심에 그의 가는 눈이 반짝이고 있었다.

이윽고 다무라는 돌아갔다. 다쓰오는 그를 문까지 전송하고 자기 방으로 돌아와서 시계를 보았다. 4시가 조금 지나 있었다. 자리에 들었으나 잠이 오지 않았다. 엎드려서 담배를 한 개비 피웠다. 지금까지 거기에 앉아 있던 다무라의 넓은 어깨가 아직도 눈에 선했다.

그때 그의 머리에 어떤 일이 떠올랐다. 그것은 다무라와 함께 이와오 의원을 방문했을 때의 일이었다. 그 면회로 말미암아 이와오 의원은 자기 '일당'에게 경보를 내린 것이나 아닐까. 만일 그렇다면 저쪽에서 어떤 새로운 움직임이 있을 것이라고 생각했었는데, 이 살인사건도 그래서 나타난 결과가 아닐까?

이것 봐라, 하고 다쓰오는 눈을 감았다.

가령 범인이 형사 같은 사람에게 추적을 당했다고 하자. 그는 경보를 받고 있었다고 하자. 그렇다면 그는 붙들리지 않으려고 할 것이다.

자기 한 사람이 문제가 아니라, 배후의 조직이 폭로되고 파괴될 염려가 있기 때문이다. 그래서 범인은 어떻게 해서든 빠져나가려고 했을 것이다. 그러다가 그는 무의식적으로 흥분해서 권총으로 쐈을 것이다. 이렇게 생각할 수는 없을까?

만일 그렇다고 한다면, 이 사건은 계획적인 것이 아니고 우발적인 것이다. 우발적인 것이라면 상대편으로서도 당황하고 있을 것임에 틀림없다. 왜냐하면 이것은 저쪽으로서는 계산 밖의 돌발 사고이기 때문이다.

재미있어진다고 생각한 것은, 그들이 그 수습책으로 당황해서 또 무슨 움직임을 보일지도 모르겠다는 생각을 하고 난 다음이었다.

그건 그렇다 치고, 다마루라는 전직 형사는 어떻게 어음 사기꾼을 찾아낼 수 있었을까? 아마 그 범인은 세키노 과장을 속여먹은 호리구치라고 자칭한 사나이임에 틀림이 없을 것이다. 그는 어디서 호리구치를 찾아냈을까? 다쓰오로서는 알 수가 없었다. 아니, 알 수가 없었다기보다 자기가 미처 생각지 못했던 데까지 추적해 들어간 사람에 대해서 감탄했다. 보통 인간이 숙련된 직업인에게 느끼는 그런 감탄과 열등감이었다.

그는 베레모 사나이의 무뚝뚝한 얼굴을 머리에 떠올렸다. 그는 레드문에서는 여자들에게 환영을 못 받는다고 불평을 했었다. 다음에 만났을 때는 약간 환영을 받게 되었다고 기뻐했다. 그러면서 매일 밤 순진한 듯이 레드문에 가곤 한 것은, 누군가를 살펴보려고 했던 것이리라. 그도 또한 다쓰오와 마찬가지로 레드문의 마담이 후네자카 히데아키의 여자라는 것을 알고 있었던 것이다. 다만 다쓰오가 막연하게 알아보려고 갔던 것과는 달리 그는 확실한 목표를 가지고, 그것을 노리고 갔음에 틀림없다.

다쓰오는 담배를 하나 더 꺼내 불을 붙였다. 멀거니 그 파란 연기를 바라보고 있자니까, 또 새로운 상념이 떠올랐다.

살해된 베레모 사나이 다마루는 도쿄 역에서 그의 어깨를 두드리며 이렇게 말했었다.

"이제부터 경마장에 같이 안 가시겠소? 당신에게 매우 재미있는 일이 있을 텐데……."

두 번씩이나 재미있는 일이라고 했었다. 그때는 몰랐지만, 지금 생각하니 그 의미를 비로소 알 수 있었다. 즉, 다쓰오가 찾고 있는 사람을 직접 보게 해주겠다는 암시였던 것이다.

이것으로 미루어 그 전직 형사는 다쓰오의 목적이 무엇인지를 알고 있었던 것이 틀림없다. 그것도 그는 세누마 변호사로부터 들었을 것이다.

'그때 따라갔더라면 좋았을 것을. 그렇게 했으면 범인의 얼굴을 볼 수 있었을 텐데. 베레모의 전직 형사도 피살되지 않을 수도 있었을 거고.'

후회가 밀려왔다. 그 암시를 알아차리지 못했던 것이 너무 후회되었다. 이 점에서도 자기가 아마추어라는 것이 드러난다.

'그런데 경마 이야기는 먼저도 들은 일이 있다. 그가 이야기할 때 나는 옆에서 듣고 있었다. 누구하고 이야기를 했었더라?'

다쓰오는 갑자기 담배를 재떨이에 비벼껐다.

"그렇다. 레드문의 바텐더였다!"

그날 저녁 석간 신문은, '신주쿠 살인사건'을 다음과 같이 속보했다.

　세누마 준사부로(瀨沼俊三郎) 변호사는 26일 아침 여행지인 아타미로부터 귀경, 곧 수사본부인 요도바시 경찰서에 출두했다. 이 변호사는 피살된 사람이 자기 변호사 사무소 직원 다마루 도시이치 씨(38세)라는 것을 확인, 별실에서 사토무라 수사 1과장의 참고 심문에 대답했다. 그러나 세누마 변호사의 진술은 수사진들의 기대와 달리 사건의 핵심에 관계된 것이 아니었고, 피로해 하고 있었기 때문에 일단 귀가시켰는데, 경우에 따라서는 또 다시 불러서 사정을 청취할지도 모른다고 당국은 말했다. 세누마 변호사의 말, "다마루 씨에게는 여러 가지 사건을 조사시키고 있었기 때문에 이번에 일어난 불의의 재난이 무엇때문인지, 지금으로선 짐작이 안 간다. 사건 의뢰는 여러 방면으로부터 비밀스럽게 오고 있기 때문에 경솔하게 이야기할 수 없는 실정이다."

2

세누마 준사부로 변호사는 그날 저녁, 세 사람의 신문기자와 만났다. 각각 다른 신문사였지만, 그들은 앞서거니 뒤서거니 해서 왔던 것이다.

"세누마 씨, 다마루 씨가 살해된 원인에 대해서 마음에 짚이는 것은 없습니까?"

"낮에 수사본부를 나왔을 때도, 여러분에게 똑같은 질문을 받았는데, 역시 모르겠군요."
변호사는 무뚝뚝하게 대답했다.
"피살된 다마루 씨는 세누마 선생 사무소 직원이었다는데, 어떤 일을 하고 있었습니까?"
또 한 사람이 물었다.
"뭐 특별한 일이 따로 정해져 있던 건 아니에요. 그저 여러 가지 일을 시키고 있었지요."
"의뢰사건의 조사 같은 일도 시키고 있었습니까?"
"그런 것도 있습니다."
"그러나 다마루 씨는 전직 형사였으니, 특별한 조사를 전문적으로 시키고 있었던 건 아닌가요?"
"별로, 전직 형사라고 해서 특별한 것을 시키고 있지는 않습니다. 그건 당신네들의 추측에 불과해요."
세누마 변호사는 약간 기분 나쁜 표정으로 말했다.
"최근에는 어떤 조사를 하고 있었습니까?"
"그것은 말할 수 없어요. 의뢰한 사람에 대해서 비밀을 지켜 주지 않으면 안 되니까요."
"오늘 수사본부에 가셨을 때도, 그 점에 대해 질문을 받았지요?"
"무엇을 질문받았는지는 대답할 수 없어요. 직업상의 비밀이기 때문에 가령 경찰이 질문을 하더라도 내 대답에는 한계가 있어요. 첫째 무엇 때문에 살해됐는지 나로서는 짐작도 안 가요. 개인적인 이유에선지도 모르고, 극단적으로 말하면 술을 먹고 싸우다가 그랬는지도 몰라요."
"그런 싸움이 아닙니다."
한 기자가 화를 내면서 말했다. 다무라였다. 다무라는 콧등에 땀이 나 있었다.
"그 술집의 이야기로는 다마루 씨는 확실히 상대를 추적하고 있었다고 합니다. 이건 틀림없이 어떤 사건에 관계가 되어 있어요."
"그건 당신의 상상이오."
변호사는 서둘러 그렇게 말하고 다무라를 힐끗 보았다.
다무라는 파고들어 묻고 싶었지만, 다른 신문사 기자들이 있기 때문에 눈치를 채게 해서는 안 되겠다 싶어서 참았다.
그는 할 수 없이 변호사의 얼굴을 노려보듯이 바라보았다.
"아무래도 말씀하시기가 거북하신가 보군요."
다른 기자가 비꼬듯이 말했다.
"별로 숨기려는 건 아니고, 좀더 사정을 알기까지 말하고 싶지 않을 뿐이오."
변호사는 약간 풀이 죽은 듯이 말했다.
"사정을 알기까지라고 말씀하시면?"
다른 또 한 사람이 물고늘어졌다.
"당국의 수사가 진전되기까지를 말하는 겁니다."
"그러나 그렇게 되기 위해서는 세누마 선생의 솔직한 이야기가 경찰에 필요하다고 생각하는데요. 어쩌면 선생께선 이야기하는 것을 두려워하고 있는 것이 아닌가요?"
지금으로선, 이렇게 말하는 것이 다무라로서는 최대한의 공격이었다.
그 반응은 있었다.
세누마 변호사는 뜨끔한 것 같은 표정으로 다무라의 땀이 밴 얼굴을 보았다. 순간 어쩐지 의심쩍어하는 듯한 눈빛이 보였지만, 그것은 곧 사라졌다.

"내일 수사본부에서 당신을 부를까요?"

"그런 말은 없었지만, 호출이 있으면 가야겠지요."

이런 질문들을 하고 나서 기자들은 변호사 집을 물러나왔다.

모두 불만이었다. 누군가가 "저건 좀 이상한데" 하고 말했다. 다른 기자들도 이구동성으로 동감이라고 말했다.

세누마 변호사가 두려워하고 있었다는 것은 뒤에 알려졌다.

세누마 준사부로 변호사는 피살된 다마루 도시이치의 문상을 가기 위해서 오후 8시쯤 자가용차를 타고 집을 나갔다.

다마루 도시이치의 집은 오자키(大崎)에 있었다. 변호사 집에서 약 25분가량 걸리는 곳이었다. 나중에 변호사를 태운 이 운전기사는, 변호사는 차를 타면 언제나, 두서너 마디는 운전기사에게 말을 걸곤 했는데 그날 밤은 아무 소리도 없었다고 증언했다. 그러나 무슨 생각을 깊이 할 때는 언제나 그러했기 때문에 별로 이상하게 생각하지는 않았다고 했다.

다마루 도시이치 집에서는 시체가 부검 때문에 아직 돌아오지 않아서 제단엔 사진만 걸어놓고 있었다. 시신이 없는 밤샘이라는 것은 어딘지 싱거운 것이다. 유해는 부검이 끝나면 바로 화장장으로 옮기게 되어 있었다.

그런데도 좁은 다마루의 집은 유족과 친지와 동네 사람으로 꽉 차서 사람들 무릎이 서로 맞닿을 정도였다. 고인의 동료였던 세누마 변호사 사무소의 직원들도 몇 사람 있었다.

세누마는 제단의 사진에 절을 하고 미망인이 된 깡마른 다마루 도시이치의 부인에게 정중하게 조의를 표했다. 열여섯 살 된 남자애와 열 한 살짜리 여자애를 옆에 앉히고 고인의 아내는 울면서 남편의 고용주였던 변호사에게 머리를 숙였다. 이때 변호사는 조의금은 가능한 한 최선을 다해 준비하겠다고 말했다.
 변호사는 거기서 일어나 밤샘을 하는 사람들 사이에 가서 앉았다. 마침 그때 독경이 시작되었기 때문에 그는 눈을 감고 그것을 들었다.
 그 시간, 집 앞에서 기다리고 있던 변호사의 자가용에 남자 한 명이 급한 걸음으로 가까이 왔다. 그가 다마루의 집에서 나왔다는 것과, 검은 양복을 입고 있었다는 것 말고는 운전기사는 아무것도 기억이 안 난다고 말했다. 밤이었고 외등 불빛이 어두웠던 탓도 있겠지만 무엇보다 운전기사가 그 사람을 이상하게 생각하지 않았기 때문이었다.
 "세누마 선생을 모시고 오셨습니까?"
 그는 운전석 창문에서 물었다. 깜박깜박 졸고 있던 운전기사는 당황해서 고개를 들고 대답했다.
 "그렇습니다."
 "선생님께서는 오늘 밤 여기서 아침까지 밤샘을 하신답니다. 그러니까 차는 돌아가도 좋다고 말씀하셨습니다."
 그 사나이는 확실한 말투로 말했다. 목소리로 짐작건대 한 서른쯤 되는 성싶었다.
 "그리고 내일 아침에는 여기서 ××대학의 해부실로 직접 가신다고 합니다. 그때는 경시청에서 차가 온다니까, 맞으러 올 필요는 없다는 전갈이십니다."
 "알겠습니다. 감사합니다."
 운전기사는 머리를 숙였다. 그리고 차를 운전해서 25분 뒤에 변호사 집에 도착, 집에다 그런 뜻을 전했다.
 세누마 변호사는 30분 정도 독경을 들으며 앉아 있었다. 그러자 누군가가 귀에 대고 나직이 부르는 소리가 들렸다.

"세누마 선생님."

변호사가 눈을 뜨니 검은 양복을 입고 팔에 상장을 두른 사나이가 무릎을 꿇고 있었다.

"잠깐 의논할 말씀이 있는데, 다른 방으로 가실 수 있을까요?"

나직하고 은근한 말투였다.

변호사는 유족인 친척의 한 사람이리라 생각했다. 그리고 의논이라는 것은 아마도, 조의금에 관한 것이리라고 순간적으로 생각했다.

그는 고개를 끄덕이고 일어나, 그 사나이의 뒤를 따라서 그 좁은 방을 조용히 나갔다.

그것은 모두가 목격한 사실이었다. 그 자리에 있었던 세누마 변호사 사무소의 직원들은 변호사가 유족관계자와 무슨 이야기가 있어서 나간 것으로 알았고, 유족들은 변호사가 사무소 직원과 이야기를 할 일이 있어서 잠깐 자리를 떴다고 생각했다.

그러나 그 이후 두 사람은 그 자리에 다시 돌아오지 않았다.

밤샘을 하던 사람들은 가까운 친척들만 남겨 놓고 12시가 지나자 가버렸는데, 아무도 변호사가 돌아오지 않는 것을 의아하게 생각하는 사람은 없었다.

그러나 세누마 변호사의 모습을 최후로 본 사람이 두서너 사람 있었다.

그것은 다마루 집 근처의 사람들이었다. 26일 날 밤, 그 불행한 집 앞에 서서 동네 사람 두서넛이 이야기를 하고 있었다.

그때, 그 집 뒷문으로 세 사람의 남자가 나왔다. 세 사람은 따로 떨어져서가 아니고, 서로 팔을 끼고 걷고 있었다고 한다. 좀더 자세하게 관찰했다면, 한가운데 남자가 좌우의 사나이들에게 팔이 끼인 채 강제로 끌려가고 있었다는 것을 알아챘을 것이다. 어두워서 얼굴은 못 보았지만, 그 가운데 남자는 키가 양쪽 두 사람보다는 작았고, 뚱뚱한 몸집이었다고 한다. 이 관찰만은 커다란 도움이 되었다. 그 뒷모습이 세누마 변호사의 특징이었기 때문이다. 9시경이라는 시간도 일치했다.

세 사람은 말없이 걸어서, 약간 떨어진 곳에 기다리고 있던 자동차에 탔다고 한다. 문을 연 것은 운전기사란다. 이 자동차는 아무래도 대형이었던 것 같다고만 할 뿐 외국제인지 국산 차인지 그것도 확실치 않았고, 차체의 종류도 알 수 없었다. 물론, 자가용인지 택시인지 그 식별도 불가능했다.

그 자동차는 한 20분 전쯤에 와서 불을 끈 채 멈춰 서 있었다는 것만 알았다. 세 사람을 태운 자동차는 국도로 나가는 길로 사라졌다. 근처의 목격자는 이들을 조문객으로 알고 처음부터 끝까지 보고 있었다는 것이다.

변호사 집에서는 전갈이 있었기 때문에 아침까지 세누마가 돌아오지 않는 것을 당연한 것으로 여겼다. ××대학의 해부실로 갔다가 바로 사무실로 간 것으로 생각하고 있었던 것이다.

세누마는 아침 10시면 자기 사무실로 나왔다. 그러나 그날은 변호사 집에서 연락이 있었기 때문에 12시가 지나고, 1시가 지나도 세누마가 나오지 않는 것을 사무실 사람들은 이상하게 여기지 않았다. 아마도 대학에서 늦어지는 모양이라고 생각했다는 것이다.

2시경, 요도바시 경찰서 수사본부에서 사무소로 전화가 왔다. 사건에 관해서 세누마 변호사에게 좀더 듣고 싶은 것이 있는데, 그쪽으로 와 줄 수 없겠느냐는 전화였다. 소동은 이때부터 일어났다.

"선생님께서는 ××대학에 다마루 씨의 부검 때문에 거기에 가 계십니다. 경찰에서 모시고 갔다고 합니다."

전화를 받은 직원이 말했다.

"경찰에서 모시고 갔다고? 여기서는 부른 일이 없는데, 부검은 벌써 끝나 아침에 유족에게 인도해 줬는데 무슨 소리요?"

저쪽에서는 그렇게 말했다.

"그렇지만 선생님 댁에서 그렇게 연락이 있었습니다."

"그래요? 그럼 댁으로 물어보지요."

본부는 변호사 집에 전화를 걸어서 세누마 씨 부인의 말을 듣고서야 사정을 알았다. 확인 차 ××대학에 문의했으나, 물론 세누마 변호사가 온 사실은 없었다고 했다.

이미 어젯밤 9시부터 17시간 이상의 공백이 지나고 있었다.

수사본부 직원이 세누마의 집으로 급히 출동했다. 거기서 운전기사로부터 사정을 듣자 그는 다시 다무라 도시이치의 집으로 갔다.

"세누마 선생을 부른 사람은 사무실 직원이라고 생각했습니다. 모르는 사람이었습니다."

다마루 부인은 대답했다.

"유족의 친척되는 사람이라고 생각했습니다."

밤샘하는 데 있었던 사무실 직원들은 이렇게 대답했다. 뒷문 근처에서 있던 동네 사람은 그 후의 수소문으로 알아냈다.

문제의 자동차 타이어의 흔적을 조사해 보려고 했으나 4, 5일 전부터 날씨가 맑아, 지면이 건조해서 감정이 불가능했다.

다만 추정할 수 있었던 것은, 세누마 변호사가 누군가에 의해서 계획적으로 끌려나가 자동차로 납치되었다는 것뿐이었다. 동네 사람이 본 세 사람의 자세로 판단해서 변호사는 협박을 받아, 좌우에서 팔을 붙들어 소리도 내지 못하고 자동차에 끌려들어갔음에 틀림없었다.

납치 149

납치자는 다마루 도시이치의 사건과 관계가 있다고 하는 것이 수사본부의 일치된 의견이었다.

세누마 준사부로 변호사가 누군가의 손에 의해서 납치되어 실종됐다고 수사본부가 단정한 것은 오후 3시 반경이었다. 본부 내부에서는 이것을 발표하지 않고 극비리에 수사하고 싶다는 의견도 있었으나, 그보다는 신문에 내서 목격자의 신고를 기대하자는 편이 더 우세했다. 기자단에게 그 사실을 발표한 것은 4시경이었다.

물론, 석간에는 보도되지 않았다.

그 시간에 하기자키 다쓰오는 쇼와 전기제작소 본사에 가 있었다.

회계과장은 다른 과의 과장이 전임되어 후임으로 와 있었다.

다쓰오는 준비해 온 사표를 봉투에 넣어서 신임 과장 앞에 내놓았다.

"뭡니까?"

과장은 봉투 안에 든 것을 반쯤 꺼내다가 놀라 물었다.

"사직서입니다."

다쓰오는 머리를 숙이고 말했다.

"왜 그러시지요?"

옆에 직원이 있었기 때문에 과장은 낮은 소리로 물었다.

"건강이 좀 좋지 않아서요. 너무 오래 쉬는 것도 미안하고 해서 이 참에 회사를 그만두려고 생각합니다."

다쓰오가 말하자, 과장은 얼굴을 가까이 하고 말했다.

"당신이 쉬고 있는 이유는 사장으로부터 이야기를 들어 대강 알고 있습니다. 사장은 세키노 씨의 자살로 괴로워 하고 있습니다. 그렇게 추궁하는 것이 아니었다고 후회하고 있습니다. 꿈자리가 뒤숭숭한 모양입니다."

다쓰오로선 처음으로 듣는 말이었지만, 그럴지도 모르겠다고 생각했다.
"사장님은 지금 안 계시니, 그럼 아무튼 이것은 제가 맡아 두겠습니다."
과장은 그 봉투를 책상 서랍 깊숙이 넣으면서 말했다.
"잘 부탁합니다."
"아니, 책상 정리는 결정된 다음에 해주시오."
다쓰오는 쓴웃음을 지으며 알겠다는 표시를 했다
이 회사도 오늘로 마지막이 될지도 모른다고 생각하니 모든 것이 새삼스러웠다. 역시 일종의 감개가 일었다.
"여어, 요샌 좀 어떤가?"
"몸은 좀 어떠시오?"
그의 얼굴을 보자, 아무것도 모르는 직원들이 그의 어깨를 두드렸다. 다쓰오의 휴가 이유는 '병으로 인한 휴양'이라고 되어 있었다.
다쓰오는 왠지 모르게 쓸쓸하고도 답답한 감정이 가슴을 쳐서 회사의 현관을 큰 걸음으로 걸어 나왔다.
이 이상 회사를 쉴 수 없다고 한다면 그만둘 수밖에 없다. 지금 모처럼의 직장을 버린다는 것은 아쉽다고 하기보다는 바보 짓이라고 생각되는 일이다. 그러나 한 가지 목표를 향해서 불붙기 시작한 집념을 뒤로 물릴 수는 없다. 아직 젊은 것이다. 자기 인생의 한구석에는 이런 바보스러운 점이 있어도 무방하다고 생각했다.
긴자는 황혼이 깔리고 있었다. 네온이 벌써 빛나기 시작했다. 다쓰오는 잠깐 선 채 사람들의 흐름을 바라보다가 거리를 횡단해서 바 레드문이 있는 옆골목으로 구둣소리를 뚜벅뚜벅 내면서 걸어갔다. 쓸쓸한 심정은 점차로 사라지고 어떤 기대감이 차차 고조되기 시작했다.

3

 레드문의 문을 열고, 하기자키 다쓰오는 안으로 들어갔다.
 아직 시간이 일러 손님이 적었고 담배연기로 홀의 공기가 탁해지지도 않아서 홀 안은 어느 날과는 아주 달라 보였다.
 "어서 오세요."
 여자들이 그를 맞이했다.
 "오래간만에 오셨구먼요."
 그중의 하나가 가까이 다가와서 말했다. 얼굴이 넓적한 종업원이었는데, 아마도 다쓰오를 기억하고 있었던 모양이었다.
 "이리로 오세요."
 그녀는 그를 빈 박스로 안내했다. 일찍 온 덕분에 자리가 좋았다. 여자들이 네댓 명 그의 옆으로 몰려왔다.
 "뭘로 하실까요?"
 "하이볼을 줄까?"
 "네에."
 물수건을 얼굴에 대고, 우연히 하는 것처럼 스탠드 쪽으로 시선을 돌리자, 두 사람의 흰옷 입은 사나이가 움직이고 있는 게 보였다. 젊은 쪽은 기억에 있는데, 한 사람은 낯이 설었다.
 아니 전혀 딴 사람이었다. 바텐더가 바뀐 것이다. 마흔은 넘었으리라 생각되는 안경 쓴 뚱뚱한 남자가 은빛 셰이커를 흔들고 있었다. 먼젓번 서른이 지나 보이는 긴 얼굴의 사나이가 아니었다. 그 베레모 사나이와 경마 이야기를 하고 있던, 어딘가 눈이 날카로운 느낌을 주는 사나이가 아니었다.
 '생각대로군.'

다쓰오의 가슴이 뛰었다.

"아주 오래간만이네요."

얼굴이 넓적한 여자가 말했다.

"그래, 요샌 바쁜가?"

'뚱뚱한 중년의 바텐더는 새로 고용됐을 것이다. 먼저 사나이는 그만둔 것이다.'

다쓰오는 말을 할까말까 망설였다. 당장 묻는다는 것도 이상한 생각이 들었다.

"덕분에. 이제 조금만 더 있으면 아주 꽉 차요."

"경기가 좋구먼."

둘러보니 마담의 모습도 안 보였다.

"마담은?"

"이제 곧 돌아오실 거예요. 천천히 드세요."

'돌아와? 그렇다면 외출을 했단 말이로구나. 어디 갔을까?' 다쓰오는 그것이 궁금했다.

다쓰오는 드디어 결단을 내렸다.

"그런데 바텐더가 바뀐 것 같군."

얼굴을 스탠드 쪽으로 돌리면서 말했다. 자연스럽게 보이려고 노력했지만, 목소리가 목구멍에 걸려 잘 나오지 않았다.

"네, 전의 사람은 그만뒀어요."

대답은 명확한 것이었다.

"그래, 언제?"

이 질문도 정상이 아니었다.

"한 이틀 됐어요. 하루 쉬더니, 그대로 그만뒀어요."

이틀 전…… 그는 마음속으로 헤아렸다. 도쿄 역에서 베레모 사나이를 만난 날이다. 그리고 그날 밤 그는 피살됐다.

"왜 그만뒀을까?"
"몰라요 그건. 댁은 야마모토 씨와 잘 아는 사이였나요?"
'그렇지, 틀림없이 야마모토라고 했다. 호리구치라고는 하지 않았다. 여러 가지 이름을 쓰고 있었음에 틀림없다.'
"뭐 잘 아는 사이는 아니었어. 친절한 바텐더였기 때문이지. 그럼 지금은 어디서 일을 하고 있을까?"
"그걸 우리가 어떻게 알아요? 바텐더도 우리처럼 자주 직장을 옮겨요. 이제 조금 있으면 어느 술집에서 셰이커를 흔들고 있더라는 소식이 들려올 거예요."
"그렇겠군 그래."
그 바텐더에 대해서 이 넓적한 얼굴의 여자는 그 이상 자세하게는 모르는 모양이었다. 더 이상 깊이 묻는 것은 삼가는 것이 좋을 것이다. 다쓰오는 하이볼을 목구멍으로 부어 넣었다.

8시가 지나자 손님이 붐비기 시작했다. 여자들도 단골손님에게 가버리고 다쓰오의 옆에는 아직 익숙지 않은 얌전한 여자가 외로이 남아 있었다.
혼자 생각을 하기에는 적당했다.
그 야마모토라는 바텐더가 베레모의 전직 형사를 죽인 범인이라는 직감은 적중한 성싶다. 그 사람이 바로 호리구치라고 자칭한 어음 사기꾼임에 틀림이 없으리라. 어음 사기꾼이 본업이고 바텐더는 위장이다. 아니 바텐더가 본업이었는데, 차차 어음 사기꾼으로 변해 갔으리라. 그건 그가 교활한 지혜를 몸에 지니고 있었기 때문이었으리라. 그러나 그를 조종하고 있던 것은 또 다른 인물이었을 것이다.
손님은 더욱 붐볐다. 마냥 혼자서 앉아 있기가 뭣해서 다쓰오는 일어났다. 아직도 머릿속에서는 계속 생각이 꼬리를 물고 이어졌다.

밖으로 나오니 이 좁은 뒷골목은 술집을 기웃거리며 걷고 있는 사람들로 북적거렸다.

차가 달리는 거리로 나왔을 때, 바로 눈앞에 택시가 끼익 하고 급히 멈췄다. 그는 무심결에 바라보고 있었는데, 문이 열리고 내린 여자를 보자, 다쓰오는 눈을 크게 떴다. 그리고 재빨리 몸을 옆으로 피했다.

틀림없는 우에자키 에쓰코였다.

차에서 내린 그녀는 운전기사로부터 거스름돈을 받으려고 서 있는 모양이었는데, 운전기사가 꾸물거려서 한 1분가량 그대로 서성거리고 있었다.

거리의 갖가지 조명이 그녀의 옆얼굴을 아름답게 비추고 있었다. 빛의 굴곡이 복잡한 입체감을 주어서 그녀의 얼굴은 더욱 아름답게 보였다. 늘씬한 키에 날씬한 몸매가 균형을 이루고 있었다. '아름다운 여자로구나' 하고 다쓰오는 오늘 비로소 그 사실을 발견한 것처럼 감탄했다. 지금까지의 감정과는 모순되는 것이었다.

에쓰코는 재빨리 레드문이 있는 옆골목으로 들어가 버렸다.

차는 아직 멈춰 있었다. 운전기사가 손님을 태우고 온 장소를 일지에 기입하고 있었다. 다쓰오는 그 순간 어떤 생각이 떠올라, 그 차를 향해서 다가갔다.

운전기사는 얼굴을 들고 서둘러 문을 열었다.

"어디로 가실까요?"

"아오야마(靑山)."

그는 입에서 나오는 대로 행선지를 댔다.

차는 움직이기 시작했다. 히비야(日比屋)에서 의사당 옆을 빠지는 어두운 길을 달리고 있을 때, 다쓰오는 운전기사의 옆얼굴을 비스듬히 바라보았다.

중년의 점잖은 운전기사였다.

"운전기사 양반."

다쓰오는 말을 걸었다.

"방금 긴자에서 내린 손님은 어디서 타고 왔나요?"

"그 부인 말입니까?"

운전기사는 정면을 보면서 대답했다.

"하네다(羽田)에서 탔어요."

"하네다요? 그럼 비행장에서요?"

"그렇습니다, 닛베리 앞에서 탔어요."

다쓰오는 에쓰코가 비행기로 어디에서 돌아오는 길일까 하고 생각했다. 그러나 자동차에서 내린 그녀는 슈트케이스라든가 짐이 없었다.

"비행기로 온 손님인가요?"

"아닐걸요. 전송을 나왔었겠지요. 그 시간에 도착하는 비행기는 없어요. 7시 30분에 나고야(名古屋)행이 마지막 비행기인데, 그 편에 가는 사람을 전송했을 겁니다."

"호오, 당신 비행장에 참 자세하군요."

"택시를 노상 공항 주차장에 주차시키고 있는걸요."

"아아, 그래요."

우에자키 에쓰코는 누구를 전송하러 나왔었을까? 나고야, 나고야.

"네?"

다쓰오가 소리를 내서 '나고야'라고 했기 때문에 운전기사는 자기에게 뭐라고 한 줄 알고 되물으며 약간 속력을 줄였다.

다쓰오는 유라쿠(有樂) 거리에서 차를 돌려 신문사 앞에서 내렸다. 불현듯 생각이 났던 것이다.

그는 다무라가 아직 있을까 생각하면서 현관으로 들어갔다. 여직원 대신 수위가 편집국에 전화를 해주었다. 있다는 대답이 돌아왔다.

다쓰오는 마음을 놓고 담배에 불을 붙였다.

절반도 채 태우기 전에 다무라 만키치가 숨을 헐레벌떡하면서 내려왔다. 안경이 기름기가 흐르는 콧등에 미끄러져 내려와 있었다.

"여어."

그는 다쓰오의 어깨를 두드렸다.

"마침 잘 왔네, 이야기할 게 있어."

"나도 있어."

다쓰오는 다무라의 몸을 밀었다.

"곧 하네다로 같이 가세."

"하네다?"

다무라는 눈을 동그랗게 떴다.

"비행장 말인가?"

"그 사건에 관계가 있음 직하단 말이야. 이야기는 차 안에서 할게, 지금 나갈 수 없겠나?"

"그 사건에 관계가 있는 일이라면 상관 없어. 차는 회사 것을 쓰기로 하세. 잠깐 기다리게. 데스크에 그렇게 말하고 올게."

다무라 만키치의 뚱뚱한 등허리가 와이셔츠 밖으로 거의 드러나 있었다. 그는 바지를 치켜올리면서 되돌아갔다.

두 사람이 신문사 차를 타고 달리기 시작한 것은 그로부터 10분도 채 지나기 전이었다.

"하네다는 왜 가는 거야?"

다무라가 또 물었다.

"사건에 관계가 있음직한 누군가가 닛베리의 비행기로 나고야로 떠났어. 지금이 9시니까 1시간 반 전인 7시 30분에."

"남자, 여자?"

"그건 알 수 없어. 이제부터 하네다로 가서 승객 명부를 조사해 보자는 거야. 그러려면 자네 신분증이 필요하단 말이야."

다쓰오가 그렇게 말하자, 다무라는 혹 한숨을 내쉬었다.

"자네 그걸 어떻게 알았지?"

당연한 질문인데도 다쓰오는 정직하게 그 이유를 말할 수 없었다. 왜 그런지 우에자키 에쓰코의 이름은 꺼내고 싶지 않았다. 마음이 내키지 않았다. 벌써 이때부터 그의 마음에는 우에자키 에쓰코를 감싸고자 하는 마음이 무의식적으로 싹트고 있었던 것이다.

"그건 나중에 천천히 말하지. 우선 지금은 이것을 좀 알아보세."

당장 둘러댈 수가 없어 다쓰오는 이렇게 궁색한 변명을 했다. 다무라는 약간 불만스러워했지만 더이상 채근하지 않았다.

"그 사건에 관계가 있는 인물이라면 전직 형사를 살해한 범인을 말하는 건가?"

다무라는 문제의 초점을 찌르고 나왔다.

"단정할 수 없지만 그런 생각이 들어. 그 살인사건의 범인과 어음 사기꾼은 동일 인물이라고 생각되는군."

이렇게 말하는 다쓰오의 눈에는 레드문의 바텐더 얼굴이 떠올랐지만, 아직 다무라에게는 말할 수 없었다. 그것은 좀더 시간을 두고 생각하지 않으면 안 된다.

다무라는 무엇을 생각하는 듯한 눈초리를 하고 있다가 말했다.

"차차 재미가 있음 직한데. 나고야라…… 나고야에 무엇이 있을까?"

그것은 다쓰오도 모른다. 어렴풋이 상상할 수 있는 것은 누군가가 어느 사나이를 나고야로 보내서 몸을 숨기게 한다는 가정이었다. 그 누군가는 아마 그를 어음 사기꾼으로 만들어 조종하고 있던 인물일 것이다.

"그런데 나에게 얘기하고 싶다고 한 건 뭔가?"

"바로 그거야."

다쓰오가 말하자 다무라는 침을 튀기면서 말했다.

"세누마 변호사가 납치되었단 말이야!"

"뭐라구? 설마?"

"거짓말이라고 생각하나? 내일 아침 조간에 날 테니 두고봐!"

유라쿠 거리에서 하네다까지는 차로 30분은 족히 걸린다. 그 사이에 다무라는 자세하게 세누마 변호사가 행방 불명이 된 경위를 설명했다.

"자네는 이걸 어떻게 생각하나?"

이야기를 끝내자 다무라가 물었다.

"변호사는 확실히 부하인 전직 형사가 어째서 살해되었는가를 알고 있었다고 생각해. 그가 그 조사를 시키고 있었던 거야."

다쓰오는 팔짱을 끼고 말했다.

"그 조사라는 게 뭔데?"

"그야 물론 어음 사기꾼 건이지. 나는 지금까지 그 변호사가 저쪽 사람이라고 생각하고 있었는데, 그렇지가 않아. 그는 그 나름대로 조사를 진행하고 있었던 거야. 조사를 하는 동안 범인을 붙잡을 단계까지 갔던가봐. 그와 동시에 배후의 후네자카 히데아키라고 하는 우익에 부닥쳤단 말이야. 그래서 추적하고 있던 부하가 사살되니까, 변호사는 누가 한 짓인지 알고 두려워하기 시작했던 거야. 나는 그날 아침 조간을 보고 변호사가 좀 이상하다고 생각했어. 그런 돌발 사고가 일어나면, 밤중이라도 아타미에서 차를 몰아 돌아오는 게 상식이잖아."
"맞았어. 세누마 변호사는 떨고 있었던 거야."
"그래, 나보고도 위험하니 손을 떼라고 충고한 정도니까, 적의 무서움을 충분히 알고 있었어."
"저쪽서도 변호사가 무서웠던 거야. 무슨 소릴 할는지 모르니까 말이야. 그래서 납치한 거야."
"경시청에서는 우익과의 관계를 알고 있을까?"
"아직 모르는 모양이야. 그렇지만 변호사의 납치로 굉장히 큰 사건이라고는 안 모양이야. 수사본부가 발칵 뒤집혔다니깐."
"자네, 알고 있는 것을 경찰에 알리지 않을 참인가?"
다무라는 흥 하고 콧소리를 내면서 나직이 웃었다.
"경찰과 경쟁이다. 내 뿌리를 뽑아 보이겠어. 점점 재미있어지는데!"
다무라의 거친 숨결이 뺨을 스쳤다.

차는 인가가 늘어선 거리를 지나자, 어둡고 넓은 평원으로 나왔다. 그곳은 평원이라고 해도 좋을 만큼 도쿄의 시가지로부터 벗어나면 광대한 지역이었다. 평원 저쪽으로는 불이 밝게 비치는 건물이 조그맣게 보였다. 밝게 뻗은 항공 관제 불빛이 직선으로 공간 속을 비치고 있었다. 바람이 별안간 창문으로 몰려들어왔다.
"하네다다."
다무라가 목을 세우고 말했다.

차는 활주로 언저리를 우회해서 달렸다. 멀리 있는 건물이 흐르는 것처럼 시계(視界)에 가까이 다가오며 크게 확대되어 왔다.

공항의 긴 건물 한쪽 끝에 닛베리의 사무실이 있었다. 10시가 가까웠지만 사무실의 불은 아직 꺼지지 않고 있었다.

둘은 차에서 내리자, 서둘러 안으로 들어갔다.

긴 카운터에는 제각기 행선지를 표시한 표찰이 걸려 있었다. 직원 한 사람이 남아서 책상 앞에 앉아 있다가 둘의 모습을 보자 일어나 걸어왔다. 주변에는 손님 그림자라고는 하나도 없었다.

다무라는 신분증을 꺼냈다.

"오늘 저녁 7시 30분발 나고야행 승객 명부를 좀 보여 줬으면 하는데요."

젊은 직원은 신분증과 다무라의 땀에 밴 얼굴을 번갈아보았다.

"기자시군요. 무슨 일이라도 생겼습니까?"

"그렇습니다. 꼭 좀 보고 싶습니다."

프로와 아마추어

1

 신문사의 용무라 하니까 젊은 직원은 책상 위에서 승객 명부를 가지고 왔다.
 "7시 30분발 승객 명부는 이것입니다."
 하기자키 다쓰오와 다무라는 카운터 위에 펼쳐진 명부를 몸을 굽혀서 들여다보았다.
 그것은 카드식으로 되어 있었는데 성명, 연령, 주소, 전화번호, 연락처 등이 씌어 있었다.
 "몇 명입니까?"
 다쓰오는 카드의 수를 눈짐작으로 헤아리듯이 보면서 물었다.
 "27명입니다. 정원은 37명입니다만 나고야선은 언제나 8할 정도밖에 안 됩니다."
 다무라가 회사의 원고 용지를 꺼내서, 명부를 베끼기 시작했다.
 이름, 연령 주소, 전화를 하나도 남김 없이 익숙하고도 빠른 속도로 써내려갔다.

"높은 사람이 타고 있었나요?"

직원이 이렇게 물어서 다무라는 명단을 베끼며 쓴웃음을 지었다.

한 20분쯤 걸려서 다무라는 땀을 흘리면서 그 일을 끝냈다. 그리고 그 명단을 다쓰오와 둘이서 검토하기 시작했다.

탄 사람이 누군지는 모른다. 범인이라고 생각되는 야마모토가 탔다면 서른 살 전후라고 생각되니, 그 정도의 연령을 주목하면 되겠지만 마흔 이상이라고 해서 마음을 놓을 수는 없다. 배후 관계의 다른 사람일지도 모르는 것이다.

'이 비행기를 탄 승객을 에쓰코가 전송하러 나왔었으니 그 특징을 말하고 물어볼까?'

다쓰오는 이렇게 생각했으나 다무라 앞에서는 에쓰코에 대한 것을 입 밖에 내고 싶지 않았다. 다무라는 에쓰코에 대한 말을 들으면 파고들 것이다. 에쓰코에 관한 것만은 왜 그런지 아무에게도 말하지 않고 혼자만 알고 싶었다.

게다가 젊은 여자의 전송은 많이 있었을 것이니 그런 말은 해봤자 소용이 없다는 생각이 들기도 했다.

"이 비행기의 스튜어디스 이름을 알고 싶은데요?"

다무라가 머리를 들고 물었다.

직원은 또 책상으로 가서 조사해 가지고 되돌아왔다.

"다나카(田中) 미치코입니다. 스물한 살이구요."

스물 한 살은 불필요한 말이라는 듯이 얼굴을 찌푸리고, 다무라는 이름만을 수첩에 적었다.

"그 스튜어디스는 언제 이리로 옵니까?"

다무라가 물었다.

"내일 아침에 옵니다. 나고야를 첫 비행기로 떠나서 여기 9시

40분에 도착합니다."

"그렇군요. 폐 많이 끼쳤습니다."

인사를 하고 둘은 텅 빈 사무실을 나왔다.

눈부신 조명 속에서 나오니까, 밖은 어두웠다. 항공관제 불빛만이 하늘에 비치고 있었다.

"배가 고픈데."

기다리고 있던 신문사의 차를 타자 다무라가 말했다. 다쓰오도 그 말을 듣고 보니 약간 공복을 느꼈다.

"아무 데서나 식사를 하지."

"그래, 긴자에 가서 아무 데나 들어가자."

다쓰오가 말하자

"아니, 시나가와에서 내려. 시나가와가 가까워."

그렇게 배가 고플까 하고 생각하고 있자니까 다무라가 말했다.

"나는 밥을 먹으면서 일을 한단 말이야."

"일을?"

"이 일 말이야."

다무라는 주머니에 든 원고용지를 겉으로 툭툭 쳤다.

"이 명부에 적혀 있는, 전화가 있는 집을 모조리 문의해 보는 거야. 빠를수록 좋아."

다쓰오도 과연 그렇다고 생각하면서, 이 사건을 파헤치려는 다무라의 의욕에 감탄했다.

차는 시나가와 역전의 중국요릿집 앞에 닿았다.

중국집에 들어가자마자 다무라 만키치는 느닷없이 종업원에게 전화가 있느냐고 물었다. 종업원이 찬장 선반 위의 한쪽을 가리켰다.

"시간이 오래 안 걸렸으면 좋겠는데. 그렇지, 볶음밥과 완자완스를 줘요."

주문을 하고 나자 다무라는 주머니에서 종이를 꺼내 베껴 온 것을 보면서 다이얼을 돌리기 시작했다.

"여보세요. ××씨 댁이시지요? 여기는 신문사에 있는 사람인데요. 오늘 저녁 7시 반에 나고야로 가신 ××씨라는 분은 댁의 분이 맞습니까? 아아, 네 남편이시군요. 감사했습니다. 아니요, 아무것도 아닙니다."

다무라는 수화기를 놓고 원고용지에 쓴 이름을 연필로 체크했다. 그리고 종업원을 불렀다.

"전화는 계속해서 걸 거예요. 요금은 도수를 계산해서 이따가 줄 테니 그리 아세요."

그러고 나서 그는 차례대로 명부를 보면서 다이얼에 손가락을 분주하게 돌렸다.

'여보세요. ××씹니까?' 하는 다무라의 목소리가 계속해서 들려왔다. 찰칵 하고 수화기를 놓는 소리가 날 때마다 그는 그 이름 위에 체크를 했다.

요리가 오자, 그는 그것을 앞에 놓고 한 손으로는 젓가락을 움직이고 한 손으로 전화를 계속 걸었다. 두 다리를 벌리고 선 채로였다. 종업원은 놀란 표정을 하고 있었다.

'역시 신문기자는 다르군' 하고 다쓰오는 생각했다. 저런 흉내는 아무나 낼 수 있는 것이 아니다.

다무라가 마지막 전화를 걸고 났을 때는 그의 앞에 놓인 요리도 깨끗이 치워진 후였다.

"모르는 것은 이것 둘이야."

다무라는 이마와 입가를 손수건으로 닦으며 원고지를 가리켰다.

"전화가 없는 것이 다섯. 이것은 내일 찾아가서 조사할 거야. 지방에 사는 사람이 셋. 이것은 속달로 문의해 볼 수밖에 없어."

다쓰오는 전화를 했는데도 모르겠다는 두 사람의 이름을 보았다. 서른세 살의 남자와 스물일곱 살의 여자다. 전화번호도 주소도 성도 틀렸다.

"전화를 걸어보니 이름이 틀려. 아무래도 가명인 것 같아."

다무라가 말했다.

"그러나 이것이 의심스럽다고는 단정할 수 없어. 비행기라도 남몰래 가는 사람이 없다는 보장은 없으니까."

그는 그러면서 픽 웃었다.

"어쨌든 나머지 것까지 조사를 하지 않으면 알 수가 없어."

그는 안경을 벗어서 닦았다.

"지방에 사는 사람은 할 수 없다 해도."

다쓰오가 말했다.

"전화가 없는 집의 조사는 내일중으로 끝나겠지?"

"물론 점심때까지는 끝날 거야. 신문사 차로 한 바퀴 돌면 되니까."

"그리고 어떻게 하지?"

"하네다로 가서 스튜어디스인 다나카 양을 만나는 거야."

"거기 갈 땐 나도 같이 가자."

"그렇게 나올 것이라고 짐작했다."

다무라는 커다란 소리로 웃었다.

"스튜어디스에게서 무슨 소리를 들을 수 있을지도 모른다는 것이 내 생각이야. 비행기에서 그녀는 손님들의 항공권을 가지고 있을 테니, 이름과 본인을 알 거란 말이거든. 나는 명부에 표시

한 이름을 다나카 양에게 보이고 한 사람 한 사람의 얼굴과 거동을 머리에 떠올리게 하겠단 말이야."

다쓰오는, 다무라는 놈은 정말 머리가 빠른 녀석이라고 생각했다. 그러나 다쓰오는 다무라가 모르는 정보를 가지고 있기 때문에 그보다는 훨씬 유리한 위치에 있었다.

"그것 참 좋은 생각이군."

다쓰오는 친구를 칭찬했다.

"나도 꼭 같이 가고 싶어."

"그럼, 내일 2시경 신문사 현관에서 기다려 주게."

둘은 그렇게 약속하고 헤어졌다. 다무라는 신문사 차를 타고 돌아갔고, 다쓰오는 야마테(山手)선으로 하숙으로 돌아갔다.

이튿날 아침 다쓰오는 자리에서 조간을 읽었다.

'세누마 변호사 납치당하다'라는 표제의 기사가 크게 나와 있다. 다쓰오는 찬찬히 기사를 읽었지만 다무라가 어젯밤 차 안에서 이야기한 것과 큰 차는 없었다. 수사본부는 이것을 신주쿠 살인사건과 관계가 있다고 보고 엄중하게 수사할 방침이라는 것도 나와 있었다.

아직, 레드문의 바텐더도, 배후의 우익 관계도 나와 있지 않았다. 경시청이 어느 정도는 알고 있을지 모른다. 다쓰오는 아마추어 탐정으로서의 자기 한계를 느꼈다. 전문가들이 그를 앞설지도 모른다. 아니, 앞설 것이다. 그래서 도리어 안심이 되었다. 자기가 알고 있는 것을 당국에 알리지 않더라도, 곧 뒤에서 따라온다. 그것이 안심이 되는 것이다.

그는 어쨌든 자기는 자기 생각대로 해보리라 마음먹었다. 이미 돌이킬 수는 없었다. 이러다가 돈키호테가 된대도 후회하지 않으리라 마음먹었다.
 다무라와의 약속은 오후 2시였다. 다쓰오는 뒤늦게 아침식사를 했다.
 "하기자키 씨, 속달이에요."
 아래층의 아주머니가 올라와서 편지를 건네줬다.
 쇼와 전기제작소의 고동색 봉투였다. 봉투 뒷면을 보고 다쓰오는 눈을 크게 떴다. 사장의 이름이 자필로 씌어 있었다. 어떤 예감이 그의 머리에 왔다.
 봉투를 뜯으니, 편지와 함께 그가 어제 과장에게 낸 사직원이 들어 있었다. 그는 편지를 급히 읽어보았다.

 다쓰오 씨의 사직서를 보았소만, 이것은 반환합니다. 이유는 다쓰오 씨를 우리 회사에서 놓치고 싶지 않아서 그러는 거요. 다쓰오 씨에 대해서는 오사카 지점장으로 전임한 예전 전무에게서 듣고 있소. 나는 다쓰오 씨에 관한 것을 그 전무에게서 인계받은 기분으로 있으니, 그렇게 알아주기 바라오. 세누마 씨의 이번의 불행한 사건도 우리 회사로서 책임을 느껴야 한다고 생각하오. 여하간 다쓰오 씨 하고 싶은 대로 해보시오. 그래서 앞으로 4개월을 휴가라는 명목으로 처리하겠소. 나는 오늘 밤 홋카이도로 떠나오. 몸조심하고 자중하도록 하시오.

 예감은 전혀 반대였다. 다쓰오는 편지를 쥔 채 잠깐 동안 멍청히 앉아 있었다. 사직서가 다다미 위에 떨어졌다.
 사장이 세키노 과장의 자살을 괴로워하고 있다는, 새로 부임한 과장의 말을 다쓰오는 기억에 떠올렸다. 사장은 후회하고 있는 것이다. 그렇게 야단치는 게 아니었다고 말했단다. 책임을 느끼고 있는 모양이다.

　예전 전무에게서 자기 일을 사장이 인계받고 있다고 하는 말은 계속해서 사건을 조사해 달라고 하는 것이리라. 세누마 변호사의 불행에 대해서도 책임이 있다고 하는 것으로 보아 변호사에게도 사건 조사를 의뢰하고 있었음에 틀림없었다. 그 의뢰사건으로 해서 불행이 왔다고 하는 의미일 것이다.

　처음엔 사기에 걸려든 것을 전적으로 비밀로 하려고 했던 사장도 세키노 과장의 자살로 생각을 다시 하고 변호사에게 조사를 의뢰했을 것이다. 그 변호사가 또 납치되었기 때문에 다쓰오를 다시 격려하게 되었을 것이다.

　다쓰오는 약간 이상한 기분이 되었다. 자기가 하고 있는 일은 은인인 세키노 과장을 위한 것이다. 그 법 없어도 살 착한 사람을 죽음으로 몰아넣은 사나이가 이 세상에 유유히 살고 있다는 것이 참을 수 없이 분했던 것이다. 그것은 정의감이라는 그런 추상적인 이야기가 아니고, 세키노 과장이라는 순수한 한 인간에 대한 절실한 마음이었다. 회사를 그만두고까지 추적해 보리라 결심한 것은 이성으로서가 아니라 감정에서였다. 그리고 또 오사카로 좌천된 전무의 인정어린 마음에 대한 보답에서였다.

　사장이 부탁해서 그러는 것은 아니라고 생각했지만 사장이 이런 기분으로 자기를 대한다고 생각하니 사뭇 다행스러운 기분이 들었다. 휴가를 4개월씩이나 한꺼번에 내준 것 역시 사장다운 처사였다.

　다쓰오는 역시 마음 어느 한구석에서 여유가 생기는 것을 느꼈다.

　신문사 현관에 2시 정각에 도착했으나 다무라는 나와 있지 않았다. 그는 대기실용 긴 의자에 앉아서 담배를 피우면서 기다렸다.

　15분을 기다렸으나 그래도 다무라는 나타나지 않았다. 일이 바빠서 그러는가 싶어 다무라가 소속되어 있는 부에 전화를 해달라고 부탁했다.
"다무라 씨는 외출 중이랍니다. 언제 돌아올지 모른다는군요."
여직원이 대답을 전해 주었다.
밖에 나갔다면 아직, 그 전화가 없는 집들을 조사하고 다니고 있을 것이라 생각되었다. 그러나 어제의 말로는 점심때까지는 끝난다고 하지 않았던가. 다무라는 오늘 하네다에 가는 것에 기대를 많이 걸고 있었으니 꼭 올 것이라고 생각했다. 그래서 그는 올 때까지 기다리기로 작정하고 다시 의자에 앉았다.
신문사 현관이란 곳은 매우 분주한 곳이다. 면회인이 그칠 사이가 없었다. 여러 부류의 사람이 왔다. 그것을 관찰하고 있자니까, 지루함이 덜했다. 단정하게 차린 사람도 오고 작업복 차림의 남루한 사람도 온다. 노인도 오고, 어린애도 왔다. 연령도 갖가지 층이었다. 도대체 어떤 용무로 올까 싶은 그들은 모두 로비에서 전화로 연락을 취했다. 2층으로 올라가는 사람이 있는가 하면 그대로 돌아가는 사람도 있었다. 사진으로 봐서 알 만한 저명인사도 있었다.
무엇보다 여자손님에게는 흥미가 끌렸다. 어느 집 규수인가 싶었는데, 2층에서 내려온 직원이 종이 쪽지를 받고 머리를 긁고 있다. 바의 여자인 성싶었다. 그 여자가 돌아가자 직원은 로비 직원에게 이제부터 자기에게 오는 손님에겐 출장 중이라고 해달라고 부탁을 한다. 그다지 풍채가 좋지 않은 중년 여인이 왔는데 이 여자는 위세당당하게 광고부로 안내되었다. 광고를 의뢰하러 온 모양이었다.
40분이 지났는데도 다무라는 나타나지 않았다. 로비 풍경도 보기에 싫증이 나서, 다쓰오는 담배를 입에 물고 심심풀이로 시를 한 수 읊었다.

나른한 봄날, 사라졌다 떠오르는 눈동자와 눈동자

"야아, 기다리게 해서 미안하네."
다무라 만키치가 땀을 번쩍이면서 급한 걸음걸이로 들어왔다. 다쓰오는 다짜고짜 물었다.
"갈 수 있겠나?"
"갈 수 있구말구. 지금 막 기사를 하나 쓰고 달려오는 길이야."
그는 다쓰오의 팔을 붙들고 밖으로 나가더니 기다리고 있는 차에 태웠다.
"하네다."
운전기사에게 말하고 다무라는 땀을 훔쳤다.
"어때? 조사는 잘 진척되고 있나?"
다쓰오는 달리는 차에 몰려오는 바람을 볼에 받으며 말했다.
"응, 이럭저럭. 그런데 말이야."
다무라는 갑자기 그를 향해 눈을 크게 떴다.
"수사본부에서 범인을 알아냈다더군."
"뭐? 정말이야 그게?"
"정말이야, 전 신문사에 공동발표야."
이것이 그 사본이라고 하면서 다무라는 주머니에서 구깃구깃한 종이쪽을 꺼냈다.

지난 4월 25일 밤에 발생하여 수사가 진행 중인 신주쿠 뒷골목 살인사건의 범인은, 주오(中央)구 니시긴자 ××바 레드문(경영자 우메이 준코(梅井淳子))의 바텐더를 하고 있던 니이가

다현(新潟縣) 출신 통칭 야마모토 가즈오(山本一夫)라는 것이 확실해졌기 때문에 전국에 지명수배했음. 이 자는 범행 당일부터 기숙하고 있던 집에서 행방을 감추고 있음. 바 경영자 말에 의하면 동업자로부터 소개를 받아서 1년 전부터 이 자를 고용하고 있었다는데 그 경로는 현재 조사중임. 범인을 알아낸 단서는 피살된 전직 형사 다마루 씨가 쓰고 있던 베레모가 기억에 있다고, 당일 도쿄 경마장에 같이 있었던 야마모토의 얼굴을 알고 있는 목격자가 수사본부에 제보해 왔기 때문임. 야마모토는 경마를 즐겨서, 나카야마(中山)와 도쿄 경마장에 곧잘 얼굴을 나타내곤 했다고 함.

2

차는 시나가와를 지나서 게이힌(京浜) 국도를 달렸다. 여기서부터 갑자기 차가 스피드를 냈기 때문에 창문에서 들여오는 바람이 강해졌다.

수사본부 발표라는 그 문장을 하기자키 다쓰오는 물끄러미 바라보았다.

'범인은 바 레드문(경영자 우메이 준코)의 바텐더, 니이가다현 출신 통칭 야마모토 가즈오……' 이런 글자들이 그의 시야에 확대돼 들어왔다. 그는 그 마담의 이름이 우메이 준코라는 것을 처음으로 알았다.

"어떤가?"

다무라가 다쓰오를 들여다보듯 하고 물었다.

"자네도 이자가 범인이라는 확신이 있었나?"

다쓰오에게는 입장이 거북한 질문이었다. 지금까지 다무라에게 숨겨 왔으니, 그렇다고 할 수도 없다. 그렇다고 해서 아주 시치미를 딱 뗀다는 것도 양심상 그럴 수 없었다.

"바텐더일 줄은 미처 몰랐어. 그러나 그 바텐더란 놈이 수상하다고는 생각했었지."

"그건 어떤 이유에서였나? 마담인 우메이 준코가 후네자카 히데아키의 애인이란 점에서 그렇게 생각했던 건가?"

"그래, 그렇게 들었기 때문에 나는 때때로 그 바로 눈치를 살피러 갔던 거야."

"거기까지 가보고서도 바텐더가 수상하다고 생각하지 않았단 말인가?"

"설마 바텐더라고는 생각하지 못했어. 난 단골손님들에게만 신경을 썼었지."

다쓰오의 말은 반쯤은 사실이었지만 그래도 괴로웠다. 이렇게 열심히 노력하고 있는 다무라에게 미안한 생각이 들었다.

"이 야마모토라는 바텐더가 범인이라는 것은 아마 틀림없을 거야."

다무라는 얼굴을 찌푸리고 사색에 잠긴 듯 중얼거렸다.

틀림없었다. 다쓰오만 알고 있던 그 점을 경찰은 재빨리 포착했던 것이다. 과연 프로는 다르다고 감탄하지 않을 수 없었다.

"이봐, 다쓰오."

다무라는 힐끗 다쓰오를 보았다.

"자네 닛베리의 나고야행 승객 명단을 확인한 것은 무엇 때문이었나?"

질문하는 듯한 말투였다. 무리도 아니었다. 어제는 그 이유는 차차 말하겠다고 어물어물 피했지만 이렇게 됐으니 통할 리가 없다.

"아아, 그거 말인가? 그건……."

그러나 우에자키 에스꼬의 말은 도저히 할 수 없었다. 그것은

프로와 아마추어 173

최후까지 숨겨두고 싶었다. 다쓰오의 머리에 돌연, 그때 바에 마담이 없었던 것이 떠올랐다.
"마담이 하네다에 누군가를 전송하고 돌아온 것을 알았기 때문이야."
운전기사에게 물었다는 것도 에쓰코와 마담을 바꿔놓고 말했다. 그 작은 거짓말이 기분을 가라앉히지 못했다. 뒷맛이 씁쓸했다.
그러나 사람 좋은 다무라는 그 말로 아주 기분이 좋아졌다. 왜 어제 그렇다고 말하지 않았느냐고 추궁하지도 않았다. 공명심에 신이 난 그는 손뼉을 쳤다.
"이제 알았어."
안경 속에서 그의 가는 눈이 번쩍 빛났다.
"틀림없이 바텐더 야마모토를 나고야로 보낸 것은 마담이야. 그리고 그 지령을 한 것은 후네자카 히데아키겠지. 후네자카는 그런 위험한 놈을 가까이 두었다가는 자기에게 불똥이 튈 것 같으니까, 그 자식을 멀리 날려보낸 걸 거야. 물론 경찰의 손이 뻗치기 전에 하느라고 서둘렀을 거야. 이 사건이 도화선이 돼 그 일당에게 파멸을 가져올지도 모르니까 말이야."
그것은 다쓰오도 동감이었다. 덤벙대던 야마모토가 베레모 사나이를 형사로 오인하고 살인을 했기 때문에 후네자카 히데아키는 지금 눈에 불이 켜져 있을 거라는 생각이 들었다.
"이봐."
다무라의 어조는 힘찼다.
"수사본부에선 아직 배후의 우익 관계까지는 모르는 모양이야. 범인이 누구라는 것은 알았다고 하더라도 그것은 다만 피해자와 같이 있는 것을 봤다는 목격자의 증언뿐이 아닌가. 아직도 우리가 경찰보다는 앞서 있단 말이야."

닛베리의 사무실로 들어가니 어젯밤과는 달리 낮이라 대합실은 손님으로 웅성거리고 있었고 사무원들도 많았다.

다무라는 '나고야선'이란 표찰이 걸려 있는 카운터로 성큼성큼 걸어갔다. 어젯밤의 사무원은 다무라의 얼굴을 보자 웃는 얼굴로 자리에서 일어나 다가왔다.

"어서 오십시오."

"어젯밤은 감사했습니다. 폐를 끼쳤어요."

"천만에. 그래 뭔가 아셨습니까?"

"그 때문에 왔는데요."

다무라가 말했다.

"스튜어디스 다나카 미치코 양을 만나보고 싶은데요."

직원은 약간 고개를 기웃하고 미소지었다.

"다나카 양은 근무를 마치고 쉬고 있어요. 오늘은 비번이라서요."

"아아, 그래요."

다무라는 사무원의 얼굴을 멍청히 바라보았다.

"어제 최종 편에서 일을 했기 때문이죠."

"그러시다면 그녀는 나고야에 묵고 있습니까?"

"어젯밤은 나고야에서 묵었습니다. 저쪽은 YMCA가 스튜어디스의 숙소입니다. 그렇지만 아침 첫 비행기로 나고야를 떠나서 이리로 왔습니다. 그래서 점심때까지는 일을 마무리하느라 여기 남아 있었습니다만 오후에 집으로 돌아갔습니다. 오전에 오셨으면 만날 수 있었는데…… 내일은 출근할 겁니다."

내일까지 기다릴 수는 없었다. 다무라는 주머니를 뒤져 수첩을 꺼냈다.

"나다카 미치코 양에게 급히 만나서 물어볼 말이 있습니다. 죄송합니다만, 주소를 좀 가르쳐 주십시오."

직원은 그렇다면 잠깐 기다려 달라고 하고 명부를 들췄다. 가까이 있던 직원들이 의아한 듯이 이쪽을 보고 있었다.

"여기 있습니다, 미나토구(港區)."

미나토구 시바 니혼에노키(芝二本榎) ××번지라고, 다무라는 직원이 일러주는 대로 수첩에 써넣었다.

"감사합니다."

다무라는 뒤에 서 있던 다쓰오와 함께 빠른 걸음으로 사무실을 나왔다.

"시바(芝) 쪽으로 가주시오."

운전기사에게 말하고 나서 다무라는 실망한 듯이 손수건으로 얼굴을 훔쳤다.

"괜히 왔었군."

그는 차창을 통해 들어오는 바람에 눈을 가늘게 뜨면서 말했다.

"스튜어디스에게 물을 말이 있다는 건 역시 그 승객 때문인가?"

다쓰오가 물었다.

"물론이지. 그 외에 다른 목적이 있을 리 없지."

"조사 방향은 정했나?"

"글쎄…… 자, 이거 한번 봐."

다무라는 수첩을 열었다.

"전화 문의와 오늘 아침 뛰어다닌 결과, 결국 이 네 명이 승객 명부에 적었던 주소에 없다는 것을 알았어. 처음의 두 개는 어젯밤 전화로 문의했을 때 이미 수상했던 것이야."

"그래?"

다쓰오는 수첩을 손에 들었다.

①아라가와구 오주(荒川區 尾久) ××번지 다카바시 게이이치(高橋慶市) (33세)
②신주쿠구 요도바시 ××번지 니시무라 요시코(西村好子) (27세)
③세다가야구 후카자와(世田谷區 深澤) ××번지 마에다 가네오(前田兼雄) (31세)
④세다가야구 후카자와 마에다 마사코(前田昌子) (26세)

"뒤의 둘은 오늘 찾아가 봤는데 그 주소에 그런 사람이 없다는 걸 확인했어. 이름도 가명일 거야."
다무라가 설명했다.
"그러나 이걸 보고, 나는 공통점이 있다는 것을 알았는데, 자네도 알겠는가?"
"이 두 남자의 나이가 바텐더인 야마모토의 나이와 비슷하단 말이지?"
"그래!"
다무라는 활짝 웃었다.
"스튜어디스에게는 이 두 사람에 초점을 두고 물어보도록 하지."
차는 시나가와에서 북쪽으로 꺾어서 고탄다(五反田) 거리로 들어갔다.

그날 아침 도쿄 역의 여객과에 외부에서 전화가 걸려 왔다.
"기후(岐阜)에서 도쿄 구경을 왔던 단체입니다만, 급한 환자가 한 명 생겨서 그러는데 들것으로 데리고 가고 싶습니다. 도쿄 발 13시 30분 하행 급행열차를 타고 싶은데 특별 편의를 바랄 수 없을까요?"
전화의 목소리는 그렇게 물었다.
"특별이라고 하면 어떻게 말입니까?"
역무원이 반문했다.
"예를 들면 3등 침대차에 태워 줄 수 없겠는가 하는 것입니다."
"침대차는 안 됩니다. 침대권은 일주일 전부터 발매하고 있기 때문에 지금은 한 장도 없습니다. 어떤 병인데요?"
"위궤양인데, 갑자기 악화해서 객지에서 난처하게 됐습니다. 병원에 입원시키고 우리들만 돌아갈 수도 없고 해서……."
역무원은 잠깐 기다려 달라고 말하고 윗사람과 상의했다.
"침대차는 역시 곤란하지만 보통 객차의 좌석에 뉘어서 누군가 간호를 하게 하면 어떨까요?"
역무원이 그렇게 말하자, 상대는 잠깐 침묵 끝에 대답을 했다.
"그러시다면 할 수 없군요. 그렇게 하지요. 다만 들것을 개찰구로 넣는 것은 다른 손님들에게 폐가 되겠으니, 다른 문으로 들어가는 방법은 없을까요?"
환자의 들것을 객차에 반입하는 것은 지금까지 없던 일은 아니었다.
"그러시다면 역의 중앙구 옆에 있는 소하물 운반구로 들어와 주십시오. 거기는 지하도로 되어 있습니다."
전례에 따라 역무원이 말했다.
"소하물 운반구라고 하셨지요?"
상대는 다시 한번 확인했다.
"그렇습니다. 승차하기 전에 어느 분이든 이리로 와서 연락을 해주십시오."
"잘 알겠습니다."

전화는 그것으로 끝났다. 13시 30분발 하행 급행열차라고 하면 사세호(佐世保)행 '세이카이(西海)'였다. 11시 조금 지나서 객차과의 창구에 약간 뚱뚱한 중년의 사나이가 나타났다.

"아침에 환자의 들것 운반으로 전화를 한 사람입니다."

그 사람이 말했다. 그는 후줄근한 양복 소매에다 '신엔카이(眞圓會)'라고 쓴 완장을 두르고 있었다.

역무원이 나와서 사정을 물으니까, 그 사람은 다음과 같이 말했다. "저는 기후의 신엔지라는 절의 주지인데, 이번에 사람들을 모집해서 도쿄 구경을 위해 상경했습니다. 신엔카이라는 것이 우리 모임 이름입니다. 그런데 불행하게도 회원 중 한 사람이 여관에서 피를 토해서, 의사에게 보였더니 위궤양이라는 겁니다. 여기서 입원할 수도 없고 해서 여럿이서 다같이 데리고 가기로 했습니다. 그런데 의사도 가능한 한 안정이 필요하다고 하고, 본인도 매우 쇠약해서 들것으로 운반해서 기차에 태우고 싶습니다. 귀찮으시겠습니다만 편리를 봐 주십시오."

절의 스님이라고 해서 그런지 보기에도 그런 인상이었다. 사람에게 친근감을 주는 그런 인상이었다.

"알았습니다. 그럼 전화로 말씀드린 대로 소하물 운반구로 들것을 가지고 오십시오. 하차는 기후시죠? 그러시면, 기후 역에는 우리가 철도전화로 연락을 해놓겠습니다. 기후 도착은 19시 52분입니다."

역무원은 그렇게 말했다. 신엔카이의 스님은 그 철저한 처리에 감사의 뜻을 표하고 객차과 앞에서 떠났다.

13시 30분발 '세이카이'호 개찰구 앞에는 2시간 전부터 승객들이 줄을 짓고 있었다. 그 행렬의 첫머리에는 '신엔카이'의 완장을 두른 20여 명의 남자들이 바닥에 앉기도 하고 트렁크 위에 걸터앉은 채 개찰 시간을 기다리고 있었다. 역에서 흔히 볼 수 있는 구경하러 상경했던 시골 사람들의 귀향 풍경이었다.

별로 이상한 것은 없었다. 다만 이 일행 중엔 그런 단체에서 흔히 볼 수 있는 부인이 한 사람도 없었을 뿐더러 그다지 늙은 사람도 없었다. 그러나 그것도 관심 있게 보아야 그렇게 보일 정도로 그다지 눈에 띄는 것은 아니었다.

13시가 가까워지자 개찰구가 열렸다. 지루하게 기다리고 있던 행렬은 그제야 역원들에게 안내되어 비로소 플랫폼 계단을 올라갈 수 있었다. 줄 앞에 서 있던 사람들은 참고 기다린 덕분에 자유롭게 좌석을 선택할 특권을 향유했고 뒤에 섰던 사람들은 과연 좌석에 앉을 수 있을지 초조한 듯 서성이고들 있었다.

'신엔카이'라는 완장을 두른 일행들은 진작부터 기다린 덕분에 3등 객차 한구석에 무리를 이루고 태연하게 자리를 잡고 있었다. 다만 네 사람분의 자리만이 이가 빠진 듯이 비어 있었다.

"안 됩니다, 이 자리는 사람이 있어요."

누군가 달려들 듯 그 자리로 오면 그 옆에 앉아 있는 완장 두른 사나이에게 제지를 당했다. 그러고 보니, 그 증거로 파란 시트 위에는 신문이 한 장 놓여 있었다. 그 자리에 올 주인공은 그때 소하물 운반구를 거쳐 지하도를 통과하고 있었다. 역시 완장을 두른 두 사나이가 앞뒤에서 들것을 손에 들고 무거운 듯 플랫폼 쪽으로 걸어가고 있었다. 들것 위에는 담요를 뒤집어쓴 환자가 눈만 내놓고 누워 있었다. 그러나 그 눈은 중병환자처럼 감겨 있었다. 들것 앞에 서서 안내하는 역무원이 객차 쪽으로 인도하고 있었다.

들것이 플랫폼에 나타나자, 객차에서 밖을 내다보고 있던 네댓 명의 사나이가 그 운반을 부축하려고 뛰어내렸다.

들것이 네댓 명의 사나이들 손으로 객차 안으로 겨우 운반되었다. 그들은 자고 있는 환자의 몸을 조금이라도 편하게 하려고 조심성 있고 정중하게 애를 쓰면서, 아까부터 비어 있는 두 사람이 앉을 수 있는 공석으로 들것을 운반했다. 그러곤 환자를 내리고 옆으로 뉘었다. 머리에는 공기 베개를 베어 주었다. 모포는 역시 코까지 덮여 있었다.

전무와 차장이 왔다. 그들은 환자를 위에서 내려다보았다.

"기후까지 괜찮을까요?"

"괜찮습니다" 하고 대답한 것은 신엔사(眞圓寺)의 주지라고 하는 중년 남자였다.

"지금 자고 있습니다만, 본인도 좀 나아졌다고 아까 말했습니다. 너무 염려를 끼쳐 드려서 죄송합니다. 저희들이 이렇게 붙어 있으니 별일은 없을 겁니다."

그러자 차장은 그럼 조심해서 시중하라고 말한 다음 분주한 듯이 사라졌다. 다른 승객들은 이 환자와 동행하고 있는 일행에게 처음에는 관심 있는 눈길을 보냈지만 차가 움직이기 시작하자 곧 제각기 각자의 세계로 되돌아갔다.

시간의 교차를 공간적으로 설명해 본다면, 하기자키 다쓰오와 다무라가 탄 차가 스튜어디스인 다나카 미치코의 집을 향해서 고탄다 근처를 달리고 있던 4월 28일 오후 3시 40분경은 이 환자를 태운 하행열차 '세이카이'가 시즈오카현 누마쓰(靜岡縣 沼津)역 부근을 정시로 통과하고 있을 무렵이었다.

3

니혼에노키의 전찻길에서 차는 좁은 골목으로 들어갔다. 운전기사는 번지를 찾느라고 빙글빙글 돌아다녔다. 그러다가 술집이 있는 거리 모퉁이 앞에 멎었다.
"이 골목에 있다고 합니다."
운전기사는 술집에서 묻고 와서 문을 열었다.
다나카 미치코의 집은 세 번째 집으로 검은 판자담 위에 분홍빛 협죽도가 피어 있었다.
다무라가 신문사의 명함을 내밀자 그녀의 어머니라는 사람은 깜짝 놀란 표정을 했다.
"무슨 일이세요?"
"별다른 일은 아닙니다. 잠깐 미치코 양에게 비행기 손님에 대해서 묻고 싶은 일이 있어서 그럽니다. 지금 있을까요?"
"네, 그러세요? 그럼 올라오세요."
"아니 뭐, 괜찮습니다. 잠깐이면 되니까요."
좁은 현관이었지만 다무라와 다쓰오는 마루에 걸터앉았다.
다나카 미치코는 스물서넛쯤 돼보이는 짧은 머리를 한 아가씨였다. 익숙하게 미소를 띤 얼굴은 평상시 손님을 대하던 습관 탓인지 좋은 인상이었다.
"제가 다나카 미치코예요."
활발한 말투의 명랑한 말씨였다.
"모처럼 쉬시는데 미안합니다."
다무라는 안경을 바로 하고 주머니에서 수첩을 꺼내서 분주하게 들추기 시작했다.
"다나카 양은 어제, 나고야행 마지막 비행기를 타셨다더군요."
"네, 그래요."
"그때의 손님에 대해서 좀 묻고 싶은 것이 있어서요."
"네에."
"이 두 사람에 대해서 기억나시는 것이 없을까요?"

다나카 미치코는 커다란 눈으로 수첩을 잠깐 들여다보았지만 냉담한 시선이었다.

"그런 분이 타고 있었는지는 모르겠지만 저로서는 그 손님을 직접 알고 있는 것이 아니라 뭐라고 말씀드려야 할지 모르겠군요."

"네? 뭐라구요?"

다무라는 눈을 둥그렇게 떴다.

"스튜어디스는 손님과 표를 대조하지 않습니까?"

"네, 그런 건 안해요."

미치코는 웃음을 띠고 대답했다.

"손님들의 이름을 쓴 승객인 명부의 사본은 저도 가지고 있습니다만 그것을 일일이 본인과 대조하지는 않아요. 다만 인원수만 확인할 뿐이죠."

"아아, 그렇습니까?"

다무라와 다쓰오는 서로 얼굴을 마주 보았다. 두 사람 다 지금까지 한 번도 비행기로 여행해 본 경험이 없었기 때문에 그런 것은 모르고 있었다. 다무라는 실망한 표정이 되었다.

"그렇지만 다나카 양은 비행기에서 손님들과 접촉이 많을 게 아닙니까?"

"네, 서비스 같은 일은 합니다. 캔디를 나눠주기도 하고 차를 갖다 주기도 하죠."

"그때, 좀 이상한 사람을 보지 못했던가요?"

이상한 사람이라고 하는 말에 미치코는 고개를 갸웃했다.

"글쎄요……"

"잘 생각해 보십시오. 어젯밤의 일인데요. 뭔가 마음에 짚이는 것이 없을까요?"

다무라가 또 말했다. 이 스튜어디스의 입에서 기어코 단서를 잡아내려는 것같이 안간힘을 쓰고 있었다.
"별다른 기억은 아무것도 없는데요."
다나카 미치코는 잠깐 생각하는 듯하더니 이렇게 대답했다.

묻는 방식이 잘못됐다고 다쓰오는 생각했다. 좀더 합리적으로 물어야겠다고 생각했던 것이다.
"그 손님이란 서른 안팎의 남자입니다. 그런 사람은 많지 않았겠지요?"
"글쎄요."
다나카 미치코는 큰 눈을 들었다.
"어떻게 생긴 사람이죠?"
"얼굴이 긴 편입니다. 이렇다 할 특징이 없기 때문에 설명이 곤란합니다만 그저 평범한 얼굴입니다. 못생긴 얼굴은 아니에요. 안경은 평시엔 안 씁니다만 어쩌면 쓰고 있었는지도 몰라요."
"어떤 옷을 입고 있었죠?"
"글쎄요, 그건 모르겠습니다."
미치꼬는 손가락을 볼에 대고 생각하는 듯했다. 서른 안팎의 남자. 그 좌석을 생각해 내려는 성싶었다.
"그럼 어떤 직업을 가진 사람이죠?"
미치코가 다시 물었다.
적절한 생각이었다. 늘 손님을 많이 접촉하고 있는 그녀는 손님의 모습을 보고 대개 그 직업을 짐작할 수 있을 것이다.
"술집의 바텐더 일을 하고 있었던 사나인데요."
다쓰오가 말하자 미치코는 또 고개를 갸웃했다. 그것도 쉽사리 판단이 안 가는 모양이었다.

"어쩐지 안절부절못하고 침착성이 없는, 그런 사람도 생각이 안 나십니까?"

다쓰오가 덧붙여 말하자, 미치코는 이렇게 물었다.

"그럼 무슨 나쁜 짓이라도 한 사람인가요?"

"그렇습니다, 실은…… 어떤 범죄에 관계된 사람입니다만……."

함부로 살인범이라고 말할 수도 없어서 그는 이렇게 대답했다. 미치코는 그제야 비로소 신문사 명함을 가지고 찾아온 의미를 깨달은 듯한 표정이 되었다.

"안절부절못하고 있었다고 말할 수 있을지는 모르겠지만 기차와의 연결 시간을 제때 맞출 수 있을지 걱정하던 사람이 있었어요. 그러고 보니 바로 그 사람이 서른 안팎의 남자였어요."

다쓰오와 다무라는 미치코를 응시했다.

"기차시간요?"

"네, 나고야 역발 10시 10분 기차에 타고 싶다고 했어요. 그 비행기 예정은 9시 반에 고마키(小牧)에 도착하기로 되어 있지만, 정말 정각에 도착하느냐고 묻기도 하고, 고마키에서 버스로 나고야 역까지 몇 분 걸리느냐 하고 자꾸 묻더군요. 제가 버스로 한 30분 걸린다니까, 글쎄 그 차를 탈 수 있으면 좋겠는데 하고 중얼거리면서 초조해 하더군요."

"나고야 역에서 어디로 가는 기차였지요?"

"그건 말하지 않았으니 모르겠어요."

"나고야발 10시 10분이라고 하셨지요?"

다쓰오는 확인을 하고 나서 그건 아마 열차 시간표를 보면 알 수 있으리라 생각했다.

"그 외에 다른 것은 없었습니까?"

"별로 생각나는 것이 없는데요."

둘은 정중하게 인사를 하고 일어났다. 다나카 미치코는 문까지 나와서 배웅해 주었다. 스튜어디스 제복을 입으면 아주 근사해 보일, 늘씬한 몸매의 인상이 좋은 여자였다.

"그러면 내가 어제부터 오늘 오전중에 걸쳐서, 고심한 승객명부의 조사도 헛수고였단 말인가?"

다무라는 차에 타자 씁쓸이 웃으면서 말했다.

"아니, 허탕은 아냐."

다쓰오는 위로하듯 말했다.

"가명의 승객이 있다는 것을 발견한 것은 큰 수확이 아닌가?"

"그러나 누군지 알아내지 못했잖아."

"이제 알아낼 수 있을 거야. 운전기사 양반, 어디든 책방 앞에 좀 멈춰 주세요."

"아, 그렇지."

5분도 못 가서 책방이 있었기 때문에 차를 멈추고, 다무라가 가서 열차 시간표를 사왔다.

"그렇지, 나고야라고 했지……."

다무라는 그 굵직한 손가락으로 책장을 들추기 시작했다.

"도카이 도(東海道) 본선, 하행 나고야발은 22시 5분발 보통열차가 있군. 오후 10시 10분과는 불과 5분 차이지만 이건 아니고, 상행은 22시 35분이니 이건 전혀 아니겠구."

다무라는 또 다른 데를 들쳤다.

"간사이 선은 가메야마(龜山)행 22시 정각이 있는데 이것도 아깝게 10분 차이가 나는군. 나머지는 중앙선."

다무라는 책장을 분주하게 넘겼다.

"나고야, 나고야라……."

그는 손가락을 짚어 내려가다가, 돌연 다쓰오의 팔을 찔렀다.
"야아, 있다. 이거다!"
손가락으로 책장 한 곳을 누르고 다쓰오의 눈앞에 시간표의 자잘한 활자를 내보였다.
"22시 10분 보통열차다."
들여다보고 있는 다쓰오의 볼에, 다무라는 숨을 내쉬었다. 다쓰오가 고개를 끄덕였다.
"그렇구나, 중앙선이구나!"
다쓰오도 입속으로 말했다.
"그러나 이건 좀 이상한 기찬데? 종점이 도중에 있는 미즈나미(瑞浪)라는 역이군."
"그렇군 그래. 그럼 그 사나이는 그 중간 역에서 내렸을 게 틀림없어."
다무라는 나고야로부터 종착역인 미즈나미 역 중간의 정거장을 하나 둘 하고 헤아렸다.
"주요한 역은 일곱이다. 아마 이 일곱 정거장 중 한 곳에서 그 사나이는 내렸을 거야."
이 말에 다쓰오는 빙그레 웃었다.
"이 사람, 자네 벌써 그 사나이를 범인으로 규정하고 있군그래."
"일단 범인으로 가정해 본 거야."
다무라가 이렇게 말하자 다쓰오도 그 가정에 복복하지 않았다. 틀림없이 그 비행기에는 우에자키 에쓰코가 전송한 누군가가 타고 있었을 것이다.
그것이 바텐더인 야마모토, 즉 어음 사기꾼인 호리구치일 것은 틀림없는 것처럼 생각되었다. 또 그것은 다나카 미치코가 말하는 인물의 인상과 합치하고 있었다.
"그 후의 기차는 없나?"
다쓰오가 묻자 다무라는 눈을 열차 시간표에서 떼지 않고 말했다.
"그 후는 준급행 두 개뿐이야."
"아, 그래? 그래서 그 사나이는 어떻게든 22시 10분의 보통열차를 타고 싶어했군."
그러나 그 보통열차를 타고 싶어하던 필요성은 또 다른 면에서 있었을지도 모른다.
"일곱 개의 역은 어디어딘가?"
"응, 지구사(千種), 오소네(大曾根), 가스가이(春日井), 고조지(高藏寺), 다지미(多治智見), 도기쓰(土岐津), 미즈나미(瑞浪)야."
다무라는 차근차근 역명을 말했다.
"그러나 나고야의 다음 역이든가 그 다음 역쯤은 시내버스라든가, 뭐 그런 것이 있을 테니까, 꼭 기차로 가야할 역은 셋째 역부터겠지."
"그렇지, 그렇게 말할 순 있겠군. 그렇다면 다섯 개 역으로 줄일 수 있겠지. 이건 간단하겠군. 그럼 우선, 그 다섯 개 역을 조사해 보세."
"자네 조사하러 갈 참인가?"
다쓰오는 다무라의 서둘러대는 얼굴을 바라보았다.
"가고 싶은데, 부장에게 사정을 해야겠어. 나고야에는 지사가 있지만 이런 일은 지국에 있는 친구들에게 맡길 수는 없잖아."
다무라는 눈을 번쩍이면서 말했다.
다쓰오는 열차 시간표를 손에 들고 그 다섯 개의 역명을 보았다.
가스가이, 고조지, 다지미, 도기쓰, 미즈나미…… 이것들 중 어느 것일까? 가장 큰 역은 다지미인데…….

다쓰오는 웬일이지 별안간 그곳에 가보고 싶은 생각이 일어났다. 조그마한 시골 역이다. 가보면 무언가 단서를 잡을 수 있을지도 모른다.

그러나 아직 다무라만큼 결심을 굳힌 것은 아니었다. 다쓰오는 결단을 내리지 못하고 있었다.

그날밤 8시 30분경, 도쿄 역 여객과는 기후 역에서 걸려온 전화를 받았다.
"여보세요. 여기는 기후 역인데요. 39열차 '세이카이'에 도쿄 역에서 탔다고 하는 환자에 관한 것인데, 거기서 연락을 받았지요."
"아 그래요. 수고하십니다. 이상 없이 도착했습니까?"
전화를 받은 역무원이 대답했다.
"그것이 말입니다. 기다리고 있었는데 그런 환자는 내리지 않았습니다. 여기서는 역무원 두 사람을 미리 플랫폼에 내보냈는데 말이지요."
"네? 안 내렸어요?"
"네, 내린 사람은 펄펄 뛰는 원기왕성한 사람들뿐이었어요."
기후 역 사람은 불만스럽게 말했다.
"그거 참 이상한데, 기후에서 내린다고 했었는데. 잠깐 기다리세요. 참 뭐라고 했더라? 아 그렇지, 신엔카이라는 완장을 두른 사람들은 내리지 않았습니까, 스물네댓 명 됐었는데요?"
"완장을 두른 손님은 한 사람도 없었어요."
"네? 한 사람도 없었어요? 이상한데, 단체로 기후까지 간다고 했었는데요. 모두 완장을 차고 있었어요. 그 사람들이 환자를 들것으로 차에다가 운반했는데요."
"틀림없는 39열차입니까?"
"틀림없는데요."
"아무튼 그 열차에서는 그런 손님은, 우리 역에 내리지 않았습니다. 연락을 받았기 때문에 결과를 알려드립니다."
"그렇습니까. 수고하셨습니다. 일단 열차 차장에게 문의해 보도록 하겠습니다."

전화는 끊고서도, 역무원은 이상한 표정을 지우지 못했다. 이건 이상하다. 그처럼 기후에서 내린다고 떠들어 대던 손님이었는데…… 예정을 달리 해서 다른 역에 내린 걸까? 어쨌든 상관은 없지만 기후에 사전 연락을 해서 기다리게 했던 일이 있었으니, 사실이 어떻게 된 것인지 알아둘 필요는 있었다.

'세이카이'호는 오사카에 22시 30분에 도착한다. 차장은 일단 여기서 하차해 교대를 하게 된다.

역무원은 22시 40분이 되자, 오사카 역에 전화를 걸어서 그때 차장을 불렀다.

"여보세요, 39열차 차장이시지요?"
"네에, 그렇습니다."
"도쿄 역에서 기후까지 간 환자에 대해서 알고 있습니까?"
"알고 있습니다. 두 번째 차칸에 타고 있던 환자로군요. 도쿄부터 주의를 하고 있었습니다."
"그런데 그 환자는 기후에서 내렸던가요?"
"그것이……."

차장의 소리는 약간 머뭇거렸다.

"오하리 이치노미야(尾張一官)를 출발했을 때 다음 역이라고 주의를 시키려고 가보았더니 없었습니다."

"아니, 없었다니요?"

"네, 다른 손님이 앉아 있었습니다."

"아니, 그럼 어디서 내렸는지 모르신단 말이에요?"

"네, 미처 몰랐습니다."

그 음성으로 미루어 전화 저쪽에서 차장이 머리를 긁는 모습이 상상되었다.

"다른 일로 바빠서 가보지 못했어요. 또 간호하는 사람도 딸려 있었기 때문에 안심하고 있었습니다."

"그 사람들 완장을 차고 있었지요?"

"도쿄 역에서 탔을 때는 완장을 차고 있었습니다. 그런데 오다와라(小田原)를 지났을 무렵 승차권 검사를 갔을 때는 모두 완장을 뗐더군요."

"그럼 어디서 내렸는지 모르시겠다는 말씀이죠?"

"하마마쓰(浜松) 근처까지는 틀림없이 차에 있었습니다. 그것은 제가 그 차칸에 가보았기 때문에 압니다. 그러고 난 뒤는 아무래도……."

결국 확실치가 않았다.

"이상한 이야기로군요."

역무원은 어리벙벙해서 옆에 있는 동료에게 이 이야기를 했다.

마침 그때 우연히 들어온 형사가 그 이야기를 들었다. 형사는 세누마 변호사의 납치사건으로 역을 경계하고 있던 사람이었다.

수사의 눈

1

 역무원이 '이상한 이야기'라고 했기 때문에 형사는 힐끗 그쪽으로 시선을 돌렸다.
 "무슨 일이 있었습니까?"
 굵은 검은 테 안경 속에서 눈동자가 번쩍 빛났다.
 역무원은 웃으면서 설명을 했다.
 "지방에서 올라왔던 관광단체에 환자가 생겼었는데 말입니다. 기후로 돌아갈 때는 들것에 실려 차칸까지 운반됐습니다. 그래서 우리가 기후 역에 전화를 걸어서 연락까지 취해 줬단 말입니다. 그런데 지금 기후 역에서 전화가 왔는데 그런 환자는 내린 일이 없다는 거예요."
 "안 내렸어요? 내리지 않았다는 건 무슨 뜻입니까?"
 형사는 절약하느라고 반으로 자른 담배를 꺼내 불을 붙였다.
 "그러니까, 도중에서 내렸겠지요. 그 단체 손님들은 완장을 차고 있었는데, 그 사람들도 기후 역엔 내리지 않았다는 거예요.

대표자가 와서 환자니 편의를 봐달라고 했기 때문에 여기서는 일부러 도착역에 수배까지 해주었는데, 지방사람들은 참, 좀 느린 데가 있어요."

"흐음, 그런데 뭐였습니까? 그 단체라고 하는 것은……."

"절의 스님이 지방 사람들을 인솔해서 도쿄 구경을 왔었다는 거예요."

"아아, 시골에서는 흔히 있는 일이지요. 나는 고향이 규슈(九州)의 사가(佐賀)인데 거기서도 그런 걸 해요. 농민들이 반 년이나 1년짜리 계를 해놓고 기대에 부풀어 있지요."

근시안의 형사는 그런 소리를 했다. 그 일로 고향이 생각나 주의가 그쪽으로 쏠렸던 모양이었다. 그 이상 그는 아무 소리도 하지 않았다. 이런 일로 해서 수사가 이틀 정도는 늦어졌다.

수사본부에서는 신주쿠의 살인범과 세누마 변호사의 실종과는 관계가 있다고 단정하고 병행해서 수사를 하고 있었다.

범인은 바 레드문의 바텐더로 야마모토라 불린다는 것을 알아낸 것 이상의 진전은 아무것도 없었다. 범인의 이름이 알려진 이상 다음은 문제없다고 낙관하고 있었지만 신원이 쉽게 파악되지 않았다.

레드문의 마담 우메이 준코는 야마모토라는 사나이를 고용한 것은 그런 일을 주선하고 있는 오노 시게타로(小野繁太郎)의 소개 때문이었다고 대답했다. 오노는 일종의 건달로 긴자나 신주쿠 일대의 바를 돌아다니면서 여종업원이나 바텐더를 주선해 주고는 소개료를 받아 먹고 사는 브로커였다.

오노 시게타로는 서른두 살의 댄스 교사 출신으로 그런 일을 해서 생활하고 있을 성싶은 얼굴빛이 창백한 사나이였다. 그는 경찰의 질문에 이렇게 대답했다.

"야마모토는 1년 전부터 안 사람으로, 고향은 야마가다현(山形

縣)이라고 했습니다만 자세히는 잘 모르겠습니다. 긴자의 바에서 한잔 하다가 만났는데, 어느 날 그가 어디 일자리 좀 없느냐고 묻기에, 마침 그때 부탁을 받았던 레드문에 소개를 한 것입니다. 그가 어떤 생활을 하고 있었는지는 전혀 모르겠습니다. 그럴 수밖에요, 바에서 술을 마시다가 만났으니까요. 야마모토가 본명인지 아닌지도 모르겠습니다."

바텐더도 이리저리 떠돌아다니는 술집 여종업원처럼 한 집에 오래 눌러 있지 않기는 마찬가지인 모양이었다. 따라서 레드문의 마담인 우메이 준코가 야마모토의 주소와 개인 생활을 잘 모르는 것은 그다지 이상한 일이 아닐 것이다.

"언젠가 메구로의 유텐사 근처에 하숙하고 있다는 말은 들었습니다만……."

우메이 준코는 막연한 소리를 했다.

형사들이 유텐사(祐天寺) 근처를 이 잡듯 수색했지만 그의 하숙집은 찾아내지를 못했다.

"야마모토 씨는 착실히 근무해 주었습니다. 친구 같은 사람이 찾아오는 일도 별로 없었습니다. 취미라고 하면 경마에 자주 가는 편이었고 가까이 지내는 여자도 없는 것 같았습니다."

아주 얌전한 사람이었는데 그가 사람을 죽였다니, 도저히 믿어지지 않는다는 표정이었다.

결국 야마모토의 신원을 캐내는 것만으로도 수사본부는 난항에 봉착하고 있었다.

신주쿠의 뒷골목 술집에서 다마루 도시이치를 사살하고 도망간 야마모토의 종적을 찾으려 형사들은 안간힘을 썼지만 확고한 선이 떠오르지 않았다. 본부는 드디어 초조해하기 시작했다.

그래서 수사의 초점을 세누마 변호사의 납치로 돌리기로 했다. 이쪽을 알면 자연히 나타나게 마련이라는 견해에서였다.

① 세누마 변호사는 어느 사건을 위촉받고 전직 형사인 사무소 직원 다마루 도시이치를 비밀리에 행동시키고 있었다. 다마루를 사살한 범인은 그 사건과 관계가 있는 자이다.
② 범인이 다마루를 사살한 것은 돌발적인 것이었다. 변호사의 납치는 그것이 계기가 되어 당국에 폭로되는 것을 두려워했기 때문이다. 그 수법으로 보아서 범인 일당은 상당히 다수인 것으로 짐작된다.

그러면, 조사하고 있던 사건이란 무엇일까? 당국은 세누마 변호사의 사무소 직원을 불러 물어보았으나 아무도 아는 사람이 없었다. 변호사로부터 아무 소리도 들은 것이 없었던 것이다.
'선생께서는 중대하고 비밀을 요하는 사건은 일체 우리들에게 알리지 않으셨다. 다만 모 경찰서 형사로 있는 다마루 씨를 무리하게 끌어내 왔을 정도로 그는 비밀조사 같은 특수한 일에 재능이 있었고, 그래서 그 방면의 일을 시킨 것으로 안다'는 것이 사무소 직원들의 대답이었다.
본부는 그 조사사건의 실체를 알려고 노력했지만 그것도 전혀 알 수가 없었다. 서류로서는 아무것도 남아 있는 것이 없었다. 기밀 사항을 써넣은 커다란 수첩은 언제나 변호사 자신이 몸에 지니고 있었고, 실종 당시도 소지하고 있었던 것이다.
결국은 한시 바삐 세누마 변호사를 발견하는 길밖에 다른 도리가 없었다.
납치당한 뒤 어디로 끌려갔는지가 수사의 초점이었다. 그러나 이것도 전혀 단서가 없었다. 범인들이 타고 간 차는 대형이었던 것 같다는 근처의 목격자 말이 있기는 했다. 대형이라면 자가용이든가 전세차지 택시는 아니다. 그러나 목격자의 눈이라는 것은 불확실할 수도 있다. 과연 대형이라고 신용해도 좋을지 어떨지 모른다. 게다가 밤이었다. 혹시 중형을 잘못 봤는지도 모르는 것이다. 물론 도내 택시 업자 전부를 상대로 수사를 했지만 별 소용이 없었다. 그날 밤, 그와 비슷한 차가 달리고 있는 것을 보았다는 신고도 없을뿐더러 이렇다 할 단서도 없었다.

납치되어 있는 장소에 대해서는 두 가지 설이 있었다. 도내 억류설과 도 밖으로 나갔다는 설 두 가지였다. 처음에는 도내설이 유력했지만 점차로 도외설로 관심이 기울어졌다.

세누마 변호사의 얼굴은 널리 알려져 있다. 본부에서는 이 변호사의 사진 3만 매를 복사해서 전국에 수배하는 한편 도쿄, 우에노, 신주쿠, 시나가와 등 여러 역에 사복 형사를 배치해서 경계를 시켰다. 잠시 도내에 잠복하고 있다가 지방으로 데리고 나간다는 문제도 생각할 수 있기 때문이었다.

그러나 도내 수사가 절망적이라고 해서 수사본부가 수사를 중단한 것은 아니었다. 최근 각 지서 경찰의 담당구역 내 호구조사 제도가 폐지된 것도 수사에 커다란 불편을 가져왔다. 8백만의 인구가 살고 있는 도쿄라는 거대한 바다에서 한 사람의 실종자를 발견한다는 것은 보통 일이 아니다. 수사본부로서는 끈기 있는 수사가 필요하지 않을 수 없었다.

각 역에서의 경계는 엄중했다. 형사들은 개찰구 등 여러 곳에 서서 승객 한 사람 한 사람의 얼굴을 일일이 살폈다.

도쿄 역을 경계하고 있던 형사가 교대해서 본부로 돌아왔을 때, 단체 손님의 환자 이야기를 잡담 끝에 동료에게 이야기한 것은 이틀 뒤의 일이었다.

"뭐, 뭐라구?, 지금 이야기 다시 한번 해보게."

이렇게 말하며 가까이 다가온 것은 조금 떨어진 자리에 앉아 있던 선배 형사였다.

"상경 단체에 환자가 생겨서 들것으로 운반했다는 이야기입니다."

근시안의 형사는 선배의 서슬에 놀라서 고개를 쳐들었다.

"언제야 그게?"

"이틀 전이오. 28일입니다."

"이런 멍청이, 왜 그런 일을 빨리 보고하지 않았어?"

선배 형사는 소리를 질렀다.

도쿄 역 여객과에 전화 연락을 취했던 환자가 들것으로 소하물 전용로를 거쳐 엘리베이터로 플랫폼에 올라가, 승차했다는 것을 안 수사본부는 아연 긴장했다. 게다가 그 환자를 데리고 간 단체가 목적지인 기후 역에 하차하지 않고 도중에서 안개처럼 사라졌다는 사실을 알자 대소동이 벌어졌다.

'한방 먹은 것 같군!'

모두들 그런 직감이 들었다.

"신엔카이라는 완장을 두르고 있었단 말이죠?"

부랴부랴 역으로 달려간 형사대가 여객과를 다그쳤다.

"그렇습니다. 기후의 신엔사라는 절에서 조직한 모임이라고 하더군요. 대표자라는 한 마흔쯤 되어 보이는 스님이 여기 와서 환자수송의 편의를 봐달라고 했습니다."

역무원이 대답했다.

"단체의 대표자라면 주소와 성명을 써놓은 것이 있겠죠?"

"그런 건 받지 않았습니다. 30명 미만인 경우는 단체 취급을 하지 않습니다."
"그럼 인원수는 알고 있습니까?"
"정확한 것은 모르겠습니다만, 스무서너 명이라고 말하더군요."
당시의 승무 차장이 불려왔다.
"완장은 두른 것은 모두 서른 전후의 남자들뿐이었습니다. 환자는 2인용 좌석 위에 누워서 모포를 얼굴의 절반쯤 덮고 있었습니다. 아마도 자고 있었던 것으로 보입니다. 그 앞에 두 사람이 앉아서 간호를 하고 있었습니다. 완장은 어찌된 영문인지 오다와라를 지났을 무렵에는 모두 떼어서 볼 수 없었습니다. 그런데 그들은 하마마쓰 근처까지는 틀림없이 있었는데 오하리 이치노미야를 출발했을 때 가보니까, 그 사람들 대신 다른 승객들이 앉아 있었습니다. 열차가 혼잡했던 것으로 미루어 자리가 나니까 곧 서 있던 손님들이 앉은 것으로 생각됩니다. 그 사람들이 중간에 어느 역에서 내렸는지는 전혀 알 수가 없습니다. 환자에 대해서는 약간 걱정이 되었습니다만, 저는 그만 다른 일로 해서 그 찻간에는 가보지 못했기 때문에······."
차장은 머리를 긁었다.
기후에 문의했더니 시내는 물론 현내에도 신엔사라는 절은 없다고 했다. 또한 최근에는 아무데서도 도쿄 관광 단체 승객은 없었다는 것이다. 수사본부가 예상했던 대로였다.

이 사실로 당국은 세누마 변호사를 납치한 일당은 배후에 매우 많은 패거리를 거느리고 있다는 것을 알았다. 기차에 탔던 사람만도 스무서너 명이나 된다.

지방의 관광단체로 위장하고 변호사를 재워놓은 다음 환자라고 속여서 보통 개찰구를 거치지 않고 소하물 전용로를 통해서 나간 것 등은 계획적으로 경찰의 헛점을 찌른 것이다.

4월 28일, 하행열차 '세이카이'에서 기후까지 가는 승차권을 가지고 탔다가 도중 하차한 인원수를 조사한 뒤, 다음과 같은 회답을 얻었다.

시즈오까 3명, 하마마쓰 2명, 도요바시(豊橋) 4명, 가리야(刈屋) 3명, 나고야 5명 모두 17명밖에 안 됐다. 스물 서너 명에 비하면 턱없이 부족하지만 도중하차는 표를 걷지 않기 때문에 이것은 역무원들의 막연한 기억에 의한 것이었다.

이 오차에 관해서 수사본부에서는 다음 두 가지로 해석하였다.
① 단체는 정말 스무서너 명이었던가? 차장은 20명 이상이었다고 하지만 정확한 수는 확실치 않다.
② 20명 이상이라고 가정할 경우 17명(확실하진 않지만) 이외의 사람은 어디서 하차했는가?
③ ②에 한정해서 생각한다면 하차역으로 제일 먼저 손꼽힐 수 있는 건 나고야 역이다. 이 역이 가장 내리는 손님이 많고 혼잡하기 때문에 휩싸이기에 제일 쉽다. 나고야 역의 5명이라는 숫자는 사실은 그보다도 많았다는 가정을 할 수가 있다.

"시즈오카, 하마마쓰, 도요바시, 가리야…… 나고야에 이르기까지 여러 역에서 내렸다고 볼 수 있구먼……."
본부에 와 있던 수사 1과장이 표를 보면서 곤혹스런 표정을 했다.
"산산이 흩어져서 내렸군요. 도착역에서 눈에 안 띄게 분산해서 내린 모양입니다."
수사주임이 말했다.
"아니, 그렇지는 않을걸……."
과장이 다시 말했다.

"그것은 도쿄로 되돌아오기 위해서였을거야. 그 전부터 완장을 떼고 있어서 한꺼번에 나고야에서 내려도 괜찮았겠지만, 그보다는 도쿄 가까운 역에서 내리는 것이 좋겠다고 생각한 거야. 분산해서 여러 작은 역에서 내린다면 눈에 띌 염려가 있으니까, 만일을 염려한 것이겠지. 지극히 조심을 했어……."
"그렇다면 환자로 위장한 세누마 변호사는 어디서 내렸을까요?"
"나고야겠지. 사람들이 많아서 남에 눈에 띄지 않을 테니까……."
"그렇지만 들것으로는……."
"이 사람아, 그때까지 들것을 사용했을 리가 없잖아. 마취제도 깼을 것이고 하니, 양쪽으로 팔이 붙들려 걸음마를 당했을 거야. 도쿄 역만 탈출하면 되니까. 변호사는 협박을 당하고 있으니 소리를 낼 수가 없었겠지."
"그럼 불필요해진 들것은 찻간에 그대로 남았겠군요?"
"그렇지, 그걸 찾아야 해. 종착역인 사세호(佐世保)까지는 안 갔을 거야."

과장이 한 말은 그로부터 사흘 뒤에 판명되었다. 가방천을 둘둘 만 들것이, 마나즈루(眞鶴) 해안에 버려져 있었다는 신고가 들어왔던 것이다. 그런 것을 취급하는 곳이면 어느 집에서나 팔고 있는 물건이었지만 수사본부에서는 제조원부터 조사하기로 했다.

사건이 의외로 대규모로 행해졌다는 것을 알게 된 수사본부는 아연 활기를 띠었다. 곧 형사 세 명이 나고야로 급파됐다.

"뭘까요? 밀수단일까요, 마약관계일까요?"
"아닐걸, 세누마 변호사는 회사 전문이었어. 잘은 모르겠지만, 어느 회사를 가로채려는 집단의 짓은 아닐까?"

과장은 고개를 갸웃했다.

그러자 마침 살인범 야마모토의 몽타주 사진이 완성되었다고 직원이 그것을 가지고 왔다.

"야아, 이 자식, 사내답게 생겼는데? 그렇지만 특징은 없는 얼굴이군." 과장이 말했다.

"그렇습니다. 레드문의 마담과 여종업원의 말을 듣고 만들었는데 정말 특징이 없어서 애를 먹었습니다. 그래도 인상이 다르다고 하는 사람이 있습니다."

직원이 이렇게 말하자, 과장은 그 사진을 손가락으로 두드리며 혀를 찰 듯이 말했다.

"이 자식, 지금 어디 숨어 있을까?"

2

9시경 다쓰오의 하숙집에 다무라가 얼굴이 벌게져서 나타났다.

"집에 있었군."

뚱뚱한 몸에서 술냄새가 풍겼다.

"기분이 좋군그래?"

다쓰오가 눈웃음으로 맞이했다.

"기분이 좋은 게 다 뭐야!"

다무라는 내뱉듯이 말하고 털썩 주저앉았다. 매우 기분이 언짢은 표정을 짓고 있었다.

"어떻게 된 거야?"

다쓰오가 물었다.

"차장과 한바탕 했어."

"다투었나?"

"응, 좀 큰소리를 쳤지. 그래 마음이 가라앉지 않아서 대포 한

잔 했어. 그런데도 기분이 안 나. 그래서 찾아온 거야."
다무라는 와이셔츠 단추를 끄르고 가슴을 헤쳤다.
"뭣 때문에 그랬는데?"
"아, 글쎄, 나를 나고야에 보낼 수 없다는 거야. 사정을 했는데도 안 된다는 거야."
역시 그 일이었구나, 하고 다쓰오는 생각했다. 다무라가 스튜어디스의 말을 듣고 나고야에 가까운 주오선을 조사하러 가겠다고 큰소리를 치던 모습이 아직도 눈에 선한지라, 거절당했을 때의 그의 실망이 충분히 상상되었다.
"아니, 어째서 안 된다는 건가?"
"쩨쩨한 이유야. 그런 조사는 나고야 지사에 의뢰해도 충분하다는 거지. 일부러 여비를 들여서 출장을 갈 것까지는 없다는 거야. 이런 중대한 일을 지국 놈들에게 어떻게 맡길 수 있느냐고 하니까, 요새 회사는 경비 절감책으로 급하지 않은 출장은 자제하고 될수록 지국을 활용하려 하고 있다는 거야. 그렇게 해가지고는 똑똑한 취재가 될 리가 없잖나. 차장의 생각은 뻔한 거야. 내가 놀러라도 가는 줄로 나쁘게 생각하고 있단 말이야. 배알이 꼴려서 한바탕 퍼붓고 뛰쳐나왔지. 아아, 정말 기분 안 좋은데?"
다무라는 다다미 위에 번듯이 눕더니 입을 삐죽 내밀고 한숨을 쉬었다.
다쓰오는 할 말이 없어 이렇게 말했다.
"어이, 다시 한잔 하러 갈까?"
"그래 가자, 가."
다무라는 냉큼 일어났다.
"이런 땐 더 마시지 않으면 견딜 수가 없어. 그런데 자네 그대로 괜찮겠나?"
"아니, 나도 아무 데나 좀 나가고 싶었어."
다쓰오는 일어나서 양복으로 갈아입었다. 다무라만큼 좋은 친구도 없다. 이런 때는 밤새껏 그의 곁에 있어 주고 싶었다.
둘은 신주쿠로 나와서 두세 군데 술집을 돌아다녔다. 마실 때마다 다무라는 차장을 욕해댔다.
"그렇게 꽉 막힌 자식은 없을 거야. 그러고도 신문을 만든다고 하니, 참 사람 웃기지. 이제 다른 회사에 뺏기고 눈이 허옇게 되겠지. 제기랄, 뻔히 알고 있으면서도 못 가다니, 이거야 정말 화가 나서……."
다무라는 몸을 연방 흔들어 대며 안타까워했다.
맨 나중 술집에 들어갔을 때 다무라는 아주 취해 버리고 말았다.
"야아, 다쓰오."
그는 다쓰오의 어깨를 안았다.
"나는 갈 수 없으니, 자네만이라도 나고야에 가주게. 응, 부탁이야."
다무라 만키치의 목소리는 울부짖는 것 같았다.
실은 다쓰오도 그것을 생각하고 있던 참이었다.

아침에 일어나니, 해가 중천에 떠 있었다. 간밤에 다무라와 별로 마실 줄도 모르는 술을 새벽 1시 가까이까지 마셨기 때문에 아직도 두통이 머리 뒷통수에 남아 있었다.
다쓰오는 하숙집 아주머니가 늘 머리맡에 갖다놓고 가는 신문을 습관적으로 펼쳤다. 사회면을 보니, 세누마 변호사의 행방은 아직 단서를 못 잡고 있다는 내용의 기사가 3단으로 실려 있었다. 그의 눈에는 그것밖에 들어오는 것이 없었다.

그는 엎드려서 담배를 한 대 피웠다. 그것도 습관적인 것이었지만, 이상하게도 다쓰오의 결심은 이 찰나에 내려졌다.
'좋아, 나고야까지 가자!'
다무라가 말했기 때문만은 아니다. 그 밖에는 다른 방법이 없지 않은가. 여기까지 와서 무엇 때문에 주저하고 있단 말인가? 나고야까지의 그 거리가, 무언가 아득히 먼 곳 같은 착오감을 일으키고 있을 뿐이다. 도쿄를 떠난다는 것도 매우 대단한 일인 것 같지만 급행을 타면 겨우 6시간, 그다지 대수로운 일은 아니다.

그렇게 마음이 결정되자, 다쓰오는 일어나서 근처의 책방으로 아치현(愛知縣)과 기후현의 지도를 사러갔다. 그는 그 지도를 책상 위에 펴놓고 고조지, 다지미, 도기쓰, 미즈나미 등지를 주시했다. 그곳은 평야가 다하고 미노(美濃)의 산악지대가 시작되는 지형에 위치하고 있었다.

그러나 이 막연한 곳엘 간다해도 대체 무엇부터 손을 대야 한단 말인가. 하나하나 역마다 내려서 역무원으로부터 무언가를 알아낸다는 다무라와의 의논은, 막상 지도를 앞에 놓고 생각하니 매우 막연한 것으로 생각되었다. 물을 근거가 될 것이 아무것도 없는 것이다. 서른 전후의 얼굴이 긴 사나이, 이렇다 할 특징도 없고 옷차림도 모른다. 결정적인 표적은 아무것도 없다. 스튜어디스 다나카 양만 하더라도 고개를 갸웃거리지 않았는가. 역무원이 빙그레 웃으며 고개를 옆으로 젓는 모습이 눈에 떠오른다. 고조지(高藏寺) 역이 22시 54분, 다지미가 23시 12분, 도기쓰가 23시 23분, 미즈나미가 23시 31분, 이런 한밤중에 내린 손님이라는 점이 그나마 알아볼 만한 근거가 될지도 모른다 하겠지만, 그것도 역무원이 주의 깊게 봤는지 어땠는지, 또 이미 며칠 전의 일이 기억에 있는지 없는지, 그것도 알 수 없는 일이었다.

다쓰오는 생담배를 태우면서 생각에 잠겼다. 그러다가 문득 우에자키 에쓰코는 지금 어디서 무엇을 하고 있을까 하는 생각이 났다. 아니 어떡하고 있을까 하는 것보다도 그녀가 도쿄에 있는가 없는가 하는 생각이 일어났다. 이번 사건에 그녀는 그림자처럼 붙어다니고 있다는 생각도 들었다. 그녀의 존재는 다무라에게도 전적으로 숨기고 싶은 것이기는 하지만. 그러나 그것은 자기만이 알고 있고 싶은 욕망에서였다. 다른 사람은 못 보게 하고 자기만이 그녀를 추적하고 싶었다.

그것은 어떤 특별한 종류의 의식에 빠졌을 때의 심리와 비슷했다. 다쓰오는 오랫동안 생각하고 난 뒤 밖으로 나와서 야마스기 상사에 전화를 걸었다.

"히라야마(平山)라는 사람입니다. 우에자키 에쓰코 씨 계십니까?"

다쓰오는 그녀가 있다고 하면 적당히 얼버무리려는 참이었다.

"우에자키 씨는 오늘 안 나왔습니다."

전화에서 남자의 음성이 대답했다.

"오늘만 안 나오신 건가요? 언제 나오십니까?"

다쓰오에겐 예감이 있었다.

"어제부터 휴가로 당분간 안 나옵니다."

휴가라는 말에 다쓰오의 가슴은 뛰었다.

"네, 그래요. 그럼 어디 지방에라도 가셨을까요?"

"그건 모르겠습니다. 여보세요, 무슨 일이십니까?"

그 대답은 않고, 다쓰오는 수화기를 놓았다.

'예상대로 쉬고 있다. 역시 무슨 일이 있는 것이다.'

순간적으로 일어난 생각에도 여운이라는 것은 있는 법이다. 그 여운에 끌려서 다쓰오는 거리의 풍경이 시야에서 멀어지고 다리만 기계적으로 움직이고 있었다.

'도쿄에는 없을 것이다. 어딘가 가 있을 것이다.'

또다시 주오선의 지도가 다쓰오의 눈앞에 되살아났다.

다쓰오는 신문사에 전화를 걸어서 다무라를 불렀다. 나고야 행에 관해서 그와 의논할 생각에서였다. 전화에 나온 다무라의 목소리는 뜻밖에도 의욕에 찬 목소리였다.

"지금 자네에게 차를 타고 달려가려던 참일세. 지금 어디 있나?"

다쓰오가 시부야의 찻집 이름을 말하자 다무라는 분주한 듯이 말했다.

"응, 알겠어. 곧 갈게, 15분만 기다려 주게."

실제로 15분 뒤, 찻집 문을 열고 나타난 다무라의 표정은 어제와는 다르게 원기왕성한 것이었다. 싱글벙글 웃고 있는 땀이 밴 얼굴을 보니, 그 동안에 그에게 변화가 있었다는 것을 알 수 있었다.

"출장이 결정됐나?"

다쓰오가 선수를 쳐서 이렇게 물었다.

"맞았어!"

다무라는 흥분을 감추지 못했다.

"아까 결정됐어. 부장이 가라고 하는 거야."

"차장보다는 부장이 일을 안다는 뜻인가?"

"아냐."

다무라는 얼굴을 가까이 했다.

"그새 사건이 새롭게 발전했단 말이야. 그래서 갑자기 내게 그 일을 시키기로 한 거야."

"발전이라니?"

"납치된 세누마 변호사의 발자취가 나타났단 말이야. 그래서 지금 수사본부는 들끓고 있어."

다무라는 세누마가 들것에 실려 도쿄 역을 빠져나간 것이라든가, 그것을 호송한 위장 단체 승객 일행이 기후 역에 도착하기까지 사이에 사라져 버린 전말을 본부에서 발표한 대로 자세하게 말했다.

"하기는 그것이 세누마 변호사라는 증거는 없지만, 본부에서는 확신을 가지고 있어. 수사원 세 명이 그것을 수사하러 나고야 방면으로 날아갔어."

"나고야?"

"그래, 본부는 변호사가 나고야에서 내린 것으로 보고 있어. 그 밖에 단체 승객으로 둔갑했던 패들은 하마마쓰라든가 가리야 같은 여러 정거장에서 분산 하차한 것으로 보고 있고. 본부에선 그 패들은 수송의 책임을 다했기 때문에 도쿄로 되돌아온 것으로 생각하고 있다네."

그 인원이 다수였던 것으로 미루어, 다쓰오는 확실히 그것이 후네자카 히데아키의 지휘라는 것을 직감했다. 그가 부하를 동원했을 것이다. 이 우익이 대대적인 공작으로 세누마 변호사를 어딘가로 납치해 간 것이다. 행선지가 나고야라는 것도 닛베리 비행기로 날아간 어음 사기꾼 호리구치와 연결이 되고 있다는 증거가 아니고 무언가?

"후네자카로구나!"

다쓰오도 흥분을 감추지 못하고 말했다.

"그래, 후네자카 히데아키야!"

다무라도 눈을 번쩍거리면서 말했다.

"수사본부에선 그걸 알고 있는가?"

"아직 몰라, 후네자카는 고사하고 우익의 선은 전혀 나타나지 않고 있어. 마약이라든가, 밀수관계로 상상하고 있는 자도 있어. 여하튼 갈피를 못 잡고 갈팡질팡하고 있는 중이야."
"자네 그걸 수사본부에 알리지 않을 작정인가?"
"턱도 없는 소리 마. 이건 나만이 쥐고 있는 결정패야. 당국에 말하면 당장 다른 신문사에서도 알게 돼. 그래 가지고서야 일할 의욕이 나겠나? 그뿐인 줄 알아? 나는 아직 우리 신문사에서도 우익의 '우'자도 입 밖에 내지 않았단 말이야."
다무라는 의뭉스런 미소를 띠었다.
"그건 또 왜?"
"좀더 윤곽이 확실해지기 전에는 입 밖에 내지 않을 작정이야. 지금 형편으로선 아직 모호하단 말야."
그건 그럴지도 모른다. 그러나 그런 이유에서, 다쓰오는 의기충천해 있는 다무라의 야심에 새삼 눈을 크게 떴다.

"어때? 이제부터 후네자카 히데아키를 만나서 눈치를 한번 살펴보는 게 어떨까? 나고야에 가기 전에 말이야."
다무라가 말했다. 정공법으로서는 당연한 수법이지만, 다쓰오는 약간 두려움을 느꼈다. 그것이 충격이 되어 세누마 변호사의 생명이 위험해질지도 모른다. 신주쿠의 살인사건은 후네자카에 있어서는 어디까지나 돌발사건이다. 그래서 당황하고 있음에 틀림없다. 세누마를 납치한 것도 그 여파라고 해도 과언이 아니다. 신문사에서 만나러 왔다고 하면 신경이 곤두서 있는 후네자카는 대뜸 사태가 절박했다고 판단하고, 좀더 당황할 것이다. 그 자극의 결과에 불길한 예감이 있는 것이다.
다쓰오가 그런 생각을 말했으나 의기충천한 다무라는 그의 말을 듣지 않았다.

"그렇다고 자극적인 말은 안 해. 다른 취재로 견해를 들으러 왔다고 하면 돼. 하여간 만나서 상황을 관찰할 필요가 있어."

그것도 일리가 있었다. 그래서 다쓰오는 양보했다.

대기시켰던 차에 다쓰오가 올라타자 다무라가 말했다.

"오기쿠보(荻窪)!"

차는 요요기(大大木)에서 오우메 가도로 나와서 서쪽으로 달렸다. 눈부신 햇빛은 벌써 여름의 더위을 생각나게 했다.

오기쿠보에 이르자, 차는 나무들이 무성한 거리로 꺾어 들어갔다. 다쓰오는 전에 우에자키 에쓰코의 차를 추적했을 때의 일을 회상했다.

데키가이(荻外) 별장을 지나자 차가 멎었다.

문도, 담도, 그리고 '후네자카'라는 문패도 낯익은 것이었다. 그때는 찬비가 내리고 근처에서 피아노 소리가 들려왔었다. 지금은 햇빛이 나뭇잎을 하얗게 말리고 있었다. 그들은 자갈길을 밟고 현관으로 들어갔다. 구옥이었지만 밖에서 보기보다는 넓은 저택이었다. 다무라가 벨을 눌렀다.

나온 사람은 마흔 정도의 밤송이 머리를 한 사나이로 광대뼈가 두드러지고 눈이 음흉하게 큰 사람이었다. 요즘은 거의 입지 않는 쥐색 학생복 같은, 깃을 세운 옷을 입고 있었다. 허리에는 타월을 차고 있었다.

"실례지만 누구십니까?"

다무라가 물었다.

"저 말입니까?"

사나이는 빙그레 웃었다.

"저는 이 집에서 고용인의 우두머리와 같은 일을 하고 있습니다."

"고용인의 우두머리라뇨?"
"그게 이상하게 들리면 사무장이라고 해둡시다."
사나이는 이번엔 이상하게 빙글빙글 웃으면서 말했다.
하기는 후네자카 정도의 인물이라면 사무장 같은 사람도 필요할 것이다. 만일을 위해서 그의 이름을 물었다.
"야마자키(山崎)라고 합니다."
그는 뜻밖에도 정중하게 대답했다. 그러나 여전히 그의 큰 눈에는 비웃는 듯한 빛이 흐르고 있었다.
다무라가 명함을 꺼내주며 후네자카 선생을 뵙고 싶다고 말하자, 그 사나이는 퉁명스럽게 말했다.
"선생께서는 여행 중이십니다."
뒤에서 듣고 있었던 다쓰오는 침을 꿀꺽 삼켰다.
"네에, 어딜가셨는데요?"
다무라가 물었다.
"이세신궁(伊勢神宮)에 가셨소."
"신궁요?"
다무라는 멍청해졌다.
사나이는 그 모양을 힐끗보더니 잘라 말했다.
"정신훈련차 젊은 단원 20명쯤을 데리고, 이세에 가 계십니다. 매년 있는 행사입니다."
양미간에 굵은 주름이 잡혀 있었다.
"언제 돌아오실까요?"
"무슨 일로 그러십니까?"
상대는 그 말엔 대답도 않고 반문했다.
"간단한 시국 담화를 취재하러 왔습니다만……."
다무라가 말했다.

"그러시다면 한 일주일 후에 와주십시오. 엿새 전 출발하실 때 그 무렵에 돌아오신다고 하셨으니까요."
사나이는 털어놓고 말했다.
되돌아 나와 차를 타자, 다무라는 다쓰오를 쿡 찔렀다.
"자네 들었지? 방금 사무장이 한 말, 이건 굉장한 정보야."
다쓰오도 같은 생각이었다.
"이세라고 했지?"
"그래, 우지야마다(宇治山田)라면 나고야에서 바꿔 타야 해. 모든 것이 나고야를 향하고 있지 않은가! 게다가 엿새 전이라고 하면 세누마 변호사가 도쿄 역에서 들것에 실려 열차에 운반된 28일이야."
다쓰오의 머리에 단체 승객의 일이 떠올랐다.
"그렇군그래, 변호사를 호송한 그 지방단체가 도중에서 분산해 내린 것은 수사본부가 말하는 것처럼 도쿄로 돌아오기 위해서가 아니라, 우지야마다에 가기 위한 것이었는지도 몰라. 즉 2중의 목적으로 위장을 했다…… 거참, 기가 막힌 아이디언데?"
다쓰오는 숨이 찼다.

3

다쓰오와 다무라는 오후 3시 반, 급행 '나니와' 편으로 나고야 역에 도착했다.
도쿄 역발이 9시 반이라 시간에 대느라고 일찍 일어나 달려온 다무라는 기차간에서 땀을 흘리며 잤다.
도쿄를 출발할 때부터 내내 자다가 마즈루 해안에서야 눈을 뜬 다무라는 차창으로 머리를 내밀고 중얼거렸다.
"여기서 들것을 버렸군그래."

단나(丹那) 터널에 들어갔을 무렵에 다시 잠을 자기 시작한 그는 시즈오까(靜岡)에서 눈을 떴다.

"아침도 안 먹었어. 밥을 먹을까."

그는 도시락을 샀다. 그러고 나서 또 눈을 감고 자다 깼다. 하도 잘 자서 다쓰오가 경탄할 정도였다.

나고야 역 플랫폼에 내리자, "아아, 잘 잤다" 하고 다무라는 큰 소리로 한 마디하고 체조를 하는 것처럼 기지개를 켰다.

높직한 플랫폼에서 내려서니 오후의 강한 햇볕이 희게 빛나고 시가지의 빌딩이 짙은 그림자를 끌고 있는 것이 내려다보였다.

"먼저 지국으로 가세."

다무라가 말했다.

"여기 경찰서에 가더라도 그것이 편리해. 자네도 같이 가세."

다쓰오는 잠깐 생각하고 나서 머리를 저었다.

"자네가 지국에 가는 동안, 나는 닛베리 사무소를 좀 다녀와야겠네."

"아아, 그렇지, 버스를 조사해야지."

다무라는 성큼 그러마 했다. 닛베리 비행기로 고마키 공항에 도착한 야마모토는 나고야 역으로 가기 위해 틀림없이 닛베리 전용 버스를 탔을 것이다. 물어보면 무슨 단서 같은 것을 얻을지도 모른다는 기대가 있었다.

"그럼 1시간 후에 정거장 대합실에서 만나지."

다무라가 말했다.

"거기서 앞으로의 방침을 정하자."

다쓰오는 동의했다. 신문사 지국은 역에서 상당한 거리가 있었기 때문에 다무라는 택시를 잡았다. 저녁때가 가까웠지만 햇볕은 아직 강했다. 다무라가 탄 택시의 차체가 햇빛에 번들거리며 넓은 도로를 달려가는 것을 다쓰오는 우두커니 서서 전송했다. 외지에서 온 나그네의 여수가 잠깐 그의 마음을 사로잡는다.

다쓰오는 기분을 전환시켜서 햇빛이 쏟아지는 거리를 지나 역 바로 앞에 있는 닛베리의 사무소로 갔다.

그는 안내과의 직원에게 야마모토가 도착한 날짜와 시간을 말하고, 그때의 버스 차장을 만나보고 싶다고 청했다.

마침 휴식시간이었기 때문에 그 차의 차장이었다는 열일고여덟 살쯤 되어 보이는 얼굴이 작은 소녀가 나왔다.

"사람을 찾고 있는데요."

다쓰오는 말했다.

"4월 27일 21시 30분 최종편의 손님을 차에 태우셨나요?"

"네, 그래요."

"그때 버스 속에서 기차시간에 댈 수 있을까 어떨까 하고 안절부절 못하던 손님이 있었지요?"

소녀는 곧 생각이 난 모양이었다.

"네에, 있었어요."

커다란 눈을 가진 아가씨였다.

"22시 10분 기차에 타고 싶다면서 시간에 댈 수 있는지 없는지 두 번씩이나 물어서 기억하고 있어요."

"그래 시간에 댈 수 있었나요?"

"21시 55분에 역에 도착했어요. 그 손님은 서둘러 역구내로 들어가시더군요. 시간에 댈 수 있어서 다행이었다고 생각하면서 버스에 앉아 바라보고 있었기 때문에 기억이 나요."

다쓰오는 주머니에서 접은 신문을 꺼내 소녀에게 보였다.

"그 손님 혹 이런 얼굴이 아니었습니까?"

그것은 경시청에서 만든 야마모토의 수배사진이었다. 소녀는 눈

수사의 눈

을 동그랗게 뜨고 보고 있다가 대답했다.
"비슷한 것 같기도 하고 좀 다른 것 같기도 하네요."

다쓰오는 약 1시간쯤 뒤 대합실로 돌아왔다. 다무라는 아직 와 있지 않았다. 그는 한 20분쯤 지나자 헐떡이면서 들어왔다.
"기다렸지?"
그는 목덜미에 흐르는 땀을 훔쳤다.
"어떻던가?"
"내 일은 금방 끝났어."
다쓰오가 대답했다.
"비행기에서 기차시간에 신경을 쓰고 있던 사나이는 역시 버스에서도 마찬가지였어. 그 사나이는 22시 10분 차에 탈 수 있었던 모양이야. 버스 차장은 그 사나이가 역으로 들어가는 것을 보았다는 거야. 그래서 내가 신문에 나와 있는 야마모토의 몽타주를 보였지. 그랬더니 차장은 비슷한 것 같기도 하다고 말하더군."
"그래?"
"하기는 이 몽타주는 그다지 잘된 것이 못 돼. 내가 받은 인상과는 전혀 다르단 말야. 차장이 말하는 것은 그다지 참고가 안 되겠어. 도리어 그것보다는 연령면에서 비슷하다는 것이 수확이라면 수확이지. 이제부터라도 이 사진의 배부는 중지하는 게 나을 거야. 도리어 혼란만 가져올 염려가 있어."
다쓰오의 이야기가 끝나자, 다무라가 얘기할 차례가 됐다.
"지국의 경찰 담당 기자에게 안내를 받아서 서에 갔었지. 그런데 현재 그들은 세누마 변호사를 호송한 패거리들의 발자취를 수사하고 있더구먼."

"단서는 잡았대?"
"아직 못 잡았나 봐. 변호사가 끌려간 곳도 몰라. 경찰에서는 후네자카 히데아키의 우익 선은 전혀 모르고 있으니까, 대상이 없는 정보수집 수사에 불과하지. 도쿄에서 내려온 수사원 세 사람도 아주 필사적이더군그래."
"그런데 우리들은 이제부터 어떻게 하지?"
"일단 미즈나미까지 주오선의 각 역을 직접 답사해 봐야겠지."
다무라는 이렇게 말하면서 손목시계를 보고, 구내 시간표를 쳐다보았다.
"17시 40분에 있네. 마침 잘 됐군. 이편으로 가세."
그렇게 말하더니 대뜸 개찰구 쪽으로 걸어갔다.
기차에 타더니, 다무라는 뭔가 마음에 걸리는 듯 불만스러운 듯한 표정을 지었다.
"왜 그러나?"
다쓰오가 눈치를 채고 물었다.
"응, 자꾸 후나자까 히데아키를 만나보고 싶은 생각이 들어서 그래. 한번 만나고 싶어. 여기서 우지야마다는 2시간밖에 안 걸린단 말이야."
다무라는 갈팡질팡하는 듯이 무릎을 떨고 있었다.
"그치 아직 우지야마다에 있을까?"
"그건 아까 지국에서 우지야마다의 통신국에 전화를 해서 확인해 봤어. 여관에 계속 머물러 있는 모양이야."
이런 연락 관계 일은 신문사의 기능을 따를 수는 없다고 생각되었다.
"아 참, 도쿄에서 전화가 왔었는데, 그 들것의 제조원을 알아냈더군."

다무라가 말했다.
"제조원은 혼고(本鄕)의 사에키(佐伯) 의료기재라고 하는 회사라더군. 들것의 메이커는 많지만, 제품의 특징으로 알아낸 모양이야. 수사본부는 지금 그 판로를 조사하고 있는 모양이야."
"호오, 그래, 그럼 그것으로 알아낼 수 있겠군그래."
"글쎄……"
다무라는 회의적이었다.
"상대도 그것을 버렸을 땐 이미 다 생각하고 버렸을 거란 말이야. 그것으로 추궁받을 그런 어리석은 일을 하지 않았을 거야."

어느 역부터 조사하느냐는 것이 문제였지만, 처음 생각한 대로 고조지 역부터 시작하기로 했다. 벌써 근처는 어두컴컴해졌다. 고조지 역은 작은 역이었다. 하차객의 뒤를 따라 개찰구로 가서 역무원에게 역장을 만나고 싶었다고 하니까 그 옆의, 역장실이라는 푯말이 붙은 방으로 안내해 주었다.
다무라는 명함을 밀고 용건부터 말했다.
"글쎄, 그렇게 오래전 일을 기억하고 있을까요?"
늙은 역장은 그렇게 말하면서 4월 27일의 근무표를 들춰서 그날의 개찰을 담당했던 역무원을 불렀다.
"이 역에 그날 22시 54분에 내린 손님입니다. 워낙 시간이 늦어 손님이 얼마 없었으리라고 생각됩니다만, 혹 기억에 없을까요?"
다쓰오가 인상을 말하고 그렇게 묻자 젊은 역무원은 머리를 저었다.
"생각이 안 나는데요? 그 시간에 내리는 손님은 대개 얼굴을 아는 사람이 많았는데요."

"이 고장 사람이 많겠군요?"
"그렇습니다. 밤 늦게 내리는 손님은 타지방에서 오는 사람은 거의 없습니다. 대개 나고야에 갔다가 오는 이 고장 사람들입니다."
역장이 말했다.
"그럼, 낯선 사람이 있었다면 기억에 남았을 거란 말이지요?"
"그렇지요. 그런데 그날은 그런 사람이 없었던 것 같습니다."
이 역에서는 수확이 없었다.
20분쯤 기다리니까, 19시 19분 기차가 들어왔다. 둘은 다음 역인 다지미까지 타고 가서 내렸다. 날은 이미 저물고 산으로 둘러싸인 작은 분지에는 굴뚝이 밤하늘에 무수히 솟아 있었다. 다지미는 도자기의 고장이다.
"그런 기억은 없는데요."
여기서도 역무원은 그런 사람은 못 봤다는 대답이었다.
1시간쯤 기다려서 다음 역인 도기쓰까지 갔다. 도기쓰도 도자기를 굽는 공장이 많은 곳으로 역 구내에 공기 같은 그릇 견본들이 진열되어 있었다.
"기억이 없는데요."
불려 나온 역무원이 막연한 말이라는 듯 대답했다.
고조지, 다지미, 도기쓰가 틀렸다면 남는 것은 미즈나미뿐이다.
"여러 날 지났기 때문에 기억에서 사라진 것일까? 아니면 야마모토가 내리지 않았을까?"
다쓰오가 말했다.
"내리지 않았을지도 몰라. 그렇게 늦게 내리는 손님은 그리 많지 않았을 거야. 대개 이 고장 사람이라니까, 타지방 사람이라면 눈에 띄었을 게 아닌가?"

다무라가 말했다. 그러나 그도 자신이 있는 말은 아닌 성싶었다.
미즈나미에 내린 것은 10시가 지나서였다. 함께 내려 개찰구까지 나온 사람은 둘을 합해 열일고여덟 명뿐이었다.
"수고합니다."
그 여남은 명의 사람들도 개찰 담당 역무원과 웃는 얼굴로 인사를 하면서 지나갔다.
"저것 보게!"
그것을 보고 있던 다무라가 속삭였다.
"이 고장 사람뿐이지. 만일 야마모토가 이 역에서 내렸다면 그건 다음 차인 23시 31분 차였을 거야. 하차객도 더 적었을 거구. 그렇다면 역무원의 눈에 안 띄었을 리가 없지."
다쓰오는 고개를 끄덕였다. 작은 역은 벌써 불을 끈 데가 많았다. 다음 차는 두 개뿐으로 준급행 차는 여기를 그냥 통과하니 이튿날 아침 6시까지는 일이 없다.
개찰구의 창으로 숙직하는 역무원이 책상 위에 자리를 까는 것이 보였다. 그의 머리 위에는 전등이 하나 켜져 있었다. 다무라는 유리창을 두드렸다.
"무슨 일이십니까?"
서른 살쯤 된 역무원이 귀찮은 표정으로 나왔다.

"27일 당직은 저였습니다."
신문사 명함을 보자, 갑자기 표정을 달리한 역무원은 질문을 받자 기억을 더듬어가며 대답했다.
"잘 기억하고 있습니다. 내린 사람은 40명쯤 됐습니다. 종착역이라, 사람은 많습니다만 모두 이 고장 사람으로 얼굴을 아는 사람들뿐이었습니다만, 그중에 말씀하시는 그런 사람이 끼어 있었습니다."

잘 기억하고 있다고 역무원이 말했기 때문에 다쓰오도 다무라도 한 걸음 다가섰다.

"자세하게 이야기해 주십시오."

"일행도 없이, 혼자서 그렇게 늦게 타지방 사람이 내리는 것은 드문 일이었기 때문에 기억에 남아 있는 것입니다."

역무원은 계속 말했다.

"그 사람은 나고야에서 발행한 차표를 갖고 있더군요. 얼굴의 특징은 자세히 기억에 없습니다만, 한 30살쯤 되어 보이는 약간 긴 얼굴이었습니다. 차표를 던지듯이 건네고는 매우 빠른 걸음으로 출구로 걸어갔기 때문에 더욱 인상에 남습니다."

"얼굴 기억이 잘 안 납니까?"

다쓰오가 물었다.

"확실하지 않는데요. 지금 말씀드린 것처럼 약간 평범한 인상이었습니다."

다쓰오가 시험삼아 신문의 몽타주 사진을 보였다.

"글쎄요, 확실히 모르겠습니다."

역무원은 정직하게 대답했다.

"알겠습니다. 그런데 그 사람 어떤 옷을 입고 있던가요?" 다무라가 물었다.

"와이셔츠였어요. 윗도리와 슈트케이스를 손에 들고 있었던 것으로 기억합니다."

"윗도리의 색은요?"

"쥐색이던가……? 아니, 감색이었던가? 그것은 자세히 기억에 없습니다."

역무원은 생각에 잠긴 듯한 표정으로 대답했다.

"마중나온 사람은 없었습니까?"
"없었어요. 혼자서 성큼성큼 걸어나갔으니까요."
이번엔 단정을 했다.
다무라는 잠깐 생각하더니 물었다.
"여기 여관은 몇 집이나 있습니까?"
"세 집 있습니다만, 깨끗한 집은 역전의 요네야(米屋)라는 집 하나뿐입니다. 다른 두 집은 멀고, 그다지 깨끗하지가 못합니다."
그 이상은 물을 것도 없었기 때문에 둘은 고맙다는 인사를 하고 역을 나왔다. 어두운 광장 저쪽에 그 여관의 간판이 보였다.
"그 자식, 역시 이 역에 내렸군그래."
다무라가 기운이 나서 말했다.
"그래, 아마 역무원이 본 것은 야마모토임에 틀림없을 거야. 이럭저럭 여기까지 쫓아왔군."
다쓰오는 수긍했다. 추적을 하고 있다는 느낌이 이 순간 이전까지는 들지 않았던 것이다. 요네야라는 집은 작지만 깨끗한 여관이었다. 차를 날라온 여종업원에게 다무라가 물었다.
"여기는 일하는 사람이 몇이나 있지요?"
"저와 또 한 사람 있습니다."
"그래요? 그럼 한 마디 묻겠는데요."
그는 야마모토가 도착한 날짜와 시간을 말하고, 그런 손님이 온 적이 없었느냐고 물었다.
"없었어요. 그렇게 늦게 오신 손님은 지금까지 한 반 년 동안 한 사람도 없었어요."
여종업원은 한마디로 단정했다.
둘은 얼굴을 마주 보았다.

미노지 작은 거리에서

1

"여보세요." 여자의 조심성스러운 목소리가 들렸다.

먼저 눈을 뜬 것은 다쓰오였다. 다무라의 코고는 소리가 어두운 방에서 나고 있었다. 다쓰오는 머리맡에 놓인 스탠드를 켰다.

"여보세요. 깨셨어요?"

문 밖에서 여종업원의 소리가 나자, 다쓰오는 다무라를 흔들어 깨웠다. 우우 하고 다무라는 아직 졸음이 담긴 눈을 떴다.

"경찰?"

다무라는 벌떡 일어났다. 다쓰오는 방 안에 불을 켜고 들어오라고 했다.

"실례합니다."

문을 열고 들어온 것은, 축 늘어진 양복을 입은 형사 두 사람이었다. 한 사람이 숙박계를 들추어보았다.

"사건이 생겨서, 잠깐 몇 마디 묻겠습니다. 두 분께서 여기 숙박계에 기재한 것은 틀림없습니까?"

형사는 다쓰오와 다무라의 얼굴을 번갈아보면서 말했다.
"틀림없습니다. 본명입니다."
다쓰오가 대답했다. 또 다른 형사는 머리맡에 놓인 슈트케이스를 눈여겨보고 있었다.
"어떤 것이든 신분을 증명할 것을 가지고 계신가요?"
"명함과 전차 패스가 있는데."
다무라가 약간 거만하게 대답했다.
"그것 좀 보여 주실까요?"
다무라는 귀찮은 듯한 태도로 걸려 있는 양복 저고리에서 명함을 꺼냈다. 그리고 겸해서 다쓰오의 것까지 꺼내 가지고 왔다.
형사는 조사하듯이 명함을 들여다보고, 또 패스포트를 보고 나더니 돌려주었다.
"감사합니다. 됐습니다. 밤늦게 실례가 많았습니다."
"잠깐 앉았다 가시죠."
다무라가 번쩍이는 눈으로 그들에게 권했다.
"뭡니까? 사건이라는 것은?"
형사는 서로 얼굴을 쳐다보다가 물었다.
"신문사에 계시오?"
"그렇습니다만."
"안 됐습니다만, 사건 내용은 비밀로 되어 있습니다. 불쾌히 생각하지 마십시오. 실례가 많았습니다."
두 형사는 서둘러 나가 버렸다.
다무라는 혀를 차면서 머리맡의 담배를 한 개비 꺼내 물었다. 그리고 눈을 비볐다.
형사가 이런 시각에 여관에 숙박계를 조사하러 왔다……. 그럼 경찰에서도 야마모토의 행방을 알았단 말인가? 다쓰오가 그렇게 묻자, 다무라는 머리를 저었다.
 "아니, 야마모토가 비행기로 나고야에 간 것은 아직 수사본부에선 모르고 있을 거야. 방금 왔던 임시검문은 아마 세누마 변호사의 행방 수사일 거야."
 다무라는 자기의 의견을 말했다.
 "변호사가 나고야에서 내려졌을 거라는 짐작은 당국에서도 하고 있어. 그래서 이 근처 여관까지 수사를 하고 있는 걸 거야."
 "그렇다면 경찰도 아주 필사적이군?"
 "그럴 수밖에. 아주 필사적이지."
 다무라는 다리를 꼬고 앉아 담배 연기를 내뿜고 있다가 말했다.
 "그런데 말이야, 나는 날이 새면 이세(伊勢)로 갈까 해."
 "이세로?"
 "예전의 우지야마다시 말이야. 야마모토는 이 미즈나미 역에서 내린 뒤 종적이 사라졌어. 이쪽도 아쉽지만 자네에게 일임하고, 나는 어쨌든 후네자카 히데아키를 만나보지 않고는 못 견디겠어. 아무래도 그놈이 우지야마다에 들어앉아 있는 것이 이상하단 말이야."
 다무라는 새 담배를 한 개비 더 꺼내 물고 성냥을 켰다.

 늦은 아침을 먹고 여관을 나오니 햇빛이 밝게 쏟아지고 있었다.
 혹시나 해서, 둘은 다른 여관도 돌아보았지만 한결같이 그렇게 늦게 손님을 받은 일은 2, 3개월 안에는 없었다고들 했다.
 "야마모토는 여관에 묵지 않았어."
 다무라는 초라한 상점이 늘어서 있는 거리를 역을 향해 걸으면서 단정했다.
 "그러나 역무원이 말한 밤늦게 내린 손님은 야마모토가 틀림없어. 그는 이 미즈나미 역에서 하차했어. 그러나 여기에서 묵지 않았다면 어떻게 되었단 말인가. 그럼 어디 가서 묵었는가? 밤이 깊었으니 멀리 가지는 못했을 거 아닌가."
다쓰오도 다무라의 의견에 동감이었다.
"그래, 이 거리의 어딘가에서 묵었을 거야. 그는 처음부터 여기를 목표로 온 것 같아. 왜냐하면 보통 경우라면 나고야에서 묵을 것인데, 22시 10분 차를 타려고 그처럼 초조했단 말이야. 그 다음의 준급행은 미즈나미에 정차하지 않아."
"그렇지, 나고야에서 잘 필요가 없었을 거야. 기차에 탈 수만 있다면 한 1시간 반이면 목적지인 이곳에 도착할 수 있으니까. 게다가 나고야에서 묵고 싶지 않은 또 다른 이유는 있었겠지."
다무라가 말하자, 다쓰오가 말을 받았다.
"여관에 묵었다가는 뒤를 밟힐 염려가 있을지도 몰라서 그랬겠지."
"그래 맞았어, 그는 좀더 안전한 장소에 묵으라는 지시를 받았을 거야."
"지시를?"
"음, 야마모토는 자기 생각으로가 아니라 누군가의 지시로 움직이고 있는게 분명해."
"으음, 그래서 자네는 후네자카 히데아키를 조사하러 가겠다는 거군?"
"야마모토를 움직이고 있는 것은 후네자카야. 그는 야마모토가 신주쿠에서 사람을 죽였기 때문에 당황해서 야마모토를 당국의 추적으로부터 숨기기에 필사적이야. 그래서 그 후의 야마모토의 행동은 후네자카의 엄중한 지시하에 있는 것으로 생각돼."
다무라가 이렇게 얘기하며 걷는 사이 역이 가까워졌다.

"아직 기차가 오기까지는 10여 분가량 남았군."
손목의 시계를 보며 다무라가 중얼거렸다.
"후네자카가 세누마 변호사를 숨긴 것은 실수라고 생각하는데."
이번에는 다쓰오가 웃으면서 자기의 생각을 말했다.
"왜?"
다무라가 그를 보았다.
"야마모토의 경우와는 달라. 야마모토라면 충실히 후네자카의 지시를 따를 테니 안심이겠지만, 세누마 변호사는 그렇게 되지는 않을 거란 말야. 그러니까 틀림없이 어딘가에 감금하고 있을 거야. 조금도 마음을 놓을 수 없을테지. 계속 감금 상태로 붙들고 있어야만 돼. 게다가 수사의 초점이 여기에 집중되고 있어. 그러니 이것은 그자로서도 매우 곤란할 거란 말야. 자칫 잘못하면, 파탄이 올는지도 모른단 말야. 그래서 후네자카는 변호사를 납치하기는 했지만, 그 처리에 지금 골머리를 앓고 있을 거야."
"그것 참 재미있는데?"
다무라는 머리를 끄덕였다.
"맞았어, 그럴 거야. 세누마를 그대로 둘 수도 없고, 납치해서 숨기려니까 거긴 거기대로 곤란한 점이 있단 말이지. 후네자카가 우지야마다 근처에 들어앉아 있는 것은 야마모토와 세누마의 양쪽을 지휘하기 위한 것으로 생각되는군. 아무래도 이세로 가봐야 할 필요가 있을 것 같아."
"그럼 우리 연락은 어떡하지?"
다쓰오가 묻자, 다무라는 잠깐 생각했다.
"나는 오늘 중으로 이세로 들어가서 내일 일찌감치 후네자카를 만나고, 밤에 나고야로 갈 참이야. 7시로 하지. 7시에 우리 신문사 나고야 지국에서 만나도록 하세."

다무라를 역에서 전송하고 나자 다쓰오는 대합실 의자에 앉아서 생각에 잠겼다.
　전송객들도 모두 흩어져 근처에는 아무도 없었다. 역무원이 물을 구내에 뿌리며 놀고 있는 애들을 쫓았다.
　'그러고 보니, 세누마 변호사의 생명이 위태롭게 되었군.'
　이런 예감이 들었다.
　후네자카는 사실상, 세누마 변호사의 처리에 부심하고 있을 것이다. 변호사를 언제까지나 감금해 둘 수야 없지 않은가? 하물며, 수사의 손길이 그쪽으로 집중되고 있다는 것은 그도 물론 충분히 알고 있을 것이다. 그렇다고 그대로 놓아 줄 수도 없을 것이다. 그는 위기에 처해서 이럴 수도 저럴 수도 없는 초조 속에 나날을 보내고 있으리라.
　'세누마 변호사는 피살될지도 몰라.'
　밖에는 눈부시게 강한 햇빛이 쏟아지고 있었다. 역전 광장에는 버스가 네댓 대 서 있었는데 운전기사와 차장이 차체의 그늘에서 웃으면서 이야기를 하고 있었다. 과일 가게에서는 손님이 머무적거리면서 물건을 고르고 있었고, 어린애가 벌거벗은 채 땅바닥에 앉아서 놀고 있었다. 이렇게 바라다보는 동안에는 세상의 모든 일이 아무 일도 없는 성싶다. 그러나 보이지 않는 곳에서는 하나의 흉계가 행해지고 있다는 사실을 생각할 때, 정말 세상이란 무지하고 비정한 것이란 생각이 들었다. 다쓰오는 일어나서 보송보송 마른 흰 길로 천천히 걸어나왔다.
　'그 자식은 여기 왔다. 지금도 이곳 어딘가에 있을지도 몰라.'
　그 자식, 그는 '야마모토'도 아니고, '호리구치'도 아닌 바텐더를 하면서 어음 사기꾼 노릇을 한 우익의 하수인으로 일을 하고 있는 서른 전후의 평범한 얼굴의 사나이, 세키노 과장을 자살케

하고 전직 형사의 얼굴에 권총을 쏜 사나이. 그놈이 이 근처 어딘가에 아직 잠복하고 있을 성싶다. 그 자식은 밤 11시 반에 이 역에 내렸다. 그러나 여관에서는 묵지 않았다. 버스는 벌써 끊어졌다. 시골이라 택시도 없다.

'어디 있을까? 어디로 갔을까?'

다쓰오는 역무원의 말을 회상했다.

'그 하차한 승객에게는 마중 나온 사람도 없었다지 않은가?'

'마중 나온 사람이 없는데도 혼자서 갈 수 있었다? 그렇다면 그는 자기가 갈 곳을 미리 알고 있었다는 얘기군.'

그렇다면 그놈은 전에 여기 왔던 일이 있었단 말인가? 즉, 살았던 경험이 있는 자라고 추측할 수 있다. 경찰 용어에서 말하는 이른바 '지방 갱'이 아닐까?

'도대체 어디로 갔을까?'

거리는 자그마했다. 거리라고 할 것도 없는 인가가 모여 사는 작은 동네 같았다. 빈약한 잡화상과 구멍가게 같은 것이 있었다. 그러나 가게는 이내 없어졌고, 먼지를 하얗게 덮어쓴 것 같은 도로에 면해서 길게 세워진 낮은 지붕의 가옥이 한참 동안 계속되었다. 다쓰오는 이 한 집 한 집의 어두컴컴한 구석 어딘가에 그가 숨어 있는 것 같은 생각이 들었다.

집들이 끊긴 곳에 이르니, 시내가 흐르고 있었다. 다리 위에서 내려다보니, 물은 하얀 우유와도 같았다. 도자기를 만드는 흙 때문이었다.

초등학교가 있었다. 아이들은 운동장에서 야구를 하면서 떠들고 있었다.

그것을 끝으로 길은 산길처럼 나 있었다. 농가가 이따금 한 채

씩 있을 뿐이었다. 재목을 실은 트럭이 달려와서 지나갔다.
 이름도 모를 높은 산이 멀리 보이고 이른 여름의 하얀 구름이 두둥실 떠 있었다.
 그만, 이만쯤 되돌아갈까 생각하고 있을 때, 다쓰오의 눈은 우연히 전방의 광선 때문에 검게 보이는 숲 속에 번쩍거리는 좁고 긴 지붕에 멎었다.
 뭘까? 초등학교의 분교인가 생각했지만 분교 치고는 방금 본 학교와는 너무나 가까운 거리에 있었다. 그는 아무 생각 없이 그 곳까지 가보리라 마음을 먹었다.

 가까이 이르러 보니 꽤 오래된 건물 세 채가 줄지어 서 있었는데, 중앙엔 2층 목조 건물이 있었다. 전체의 인상은 음산했다. 그래도 가시철망으로 둘러친 담이 있었다. 그 뒤는 산으로 언덕 중턱에 건물이 서 있었다.
 다쓰오는 문 가까이 가보았다. 그때 흰 가운을 입은 간호사인 듯한 여자가 뜰을 가로질러 지나가는 것이 보였지만 시야에서 이내 사라졌다. 문에 붙은 긴 판자엔 '세이카 원(淸華園)'이라는 글자가 씌어 있었다.
 간호사가 있는 것으로 미루어 봐 요양원인 성싶었다. 그러나 요양원 치고는 건물이 너무 작았고, 빛깔 또한 음산할 만큼 거무튀튀했다. 밝은 느낌이 하나도 없었다. 다만 밝은 햇빛만이 인기척 없는 그 곳에 쏟아져내리고 있었다. 산속이라고 해도 좋을 성싶은 곳에 건물이 외따로이 서 있다는 것은 어쩐지 기분 나쁜 느낌이 들었다.
 다쓰오는 발길을 돌려 온 길을 되돌아갔다. 여전히 햇빛은 내리비치고 있었지만 이상스럽게도 더위가 느껴지지 않았다.

저쪽에서 쓰레기차를 끄는 소년 하나가 오고 있었다.

"얘, 저 집은 무슨 집이지?"

다쓰오가 묻자 타월을 목에 두른 소년은 머뭇거리는 듯하다가 그쪽을 힐끗 쳐다보더니 "저거요? 저건 정신 병원입니다" 하고 지나가 버렸다.

그러고 보니 정말 정신 병원 같았다. 대낮인데도 어둡고 침울한 분위기가 건물 주위에 감돌고 있었다. 그는 한참 동안 걷다가 다시 한 번 뒤돌아 보았다. 건물은 우거진 숲에 가리어서 벌써 지붕의 일부분마저 보이지 않았다.

간호사가 햇빛 비치는 뜰을 지나간다. 소리도 없이……

다쓰오는 이런 구절을 중얼거렸다. 지금 본 정신 병원의 인상이었다. 그는 그날 밤, 이 시골 여관에서 외롭게 홀로 잤다.

이튿날 아침 역 쪽으로 걸어가다 보니 자그마한 우체국이 눈에 띄었다. 입구 유리문이 멀리서 하얗게 빛을 반사하고 있었다.

길손이라는 외로움도 있었지만 그보다도 그는 이곳이 오사카에 가깝다는 것을 깨달았다. 그는 오사카에 있는 전무에게 짧은 사연을 엽서에 써 부쳐야겠다고 생각했다. 도쿄에서 전송한 뒤 아직 한번도 편지를 낸 일이 없었다.

그는 유리문을 밀고 안으로 들어갔다.

창구에서 엽서를 한 장 사가지고 옆에 비치된 책상 위에서 사연을 쓰고 있는데 여사무원의 전화받는 소리가 창구 안에서 들려왔다.

"네에? 10만 원요? 잠깐 기다려 주세요."

여사무원은 수화기를 든 채, 책상에 앉아 있는 사나이에게 큰소리로 물었다.

"지금 10만 원짜리 보통어음을 현금으로 바꾸고 싶다는데, 가능하겠느냐고 물어 왔는데 어떡하죠?"
"10만원?"
남자 직원은 깜짝 놀란 듯이 소리쳤다.
"그렇게 많은 돈이 지금 있을 리 없잖아, 벌써 3시가 가까운데 …… 내일 오후라면 준비해 놓겠다고 해. 내일 1시쯤 와 주십사고 말해요."
여사무원은 전화에 대고 대답했다.
"죄송합니다만 오늘은 현금 준비가 안 되니까, 내일 1시쯤 와 주십시오."
수화기를 놓자 그녀는 눈이 동그래져서 말했다.
"10만 원짜리 보통어음이란 제가 근무한 뒤로는 처음인데요? 야, 굉장해요."
"그런 거금을 가지고 있는 사나이란 도대체 어떤 사람일까!"
남자 직원도 얼굴을 들고 한마디 했다.
"남자가 아니에요. 여자예요. 그것도 아주 젊은 여자 목소리였어요."
엽서를 쓰고 있던 다쓰오의 뒤에 시골 사람다운 이 우체국 직원의 대화가 들리기는 했지만, 편지쓰기에 정신을 쏟고 있었던 탓으로 이때는 그 일이 그다지 중요한 것이라고는 미처 생각지 못했다.

2

다무라가 기차로 우지야마다 역에 도착한 것은 황혼녘이었다.
바람이 전혀 불지 않았다. 역전의 광장에서는 신궁을 참배하고 돌아오는 학생 단체가 피로한 모습으로 앉아서 쉬고 있었다.
우지야마다에는 신문사의 통신부가 있었다. 다무라는 수첩을 꺼내서 주소를 조사하고 택시를 탔다.

통신부라고 해도 보통 집으로 식료품 가게와 과자 가게 사이에 끼여 있었는데 어울리지 않게 커다란 간판이 붙어 있었다.

다무라는 후네자카 히데아키가 우지야마다에 체류하고 있다는 말만 들었을 뿐 그 여관 이름을 몰랐다.

통신부에 조력을 부탁해야겠다고는 미즈나미를 출발할 때부터 생각했던 것이다.

격자문을 여니 마흔이 넘은 여자가 앞치마 차림으로 나타났다.

"본사 사회부의 다무라라고 합니다. 부군께선 지금 계십니까?"

본사에서 왔다는 말을 듣자, 중년 부인은 앞치마를 끄르며 인사했다.

"지금 나가시고 안 계신데요?"

"일 때문에 오셨습니까?"

"아닙니다."

여자의 얼굴에는 난처한 표정이 떠올랐다.

"일은 끝났을 텐데요. 아무튼 좀 올라오세요."

수첩을 보니, 여기에 한 사람밖에 없는 이 통신원은 아오야마였다. 그를 만나야만 이야기가 되겠다는 생각이 들어 그는 방으로 들어갔다.

6조 정도의 낡은 다다미방 중앙에 응접용 탁자가 있고, 그 한쪽 모퉁이에 책상이 놓여 있었다. 신문철이라든가 갱지가 무질서하게 늘어놓여 있었다. 책 역시 제대로 정리되어 있지 않아서 살풍경한 느낌을 주는 방이었다.

"어디 가셨는지 모르시나요?"

다무라는 식은 엽차를 한 모금 마시며 물었다.

"네에."

부인은 다시 한 번 난처한 표정을 지었다.
"술을 좋아하셔서, 일이 끝나면 이리저리 돌아다니시기 때문에 일단 나가시면 12시경이나 돼야 돌아오십니다."
"낭팬데……"
다무라는 중얼거렸다. 한시라도 빨리 알고 싶었다. 후네자카의 여관만 안다면 오늘 밤으로라도 그를 만나러 가고 싶었다.
"잠깐 기다려 보세요. 알아보지요."
그녀는 안으로 들어갔다.
전화를 한 20분가량 걸고 있었다.
"아무래도 있는 곳을 알 수 없군요, 바쁜 일이실 텐데, 정말 죄송합니다."
부인은 송구스러운 표정이었다. 다무라는 언제까지나 기다릴 수가 없어서, 내일 아침 일찍 다시 오겠다고 말하고 자리에서 일어났다.
이 집에는 신문사의 일과 밀접한 연관을 가지고 있다는 분위기는 조금도 없었다. 지방 근무는 한가해서 좋겠다고 하지만, 다무라에겐 그 황량한 분위기가 여간 쓸쓸하게 느껴지지 않았다. 밤이면 매일같이 술을 마시러 돌아다닌다는 중년 통신원의 심정을 이해할 수 있을 것 같았다.
그는 가다가 눈에 띄는 여관으로 들어갔다. 특종 거리를 잡겠다고 야심에 불타 돌아다니고 있는 자신의 신세가 처량했다. 도쿄에서부터 계속 흥분해 있는 자신의 기분이 한순간 뚜렷하게 의식되었다.
그는 9시경, 통신원에게 전화를 걸었다. 그러나 그는 아직도 들어와 있지 않았다. 그는 자기가 묵고 있는 여관을 알려주었다.
코를 골면서 자고 있던 다무라는 전화가 왔다는 말에 벌떡 일어났다. 시계를 보니, 꼭 12시였다.

"이거 미안합니다."

통신원은 취한 목소리로 사과를 했다.

"후네자카는 말입니다. 후다미가우라(二見ヶ浦)의 아사히나미 장(旭波莊)에 묵고 있어요. 지금 여관에 전화를 걸어서 확인했습니다. 이것뿐입니까, 제가 할 일은? 그렇습니까, 그럼 내일 밤 여기 잠깐 들러주십시오, 한잔 하십시다."

오전 10시인데도 날씨는 벌써 더웠다. 아사히나미 장은 일류 여관답게 규모가 컸다.

잔디밭을 돌아서 현관에 이르기까지 다무라는 자갈 깐 길을 걸었다. 어젯밤의 회의적인 생각은 흔적도 없이 사라지고 또다시 의욕적인 흥분을 되찾고 있었다.

현관에서 약간 떨어진 곳에 차고가 보였다. 거기서 한 사나이가 소매를 걷어붙인 채 열심히 세차하고 있었다. 남자 옆에는 녹색 중형차가 있었다. 다무라는 그 차가 손님을 바래다 주기 위해서 쓰는 여관의 차라고 생각하고 흰 번호판을 힐끗 쳐다보았다. 그렇게 된 것은 여종업원이 나와서 어떻게 오셨느냐고 물었기 때문이기도 했다.

다무라의 명함을 가지고 여종업원이 안으로 들어갔다. 현관에서 다무라는 후네자카 히데아키가 면회 사절을 할지 모른다고 마음속으로 초조해하고 있었다.

잠깐 있으니까 여관의 깨끗한 복도를 걸어오는 발소리가 나더니 학생복처럼 깃을 세운 옷을 입고 머리를 짧게 깎은 사나이가 성큼성큼 걸어왔다. 광대뼈가 두드러지고 양미간에 굵은 주름이 잡힌, 음흉하고도 커다란 눈을 보고, 다무라는 어디서 본 듯한 사나이라고 생각했다.

"음, 결국 여기까지 따라왔군요."

사나이는 빙그레 웃으면서 쉰 듯한 목소리로 말했다. 다무라는 그 목소리로 생각이 났다.

"아, 당신은 오기쿠보의 후네자카 씨 댁에서 뵌 사무장이신 야마자키 씨지요?"

다무라는 말을 이었다.

"당신도 여기 와 계셨군요."

"어제 왔습니다. 의논한 말이 있어서."

야마자키 사무장은 빙그레 웃으며 말했다.

"그렇습니까? 그러시다면 마침 잘됐습니다. 후네자카 씨를 만나게 해주십시오."

"무슨 용건이신데요?"

"후네자카 씨의 시국에 관한 견해를 취재하러 왔습니다."

"그래요? 아주 굉장한 열성이군요."

야마자키는 흰 이를 드러내 보이며 웃었다. 그 웃음은 약간 비웃는 듯했다.

"유감스럽게도 선생은 지금 바쁘십니다."

"잠깐만 시간을 내주십시오. 2, 30분이면 됩니다. 바쁘시다면 여기서 기다려도 좋습니다."

다무라는 물고 늘어졌다.

"아니, 우리 선생님께서 그렇게까지 인기가 있었던가요? 참 놀랐습니다요."

야마자키의 말투에는 야유가 들어 있는 듯했다. 다무라는 기분이 좀 상했지만 건드려서는 안 되겠다 싶어 탓하지 않았다.

"어쨌든 잠깐 동안만 시간을 내주십사고 말씀을 드려 주십시오.

그다지 오래 걸리지 않을 테니까요. 요새 수신과(修身科)의 부활론이 여러 가지로 논의되고 있기 때문에 선생의 견해를 들으러 온 것입니다."

다무라는 간곡한 어조로 말했다. 이 야마자키라는 사나이는 마음에 안 들지만 어떻게 해서든 후네자카 히데아키를 만나지 않으면 안 된다.

"수신과의 부활론이라? 그럴듯하군요."

야마자키는 수긍조로 중얼거렸다. 그러나 그의 입가에는 여전히 비웃는 듯한 표정이 어려 있었다.

"야마자키 씨, 꼭 부탁합니다."

다무라가 허리를 굽힌 것처럼 간청하자, 야마자키 사무장은 비로소 광대뼈가 두드러진 얼굴을 끄덕였다.

"그러시다면, 일단 선생님께 말씀드려보겠습니다. 뭐라고 하실는지 모르겠습니다만."

그는 다무라의 얼굴을 눈을 크게 뜨고 보더니, 슬리퍼를 끌면서 안으로 사라졌다.

여종업원이 나와서 번쩍이는 마루 위에 무릎을 꿇었다.

"저어, 바쁘시다고 하시면서 10분쯤이라면 만나실 수 있다고 하십니다."

설마 쫓아 버리지는 않겠지 했지만, 이렇게 나오는 것으로 미루어 경계를 하는구나 싶었다. 다무라는 10분이라도 좋다고 했다. 여종업원은 슬리퍼를 내놓았다.

다무라는 양식 응접실에서 기다렸다. 그러나 후네자카는 쉽사리 나타나지 않았다. 그 긴 시간은 마치 위엄을 주려고 그러는 것 같았다. 사실 다무라는 그 공허함 속에서 압박감을 느꼈던 것이다.

다무라는 마음을 안정하지 못하고, 일어나서 벽에 걸린 유화를 보았다. 후다미가우라의 해돋이를 그린 시원치 않은 그림이었지만 그는 명화를 감상하듯 지그시 쳐다보았다. 두근거리는 마음을 가라앉히기 위해서였다. 드디어 문제의 괴수를 만나는 것이다. 다무라는 신참 기자처럼 심호흡을 하고 숨을 골랐다.

복도를 걸어오는 발소리가 났다. 다무라는 원래 위치로 와서 앉았다. 그리고 나타난 상대의 모습을 똑바로 보았다.

생각했던 것보다는 훨씬 키가 작았고 뚱뚱했다. 머리는 짧게 깎았는데, 검은 테의 커다란 안경을 끼고 있었다. 얼굴빛은 구릿빛이었고 눈은 둥글고 컸다.

검은 옷에 하카마(가랑이가 넓게 만들어져 치마같은 일본옷의 한가지)를 입고 있었는데, 딱딱하게 굳은 돌처럼 느껴졌다.

만일 이 자리에 다쓰오가 있어서, 이 사나이를 보았다면 도쿄역 대합실에서 세키노 과장을 만나고 있었던 두 사람 중의 한 사람이라는 것을 알았을는지도 모른다. 그러나 다무라 만키치는 그걸 알 리가 없었다.

"후네자카요."

나직한 음성이었다.

"용건은?"

하얀 소파 위에 하카마를 펼치고 앉았다.

그는 안경 속에서 다무라를 정면으로 똑바로 바라보면서 시선을 떼지 않았다. 가늘고, 면도날처럼 날카로운 시선이었다.

"요사이 세상 형편에 대해서 의견을 듣고자 해서 이렇게 찾아왔습니다."

다무라는 당사자를 정면으로 대하자 얼마쯤 침착해졌다.

"세상 형편이라고? 아니, 그런 것을 물으러 도쿄에서 여기까지 왔는가?"

후네자카 히데아키는 딱딱한 표정으로 안경 속에서 눈을 번쩍였다. 나직한 음성이었지만 언제든지 파열할 성싶은 그런 박력이 있었다.

다무라는 그때 후네자카가 그가 집에 없을 때, 자신이 찾아갔던 것을 알고 있다고 생각했다. 야마자키가 여기 있으니, 당연한 것이라고 생각하면서도 그는 어색하게 행동했다.

"뭐, 일부러 찾아온 것은 아닙니다. 나고야에 볼일도 볼 겸 온 길에 마침 선생께서 여기 계신다는 말을 들었기에……."

다무라는 우연히 말하는 것처럼, 나고야라는 말을 사용해서 그 반응을 보려고 했다. 그러나 후네자카의 기름진 넓은 얼굴에 나타난 표정에는 아무런 움직임도 없었다.

"그래 묻고 싶다는 말은 뭐지?"

후네자카 히데아키의 거무튀튀한 모습은 하얀 소파에 앉아 태연히 양손을 무릎에 얹고 버티고 있었다.

"요즈음 젊은 사람들의 풍조에 관해서라고나 할까요? 최근 학교 교육에 수신과 부활론이 대두되고 있습니다. 선생께서 젊은 사람들을 이세신궁으로 데리고 오셔서, 정신 수양을 시키고 계신다는 사실과 결부시켜서, 그 수신과의 부활에 관해 의견을 듣고 싶어서 그럽니다만."

다무라는 일단 형식을 차리기 위해서 갱지와 볼펜을 꺼내 들고 대기했다. 자신의 생각으로도 근사한 구실이라고 생각했다. 그 구실 속에 탐색의 말이 들어 있는 것이다.

"내가 여기에 젊은 사람들을 데리고 왔다고? 그런 일은 없는데, 나 혼자서 와 있는 거야."

후네자카는 나직이 억양 없는 소리로 말했다.

"그래요? 이상한데요, 틀림없이 그렇게 들었는데요."

다무라는 그가 달아나려 한다고 판단했다. 그는 볼펜 끝을 볼에 댔다. 얘기 상대에게 멍청한 듯 보이기 위한 때 그의 버릇이었다.
"아니, 어디서 그런 말을 들었나?"
후네자카는 꿈쩍도 하지 않았다.
"도쿄에서 댁을 방문했을 때, 사무장한테서 들었습니다만……."
다무라는 대답했다.
"잘못 안 거야, 그런 일은 없어."
후네자카는 한마디로 잘라 부정했다.
다무라는 다음 질문을 준비하지 않았었다. 부정을 하더라도 물고 늘어질 수는 있었지만 어쩐지 위험하다고 느꼈다.
아직 이쪽 의견을 노골적으로 드러낼 단계는 아니라고 생각했다. 카드의 표면을 넌지시 보여줄 기회로는 아직 이르다.
"여기 체재하시는 목적은 무엇입니까?"
이 질문은 평범했다. 그러나 습관적으로 말하고 나서, 다무라는 그것이 당당하게 핵심을 향해서 공격하는 말이라는 것을 깨달았다. 그것은 너무나 직선적이고 유치했으며, 말솜씨 없는 질문이었다.
"요양이지……."
후네자카는 한마디로 물리쳤다.
"바쁘신가요?"
함축성 있는 말이었는데도, 후네자카 히데아키는 눈썹 하나 까닥하지 않았다.
"응."
콧소리로 대답했다.
정신을 차려서 보니, 후네자카의 눈은 다무라의 양미간을 노리는 듯이 쏘아보고 있었다. 끈덕진 힘이 있는 눈빛이었다. 눈의 흑

점을 보이지 않고 흰자만의 시선으로 공격해 들어오는 듯한 눈초리가 그의 약간 수그린 듯한 자세에서 이마 너머로 비치고 있었다. 그리고 그 시선은 한 곳을 뚫어지게 바라본 채 미동도 하지 않았다.

다무라는 비로소 목덜미에 서늘한 감촉을 느꼈다. 마주 하고 있는 상대가 어떤 놈인지를 갑자기 제정신으로 돌아와서 의식했다. 그리하여 지금까지 다무라가 생각했던 가벼운 생각은 순간 사라졌다.

다무라는 낭패감이 들었다. 그러자 마음의 여유를 잃고, 혼자서 이 응접실에 들어와 있다는 생각에 까닭없이 압박을 느꼈다. 그는 얼굴에 땀을 흘렸다. 그래서 손목의 시계를 들여다 보았다.

"아, 이거."

다무라는 일어나면서 말을 더듬었다.

"바, 바쁘실 텐데 실례했습니다."

갱지가 한 장 양탄자 위에 날아 떨어진 것을 서둘러 주웠다.

검은 모습은 하카마의 깃을 날리며 일어났다.

다무라는 인사를 하고 나오려고 몸을 돌리다가, 한쪽 발에 슬리퍼를 잘못 신었다.

"여보게."

나직한 목소리가 그를 불렀다.

"수신과의 부활은 찬성하네. 일부러 도쿄에서 여기까지 왔는데, 의견만은 말해줘야지."

"네에……."

다무라는 땀에 젖어서 밖으로 나왔다. 뒤에서 후네자카 히데아키의 웃음소리가 들리는 것 같았다.

다무라가 복도에 나오자, 학생복처럼 깃을 세운 야마자키 사무장이 어두운 복도 끝에 서 있었다. 그는 커다란 눈으로 다무라의 뒤를 지켜보고 있었다. 다무라는 왠지 모르게 그에게서 섬뜩한 기분을 느끼면서 걸어나갔다.

다무라는 우지야마다의 역으로 되돌아왔다.
후네자카 히데아키와의 면담은 보기좋게도 패배했다. 다무라는 준비가 부족했다. 상대는 지금까지 면담한 인물들 가운데 한번도 느끼지 못한 섬뜩함을 주었다.
그러나 이대로 후퇴할 생각은 조금도 없었다. 두고 보라! 기어코 정체를 밝히고야 말겠다고 생각했다. 밝은 햇빛 속을 걸어가고 있자니까 별안간 힘이 솟아올랐다.
역에서 통신부로 전화를 해서 한마디 인사를 했다.
"아, 다무라 씹니까?"
느닷없이 남자의 목소리가 수화기에서 들려왔다. 어젯밤과는 달리 취하지 않은 음성이었다.
"어젯밤에는 감사했습니다. 지금 돌아갈까 합니다."
다무라가 말했다.
"끝났습니까?"
"네, 덕분에."
대답은 그렇게 했지만, 창피했다.
"아사히나미 장에 있던가요?"
통신부원이 이상스럽게 물어왔다.
"그렇습니다."
수화기는 잠깐 조용하더니, "그렇다면 잠깐 만나서 이야기할 게 있습니다. 지금 어디서 전화를 하시는 건가요?" 했다.
역전이라고 하자, 자기가 갈 테니까 기다려 달라고 하며 전화를 끊었다.

 10분도 채 못 되어서 통신부원은 그 뜨거운 햇볕 속을 자전거를 타고 달려왔다. 약간 벗겨진 머리에는 땀방울이 맺혀 있었다.
 "아오야맙니다."
 손수건으로 얼굴을 훔치면서 부원이 말했다. 다무라는 새삼 고맙다고 인사를 하고 텅빈 자그만 식당으로 들어갔다.
 "아사히나미 장에 묵고 있는 손님 중 후네자카라는 사람을 만나고 오셨습니까?"
 아오야마가 물었다.
 "그렇습니다. 그런데, 무슨?"
 다무라는 긴장해서 상대의 얼굴을 바라보았다. 여기서 무언가 단서가 될 만한 것을 들을지도 모른다는 기대에 가슴이 벅차오르고 있었다.
 "아니, 뭐 특별히 이렇다 할 이야기는 아닙니다만 실은 3, 4일 전에 말입니다. 그 여관에 모 장관이 묵어갔기 때문에 담화를 들으러 갔던 일이 있습니다. 여기서 근무하다 보니까, 참배하러 훌륭한 사람들이 많이들 오기 때문에 그런 일이 있습니다."
 아오야마 부원은 약간 쓴웃음을 지었다.
 "그때 봤습니다만, 후네자카라는 사람은 중머리의 키가 작은 통통한 몸집에 마흔쯤 되어 보이는 사람이 아닙니까?"
 "그렇습니다. 그 사나이입니다."
 "역시 그 사람이었군요. 이름을 몰랐기 때문에 어젯밤은 미처 생각하지 못했었습니다. 도대체 어떤 사람입니까?"
 본사에서 일부러 왔다니까 어떤 인물인지 알고 싶어서 물으러 온 것이리라. 이것도 그의 관내에 대한 직업 의식에서 나온 것이리라.

다무라는 망설였지만 대답했다.
"우익의 한 보스지요."
"그래요? 무슨 사건이 있어서, 그런 인물을 따라오셨던가요?"
아오야마는 눈을 동그랗게 떴다.
"뭐 그다지 대수로운 일은 아니고, 잠깐 만날 일이 있어서 왔었지요. 한데, 당신께서 할 얘기란 그에 대한 것입니까?"
"그렇습니다."
중년의 통신부원은 심호흡을 했다.

3

그날 저녁 하기자키 다쓰오는 나고야에 도착했다. 다무라와 약속한 대로 신문사의 지국을 찾아갔지만 다무라는 아직 와 있지 않았다.
"약속이 그러했다면, 곧 오겠지요. 여기서 기다려 보시죠."
지국원은 그를 응접실로 안내했다. 응접실이란 말뿐으로 편집실 한구석에 칸막이를 해놓고 탁자와 의자를 놓아두었을 뿐이었다. 여급사 아이가 엽차를 내왔다.
다쓰오는 한쪽 구석에 걸려 있는 신문철을 내려서 들췄다. 오늘 아침 조간이었다. 사회면을 펼쳐보니, 3단 기사의 타이틀이 눈에 들어왔다.
'세누마 변호사 유괴사건 들것의 판매원 판명'
그 기사는 다음과 같았다.

세누마 준사부로 유괴사건은 신주쿠에서 발생한 같은 변호사 사무실 직원 다무라 도시이치 씨 살해와 관련이 있는 것으로 보고 수사본부에서는 병행수사를 하고 있다. 이번에 세누마 변호사를 환자로 위장해서 도쿄 역에서 기차에 태울 때 사용한 들것의 제조원이 판명되었다. 이 들것은 도내, 분교오구(文京區) 혼고의 사에키(佐伯) 의료기 주식회사에서 제조된 것으로 확인되었는데, 이 회사 조사에 의하면 그 들것은 1952년에 제작된 250대 중의 하나로 이 회사에서는 병원 요양원 등, 대량 납품처외 소매는 일괄해서 혼고의 구지라야(鯨屋) 의료기구점에 도매로 넘겼다 한다. 큰 판매처는 모두 알고 있기 때문에 지금 구지라야에서 판 곳을 조사중이다. 특수한 물품이기 때문에 구입한 사람들이 판명되는 것은 시간 문제라고 생각되고 사건 해결에 전진을 본 수사본부는 수사에 활기를 띠고 있다.

기사는 짧은 것이었지만, 어떤 의미를 품고 있었다. 그것은 당국이 들것 하나를 유일한 단서로 잡아 애를 쓰고 있으면서, 수사는 사실상 중단 상태에 놓여 있음을 시사하고 있었다.
'우익의 후네자카 선이 나타나지 않는 한 수사의 진전은 용이하지 않겠군.'
다쓰오는 생각했다. 그러나 여기서 후네자카를 당국에 제보할 생각은 없었다. 협력하지 않는 것이 아니었다. 다만 거기엔 아무 증거도 없기 때문이었다. 말하자면 모든 것이 그의 추측일 뿐이다. 지금까지 추리를 쌓아올려서 하나의 구상(具象)을 그려왔지만 결정적인 것은 미궁에 싸인 채이다. 추측의 퇴적일 뿐 실제는 공허한 것이었다. 아니, 그런 이유보다도 사실은 자신의 손으로 세키노 과장을 파멸시킨 상대를 붙잡아 보고 싶다는 것이 본심이라고 하겠다.
"야아!"
소리를 지르면서 다무라가 기운찬 구둣소리를 내면서 들어왔다.

"오래 기다렸나?"

벌써 불이 켜져 있었지만 다무라의 얼굴은 술을 마신 듯 빨갛게 되어 있었다. 그것은 흥분하고 있는 표정임에 틀림없었다.

"아니, 지금 막 왔어."

다쓰오는 신문을 덮었다.

"지금 이걸 막 읽던 참이야."

다무라는 허리를 굽히고 들여다보고 있다가 손가락으로 신문을 툭툭 쳤다.

"경찰은 아주 느리군그래, 아직 이런 걸 가지고 우물쭈물하고 있어?"

"느리지만 확실해!"

다쓰오가 말했다. 사실 그런 생각이 들기도 했다. 경찰의 수사는 확실한 걸음으로 한 걸음 한 걸음 뒤따라오는 듯이 보였다. 자기들이 하고 있는 노력이, 한순간 어디론가 사라져 버려서 공허한 생각이 들었다.

"확실성으로 말한다면 나도 지지 않아, 그런데 자네는 무슨 수확이 있었나?"

"아니."

다쓰오는 머리를 저었다.

"결국 야마모토의 소재는 알 수 없었어."

다무라가 고개를 끄덕였다.

"할 수 없지, 그대신 내 쪽에서 그 보충이 됨 직해."

"후네자카 히데아키를 만났어?"

다무라가 말했다. 말투에 활기가 있었다.

"그래 어떻던가?"

다쓰오는 그의 땀에 밴 얼굴을 응시했다.

"역시 대단한 놈이었어. 전쟁 전이면 대단한 인물이 될 위인이야. 젊지만 과연 일당의 수령으로서 관록이 배어 있어 실은 나도 뒷걸음질쳤단 말이야."

다무라는 약간 창피한 얼굴을 하더니 그 내용은 말하지 않았다.

"면담에서는 아무것도 얻을 수 없었어. 전혀 꼬리를 잡히지 않더군. 젊은 사람들을 참배하는 데 데리고 온 적이 없다는 거야. 첫째 이유는 요양하기 위해서라는 거야. 그러나 그렇게 시침을 떼는 것이 오히려 그놈의 검은 이면을 상상할 수 있게 했어."

검은 이면이라는 말의 의미는 서로 통했다.

"우지야마다에서 부하에게 지령을 내리고 있을 거야."

"우지야마다에는 우리 신문사의 통신부가 있어. 거기 부원을 만났더니, 우연히 이야기가 나왔어."

다무라는 이야기를 계속했다.

"다른 일로 후네자카가 묵고 있는 여관으로 취재를 갔을 때 보았다던데, 젊은 남자들 두서너 명이 후네자카를 선생이라고 부르더라는 거야. 통신부원은 후네자카를 교사나 작가로 생각했었다더군. 당신이 도쿄에서 일부러 찾아올 정도로 유명한 사람이냐고 오히려 날보고 묻지 않겠어? 이런 말로 미루어 후네자카의 주위에 젊은 부하들이 뒤따르고 있다는 것은 틀림없는 사실이야."

"그래? 생각했던 대로군."

"그런데 그것보다 말이야. 더 재미있는 이야기를 들었다네. 야, 하기자키, 그게 뭔지 알겠나?"

다무라는 눈을 빛내면서 얼굴을 내밀었다.

"글쎄, 모르겠는데?"

"후네자카에게 미인이 왔다는 거야. 양장을 했는데 아주 근사한 여자더래. 도쿄에서 온 여자임에 틀림없다는 거야."
"왔다? 오다니? 그건 무슨 뜻인가?"
"바로 그거야. 통신부원이 여관에서 돌아올 때, 차로 현관에 들이닥쳤는데 여종업원에게 후네자카가 있는 방으로 안내하라고 했대. 아름다운 여자였기 때문에 그 친구도 관심이 있었던 모양이지. 이튿날 또 일 때문에 여관에 갔을 때 여종업원에게 물어보니까, 그날 아침 벌써 출발하고 없더라는 거야, 어때? 근사한 뉴스지?"
다무라는 신이 난 모양이었다.
"그 여자가 무슨 연락 때문에 후네자카에게 왔었다는 것은 거의 확실해. 금방 감이 오더군. 왜 그 후네자카의 둘째 부인 있잖은가? 레드문의 마담 우메이 준코 말이야."
다무라의 입술은 재미있다는 듯이 삐죽 나왔다.
"그래서 차림새를 물으니까, 몸집이나 인상은 약간 달라. 마담은 좀 뚱뚱한 편이지만 그 여자는 날씬하고 키가 좀 컸다는 거야. 그러면서 통신부원이 말하기를 나이는 스물 한둘 되어 보이더라는 거였어. 마담은 스물 일고여덟 되지 않았나. 그러나 이것은 잠깐 본 인상이라 전적으로 믿을 수는 없겠지만, 아름다운 여자니까, 시골에 사는 그 친구로선 그렇게 보였는지도 모르잖아?"
다쓰오는 그 말을 듣고 있는 동안 가슴이 두근거렸다. 통신부원의 인상 설명이 확실한 것이다. 그 여자야말로 우에자키 에쓰코가 아닌가?
다쓰오는 머리에 퍼뜩 떠오르는 것이 있었다. 미즈나미의 우체국에서 얼핏 들었던 말이 그의 귀에 빠른 속도로 되살아 울렸다.

10만 원의 보통어음을 찾으러 온다고 전화를 한 것은 젊은 여자의 음성이었다고 이야기하고 있지 않았던가?

범인은 어음 사기꾼이다. 상당히 많은 돈을 가지고 있다고 봐도 무방하다. 만일 도망친다면 부피가 많은 현금을 가지고 갈 것이 아니라, 여러 장의 어음으로 바꿔 가지고 그때그때 현금으로 바꿔 쓰는 편이 안전하고 편리할 것이다. 우에자키 에쓰코가 그 수족이 되어 있다.

"그게 언젠데?"

다쓰오는 저도 모르게 서둘러 물었다.

"그건 말이야."

다무라가 말했다.

"4일 전이라는 거야. 지금 도쿄 본사에 전화를 넣어서 레드문에 마담이 있는지 없는지, 확인해 볼 작정이야. 그러나마나 한 일이지만 말이야."

그는 혼자서 흥분하고 있었다.

수사전진

1

1시간쯤 뒤에 젊은 기자가 들어왔다.
"다무라 씨, 본사에서 전홥니다."
다무라는 왔구나, 하고 기운차게 의자에서 일어났다.
"잠깐 실례하네, 내 곧 희소식을 가지고 돌아 올게."
다쓰오에게 웃음을 던지고 그는 응접실을 뛰어나갔다.
다무라는 1시간 전에 도쿄에 전화를 걸어 조사를 부탁했었다. 그 회신이 벌써 온 것이다.
책상 위에는 수화기가 내려놓여져 있었다. 다무라는 그것을 서둘러 움켜쥐었다.
"아, 나야, 자네로군그래. 수고했어, 그래 어떻던가?"
수화기 속에서 도쿄의 말이 들려왔다.
"레드문에 가니까, 마담인 우메이 준코는 틀림없이 있었어요."
"뭐라구? 확실해? 다른 여종업원을 마담이라고 잘못 본 거 아냐?"

"네, 안경은 쓰고 있었지만, 틀림없습니다. 마담과 직접 이야기까지 해봤는걸요."

"흠."

다무라는 한숨을 쉬었지만 순간 다른 것이 생각났다.

"잠깐만, 그런데 말야, 마담은 쭉 있었다는 건가? 그러니까 4, 5일 전부터 도쿄를 떠난 적이 없었는가 말이야. 이것은 물어보지 못했겠지?"

"아마 그 정도까지 알아야 할 필요가 있을 걸로 나도 생각했어요."

"그건 참 머리가 잘 돌았군, 과연 신 군이야. 여자들에게 인기가 있을 만해!"

"비행기에 태워 봤자 소용없어요. 실망할는지도 모르겠어요. 마담의 말로는 지난 2, 3개월 사이에는 도쿄를 떠난 적이 한번도 없었다는 거예요. 물론 저로서도 자연스럽게 물었습니다만. 그러고 나서 왜냐고 물어보던데, 틀림없어요."

저쪽의 젊은 목소리는 이렇게 대답했다. 다무라는 아무 소리도 없었다. 그의 머리가 혼란을 일으켰기 때문이었다.

"그뿐입니까?"

"응."

갑자기 말이 안 나와 다무라는 더듬거렸다.

"그럼, 차장님께서 용무가 있는 모양입니다."

젊은 목소리가 쉰 듯한 굵은 목소리로 바뀌었다.

"여어, 다무란가? 어떻게 윤곽이 잡혔나?"

"아뇨, 조금만 있으면 됩니다."

다무라는 오사카 사투리의 이 차장과는 잘 맞지 않았다.

"그럼 본사로 빨리 돌아와, 자네가 없으니 아쉬워 안 되겠어."

"그런 말씀을 하시면 곤란합니다. 여기 와서 아직 사흘밖에 안 됐는걸요. 이제부터입니다."
"그런 한가한 소리가 어디 있어? 지금 바쁜데, 언제까지 거기에 있을 건가? 암만해도 이 사건의 수사는 오래 걸릴 거야. 수사본부에서도 그러더군. 그렇게 오래 있으면 어쩔 텐가. 그러니 자네가 출장가는 건 범인을 붙잡을 단계에 하도록 해."
"오늘 아침 조간에는 들것의 단서가 잡혔다고 수사가 활발해졌다던데요?"
"그건 그저 그렇게 했을 뿐야. 때때로 지면에는 활기를 넣어야 하잖은가? 사실 지금 수사는 딜레마에 빠져 있어."
다무라는 그 의견에는 동감이었다. 들것 하나를 붙들고 늘어진 것은 아무래도 수사 진전이 완만한 증거다.
그리고 들것의 출처를 캤다고 하지만 그 정도의 지능범이 쉬이 붙들릴 정도로 어설픈 짓은 하지 않았을 것이다.
이 사건의 배후에 우익이 움직이고 있다고 한다면 차장의 태도가 달라질는지 모르지만 그것은 확증을 잡기 전에는 입 밖에 낼 수가 없다.
"뭡니까? 그렇게 바쁘게 된 일은?"
"또 독직 사건의 발전이야. 자네 같은 민완기자는 본사에 붙어 있어야지 정말 곤란해. 오늘 밤차로 돌아와 주게나."
다무라는 기분이 상해서 수화기를 던지듯 내려놓았다.

다쓰오는 다무라가, 불쾌한 표정으로 돌아오는 것을 보고 시원찮다고 생각했다.
"어떻게 됐나?"
"어떻게 됐는지 나도 몰라, 나쁜 소식뿐이야."

다무라는 의자에 털썩 주저앉더니, 화가 나서 담배를 붙여 물었다.

"레드문 마담은 도쿄를 떠난 적이 없다는 거야."

"응, 그래서……."

"게다가 차장이 날보고 곧 도쿄로 돌아오라는 거야."

우지야마다에 있는 후네자카 히데아키에게 연락하러 왔었다고 생각되는 여자를 다무라는 레드문의 우메이 준코라고 확신하고 있는 모양이지만, 다쓰오는 우에자키 에스코라고 생각했다. 그러나 일이 이쯤됐는데도 다쓰오는 다무라에게 그것을 털어놓고 말할 수 없었다.

우에자키 에스코가 이 사건에 관련되어 있다는 것을 그는 아무에게도 알리고 싶지 않았다. 그 이유는 자기로서도 아직 확실히 몰랐다. 어쨌든 남에게 그녀의 이야기를 한다는 것에는 적잖이 마음의 저항을 느꼈던 것이다.

"사건 수사는 아직도 진전이 없는가봐……."

다무라는 다쓰오의 마음과는 관계없이 이렇게 말했다.

"그래서 차장은 나더러 일단 돌아오라는 거야, 지금 우연히 머리에 떠오른 거지만, 그렇게 하는 것도 나쁘지 않을 성싶기도 해."

다쓰오는 갑자기 변한 다무라의 태도에 그의 얼굴을 쳐다보았다. 지금까지의 기분이 언짢던 굳은 표정은 어느새 풀렸는지 입가엔 빙그레 웃음까지 띠었다. 하기는 옛날부터 싫증을 곧잘 내는 그이기도 했다.

"여보게, 마담 우메이 준코는 도쿄를 떠난 적이 없다고 하잖나. 하긴 그건 거짓말이라고 나는 생각해. 그럴 리가 없어. 후나지카한테 올 만한 사람은 그 여자밖에 없어. 나는 도쿄로 돌아가서 그 거짓말의 속셈을 알아낼 테야. 마담을 추궁하면 뜻밖에 이 사건의 출구가 생길는지도 모른단 말야."
다무라는 눈을 빛내면서, 싱글벙글 웃고 있었다.
다쓰오는 미안하게 생각했지만, 이 친구에게 아직 우에자키 에쓰코에 대한 말은 꺼낼 수가 없었다. 그는 자신이 느낄 만큼 괴로운 표정이 되었다.
"후네자카 히데아키의 동정은 우지야마다의 통신부에게 부탁해 놓았으니 무슨 보고가 있을 거야. 사실 나는 여기 있어도 아직 구체적인 것은 아무것도 포착하지 못했으니 말야."
다무라는 아주 도쿄로 돌아갈 기분이 되어 있었다.
"그래서 곧 도쿄로 철수할 작정인데, 자네는?"
"글쎄……."
생각하는 듯한 표정을 짓고는 있었지만, 사실 다쓰오의 결심은 정해져 있었다.
후네자카 히데아키를 만나러 왔었다는 여자는 절대적으로 우에자키 에쓰코다. 우지야마다의 통신부원이 보고 말한 얼굴이나 모습의 특징엔 틀림이 없었다. 에쓰코는 미즈나미에 있다. 그녀는 후네자카와 호리구치의 연락을 맡고 있는 것이다.
통신부 사람이 그녀를 보았다는 것은 4, 5일 전이라고 하지 않는가. 자기가 미즈나미의 우체국에서 여직원의 통화를 통해 그녀의 존재를 느낀 것은 오늘 낮의 일이었다.
날짜도 대체로 일치한다. 우에자키 에쓰코는 도쿄에서 우지야마다로 가서, 후네자카로부터 지시를 받아 가지고 미즈나미로 갔을 것이다.
미즈나미는 그 사나이가 밤늦게 내린 역이다. 이렇게 생각해 볼 때, 호리구치라고 자칭하는 그 사나이도 틀림없이 미즈나미 근처에 있다.

다쓰오는 한 번 더 그 조그마한 마을로 가볼 작정을 했다.

우체국에서는 전화로 준비된 현금이 없으니 내일 점심때쯤 오라고 말했다. 그러니 나도 그때까지 미즈나미 우체국으로 가보자. 거기서 10만 원의 현금을 찾으러 오는 우에자키 에쓰코를 지켜보자. 틀림없이 나타날 것이다.

"그렇군그래, 그럼 나는 뒤에 갈게 자네 먼저 가게나."

다쓰오는 태연하게 말했지만 실은 흥분을 자제하고 있었다.

그날 밤, 다무라는 도쿄 행 기차를 탔다. 다쓰오는 그를 역까지 전송했다. 다무라는 차창 밖으로 손을 흔들면서 사라져갔다.

다쓰오는 역전 여관에서 하룻밤 자고 이튿날 아침 다시 주오선을 탔다.

우에자키 에쓰코를 만날 것 같다. 점심때 우체국에 나타난다. 이제 곧이다. 손목시계를 보았다. 11시를 조금 지나면 기차가 미즈나미 역에 닿는다. 조금만 있으면 된다. 이제 곧이다. 그는 차창 밖에 계속 전개되는 풍경도 제대로 눈에 들어오지 않았다.

미즈나미 역에 닿는 것은 11시 32분이었다. 태풍이 온다고 해서 그런지 그 전조마냥 서늘한 바람이 세차게 불어오고 있었다.

두 번째 오는 거리다. 다쓰오는 곧바로 우체국으로 나가는 낯익은 거리를 걸어갔다. 그리고 걸으면서 도중에 혹 우에자키 에쓰코를 만나지나 않을까 해 그의 눈은 잠시도 쉴 틈이 없었다. 거리에는 이 고장 사람들이 오가고 있었다.

우체국 문을 밀고 들어가니 두서너 사람의 손님이 있었다. 남자들뿐이었다. 우체국의 정면에 걸린 시계는 11시 45분이었다. 그는 늦지 않았다고 생각했다.

다쓰오는 한쪽 구석에 놓인 손님용 의자에 앉았다. 그리고 태연하게 담배를 태우고 있었지만 눈은 '어음'이라고 쓴 표찰이 걸린 창구로부터 떠나지 않았다. 그리고 입구 문이 열릴 적마다 시선을 돌리곤 했다.

12시가 가까워지자 가슴이 두근거리기 시작했다. 마치 애인이라도 기다리고 있는 것 같은 기분이었다. 사건에 엉킨 어두운 감정이 없다는 것이 이상했다. 문은 여러 번 열렸지만, 들어오는 사람들은 모두 낯선 사람이었다.

시계가 12시를 가리키자 창구가 닫혔다. '30분 휴식'이라는 푯말이 나붙었다. 국원은 책상 위에 도시락을 올려 놓고 슬금슬금 다쓰오 쪽을 봤다.

12시 반까지는 별 수 없다 싶어 다쓰오는 밖으로 나왔다. 그 30분은 아주 지겹도록 긴 시간이었다.

12시 반이 되자, 다쓰오는 또다시 우체국으로 돌아왔다. 그러나 '어음' 창구에 와서 서는 사람은 역시 낯선 사람들뿐이었다.

그렇지만 당장이라도 우에자키 에쓰코의 늘씬한 모습이 구둣소리를 내면서 나타날 것 같아 그의 가슴은 두근거리고 있었다.

1시가 지나고, 1시 반이 되었다. 그런데도 나타나지 않았다.

비로소 이상하다는 생각이 들었다. 점심때라면 1시까지는 올 것이 아닌가? 어쩌면 하는 생각이 퍼뜩 머리를 스친다.

창구에서 여직원이 다쓰오에게 말을 건넸다.

"무슨 일로 오셨습니까?"

너무 오래 앉아 있었기 때문에 아까부터 이상하다고 생각했던 모양이었다.

다쓰오는 일어나서, 용기를 내어 물었다.

"사람을 기다리고 있습니다. 10만 원짜리 어음을 찾으러 올 여자인데요."

얼굴이 동그스름한 여직원은 의아스러운 듯이 다쓰오를 쳐다보았다.

"아시는 사인가요?"

"그렇습니다."

다쓰오는 침을 꿀꺽 삼켰다.

순간 젊은 여직원의 얼굴에는 주저하는 듯한 표정이 떠올랐다. 그것은 말을 해도 좋을지 망설이는 표정이었지만 결심한 듯이 입을 열었다.

"그분이라면, 오전 중에 찾으러 왔었습니다."

아차 싶었다. 설마했지만, 그 불안은 적중했던 것이다.

"오전 중에요? 오전 중이라지만, 난 11시 45분부터 기다리고 있었는데요?"

다쓰오는 절망적인 어조로 말했다.

"10시 반쯤에 왔었습니다."

그렇다면 현금 준비가 빨리 됐던 모양이다. 너무나 일렀다. 전화에서 말했던 것처럼 오후에 됐더라면 좋았을 뻔했는데, 다쓰오는 발을 구르고 싶은 심정이었다.

다쓰오는 한줄기 희망을 붙들고 늘어졌다.

"그 어음을 찾으러 온 여자는 스물 한둘쯤 된 비교적 키가 큰 여자였던가요?"

"그렇습니다."

여직원의 눈은 경계의 빛을 보이며 대답을 했다.

"갸름한 얼굴에 콧날이 선······."

다쓰오는 우에자키 에쓰코의 얼굴 특징을 말하고 있었는데 자기도 모르게 미인의 얼굴을 설명하는 말이 되고 말았다.

그것이 우스웠는지 여직원의 입가에는 가벼운 웃음이 빙긋 번졌다.

"네에, 아주 미인이었어요. 시골 여자가 아니었어요."

틀림없다. 다쓰오는 마지막 노력으로 달려들었다.

"그렇다면 틀림없이 내가 아는 사람입니다. 그 어음 일로 사정이 좀 있습니다. 수취인이 누구로 되어 있는지 잠깐 보여 줄 수 없을까요?"

여직원의 얼굴은 다시 경계하는 표정이 되었다. 그녀는 맞은편 책상에 앉아 있는 남자 국원의 얼굴을 바라다보았다. 그 국원은 아까부터 둘이 나누는 이야기를 듣고 있었다.

남자 국원이 자리에서 일어나 창구로 다가왔다.

"법규에 그렇게는 못하도록 되어 있습니다. 그렇지만 그럴 만한 사정이 계시다면 당신의 명함을 한 장 주십시오. 잠깐이라면 보여 드릴 수도 있으니까요."

국원은 다쓰오에게 호의를 보였다. 이상한 사람이라고는 생각하지 않은 모양이었다. 그리고 사정이 있다고 했으니, 예사롭지 않게 생각했는지도 모른다. 다쓰오는 명함을 꺼냈다.

"아, 도쿄에서 오셨군요."

국원은 명함을 보더니 여직원에게 보여드리라고 일렀다. 다쓰오는 법규를 고집하지 않는 이 국원에게 감사했다.

여직원은 클립에 끼워 놓은 어음권 속에서 2장을 뽑아서 다쓰오에게 내보였다. 그녀는 주도면밀하게 그 끝을 손가락으로 누르고 있었다.

금액은 5만 원이었다. 수취인은 여자의 이름으로 되어 있었지만 우에자키 에쓰코의 이름은 아니었다.

다쓰오는 수첩을 꺼냈다.

——야마나시 현 기타고마 군 바바 마을 신죠(山梨縣 北巨摩郡 馬場村新庄). 요시노 사다코(吉野貞子)

가명이겠지만 그래도 적어두었다.

발행한 우체국명은 '도쿄 교바시(京橋)'의 스탬프가 찍혀 있었다. 일자는 4월 말로 되어 있었다.

모든 것이 들어맞았다.

다쓰오는 국원에게 사례를 하고 밖으로 나와서 거리를 걸었다. 우에자키 에쓰코는 아직 여기 있다. 3시간 전에 우체국에 나타났던 것이다.

10만 원의 현금을 찾으러 온 것은 호리구치라고도 하고, 레드문에서는 야마모토라고도 하고 있는 그 살인범의 심부름일 것이다. 그렇다면 그놈도 여기 있는 것이다. 그럼 그 두 사람은 어디에 있을까?

도대체 에쓰코는 뭘까? 후네자카와 금융업자인 야마스기 기타로와의 깊은 관계로 단순한 연락만 하고 있을까, 아니면……?

다쓰오는 우울해졌다. 우에자키 에쓰코를 생각하고 싶지 않았던 것이다.

그는 머리를 저었다.

이 감정은 도대체 무얼까? 나는 왜 이처럼 그녀에게 마음이 끌리고 있는가? 그런 건 어쨌든 그 두 사람은 도대체 이 근처 어디에 있는 것일까?

2

들것은 가나가와현(神奈川縣) 마즈루의 해안에서 소년이 발견하여 지서에 제출한 것이었다. 현장은 도카이도 선이 뻗어 있는 높은 언덕의 바로 아래였다. 이 소년은 4월 28일 오후 3시 조금 전에 그곳을 지나가다가 하행 기차가 지나가는 것을 보았는데, 그때는 그런 것이 던져지는 것을 보지 못했었다.

그러니까, 그때는 들것이 거기에 버려지지 않았었다. 조사해보니 그 기차라고 하는 것은 이토(伊東) 행의 준급행 '하쓰시마'였다.

소년은 그곳을 지나 바다에 삐죽이 나온 바위 위에서 20분가량 놀았다. 그러고 나서 되돌아 오다가 현장에서 올 때는 없었던 들것을 발견했던 것이다. '하쓰시마'보다 9분 늦게 급행인 '세이카이(西海)'가 현장 부두를 통과했으니, 가방천을 둘둘 만 막대기 모양의 들것은 틀림없이 세이카이로부터 던져진 것이 된다.

그날의 세이카이는 세누마 변호사를 병자로 위장하여 들것으로 실어올렸던 기차로서, 수사본부에서는 오다와라(小田原) 서를 거쳐서 도착된 그 들것을 유괴범인들이 던져 버린 중요한 단서가 되는 증거품으로써 그 출처를 조사하기 시작했다.

들것은 도내에서는 세 곳에서 제조되고 있다. 형사가 그것을 가지고 가서 확인해 보니 혼고 사에키 의료기 주식회사의 제품이었다. 그것은 가방천을 바느질한 특징으로 알 수 있었다. 제조원에 따라 저마다 바느질이 다른 것이다.

사에키 의재에서는 그 들것에 쓴 가방천의 질이라든가 나무 등을 자세히 조사해 보고 1952년에 제작된 물건임을 확인했다. 과연 그러고 보니 이 들것은 오래되어서 낡았다.

그해, 사에키 의재에서는 250대의 막대기 모양의 들것을 제조해서 병원이라든가, 요양원 같은 데 150대를 직매하고, 나머지 100대쯤은 의료 기구점인 구지라야(鯨屋)에 도매로 넘겼다. 구지라야에서는 지방의 작은 병원 같은 데 주문에 의해서 보내기도 하고,

가게에 사러 오는 사람에게 팔기도 했다. 그래서 우연히 한두 대씩 판 매입자는 누구였는지 모르지만, 대부분은 단골 거래처였기 때문에 장부에 매입자의 명칭이 있었다. 수사본부에서는 사에키 의재의 직매 거래처와 구지라야의 판매 거래처의 양쪽 장부에 따라서 리스트를 작성하고, 그 하나하나를 이잡듯이 체크해 갔다. 여기까지는 신문에 난 그대로이다.

그 들것은 꽤 낡은 것으로 미루어 보아, 병원 비품이 아닐까 추측했다. 그래서 그쪽부터 손을 대기 시작했는데, 이것은 굉장히 힘든 일이었다. 리스트에 적혀 있는 병원을 모조리 확인하는 것인데, 1952년도 제품을 골라내는 것만도 여간 어려운 일이 아니었다. 낡아서 파손되어 폐품 처리한 것도 있고, 언제 잃어버렸는지 병원의 비품대장과 숫자가 맞지 않는 곳도 있었다. 그 하나하나를 조사해 간다는 것은 매우 끈기가 있어야 했던 것이다.

몇 사람의 형사가 분담해서 이 수사를 했는데 생각했던 것보다는 비교적 빨리 단서를 잡았다.

한 형사가 도내 스미다 구(黑田區) 가메자와 거리의 아리요시(有吉) 병원에 갔을 때, 사무장이 나와서 다음과 같이 말했다.

"그 들것이라면 틀림없이 우리 병원에서 도난당했던 것입니다."

형사는 귀가 번쩍했다.

"언젭니까, 그건?"

사무장은 일지를 보고 날짜를 말했다. 그것이 세누마 변호사가 도쿄로 행방을 감춘 전날의 일이었다는 것을 알자 형사의 가슴은 뛰었다.

그는 수사본부로 서둘러 돌아와 보존하고 있었던 들것을 가지고 되돌아왔다. 이때는 세 명의 노련한 형사가 동행하고 있었다.

"틀림없이 이것입니다. 틀림없이 우리 병원에서 도난당한 것입니다."
사무장은 들것을 보자 단언했다.
"어떻게 도난당했는지 그때의 상황을 자세히 말해 주시죠."
형사들은 수첩을 들고 대기했다.

"이 들것은 3병동의 입구에 다른 들것과 함께 세워 두었던 것입니다."
사무장은 말을 마치자 그 자리로 형사들을 안내했다. 이 병원은 상당히 컸는데, 3병동은 외과병동이었다. 어느 병원에서도 대개 그렇게 되어 있었지만, 병동의 한쪽 끝에 창고가 있었고 문제의 들것은 그 벽에 세워져 있었다고 했다.
"여기 있었던 걸 냉큼 가지고 간 겁니다." 사무장은 출구를 가리켰다. "이리로 나갔습니다. 어깨에 메고……."
"어깨에 메고?"
형사 한 사람이 물었다.
"어떻게 그걸 알 수 있었어요? 보고 있었던 사람이라도 있었던가요?"
"있었어요. 간호사가 보았습니다. 흰 와이서츠에 검정 바지를 입은 한 서른쯤 되어 보이는 남자였다고 합니다. 너무나 태연한 태도였기에 병원에서 일하는 잡부가 아닌가 생각했다는 겁니다. 이 병원에는 직원이 상당히 많아서 서로 얼굴조차 모르는 사람이 많습니다. 그리고 그 사나이는 다른 병동을 거쳐 입구로 가서 바깥에 대기시켜둔 차에 오르더니 유유히 사라졌다는 겁니다."
"그것까지 그 간호사가 보고 있었던가요?"
"아닙니다, 그건 다른 간호사입니다. 그 간호사도 너무나 태연한 태도에 이상하게 생각하지 않았다는 것입니다. 이런 사실은 그 뒤 열흘쯤 지나서 분실 조사를 할 때 알게 된 사실입니다. 낡은 들것이고 해서 경찰엔 도난계도 내지 않았습니다만……."

형사는 이런 이야기를 수첩에 적고, 현장 약도를 그려서 본부에 보고했다.

도난당한 날은 세누마 변호사가 도쿄 역을 출발하던 전날이고 변호사가 오자키에 있는 다마루 도시이치 집에서 밤에 문상하던 자리에서 유괴된 다음날에 해당한다. 이 들것은 범인이 처음부터 그 변호사를 도쿄 역으로부터 탈출시킬 목적을 위해서 계획적으로 훔쳤다는 것을 쉽사리 추측하게 했다.

"들것을 가지고 택시를 탔다면 운전기사는 기억하고 있을 것이다. 도내 택시 회사를 전부 조사해 봐."

수사주임이 명령을 내렸다.

그것은 이틀도 되기 전에 알아냈다. 역시 들것을 택시에 실었다는 젊은 운전기사가 자진해 나왔다.

"그 손님은 틀림없이 그날 오후에 간다(神田)의 미사키 거리(三崎町)에서 차를 탔습니다. 서른쯤 되어 보이는 흰 와이셔츠를 입은 남자였습니다. 인상은 확실히 모르겠습니다. 가메자와 거리의 아리요시 병원까지 가서 정문 앞에 차를 세우고 10분쯤 기다려 달라고 하며 그 사나이는 내렸습니다. 그리고는 10분도 되기 전에 그 사나이는 들것을 어깨에 멘 채 병동 쪽에서 나왔습니다. 들것의 채를 운전대 옆까지 삐죽이 나오게 넣더니, 자기도 타고 다시 간다까지 가달라고 했습니다. 나는 그가 병원에 관계된 사람이라고 생각했지요. 간다에서는 스루가다이(駿河臺)에 차를 멈추라고 하더군요. 요금을 받고 차를 몰고 가면서 힐끗 보니까 그 사나이는 들것을 땅에 세우고 햇빛을 얼굴에 받으며 서 있었습니다. 그 태도는 마치 다른 차를 기다리는 듯이 보였습니다. 그 뒤는 긴자 쪽으로 갔기 때문에 모르겠습니다."

이 증언에 의하면, 그 사나이는 스루가다이 아래서 다른 차로 바꿔 타려고 했던 모양이다. 그래서 다시 여러 택시회사에 문의했지만 들것을 가진 손님을 태운 운전기사는 한 사람도 없었다.

"택시를 바꿔 탄 게 아냐. 그놈은 자가용을 탔을 거야."

수사주임은 그렇게 판단했다.

"자가용으로 병원에 간다면, 차번호를 알게 될 염려가 있으니, 우선 택시로 가서 스루가다이 아래서 내린 거야. 거기가 자가용으로 바꿔탈 장소였을 거란 말야. 그 부근에서 그런 장면을 목격한 사람은 없을까?"

그러나 이런 수소문은 10여 명의 형사가 동원됐으나 허사였다. 자가용차에 옮겨 타는 건 고사하고 들것을 가지고 서 있는 흰 와이셔츠차림의 사나이 모습을 보았다는 사람조차 없었다. 이 근처는 차나 사람의 왕래가 매우 잦은 곳이다. 또 이곳은 상점거리라 모두가 바빴던 것이다.

실마리는 여기서 끊겼다.

그래서 수사는 다른 방향에서 비밀리에 진행되고 있었다. 비밀이라는 것은 신문사에 알려지지 않도록 특별한 조치를 취하고 있었던 것이다.

근래의 수사는 우선 신문 기자의 눈을 적당히 얼버무리는 것이다. 수사의 진행 상황이 일일이 보도되면 범인이 이쪽의 작전을 알게 되니까, 불리하게 되는 경우가 많다. 하기는 역으로 신문을 이용하는 수도 있지만 불리할 때는 수사에 심한 지장을 가져오기 때문에 크게 손해를 보는 수가 있다. 전쟁 전처럼 보도 관제라는 편리한 방법은 쓸 수가 없는 것이다.

그 비밀수사는 신주쿠의 다마루 도시이치를 쏜 권총 탄환 감식으로부터 출발했다. 총알 하나는 피해자의 배를 관통하고 벽에 박혔다. 또 하나는 요를 뚫고 다다미에 박혀 있었다. 이것은 피해자를 반듯이 뉘고 얼굴을 겨냥한 것이다.

구리로 표피를 두르고, 번쩍거리는 이 2개의 작은 탄환에서 권총은 미제로 1911년형 45구경 자동 권총이라는 것이 밝혀졌다. 그 이유는 이 형의 자동 권총은 주둔 미군의 병사가 대부분 휴대하고 있는 관급품이기 때문이다.

그러나 범인은 외국인이 아니고 틀림없는 일본인이다. 미군이나 주둔군 관계 기관의 일본인 노동자, 이를테면 통역인 같은 자가 우선 첫째로 그 대상에 오른다. 사실 통역을 하던 자들에겐 불량배가 많았다. 용의자 범위를 이렇게 좁혀서 수사를 했지만, 아무런 단서도 붙잡지 못했다. 이것도 끈기 있게 오랫동안 노력한 결과였다.

"미군 권총의 소지자가 주둔군 관계 기관의 일본인만이라고는 생각할 수 없어. 도리어 미군 상대의 매음녀들이 화대 대신 그것을 받아서, 6천원의 헐값으로 일본인에게 불법 매매하고 있는 수가 많거든."

이렇게 주장하는 형사가 있어서 이 설이 유력해졌다.

미군 상대의 매음녀라면 대개 다치가와(立川) 부근에 집결해 있기 때문에 가능성은 우선 거기에 있다. 그래서 수사본부의 노력은 여기에 집중됐다.

사건 발생부터 탄환 감식으로 흉기가 45구경 자동 권총이라고 판정된 뒤, 이 수사는 인내심 있게 또한 장기간에 걸쳐서 행해졌다. 원래가 곤란한 일이었다. 다치가와 근처에 있는 창녀들은 여간해서는 입을 열지 않는다. 그런 사건에 말려들까봐 그 일이라면 마치 바위처럼 입을 다물어 버리는 것이다. 그렇지 않아도 찜찜한 과거를 가지고 있는 여자들이 대부분이니 그럴 수밖에 없었다.

그 굴조개 같은 여자들의 입을 노련한 형사들은 끈덕지게 달라붙어서 열어젖혔다. 다행스러운 것은 창녀들 사이에는 끊임없는 싸움질이 되풀이되고 있었다는 점이고, 형사들은 그것을 이용했다. 그녀들은 다툰 상대의 비밀을 일러바쳤다. 실마리는 거기서부터 풀리기 시작하는 수가 많았다.

미군은 창녀에게 권총을 화대 대신 준다. 창녀는 이것을 자기의 끄나풀인 펨프라든가, 불량배들에게 5, 6천원에 넘겨 준다. 그들은 이것을 주둔군 물자를 암거래하는 브로커에서 7, 8천원으로 팔아 넘긴다. 브로커가 제3자에게 팔 때는 한 만 원 정도의 가격이 되는 것이 대체적인 실정이었다.

이러한 매매의 경로를 수소문해서 하나씩하나씩 좇아가는 일은 결코 쉬운 일이 아니다. 간신히 창부의 끄나풀이라든가, 브로커를 붙들었다고 해도, 판 상대의 이름도 주소도 모른다고 잡아떼면 별 도리 없이 벽에 부딪히고 마는 것이다.

그러나 수사본부에서는 끈덕지게 물고 늘어졌다. 물적 증거로써 결정적인 증거는 이것밖에는 없다고 생각하고 오로지 이 선만을 추궁했다. 신문에 새나가지 않도록 극비리에 참을성 있는 수사가 오랜기간에 걸쳐서 아무도 모르는 가운데 진전되고 있었다.

이와 관련해 병행 수사를 하고 있는 세누마 변호사 유괴사건은 들것의 수사 정도로 절망하고 도카이도 역에서 분산 하차한 일당의 행방조차 모르는 채 막혀 버리고 말았다. 본부는 암담과 우울, 그리고 초조 속에 침체되어 있다고 출입기자들은 생각했던 것이다.

나이 지긋한 한 형사가 유력한 정보를 가지고 본부로 돌아왔다. 다마루 도시이치의 사살 사건 발생 이후 상당한 시일이 흐르고 있었지만, 이 노(老)형사는 비가 오든 해가 나든 매일같이 또박또박 다치가와 일대를 수소문하러 돌아다니고 있었던 것이다.

"마리코라는 매춘부인데 말입니다. 올 2월경, 단골 흑인 병사로부터 45구경을 한 자루 받았다고 합니다. 당시 한 방에서 지내던 그 한패가 싸우고 화가 나서 가르쳐 주었습니다."

노(老)형사가 주임에게 보고했다.

"마리코를 문초했더니, 술술 불더군요. 그걸 준 것은 기둥서방으로, 야스코(安公)라는 포주랍니다. 야스코가 다른 여자와 눈이 맞아 변심했다고 화가 났더군요. 그래서 야스코라는 놈을 찾았더니, 이 자식은 벌써 그짓을 그만두고 어디로 갔는지 모르겠더군요."

이 말을 듣자, 주임의 머리에 떠오른 생각은 그 야스코라는 놈이 사살 사건의 범인이 아닌가 하는 의심이었다.

"저는 야스코의 인상을 자세하게 들었어요. 나이는 겨우 스물두셋 가량이고 근시여서 도수가 높은 안경을 쓴 키가 작은 남자고 하더군요."

노(老)형사는 주임의 생각을 앞질러 부정했다.

"그래서 포주들을 찾아가서 여러 가지로 물어보았습니다. 야스코는 친구 교제가 별로 없었던 모양으로 아무도 그가 간 곳을 모르더란 말이에요. 그런데 지난 4월에 그 자식이 술취한 미국 군인과 크게 싸우고 다리가 부러졌다고 가르쳐 준 자가 있었습니다. 포주들의 일이라서 화대 때문에 그랬을 거예요. 그러니까 그 노릇을 그만둔 게 아니고, 다리가 부러져서 못하게 된 거겠지요. 그런데 어디 숨어 있는지 알 수가 있어야죠? 그래서 이

건 그놈을 변심하게 한 새 여자에게 물으면 알 것이라고 생각하고 그 여자를 찾아가 보았는데 글쎄 이 여자가 다치가와에 없지 않겠어요?"
노(老) 형사의 설명은 자세했다.
"이리저리 돌아다니며 수소문해서 여자가 요코스카(橫須賀)의 막사 근처에 옮겨가 있다는 것을 알았습니다. 그래서 전 요코스카로 갔지요."
"그래 찾았나?"
주임은 재촉하듯 물었다.
"네 찾았습니다. 지치도록 찾아다닌 끝에 겨우 말입니다. 여자를 만나서 야스코가 지금 어디 있느냐고 물었더니 다리가 부러져서 지금 입원해 있다고 했습니다. 입원한 병원은 도내의 스미다 구 가메자와 거리 아리요시 병원이라는 거예요."
"뭐라구?"
주임은 깜짝 놀란 표정을 지었다.
"아리요시 병원이라고? 틀림없이 그렇게 말하던가?"
"그렇습니다. 잊지 않도록 수첩에 적어 두었습니다."
아리요시 병원이라면 문제의 들것이 도난당했던 병원이 아닌가? 게다가 제3병동은 외과 병동이다.
"됐다!"
주임은 자기도 모르게 흥분한 표정으로 벌떡 일어났다.
"곧 아리요시 병원으로 가자. 야스코를 만나는 거다."
주임은 자기가 직접 그 심문을 위해서 간다고 했다. 서둘러 차를 부르고 신문 기자들이 눈치채지 못하도록 손을 씻으러 가는 것처럼 뒷문으로 나갔다. 거기에는 언제 나와 있었는지 형사가 셋씩이나 대기하고 있었다.

주임은 병원에 이르자, 사무장을 불러서 신분을 밝히고 물었다.
"야스코라고 한다는데 정확한 이름은 무엇인지 모르겠습니다. 미국 병사와 싸우다가 다리가 부러져서 입원한 남자가 있지요?"
"아 네, 그런 사람이 있습니다."
사무장은 환자 명부를 들췄다.
"본명은 고시바 야스오(小柴安男)라는 이름입니다. 좌경골 골절입니다. 4월부터 입원하고 있습니다."
"잠깐 보여 주십시오."
고시바 야스오, 22세, 도쿄 도 고쿠분지 거리(東京都 國分寺町) ××번지라고 씌어 있는 것을 주임은 형사에게 적어 두게 했다.
본인을 만나고 싶다고 하자, 사무장은 앞서서 병원의 긴 복도를 걸어갔다.
"잠깐."
주임이 걸음을 멈췄다.
"들것이 도난당한 곳은 어딥니까?"
사무장은 바로 여기였다고 가리켰다. 그곳은 제3병동의 끝으로 지금도 들것이 서너 개 벽에 기대어 세워져 있었다. 주임은 그 위치와 병실의 입구를 번갈아 보다가, 사무장에게 재촉했다.
"그럼, 고시바 야스오를 만납시다."
병실은 좁은 방에 4개의 침대가 놓여 있었고 세 사람의 환자가 누워 있었다. 사무장은 저 사람이라고 가르쳐 주고 나서, 자기는 나가 버렸다.
병실에는 물씬 역한 냄새가 가득 차 있었다. 고시바 야스오는 상체를 일으키고 책을 읽고 있다가 낯선 사람이 들어오는 것을 안경을 번쩍거리면서 바라다보았다.
"고시바 군이지?"
주임은 한 방에 있는 다른 환자들에게 들리지 않게 나직한 소리로 말하고 명함을 보였다. 고시바 야스오, 즉 야스코는 그것을 보자 얼굴빛이 변했다.
"걱정할 필요 없네. 오늘은 자네 때문에 온 게 아냐. 자네가 알고 있는 사람에 관해서 물어볼 말이 있어 왔다네."
주임은 타이르듯 조용히 말했다. 야스코는 얌전하게 고개를 끄덕였지만 표정은 좀처럼 경계를 풀지 않았다.
"자네 미국제 45구경 자동 권총을 누군가에 판 적이 있지?"
야스코는 겁먹은 눈을 했다.
"그건 물론 불법이지만 그것을 지금 탓하는 게 아닐세. 그 권총을 산 사람이 누구냐고 묻고 있는 거야."
주임은 조용하게 말했다.
"마리코가 일러바쳤군요!"
야스코가 비로소 입을 열었다. 아직 소년티 나는 목소리였다.
"그렇다고 해 두세."
"제기랄, 그 계집애를 그냥……."
"그렇게까지 화낼 건 없네. 그런데 어때? 가르쳐 주겠지?"
"글쎄요……."
야스코는 잠시 생각하는 듯했다. 그것은 말해도 좋을까 어떨까 망설이고 있는 것이 아니라 팔아치운 상대가 여러 곳 있어서 어느 곳인가를 생각하는 모양이었다. 주임은 그것을 알아차리고, 호주머니에서 사진을 꺼냈다.
신주쿠 살인 사건 범인의 몽타주였다.
그것을 들여다보는 야스코의 눈에는 아무런 변화도 일어나지 않앉다.

"이런 사나이에게 판 기억은 없나?"

"글쎄요, 이런 사람은 모르겠는데요?"

야스코는 그렇게 분명하게 말했지만 그래도 사진은 놓지 않았다.

"잘 생각해 보게."

"이 사내가 권총으로 무슨 일을 저질렀습니까?"

야스코는 반문했다. 주임은 그 표정에서 무언가 움직이고 있는 것을 포착하고 털어놓고 말했다.

"자넨 신문을 안 봤나?"

"여기 입원한 뒤론 한 번도 못 보았습니다."

"그래? 이 사나이는 신주쿠에서 사람을 사살했다네. 탄환은 45구경 콜트 자동 권총이었어."

야스코는 잠깐 동안 입을 다물었다. 그는 깁스한 한쪽 다리를 거북한 듯이 움직였다.

"나이는 어느 정도지요?"

"한 서른 전후라는데."

야스코는 또다시 사진을 들여다보았다. 이때 주임은 야스코가 사진의 인물을 알고 있다고 직감했다.

"이 사진과는 인상이 다릅니다만, 연령과 얼굴 윤곽이 비슷한 사나이는 알고 있습니다. 그렇지요, 이 머리형이라든가 눈이라든가 약간 비슷합니다."

몽타주 사진은 잘된 편이 아니었다.

"그래? 그래서, 자네는 그 사내에게 권총을 팔았단 말이지? 아니, 자네를 처벌할 생각으로 그러는 건 아니니, 말해 주게."

야스코는 침을 삼켰다. 주임은 상대가 마음을 놓도록 비어 있는 옆 침대에 앉으며 다리를 꼬았다.
"그 팔아 버린 권총은 45구경이었지?"
야스코가 고개를 끄덕였다.
"음, 그럼 상대의 이름은?"
"구로이케(黑池)라고 합니다."
주임 옆에 서 있던 형사들은 긴장해서 수첩에 적었다.
"구로이케, 그래? 구로이케 뭐라고 하는가?"
"구로이케, 구로이케 아, 뭐라고 했던가? 그건 잊어버렸습니다."
"기억해 낼 수 없겠나?"
"10년 전의 일이라 잊어버렸습니다."
"뭐? 10년 전?"
"그렇습니다, 구로이케 선생이라고 우리들은 부르고 있었으니까요."
"선생이라니?"
주임은 눈을 크게 떴다.
"중학교 때 선생이었습니다. 제가 1학년 때였죠."
야스코는 대답했다. 주임은 다리를 바꾸어 꼬며 흥분을 가라앉히려는 듯 호주머니에서 담배를 꺼내 물었다.
"그랬었나? 그 구로이케라는 사나이는 자네의 옛날 스승이었단 말이지?"
주임은 목소리를 낮추었다. 차례로 풀어가 보려고 자세를 가다듬는 듯했다.
"그렇습니다. 그러나 스승이라고 해도 1년 정도밖에는 배우지 않았습니다. 그뒤 구로이케 선생은 학교를 그만두고 어디론가 자취를 감춰 버리고 말았으니까요."

야스코의 얼굴에서는 경계의 표정이 가셔 있었다.
"그 학교는 어딘가?"
"제 고향입니다. 나가노 현 미나미사쿠 군 하루노 마을(長野縣 南佐久郡 春野村)이라는 곳입니다. 학교 이름은 하루노(春野) 중학교입니다."
형사들은 수첩에 받아 썼다.
"거긴 바로 야쓰가다케(八岳)의 동쪽 기슭으로 매우 경치가 좋은 곳이죠."
야스코는 고향이 그리운 듯이 말했다. 그런 말을 지껄일 정도로 그는 가벼운 마음이 되어 있었다.
"그래, 그래서 자네가 구로이케 선생에게 배운 것은 중학교 1학년 때였단 말이지?"
"그렇습니다. 제가 13살 때였으니까요."
"구로이케 선생도 그 마을 출신인가?"
"그렇다고 생각합니다. 아자요코(字橫尾)라는 곳에서 자전거로 학교에 출퇴근했으니까요. 요코노는 산중으로, 한 15리 떨어진 곳에 있었습니다. 그렇지만 구로이케 선생네 집은 어렸던 저로서는 알 수가 없었습니다."
"그래? 그뒤 구로이케 선생은 학교를 그만두고 어디로 갔을까?"
"그때 듣기로는 도쿄에 갔다고들 하더군요. 어릴 때였으니 자세한 건 모르겠습니다. 운동을 잘하는 선생이었습니다. 그때가 스물 한둘 되었을까, 그렇게 젊었기 때문에 선생이라기보다 형님과 같은 처지였습니다. 우리들은 구로 형님이란 별명으로 불렀습니다."
야스코는 다시 소년 시절을 회상하는 듯한 눈초리를 했다.

"그래서, 자네는 그로부터 10년 뒤에 도쿄에서 구로 형님을 만났단 말이지?"
주임의 질문은 핵심으로 들어갔다.

"그렇습니다, 후추(府中)의 경마장에서 우연히 만났습니다. 선생님은 잊어버리고 있었지만, 저는 기억하고 있었거든요. 반가워서 나도 모르게 선생님, 하고 불렀습니다. 그것이 시작입니다. 지난 2월이었습니다. 추운 날씨였는데, 경마장 사람들 속에서 이야기를 나누게 되었죠."
야스코가 말했다.
"그때 권총 이야기가 나왔나?"
"그렇습니다. 구로이께 선생이 지금 무엇을 하고 있느냐고 묻기에 숨겨 봤자 별 수 없겠구나 싶어 미군들 물건 브로커를 하고 있다고 대답했습니다. 그랬더니 선생은 잠깐 생각하더니, 그렇다면 권총은 구할 수 없겠느냐고 하잖겠어요? 나는 적이 놀랐습니다만, 그래서 그런 것이 왜 필요합니까? 했더니 빙그레 웃으면서 '호신용으로 필요해. 자세히 말할 수 없지만 나는 그런 위험한 일을 하고 있다네. 꼭 부탁하니 좀 구해 주게, 돈은 있으니 비싸도 좋아.' 글쎄 이러지 않겠어요? 그래서 나는 구로 형님도 떳떳한 일을 하고 있는 것은 아니라고 생각했어요. 그때 마침 마리코한테 권총을 사가지고 어디에다 팔까 생각하던 참이었기 때문에 저는 그럼 구해드리겠다고 했습니다. 이튿날도 경마가 열리는 날이었기 때문에 거기서 다시 만나기로 했습니다."
"그래서 건넸나?"
"네, 이튿날 약속했던 대로 만나서 건넸습니다. 옛 스승이라 싸게 해서 7천 원 받았습니다. 그랬더니 구로 형님이 천 원을 더

주더군요. 역시 돈은 가지고 있더군요. 그런데 도대체 그 선생은 무슨 일을 하고 있었나요?"
야스코가 물었다.
"그다지 착실한 직업은 아니었던 모양이야."
주임은 그렇게만 대답하고, 다시 질문으로 들어갔다.
"권총을 건넨 날짜는 기억하고 있는가?"
"2월 중순 경마가 있었던 날이니까, 조사해 보시면 알 수 있을 거예요."
그날은 2월 15일이었다. 신주쿠의 살인 사건보다는 2개월 전의 일이었다.
"그러고는 만나지 않았는가?"
"못 만났습니다. 다만 구로이케 선생의 심부름이라고 하면서 스물 예닐곱쯤 되는 깡마른 사람이 저를 찾아왔던 일이 있습니다. 제가 선생에게 주소를 가르쳐 주었으니까요. 그 사람은 저에게 권총을 하나만 더 구해 달라고 선생이 부탁하더라는 거예요. 그러나 나는 이젠 구할 가능성이 없다고 거절했습니다. 아무래도 위험한 생각이 들어서요."
"그게 언제 일이지?"
"3월경이었어요"
"이름은?"
"모르겠어요, 말하지 않았으니까요. 어쩐지 눈빛이 좋지 않은 놈이었습니다. 그런데 그 자식이 짓궂게도, 이 병원까지 나를 찾아왔단 말입니다. 전에 살던 주소를 찾아갔더니 내가 여기 있다고 하더라나요? 권총이 꼭 필요하니 그 루트를 가르쳐 달라는 거였어요. 저는 그것도 깨끗이 거절했습니다."
"잠깐, 그게 언제지?"

"날짜 같은 건 기억에 없어요. 4월 말경이었다고 생각됩니다."

주임은 그 말을 듣고 잠깐 눈을 감았다. 아마도 그것은 들킷 도난 사건이 있기 며칠 전이었을 것이라고 생각했다.

"자네가 판 권총의 번호는 기억에 없겠지?"

"그런 건 보지도 못했습니다."

"그래? 이거 참 고맙네."

주임은 자리에서 일어났다. 야스코는 주임을 보고 다시 불안한 표정이 됐다.

"제가 판 권총으로 구로이케 선생이 사람을 죽였나요?"

"그래, 그런 걸 보면 자네도 굉장한 짓을 한 거야."

주임은 그렇게 말하고 형사들을 거느리고 나가 버렸다.

수사회의가 본부에서 열렸다.

주임은 그 석상에서 경과를 보고했다. 보고가 끝나자 그는 의견을 말했다.

"신주쿠 살인의 범인은 그 구로이케라는 남자라고 단정해도 무방하리라 생각합니다. 즉, 그는 바 레드문에서 야마모토라고 자칭한 바로 그 바텐더입니다. 그는 세누마 변호사가 조사하고 있는 사건에 관련된 한패이고 자기에게 집요하게 달라붙어 떨어지지 않는 변호사 사무실 직원인 다마루 도시이치를 격분해서 사살한 사람입니다. 그 흉기는 고시바 야스오로부터 산 권총임에 틀림없습니다. 즉 감식에 따르면 미제 1911형 45구경 콜트 자동 권총입니다. 그뒤 구로이케나 그 일당은 또 권총이 필요해서 고시바가 증언하는 이른바, 깡마른 사내를 고시바에게 보냈지만 고시바는 거절했습니다. 그런데 고시바가 다리에 부상을 입고 아리요시 병원에 입원을 하고 있을 때 또다시 그 깡마른 사내가 찾아와서 권총 입수의 루트를 가르쳐 달라고 했습니다. 이때도 고시바는 거절했습니다.

문제는 바로 그날입니다. 그날은 들것이 도난당하기 며칠 전이라고 생각됩니다. 즉, 그때 그 사나이는 병원 복도에 들것이 벽에 기대 세워져 있는 것을 보았던 것입니다. 그리고 그뒤 구로이케가 다마루를 사살하고 도주한 사건이 일어나고 그 한패는 세누마 변호사를 납치해서 수사 당국으로부터 은신할 필요성을 느껴서, 도쿄 역으로부터 환자로 가장하여 탈출시키는 간계를 생각해 낸 것입니다.

이때 들것이 필요했습니다. 들것은 새로 사오면 특수한 물건이라 단서가 잡힐 것 같으니까, 한패 중에 깡마른 그 사내가 고시바를 찾아갔을 때 본 병원 복도에 세워 둔 들것이 생각났을 것임에 틀림없습니다. 그는 그것을 훔쳐내기가 쉽다는 걸 말했을 것입니다. 그래서 한패는 찬성했고, 그 실행은 그들이 생각했던 것보다 훨씬 쉽게 성공했습니다. 세누마 변호사는 이렇게 그 들것에 실리어 도쿄 역에서 하행 급행열차인 세이카이에 옮겨졌다고 단정해도 틀림이 없다고 생각합니다."

주임의 이 의견에는 아무런 이견이 없었다.

사토무라(里村) 수사 1과장이 이 회의에 자리를 같이하고 있었는데 그는 몸을 앞으로 내밀고 얼굴을 붉히며 입을 열었다.

"권총은 그 구로이케라는 놈이 아직 소지하고 있어. 도피 중에 또 무슨 짓을 할는지 몰라. 그러니, 체포는 긴급을 요하게 되었어. 여기까지 수사가 진전했으니 곧 체포하도록 전력을 다해 주기 바란다."

야구치 주임은 머리를 숙였다. 그것은 맹세를 하는 듯한 자세였다.

이날 밤의 수사회의는 흥분된 분위기였다. 이때는 모두가 수사의 앞길에 광명을 발견한 듯이 생각되었다.

이틀이 지나서, 나가노 현의 현지에 파견된 형사로부터 보고가 들어왔다.

'하루노 중학교에 보존된 당시 직원 명부에 의하면 구로이케의 본적은 나가노 현 미나미사쿠 군 하루노 마을 아자요코(字橫尾). 1925년 7월생. 성명은 구로이케 겐키치(黑池健吉). 1947년 보조교원으로 봉직, 이듬해 퇴직.'

중앙알프스에서 피살

1

8월 말의 일이었다.

나가노 현 니시지쿠마 군(西筑摩郡──지금의 기소 군이다) 히로세(廣瀨) 국유림을 관할하는 이다(飯田)영림서(宮林暑)의 주임이 순시를 하고 있었다.

그가 순시하고 있는 곳은 해발 2168미터인 스리코기 산(摺古木山)의 서쪽 기슭이었다. 협곡을 사이에 두고, 해발 1677미터인 미니미 기소 산(南木曾岳)이 대치하고 있다. 고마가다케(駒ヶ岳)를 주봉으로 하는 이 남북 산맥의 한 덩어리가 중앙 알프스 지대의 원시림을 형성하고 있다. 이곳에는 노송나무·화백나무·나한백·두송나무·금송나무·솔송나무 등이 빽빽하게 우거져 있다.

이 지대의 서쪽 지역은 급경사진 벼랑이 많고, 단층은 부근 특유의 고생대층(古生代層)을 형성하고 있다.

영림서 직원은 간밤의 폭풍 피해 상황을 알아 보기 위해서 둘러보고 있었다. 폭풍우는 이 지방을 초속 20미터의 풍속으로 할퀴고

420밀리미터의 강우량을 가져오고 동쪽으로 빠졌다. 대체로 이 산맥의 서쪽, 기소(木曾) 지방은 1년 내내 강우량이 많았다.

주시하고 있던 담당주임의 눈이 우연히 급경사면의 아래쪽으로 집중되었다. 숲 아래 화강암이 단층에 따라서 노출되어 있었다. 그 하얀 바위 표면에 뭔지 검은 물체가 가로 놓여 있는 것이 보였다. 어제 내린 비로 숲은 젖어서 물방울을 뚝뚝 떨어뜨리고 있었다. 그 물에 젖은 나뭇잎 사이로 그 물체가 보였다.

영림서 직원은 등에 진 배낭을 흔들거리면서 급경사를 내려가기 시작했다. 발은 자꾸만 미끄러지고 풀 아래로는 물이 흐르고 있었다. 그는 나무뿌리와 관목을 붙들고 조심조심 아래로 내려갔다.

20미터쯤 내려가서야 그의 눈은, 지금까지 조그맣게 시야에 비치고 있었던 그 물체를 비로소 확대해서 볼 수 있었다. 노출된 암반은 경사가 급하면서도 몇 갠가의 좁은 층계를 이루고 있었다. 그리고 그 중 한 층계 위에 사람이 다리를 벌린 채 가로누워 있었다. 그는 꼼짝도 하지 않고 암석 위에 그대로 굳게 들러붙어 있는 듯하였다.

영림서 직원은 거기까지 확인하고, 다시 경사를 올라가기 시작했다. 그는 누워 있는 사람이 사체(死體)라는 것을 확인했던 것이다. 별로 공포감을 느끼지는 않았다. 직업상 깊은 산중을 노상 돌아다니고 있노라면 드물게 보는 일이 아니었기 때문이다. 1년에 두서너 번은 백골로 변한 시체를 만나는 그였던 것이다.

그가 산을 내려와서, 사람이 살고 있는 마을에 닿기까지는 꽤 시간이 걸렸다. 마을은 1200미터의 산골짜기에 스무 채 정도의 집이 다닥다닥 달라붙어 있었다. 한 줄기의 길이 마을 한가운데를 지났다. 그것이 오다이라(大平) 가도로, 기소다니(木曾谷)와 이나다니(伊那谷)를 연결하고 있었다. 해발 1400미터인 기소도케

(木會峠)는 1킬로미터쯤 서쪽에 떨어져 있었다.

마을로 내려오자 영림서 직원은 국유림 속에 조난자의 시체가 있다고 말했다. 지서에 알리러 갔다오겠으니 시체를 옮길 젊은이들을 뽑아두라고 이장에게 말하고, 노송나무를 싣고 내려오는 트럭을 불러 세워 편승했다.

"왜 그러십니까?"

수건을 머리에 두른 운전기사가 땀내를 물씬 풍기며 물었다.

"산속에 조난자의 시체가 있어 지서에 알려 주려구요."

조수석에서 영림서 직원은 담배를 피워 물었다.

"네에, 그럼 어제 태풍으로 길을 잃고 언덕에서 굴러떨어졌나 보군요. 태풍이 온다는 예보가 3, 4일 전부터 신문에 났는데 무리한 등산을 했나보죠?"

영림서 직원은 운전기사의 말을 들으면서 그 가로누운 자세는 언덕에서 떨어진 상태라고 생각했다. 꼬불꼬불한 언덕길을 트럭은 이리저리 돌면서 경사진 내리막길을 내려갔다. 가는 길에 기소미(木會見) 찻집 앞에서는 잠깐 쉬었지만 미도노(三留野) 거리까지 나가는 데 1시간 반이 걸렸다.

미도노 지서 순경이 관할서인 기소후쿠시마(木會福島) 경찰서에 이 사실을 보고한 것은 오후 2시경이었다.

경찰서에서 검시반 일행이 현장에 도착하기까지는 오랜 시간이 걸렸다. 그도 그럴 것이 워낙 먼 데다가 불편한 길이었다. 경찰차가 기소 가도를 남하해서, 쓰마코(妻籠)에서 오다이라 가도를 느릿느릿 기어올라서, 기소도게의 가까운 마을에 도착한 것은 4시가 지나서였다. 산속의 해는 일찍 진다. 벌써 근처는 어둑어둑해지기 시작하고 있었다.

마을에서는 네 사람의 청년과 영림서 직원이 일행을 기다리고 있었다. 경부보(警部補)가 한 사람, 순경이 둘, 경찰의(警察醫)가 한 사람이었다. 발견자인 영림서 직원이 안내를 위해서 맨 앞에 섰다. 길다운 길도 없었다. 어제 내린 비로 모두들 아랫도리가 다 젖었다.

오다이라 가도에서 시체가 발견된 현장까지는 1시간 가까이 시간이 걸렸다. 그만큼 깊은 산속이었다. 나이가 지긋한 경부보는 숨을 헐떡거렸다.

"저깁니다."

영림서 직원이 현장을 가리켰다.

시체는 아까와 조금도 다름없이 가로누워 있었다. 순경과 청년들은 급경사의 언덕을 기어내려 갔다.

시체는 초로의 남자였다. 빛깔 바랜 녹색 셔츠를 입고 있었는데, 그것이 젖어 몸에 딱 달라붙어 있었다.

틀림없이 언덕에서 굴러떨어진 것이라고 뒤따라 내려온 경찰의가 죽은 사람의 후두부를 가리켰다. 피부가 찢겨 있었다.

"피가 안 나왔는데요, 선생님."

순경이 말했다.

"비에 씻겼겠죠."

의사는 그렇게 대답하면서 검시를 위해서 시체를 만지기 시작했다. 손에 느껴지는 감촉이 얼음처럼 차가왔다. 죽은 것은 약 30시간 전, 추락에 의한 사고사로 그는 추정하였다. 언덕의 높이는 30미터 정도였다. 시체는 홀쭉한 배낭을 지고 있었는데, 내용물은 아무것도 없었다. 반합을 열어 보았으나, 그것도 텅 비어 있었다.

시체는 준비해 온 고무를 입힌 모포에 싸여 노끈으로 묶여서 언덕 위로 끌어 올려졌다. 그리고 대로 엮은 들것에 실어 네 명의 청년이 어깨에 메고 산을 내려왔다. 날은 아주 어두워져 손전등을 비추지 않으면 안 되었다. 나무 위에서 원숭이가 울었다. 일행 중 한 청년이 소리를 질렀다. 이 근처는 곰이 나타나는 곳이다.

시체가 후쿠시마 경찰서에 도착한 것은 밤이었다. 밝은 전등불 밑에서 시체는 경찰에 의해서 다시 검시됐다. 치명상은 암석에 부딪힌 후두부의 파열상이라고 확인됐다. 깊이 5밀리미터가량의 파열상이었다. 옷을 벗겨 보니 팔꿈치나 등이나 다리에도 찰과상이 있었다. 그것은 물론 추락할 때 바위에 부딪혀서 생긴 상처일 것이다. 그런데 어떻게 된 일인지 복부가 유난히 홀쭉했다. 셔츠와 바지, 구두 같은 것을 조사했으나 신원을 알 만한 것은 아무것도 없었다. 구두는 등산화가 아니라, 즈크화였다. 배낭은 감색으로 낡은 것이었는데, 이름이 없었다. 밑바닥에 흙이 들어 있을 뿐, 아무것도 없었다. 반합도 부신 듯이 깨끗했다. 여기에도 아무런 흔적이 없었다. 요컨대 이 조난자는 신원 불명이었다.

"아니?"

그때 이 검시를 보러 와 있던 경장 한 사람이 나직하게 부르짖었다.

"수배중인 인물과 비슷한데……."

나이 지긋한 경부보가 물었다.

"누군데 그러나?"

"도쿄 경시청에서 보내온 행방 불명자입니다. 이름이 뭐라더라, 변호사라고 했는데……."

경부보는 그 서류를 가져오라고 했다.

"정말 비슷한데."

경부보는 수배서(手配書)에 나와 있는 수배 인물의 사진과 이런 저런 특징이나 신장 등을 시체와 비교해 보았다.

"이 사람인지도 몰라, 아무튼 도쿄에 알리자."
경부보는 경찰전화로 경시청을 불러냈다.

수사본부가 그 보고를 받은 것은 밤 8시경이었다. 본부는, 곧 세누마 변호사의 가족에게 연락했다. 변호사의 동생이 시체 확인에 동행할 것을 승낙했다. 그러나 그 시간에는 어쩔 수 없어서, 이튿날 아침 첫차를 타고 떠나기로 했다. 그러나, 이때까지도 본부에서는 반신반의하였다.
"기소 산속에 들어가 언덕에서 추락사하다니, 그럴 리가 없는데 …… 다른 조난자가 아닐까?"
주임이 고개를 갸웃하고 중얼거렸을 정도였다.
그러나 만일 그것이 세누마라면, 이는 수사상 중대한 실마리가 될 것이다. 주임은 이 점을 중요시해서 차석인 이데(井手) 경부보를 파견하기로 했다. 형사 한 사람이 그들과 동행했다.
변호사 동생을 합친 일행 세 사람은 이튿날 아침 신주쿠 역을 8시 10분 준급행 열차로 출발했다. 시오지리(塩尻) 도착이 오후 1시 반, 기소후쿠시마에는 3시가 가까워서야 도착했다. 역에는 후쿠시마 서의 직원이 마중 나와 있었다. 시체는 벌써 시내 국립의료원으로 옮겨져 있었다. 후쿠시마 시내 한가운데를 흐르고 있는 기소 천과 병원 바로 옆으로 철교가 걸려 있는 것이 보였다.
병원에 안치되어 있는 시체의 얼굴을 들여다보자마자 세누마 변호사의 동생은 얼굴이 파랗게 질려서 소리쳤다.
"형님입니다."
"틀림없습니까?"
이데 경부보는 다짐하듯 말했다.
그는 틀림없다고 단언했다. 다만 놀랄 만큼 매우 수척해 있다고 말했다.

이데 경부보는 여기서 기소후쿠시마의 나이 든 경부보로부터 현장 상황을 자세히 청취했다. 5만분의 1 지도와, 형사가 그린 현장 약도가 참조되었다.

발견 전날 태풍이 불었다. 당사자는 그 강한 폭풍우를 만나서 하산하지 못하고 산속을 방황하던 중 발을 잘못 헛디디는 바람에 미끄러져 경사진 벼랑에 추락했을 것이라는 것이 후쿠시마 경부보의 의견이었다.

도쿄 역 하행 급행열차 '세이카이'로 납치된 세누마 변호사는, 그로부터 오랜 시간이 경과된 뒤 왜, 중앙 알프스의 기소 산속을 혼자서 배회하지 않으면 안 되었을까? 하는 의문이 이데 경부보의 머리를 뒤흔들었다.

"이 셔츠나 바지, 그리고 구두, 배낭이라든가 반합 등은 모두 세누마 씨 겁니까?"

그는 변호사의 동생에게 물었다.

"아닙니다. 형님한테는 이런 것이 없었습니다. 모두 낯선 것들입니다."

동생은 부정했다.

모두 새것들이 아니었다. 변호사가 도중에서 산 것 같지도 않았다. 남이 여러 번 입었거나 쓴 흔적이 있는 낡은 것들뿐이었다. 즉 변호사가 몸에 지니고 있었던 것은 남의 물건들이었다.

이데 경보부의 직감은 이랬다. 변호사를 유괴한 일당은 자기들의 옷과 배낭 같은 것을 변호사에게 입히고 짊어지워서, 기소의 산속으로 데리고 들어왔다. 그리곤 변호사를 벼랑 위에서 밀쳐 떨어뜨렸다.

상황으로 봐 당연한 추측이었다.

"해부해서, 정확한 사인을 조사해 주십시오."

경부보가 요구했다.

이것이 도쿄였다면, 하고 경부보는 생각했다. 이런 변사체가 생기면 언제나 가져가서 부탁을 하곤 하는 도쿄 도(都) 감찰의무원에서 할 것인데, 과연 이런 시골 병원에 법의학에 능한 의사가 있을까. 그는 의구심을 지울 수가 없었다.

집도의(執刀醫)는 그 지방 국립의료원장으로서 머리가 반백이 된 풍채 좋은 사람이었다. 그는 우선 외관의 소견을 말해서 조수에게 받아 쓰게 하고, 경부보가 생각했던 것보다는 훨씬 능숙한 솜씨로 시체의 내부를 헤치기 시작했다.

원장은 내부의 소견을 조수에게 받아 쓰게 했다. 그리고 옆에 서 있는 이데 경부보에게 말했다.

"이 사람은 매우 허기져 있었던가 봅니다. 나중에 위 속의 내용물을 보여 드리겠습니다."

의사는 간장과 위, 심장, 폐 등을 잘라 내서, 조수에게 그 중량을 달아보게 했다.

내장 해부 검시가 대강 끝나자, 원장은 두개골을 절단해서 뚜껑을 열었다. 담갈색의 뇌가 주름을 잡고 얇은 종이와 같은 뇌막에 싸여서, 깨끗하게 들어 있었다. 파라핀 종이에 싼 값비싼 과일 같은 모습이었다.

"선생님, 뇌 조사는 세밀히 해주십시오."

경부보가 말하자, 마스크를 착용한 의사가 고개를 끄덕였다.

의사는 그것을 들여다보며, 손가락 끝으로 찔러 보다가 조수에게 말했다.

"머리 피하에 출혈은 없음."

그리고 다시 눈을 가까이 해 뇌 속을 살피고 나서 말했다.
"대상 타격의 소견 없음."
"선생님, 그건 무슨 뜻입니까?"
경부보가 물었다.
"이만큼 후두부를 강타당하면 보통의 경우는 머리 피하에 출혈이 있는 법인데, 그게 전혀 없어요. 그리고 뇌는 이렇게 연체라서 충격을 받으면 대각선 쪽에 타격의 징후가 나타나는데, 그것도 없구요."
"그런 특징은 뇌진탕의 경우에도 있는 것입니까?"
"그렇습니다."
"그럼, 그게 없다는 건 무슨 뜻일까요?"
"아니, 뇌진탕은 그런 것이 없더라도 일어날 수 있습니다. 뇌진탕의 경우는 그 자체의 해부 소견만으로는 모르는 것이 보통입니다. 그러나 머리 피하의 출혈이 없다는 것은…… 어떻게 된 걸까? 이렇게까지 타격이 심했으면, 마땅히 있어야 할 텐데……."
의사는 뇌에서 손을 옮겨 절개한 심장을 헤쳐 보더니, 놀란 표정을 지었다. 그는 조수에게 물었다.
"체온이 몇 도였나?"
시체의 체온은 체온계를 항문에 삽입해서 재 놓았었다. 조수가 대답하자 의사는 고개를 끄덕였다.
"동사의 징조가 있는데요."
"네? 동사라뇨?"
경부보는 눈을 둥그렇게 떴다.
"체온이 대단히 낮습니다. 그리고 심장 혈액 빛깔이, 양쪽이 저마다 달라요. 왼쪽 것은 이렇게 빨간데, 오른쪽 것은 이렇게 검어요. 동사체의 경우와 비슷해요."

경부보는 의사의 말을 듣고 시체 발견 전날 태풍이 불었다는 것을 생각했다. 1500미터 가까운 산중에서 밤새 비를 맞았다면, 그런 상태가 될는지도 모른다. 뒤에 기상대에 문의해서 현장 부근이 몇 도까지 내려갔었는지, 확인해 보리라 마음먹었다.

"그럼 사인은 동사입니까? 뇌진탕이 아니란 말입니까?"

경부보가 물었다.

"아직 동사라고 단정할 수는 없습니다. 다만 거기에 가까운 상태일 뿐이죠."

의사는 그렇게 말하면서 위를 헤쳤다.

"깨끗하군요, 소화물이 아무것도 없어요. 매우 공복이었던 모양입니다. 따라서, 극단적으로 피로해 있었다는 걸 알 수 있군요."

의사는 다음으로 장을 조사했다. 여기에도 내용물은 없었다. 그러나, 대장의 아랫부분을 보더니 의사는 또다시 이상하다는 표정을 지으며, 핀셋 끝으로 까맣고 작은 물체를 집어내기 시작했다. 그것은 수없이 많이 나왔다.

"뭡니까?"

경부보도 들여다보았다.

"작은 것은 산딸기고, 큰 놈은 으름덩굴 씹니다."

의사는 대답을 하고 나서, 약간 머리를 갸웃하더니, 단정하듯이 말했다.

"이데 씨. 사인은 굶어 죽은 것으로 보는 편이 좋겠습니다."

"네? 아니, 굶어 죽다니요!"

경부보는 눈을 크게 떴다.

2

 사인이 굶어 죽은 것이라는 의사에 말에 이데 경부보는 놀라지 않을 수가 없었다. 세누마 변호사는 산의 급경사에서 굴러떨어져, 두부를 강타당해 죽은 것으로만 생각하고 있었다. 후두부에 깊이 5밀리미터, 길이 2센티미터에 달하는 파열상이 있었던 것이다.

 "굶어 죽다니요? 그럴 리가…… 의사 선생님, 설명을 좀 자세하게 해주십시오."

 경부보는 의사 옆에 달라붙어서 물었다. 추락사와 굶어 죽는 것은 전혀 경우가 다르다. 혹시 어쩌면 이 시골의사는 법의학 방면에 대한 지식이 결핍된 것이 아닐까 하는 생각이 들기도 했다. 전문의가 아니면 대개 그 방면에는 문외한이라, 이런 의문은 당연한 것이었다.

 "우선 위 속에 아무것도 없다는 것, 장도 이와 같이 깨끗하다는 것이 그 증거입니다."

 의사는 절개한 위와 장을 보였다.

 "봐요, 장의 아랫부분에도 소화물의 잔류가 약간밖에 보이지 않지요. 이것은 적어도 기아 상태를 보이고 있는 것입니다. 그 증거는 바로 이것이죠."

 의사는 소화물 속에서 꺼내 유리관 속에 옮긴 산딸기와 으름덩굴의 씨를 보였다.

 "이런 씨들은 소화가 안 되는 것이기 때문에, 그대로 남아 있는 것입니다. 즉, 이 사람은 굶주린 끝에 닥치는 대로 산에 있는 야생 열매를 먹었다는 걸 알 수 있습니다. 이 밖에 나무 뿌리라든가, 개구리 같은 것을 먹었는지도 모르겠습니다."

 "그럼 선생님, 사람은 얼마 동안이나 먹지 않고 버틸 수 있습니까!"

"오래 산 사람으로는 20일 이상 산 사람도 있지만 짧은 경우는 2, 3일로 사망하는 경우도 있습니다. 그것은 조건에 따라 다릅니다."
"단시일에 죽는 경우란 어떤 경웁니까?"
경부보가 물었다. 묻는 말이 이상했는지 의사는 눈을 가늘게 뜨고 웃었다.
"정신적인 충격을 많이 받고 있으면 빨리 죽겠지요. 이를테면, 공포라든가, 초조라든가, 절망 상태에 빠져 있든가 하면 말입니다."
"그렇겠군요."
경부보는 세누마 변호사가 산속을 방황하고 있는 모습을 상상했다.
"그리고 또, 날씨가 차면 아사 상태에 빨리 빠져들게 됩니다. 그래서 이 사람은 더 빨리 아사했을 것입니다. 왜 아까 동사 상태 같다고 했었지요? 그만큼 체온이 낮습니다. 그 깊은 산속에서 폭풍우를 하룻밤 내내 맞고 있었다면, 틀림없이 이렇게 됩니다."
이때 마쓰모도(松本) 측후소에 전화로 문의했던 형사가 태풍이 통과한 날 밤, 기소 근처의 해발 1천 미터 이상의 산은 최저 기온이 7도 정도였을 것이란 대답을 경부보에게 보고했다.
"그렇겠지요. 그 정도로 기온이 내려간 상태에서 호우까지 겹치면 이렇게 됩니다."
옆에서 말을 듣고 있던 의사가 말했다.
반합에는 밥알 하나 없었다. 배낭 속에도 아무것도 없었다. 아무것도 없다는 것은 있을 수 없는 일이다. 통조림류라도 들어 있었을 것인데, 아마 그것은 다 먹고 나서 빈 깡통은 버렸으리라.

그렇게 본다면 역시 이것은 굶주려 죽은 것이다.

"선생님, 그럼 사망 시간은 30시간 전이 되겠습니까?"

최초에 검시한 경찰의가 그렇게 물었다.

"그렇군요. 어제의 검시 시각으로는 30시간이 되겠지요."

원장도 그 의견에는 찬성했다.

경부보는 무엇을 생각하는 듯한 얼굴을 했다. 그것이 맞는다면, 세누마 변호사가 죽은 것은 태풍이 불던 날의 오전11시부터 12시경 사이다. 기아 상태가 사흘이나 나흘이라면 세누마 씨는 5, 6일간 산속을 헤매였다는 결론이 나온다.

왜 그랬을까? 어째서 그는, 그렇게 산속을 혼자서 방황했을까? 이데 경부보는 그 이유를 짐작할 수가 없었다.

그 사이에도 의사는 내장을 하나하나 메스로 자르고 있었는데, 별안간 이거 이상한데, 하고 혼잣말처럼 중얼거렸다. 그 말에 경부보의 귀는 번쩍했다.

"뭡니까, 선생님?"

"이거 말이오, 이건 방광인데."

의사는 내장의 한 부분을 가리켰다.

"오줌의 양이 매우 적습니다. 굶고 있었으니, 물은 많이 마셨을 텐데 오줌이 매우 적어요. 그러고 보니 어쩐지 다른 장기가 좀 건조한 느낌이더라니."

의사는 조수에게 말해서 작은 컵에 오줌을 받게 했다.

컵에는 눈금이 있었다. 조수는 눈금을 보고 4cc라고 말했다.

"오줌이 적다는 것은, 사인과 관계 있는 것입니까?"

경부보가 물었다.

"아니, 직접 관계는 없지만 수분이 모자라면 기아가 빨리 옵니다."

세누마 씨가 물을 마시지 않은 것 같다니 어떻게 된 일일까? 그날 밤은 현지에 420밀리미터나 비가 내렸으니, 물 부족 같은 것은 생각할 수 없는 일이 아니겠는가?

그러자 지금까지 아무 말도 않고 처음부터 끝까지 듣고 있던 후쿠시마 서의 경부보가 입을 열었다.

"그건 말입니다. 본인은 물론 물을 마시고 싶었겠지요. 그러나 아무리 비가 내렸더라도 거기는 암반으로 지면이 굳고 습지가 없습니다. 그래서 비는 전부 흘러내려가고 말지요. 물이 괴어 있는 데는 없어요. 그런데 시체가 발견된 현장 바로 아래엔 못이 있습니다. 이건 내 상상입니다만, 세누마 씨는 그 못으로 물을 마시러 가려고 했었음에 틀림없어요. 인간이란 누구나 목이 마르면 실컷 물이 마시고 싶어지는 법이니까요. 그런데 굶주리고 피로해 있었기 때문에 비틀거리다가 바위 위에 추락했을 것입니다."

이데 경부보는 이 말을 듣자 그 말에도 일리가 있다고 생각했다. 추락으로 인해 뇌진탕을 일으켰든가 어쨌든가 해서 움직이지 못하게 되었고, 그 상태에 비바람이 몰아쳐 아사를 촉진했을 것이리라……

그러나 그는 이때, 더 중요한 것을 생각해야 했을 것임에도, 그것을 미처 생각하지 못했다.

그것보다도, 경부보는 어째서 세누마 변호사가 기소의 산악으로 올라가지 않으면 안 되었던가를 곰곰이 생각했다. 경부보는 세누마 씨의 동생에게 물었다.

"세누마 씨는 곧잘 산을 타곤 했었습니까?"

"아뇨, 그런 취미는 전혀 없었습니다."

동생이 대답했다.

"이 기소 근처에 무슨 관계라도 있습니까? 이를테면 아는 사람이 있다든가, 전에 온 일이 있다든가, 그런……."

"아뇨, 그런 것도 없습니다."

이상한데, 하고 경부보는 생각했다.

등산도 할 줄 모르는 세누마 씨가 인연이 전혀 없는 중앙 알프스의 스리코기(摺古木) 산 중허리를 대엿새씩 방황했다. 왜 그랬을까? 이데 경부보는 세누마 씨의 불가해한 죽음을 보자 저도 모르는 사이 헤밍웨이의 '킬리만자로의 눈'의 첫머리를 떠올렸다.

킬리만자로는 높이 1만 9710피트, 이 서쪽 정상 가까이 말라 죽은, 그래서 얼어붙은 표범의 시체가 가로놓여 있다. 이렇게 높은 데까지 표범이 무엇을 구하러 올라왔었을까. 그것을 설명할 수 있는 사람은 아무도 없다.

'세누마 씨는 무엇하러 아무 관계도 없는 산에 올라가 굶주려 죽었을까?'

경부보의 머리에 다시 그 1절이 떠올랐다.

이 서쪽 정상 가까이, 말라서 얼어붙은 표범의 시체가 가로놓여 있다. 이렇게 높은 데까지 표범이 무엇을 찾으러 올라갔었는지 그것은 아무도 설명할 수 없다.

그러나 세누마 변호사가 한 마리의 표범이 아니라는 것은 이데 경부보도 알고 있었다.

변호사는 타인의 손에 의해 도쿄에서 납치되었었다. 그렇다면, 그가 중앙 알프스의 산을 올라간 것도 자기의 뜻에서가 아닐 것이다. 외부로부터의 강제에 의해서 거기로 끌려갔을 것이라는 건 쉽사리 생각할 수 있는 일이다.

경부보는 해부소견서를 자세히 써달라고 하여, 그것을 경시청으로 보내는 한편 후쿠시마 경찰서의 협력을 얻어, 현장 부근의 정보를 수집하기 시작했다.

현장 부근이라 하지만 인가는 오다이라 가도를 따라 산골짜기에 드문드문 점처럼 흩어져 있다. 그것도 매우 멀리 떨어져 있었다. 예상했던 대로 단서는 찾을 수 없었다.

그러나 실마리는 엉뚱한 곳에서 풀렸다. 미도노(三留野)와 이다 간을 연결하는 버스의 차장이 후쿠시마 경찰서에 출두했다.

폭풍우가 있었던 날로부터 닷새 전 오전 11시, 나고야에서 오는 하행 열차가 미도노 역에 닿자, 두 번째 이다행 버스와 연결됐다. 그때 문제의 세누마 씨처럼 생각되는 인물이 그 버스를 탔었다는 것이 여차장의 증언이었다. 어떻게 그걸 알았느냐니까 빛바랜 녹색 셔츠를 입고 있었던 것이 기억에 남아 있다고 했다.

"이런 사람이었나?"

이데 경부보가 세누마 씨의 사진을 꺼내 보이자, 차장은 얼굴은 기억에 없다고 대답했다.

"그 사람은 혼자가 아니었어요."

차장이 말했다.

"대여섯 사람과 함께였어요."

"그럼 일행이 있었군그래. 나이는 모두 얼마쯤 되어 보였나?"

"젊은 사람들이었어요. 거개가 서른이 채 못 돼 보였어요. 얼굴은 일일이 기억하지 못하지만요."

"버스 안에서는 어땠었나?"

"모두들 얘기하고 있었어요. 하지만 산에 대한 이야기를 주로 하더군요. 자세한 이야기의 내용은 기억에 없어요."
"그 녹색 셔츠를 입은 사람도 이야기를 같이 하던가?"
"아뇨, 그 사람만은 그다지 긴 이야기를 하지 않는 성싶었어요. 그러고 보니, 그 사람들과는 따로 떨어져 혼자 있었던 것 같아요."
"그래? 그런데 그들은 어디서 내렸나?"
"기소도케(木曾峠) 터널이 있는 데였어요. 대여섯이 함께 내리더군요. 그때 녹색 셔츠의 그 사람도 같이 내렸어요."
"그래서?"
"산속을 향해서 걸어가더군요. 모두 일렬 종대로 줄을 지어서요. 하긴 산길이라 그랬을지도 모르지만요."
"잠깐, 그때 녹색 셔츠를 입은 사람은 앞에 있었나? 뒤에 있었나?"
"글쎄요, 참, 한가운데 섰었던 것 같아요."

경부보는 생각했다. 한가운데라면 앞뒤로 둘러싸인 형태다. 그렇다면 역시 세누마 씨는 납치범들에 의해 강제적으로 그 산에 끌려가게 된 것이다.

이 버스와 현장에서 엇갈렸는 재목을 운반하던 트럭 운전사도 찾아내 물어봤는데, 그 역시 버스 차장과 같은 증언을 했다. 이런 증언들을 종합한 결과, 당시 상황은 대략 다음과 같았던 것으로 추측되었다.

3

주오 선의 나고야와 시오지리 중간쯤에 미도노(지금의 나기소)라는 작은 역이 있다. 뒤로 기소 강이 흐르고 있다는 것 말고는 이렇다 할 특징이 없는 산골의 조그마한 역이다. 다만 문학을 좋아하는 사람이라면 이 역 앞에서 옛 나카센 도(中仙道)의 남쪽을 따라 조금 내려가면 도손(藤村)의 '밤이 새기 직전'이란 작품의 무대가 되고 있는 '마고메(馬籠) 여인숙'이 있다는 것을 생각하고, 정거장 이름을 주시하는 정도일 것이다.

오전 11시 하행열차가 도착하면, 역전에서 기다리고 있던 버스는 기차에서 내린 손님을 태우고 달리기 시작한다. 행선지 표지는 '미도노─이다'라고 되어 있다. 이 버스는 기소다니(木曾谷)에서 이나다니(伊那谷)의 이다 시(飯田市)까지, 고마가다케(駒ヶ) 산악의 척추를 기듯이 44킬로미터의 산길을 하루에 세 번씩 왕래한다.

차장은 그날을 8월 21일로 기억하고 있었다. 이때의 손님은 14, 5명쯤 되었었다. 등산 차림의 손님이 다섯 사람 있었는데 오다이라까지의 차표를 끊었기 때문에 캠프장으로 가는 줄 알았었다. 젊은 사람도 있었고 나이가 좀 든 사람도 섞여 있었다. 차 안에서는 산에 대한 이야기를 하면서 떠들썩했다.

버스는 급경사의 언덕길을 구불구불 돌면서 숨을 헐떡거리며 기어올랐다. 도중의 마을에서 세 사람을 내리고 한 사람을 태웠다. 그 다음부터는 10리길 산언덕에 인가가 있는 것은 오다이라뿐으로, 그 뒤는 우거진 삼림만이 압박하고 있는 산기슭을 낀 길의 연속이다. 한쪽은 벼랑으로 까맣게 내려다보이는 아래로는 시내가 흐르고 있었다. 그러나 바라보이는 산의 모양은 끊임없이 변했다.

1시간쯤 가자, 버스는 5분간 정차를 했다. 찻집 하나가 골짜기를 향해서 외로이 서 있었다.

"기소미 찻집입니다."

승객은 대부분 내렸다. 차 안에 남는 사람은 적었다. 운전기사는 기지개를 켜며 내리고, 차장도 뒤따라 내렸다.

여기서 보니 기소다니 일대가 한눈에 내려다보였다. 골짜기의 지형을 여기만큼 완연히 볼 수 있는 곳은 어디든 없다. 연속된 삼림이 암록색으로 퍼져올라 있었는데, 그 끝은 온다케(御嶽)로 계속되어 있었다. 구름의 그림자로 지상에는 군데군데 반점이 나타나 있었다. 푹 꺼진 골짜기에 햇빛이 비치고 하얀 길이 머리카락처럼 구부러져 있다. 거기만은 밝았다. 산의 복잡한 융기에 명암이 교차돼 그 입체감이 순간 착각을 일으키게 했다. 온다케(御嶽), 호다카(穗高), 야리(槍) 능선이 여러 가지 색으로 하늘을 오려내고 있었다.

찻집에 들어가서 오뎅을 먹는 사람도 있었고, 바깥 경치를 바라보고 있는 사람도 있었다. '온다케 요배소(御嶽遙拜所)'라는 표지판이 있는 언덕 위에 올라가 서 있는 사람도 있었다. 5분간의 휴식은 분주했다. 운전기사는 엉거주춤 앉아서 강아지와 장난을 치고 있었고, 여차장은 찻집 노파와 이야기하고 있었다.

등산 차림을 한 패는 오뎅을 먹고 있었다. 메밀국수는 없느냐고 묻는 것으로 봐 배가 고픈 모양이었다. 다섯 사람 가운데 한 사람만은 빛바랜 녹색 셔츠에 등산모를 쓰고 있었다. 이 사나이만은 아무것도 먹지 않고 같이 이야기도 하지 않았다. 어쩐지 동떨어진 존재같이 느껴졌다. 그는 검은 안경을 끼고 있었다. 그것만이 운전기사나 차장의 인상에 어렴풋했을 뿐 다른 것은 전혀 기억에 없었다. 이 계절에는 이 산간 노선에서는 너무나 흔히 보는 차림의 승객이었다.

5분 뒤, 버스는 흩어졌던 손님을 다시 태우고 출발했다. 차는 여태까지와 다름없이 가쁜 숨을 몰아치면서 꾸불꾸불한 언덕을 기어올라갔다. 숨이 막힐 것 같은 숲 속에는 사람 그림자 하나 보이지 않았다. 이따금 재목을 쌓아 올린 트럭이 커브길에 갑자기 나타나서 놀라게 할 뿐이었다.

 그런 일이라도 없다면 산과 숲만 보이는 긴 시간이 몹시 지리하게 느껴졌을 것이다. 운전기사만이 신경을 곤두 세우고 있었다. 밤이면 산돼지가 나온다는 길이었다.

 승객 중 한 사람이, 이 길에 곰이 나왔던 이야기를 했다. 그러자 듣고 있던 상대편은 영양(羚羊)을 사로잡은 이야기로 응수했다. 원숭이는 낮에도 두려움 없이 나타나곤 한다는 것이었다.

 등산 차림의 다섯 사람은 뒤에 앉아서 서로 이야기하고, 웃고 하며 떠들어 대고 있었다. 그러나 다만 한 사람, 그 녹색 셔츠의 사나이만은 여전히 입을 다문 채 창밖을 응시하고 있었다.

 이 산길은 나카센(中仙) 가도와 이나(伊那) 가도를 연결하는 오다이라 가도로 옛날부터 있던 길이다. 그런데 버스 노선을 만드느라고 옛길을 약간 넓혀 놨는데 지질이 약한 모양으로 언덕이 무너진 곳이 많았다. 무너진 흙더미 속으로 시내가 흐르고 있었다. 아래쪽은 무성한 밀림이 깔려 있다.

 이다 분지까지는 3시간 이상이나 걸린다.

 차장은 할일 없이 운전석 옆에 앉아 있었다. 승객도 절반쯤은 잠들어 있었는데 심한 동요가 있을 적마다 눈을 뜨곤 했다. 그러나 눈을 떠봤자 보이는 것은 산뿐이라 도로 눈을 감았다. 등산 차림의 사나이들은 아직도 여전히 지껄이고들 있었다. 계속 쉴 사이 없이 일을 하는 사람은 핸들을 움켜쥔 운전기사 한 사람뿐이었다.

 서쪽으로 기소 계곡, 동쪽으로 이나다니(伊那谷)의 단층을 함몰시키며 융기하고 있는 이 산맥은 북으로부터, 교오가다케(經岳), 고마가다케, 미나미고마케다케(南駒岳), 넨죠다케(念丈岳), 스리코기 산, 에나 산(惠那山) 등의 봉우리를 일으키고 있었다. 버스는 스리코기 산 남쪽을 기어가고 있었다.

1400미터의 기소도케가 이 산 가도의 정점이었다. 11월이 되면 눈으로 교통이 두절되는 곳이다.

구름이 머리 바로 위를 흐르고 있었다. 언덕이 무너진 곳을 보수하고 있는 인부 둘이, 엉거주춤 앉아서 담배를 태우고 있는 것을 보았는데, 그것이 이 길에서 만난 유일한 사람이었다. 미도노 역을 출발한 지, 벌써 1시간 반은 충분히 지나 있었다. 버스는 끈덕지게 계속 산 위로 올라갔다.

단조로운 시야에 약간의 변화가 있었다. 차가 달리고 있는 쪽으로 터널이 나타났다. 운전기사의 어깨가 긴장을 푸는 성싶었다. 고개였다.

"어이, 멈춰 줘! 차장!"

뒤쪽에서 소리가 들려왔다.

여차장은 일어나서 뒤를 돌아보며 소리친 사람들 쪽을 보았다.

"여기서 내리시겠어요?"

다섯 사람의 등산객이 서둘러 일어나고 있었다.

"그렇소, 여기서 내릴 거요."

운전기사가 브레이크를 걸었을 때, 운 나쁘게도 터널로부터 트럭이 나타났다.

"잠깐 기다리세요. 돌려야겠으니까요."

차장은 손님을 저지했다.

트럭은 등에다 재목을 쌓아올려 거대하게 보였다. 그 위에 두 사람이 타고 있었다. 버스는 몸부림을 치면서 뒤로 물러났다. 나뭇가지가 버스의 지붕을 세차게 후려쳤다.

트럭의 엇갈림을 기다릴 필요도 없이 다섯 사람의 등산객은 차에서 내렸다. 다만 한 사람뿐인 빛바랜 녹색 셔츠만이 유난히 눈에 띄었다. 그것은 버스 속의 사람이나 트럭 위에 타고 있던 사람도 모두 기억하고 있었다.
 뒤에 경찰서에서 물었을 때 증언했다.
 "그건 틀림없이 기억하고 있습니다."
 다섯 사람은 저마다 흩어져서 걷고 있었다. 그러나 자세히 보니 녹색 셔츠의 사나이를 한 사람이 바싹 붙어 따르고 있었다.
 한 사람이 터널의 위쪽을 쳐다보았다. '기소도케'라는 글자가 액자처럼 새겨져 있었다.
 이쪽이다, 한 사람이 손가락으로 가리킨 쪽은 산으로 향하는 좁은 길이었다. 이윽고 다섯 사람은 종렬로 그 길을 오르기 시작했다.
 녹색 셔츠는 그 줄 한가운데서 걷고 있었다. 왜전나무나 노송나무의 숲 속 깊이 그 종대의 행렬은 사라져 갔다. 제일 끝에 가던 사나이가 뒤돌아보고 버스를 향해 손을 흔들었으나 거기에 응답하는 사람은 하나도 없었다.
 차에서 내렸던 운전기사가 소변을 보고 나서, 운전석으로 올라가 핸들을 잡았다. 목이 마르다고 차장이 말했다.
 "방금 그 손님들에게 물을 얻어 먹었더라면 좋았을 것을."
 운전기사가 이렇게 말하고 액셀을 밟았다. 차에서 내린 다섯 사람에 관해서는 이것이 전부였다. 버스는 터널을 지나 나머지 1시간 반의 단조로운 산길을 달리기 시작했던 것이다.
 변호사는 그 산까지 일당에 의해서 끌려가는 도중 기차도 탔고 버스도 탔는데 어째서 큰소리를 쳐서 구조를 청하지 않았을까? 소리를 지르면 되었을 것이다. 그러나 이것은 세누마 씨가 소리를 지르면 곧 위해를 당할 상태에 있었음에 틀림없었다.
 그러나 일당은 어째서 세누마 씨를 그 장소로 끌고 가야만 했던가 그 이유는 알 수 없다. 그리고 세누마 씨는 혼자서 굶어 죽었으므로 그 일당은 재빨리 그를 산속에 남겨 두고 도주했음에 틀림없다.

그러나 그 산에는 굶어 죽을 정도로 그렇게 인적이 드문 심산유곡이란 말인가. 경부보가 이런 의문을 제기하자 그 지방 사람으로 지리에 밝은 한 형사가 대답했다.

"그렇습니다. 그 산엔 길 같은 길이 거의 없습니다. 게다가 안개가 깊어서 날씨 변화가 매우 심합니다. 날이 개었는가 하면, 곧 구름이 덮여서 앞뒤조차 분간할 수 없게 됩니다. 그렇게 되면, 산에 익숙한 사람도 길을 잃게 마련입니다. 하물며, 등산 경험이 없는 사람이 이런 경우를 당하면 방향을 잃어버리고 인가로부터 점점 멀어질 뿐입니다. 게다가 울창한 원시림 속이라 더욱 그렇습니다."

4

이데 경부보가 도쿄에 돌아오니, 수사본부에서는 그가 오기를 기다렸던 것처럼 곧 회의를 열었다.

경부보는 하나도 빼지 않고 설명했다. 사토무라 수사 1과장과 이 사건의 주임인 야구치 경부는 열심히 들으면서 메모를 하고 있었다.

특히 의사의 해부 소견은 자세하게 검토했다.

"4, 5일 정도 굶었다고 죽을까?"

주임이 얼굴을 들고 말했다. 역시 아사가 문제되었다.

여기서 이데 경부보는 해부한 기소후쿠시마 병원장이 말한 빠르게 아사가 오는 조건을 말했다.

주임은 아무 말없이 자리에서 일어나 밖으로 나갔는데, 그것은 언제나 변사체의 해부를 부탁하곤 해왔던 고지마(小島) 박사에게 전화로 문의하기 위해서 그러는 것 같았다. 그것은 꽤 시간이 오래 걸렸다. 그는 돌아와 책상 앞에 앉더니 무엇을 깊이 생각하는 듯 잠자코 앉아 있었다.

"그럼 세누마 변호사에 관한 것을 일단 정리해 보자."

주임은 자기가 직접 항목별로 다음과 같은 것을 썼다.

① 세누마 씨는 도쿄 역을 기차를 타고 도카이도 선을 하행했으니, 행선지는 나고야 방면으로 추측된다.

② 세누마 씨가 주오 선의 미도노 역에서 버스를 타고, 비로소 그 모습을 나타낸 것은 도쿄 역에서 사라진 지 많은 시일이 경과된 뒤다. 그는 그동안 자신을 납치한 일당에 의해 감금되어 있었던 것으로 짐작되는데, 그곳은 어딘가?

③ 이전 기차의 행선지가 나고야 방면이고, 이번에 역에서 내려 버스에 오른 곳이 미도노 역이니 그가 감금된 장소는 나고야 부근에서 기소까지의 주오 선 언저리라고 생각된다.

④ 일당은 어째서 세누마 씨를 스리코기 산에 데리고 갔을까? 그것은 처음부터 아사시킬 것을 목적으로 한 것일까?

⑤ 변호사가 산속에서 혼자 내버려진 것은 언젤까? 즉 아사를 목적으로 했을 경우, 세누마 씨가 산속에서 방향을 잃고, 수일간 방황한다는 것은 절대적인 조건이 되는 것이다. 그렇다면 그런 상태가 되는 것을 확인하기까지 그와 함께 동행한 일당은 산에 있으면서 며칠 동안 감시하고 있지 않으면 안 된다. 만일 세누마 씨가 산에서 탈주한다면 그들로서는 굉장히 큰 낭패를 당하기 때문이다.

⑥ 마지막으로, 왜 산속으로 연행하여 아사시키는 그런 절차가

복잡한 살인 방법을 택했을까? 살해하려면 좀더 간단하고 흔히 쓰는 방법이 있을 텐데, 어떤 이유에서일까?

수사회의는 이런 것들을 중심으로 저마다 의견을 내놓고 이야기하기 시작했다.

주임은 담배를 피우면서 여러 사람의 의견을 듣고 있었지만, 아무래도 이 아사에는 납득할 수 없는 점이 있었다. 막연하지만 무언가 석연치 않고 어딘지 불합리한 점이 있었다. 그리고 그것이 이쪽 동태를 지켜보고 있는 듯한 느낌이 들었다.

그러나 세누마 씨가 그 산속에 들어가 죽은 것은 사실이다. 버스에서의 목격자도 있고 시체의 내장에서는 그 산에서 따먹은 산딸기나 으름덩굴 열매 씨가 나왔다. 이것은 움직일 수 없는 일인 것 같았다.

그러자, 한 형사가 하는 말이 그의 귀에 심상찮게 들려왔다.

"해부 소견에 의하면 소변의 양도 적고 전체적으로 장기의 수분이 결핍돼 있었다고 씌어 있는데, 세누마 씨는 그렇게 되기까지 어째서 물을 마시지 않았을까요?"

도쿄의 신문은 이틀째 계속해서 '신주쿠 살인 사건'의 속보를 큰 기사로 보도했다.

그 하나는 수사 당국이 들것과 권총의 출처를 추궁해서 범인의 본명을 알아냈다는 것이다.

이것에 의해서 바 레드문에서 야마모토라고 자칭하면서 바텐더로 일하고 있던 용의자는, 본적 나가노 현 미나미사쿠 군 하루노 마을 아자요코의 구로이케 겐키치(黑池健吉)라는 것이 판명됐다. 동인은 1947년 임시 교원으로서 당시 하루노(春野) 중학교에 봉직, 1948년에 퇴직했다. 그 뒤, 도쿄 방면으로 간 채 소식이 끊어졌다. 본적지에는 가족이 없고 수사 당국은 사건 발생 이후 약 4개월이 지난 이제야 범인의 체포가 겨우 가까워졌다고 긴장하고 있다.

이튿날은 그것을 뒤따르듯 세누마 변호사의 죽음을 보도했다.

세누마 씨가 어째서 스리코기 산속에서 아사 상태로 사망해 있었느냐가 수수께끼로 남아 있다. 당국에서는, 일주일 전 주오선 미도노 역에서 내려 이다행 버스를 타고 오다이라 가도를 통과하여 기소도케에서 내린 다섯 사람 중의 한 사람이 세누마 씨였다는 확신을 가지고 있다. 이것은 시일도 맞고 버스 차장, 기타 목격자의 증언에 의해서 확인되었다. 동행한 네 사람은 세누마 씨를 도쿄에서 납치한 일당이라고 보고 그 행방을 수사하고 있다. 또한 세누마 씨는 신주쿠 살인 사건에 관련이 있기 때문에 동 사건의 범인인 구로이케 겐키치의 소재 추궁의 수사가 한층 더 바빠졌다.

하기자키 다쓰오는 이 두 기사를 하숙에서 읽었다. 그가 주오선의 기후 현 미즈나미 시에서 아무 소득 없이 도쿄로 돌아온 뒤, 벌써 3개월 이상이 지났다. 그동안 가만히 틀어박혀 있었던 것은 아니지만 알맹이가 있는 일은 아무것도 알아내지 못하고 있었다.
다쓰오는 한 일주일 전 신문사에 전화를 걸어서 다무라를 불러내려고 했다. 그 뒤 그가 무슨 새로운 사실을 알았는지 그런 것을 들을 참이었다.

"다무라 씨는 출장중이십니다."

교환수가 말했다.

"출장? 어디로 가셨는데요?"

"규슈입니다."

"규슈 어딥니까?"

"그건 모르겠습니다."

교환수는 냉담하게 대답했다. 그것은 취재상의 비밀로 되어 있는지도 모른다. 돌아오면 전화를 걸어달라고 부탁하고 이쪽의 이름을 가르쳐 줬다. 그런데 그는 왜 또 규슈로 갔을까?

다무라가 없는 동안에 이 두 가지 발전이 있었다. 다쓰오는 신문 기사 내용 말고 다른 상세한 사실을 알고 싶었으나 별 도리가 없었다. 다무라가 있으면 곧 달려와서 땀을 흘리며 여러 가지 이야기를 해줄 것임에 틀림없다.

'역시 프로는 달라.'

다쓰오는 신문을 읽고 새삼 감탄했다. 경찰이란 정말 대단하다. 이쪽이 두서너 걸음 앞서 있는 듯해도, 우물쭈물하고 있는 사이에 착실한 걸음걸이로 수사를 진전시키고 있는 것이다. 그래서 그는 자기가 하고 있는 일이 어쩐지 아무 소용도 없는 일을 하고 있는 것 같은 전부터의 예감이 현실로 눈앞에 들이닥친 것처럼 생각되었다. 자신이나 다무라가 아무리 애써도 이렇게는 못한다.

프로들의 조직적인 수사력 앞에는 아마추어로서 무력하기 그지없는 것이다. 다쓰오는 뼈저리게 아마추어의 한계와 무능을 통감하지 않을 수 없었다. 마음 한구석에서 까닭없이 괜히 화가 끓어오르는 열패감을 느꼈다.

구로이케 겐키치, 구로이케 겐키치, 다쓰오는 신문 활자의 이 넉 자를 뚫어질 듯이 응시했다.

바로 이 사나이가 세키노 과장을 자살케 했다. 3천만 원을 사기해 먹고, 전무를 좌천시켰다. 평생을 두고 잊어버릴 수 없는 이름인 것이다. 이런 것을 생각하면 세누마 변호사의 기괴한 죽음 같은 것은 그에게 있어서는 아무래도 좋았다. 그 사나이가 아직 이 지상의 공기를 태연하게 호흡하고 있다는 사실이 분노스러웠다.

본적 나가노 현 미나미사쿠 군 하루노 마을 아자요코, 이것을 다쓰오는 여러 번 되풀이하여 읽었지만 머릿속에 떠오르는 것은 딱히 없었다. 그러나 별안간 그는 소스라쳤다.

"앗!"

본적을 읽고 난 뒤 아무런 생각의 연결이 없는 순간이었다. 그는 어떤 비슷한 점에 생각이 미쳤던 것이다.

다쓰오는 서둘러 호주머니에서 수첩을 꺼내 펼쳤다.

"야마나시 현 기타고마 군 바바 마을 신죠(山梨縣 北巨摩郡 馬場村新庄) 요시노 사다코."

미즈나미 우체국에서 보여 달라고 해서 안 보통 어음의 수취인 이름이었다. 그 우에자키 에쓰코라고 짐작되는 여성이 자기와 약간의 시간 차로 우체국에 남겨 두고 간 기록이다.

야마나시 현 기타고마 군과 나가노 현 미나미사쿠 군과는, 다쓰오의 막연한 생각으로도 아주 가까운 거리인 것처럼 생각되었다.

다쓰오는 그것을 정확하게 알기 위해서 곧 근처 책방으로 달려가, 나가노 현과 야마나시 현의 지도를 사 가지고 왔다.

나가노 현 미나미사쿠 군이라는 곳은 나가노 현의 남단으로 야마나시 현에 인접해 있었고, 야쓰가다케의 동쪽에 위치하고 있었다. 다음, 야마나시 현의 기타고마 군의 바바 마을이라는 현 지명은 보이지 않았다.

아마도 마을 이름과 요시노 사다코라는 이름은 모두 가짜임에 틀림 없었다. 그러나 기타고마 군은 이 현의 북쪽 끝으로, 나가노 현 미나미사쿠 군에 인접해 있었다.

이것은 우연일까?

다쓰오는 두 지도를 펼쳐 놓은 채 담배를 피우면서 생각에 잠겼다.

그 어음은, 미즈나미의 어느 구석엔가 틀어박혀 숨어 있는 구로이케 겐키치가 우에자키 에쓰코를 심부름 시켜서 우체국으로부터 돈을 찾아낸 것이다. 그러므로 이 수취인 주소 성명은 구로이케가 생각해서, 에쓰코에게 쓰게 한 것임에 틀림없을 것이다. 둘 사이가 어떤 이유에 의해서 그런 일이 행해졌는지는 전혀 알 수 없었다. 그러나 여하간 여기까지는 충분히 추정할 수 있는 일이다.

사람은 누구든 거짓 주소를 쓸 때는 어떤 기억에 의해서 쓰는 것이 보통이다. 구로이케 겐키치의 심리에 들어가서 생각해 보자. 그가 경험해 본 장소는, 자기가 태어난 고장과 도쿄다. 추적을 당하고 있다고 의식하고 있는 그로서는, 이 2개의 어느 쪽도 주소로 쓰기에는 꺼림칙했을 것이다. 그것은 그 고장들이 그의 과거로부터 계속해서 지금의 생활로 연결되어 있다는 본능적인 두려움이 있기 때문이다. 나가노 현과 도쿄라는 광막한 지명으로부터도 혹시나 발각의 단서를 주게 되지나 않을까 하는 두려움에서였다.

구로이케 겐키치의 불안은, 나가노 현을 야마나시 현으로 바꾸어 놓았다. 현이 다르면 안심이라는 생각이 생기게 마련이다. 야마나시 현에서도 그의 기억에 짙은 곳은 바로 이웃의 기타고마 군이다. 그는 오래 생각할 필요 없이 이 현의 이름을 쓰고 마을 이름은 되는 대로 붙였을 것이다.

하기자키 다쓰오는 두 지도를 앞에 놓고 이와 같은 추론을 얻었다.

 그러자, 구로이케가 태어났다는 나가노 현 하루노 마을에 다쓰오는 적지않은 흥미가 쏠렸다.

 물론 지금 구로이케 겐키치가 그곳에 있을 것 같은 생각이 들어서가 아니다. 그러나 스물 셋이 되도록 거기서 살았고 중학교의 임시 교원까지 했으니, 그의 과거의 생활과 밀접한 고장이다. 그곳에는 그의 과거가 살고 있다.

 "그렇다, 한번 어디 가 보자."

 다쓰오는 결정했다.

 신문에는 범인 구로이케 겐키치의 체포는 가까워졌다고 보도돼 있다. 수사가 다쓰오를 추월하는지도 모른다. 그러나 그가 붙잡히면 그것으로 좋다. 자신의 손으로 구로이케 겐키치를 꼭 붙들어야 한다는, 수사 당국과의 경쟁심을 가져야 할 필요가 어디 있겠는가? 다무라와 같은 신문기자도 아니다. 구로이케가 수사 기관의 손에 의해서 체포된다 하더라도 후회할 것까지는 없다. 어쨌든 그 고장을 직접 한 번 가보기로 했다.

 기차 시간을 조사해 보니, 마침 신주쿠 역 발의 12시 25분 준급행이 있었다. 다쓰오는 서둘러 채비를 차리고는 역으로 달려갔다.

 "다무라 씨는 아직 출장에서 안 돌아 오셨습니다."

 교환수가 대답했다.

 대단히 오래 걸리는 출장이라고 다쓰오는 생각했다. 전화 부스를 나오니, 일전의 태풍이 지난 뒤 해는 훨씬 가을의 서늘한 기분을 느끼게 하고 있었다.

5

 고오후를 지나서 고부치자와(小淵澤)에는 4시 19분에 닿았다.

나가노 현 하루노 마을로 가는 데는, 여기서 고모로(小諸)행 고우미(小海) 선을 바꿔타지 않으면 안 된다. 지선으로 갈아타려면 3시간씩이나 기다려야 한다는 걸 알았기 때문에, 다쓰오는 그대로 고부치자와를 지나서 후지미(富士見)까지 내려가서 그 고장 구경을 했다.

백화나무 숲 속에 서서 보니, 반대쪽 언덕 위에는 빨간 지붕과 파란 지붕들이 깨끗이 줄지어 서 있었다.

다카하라(高原) 요양원의 흰 건물이 보였다. 석양빛에 유리창이 붉게 물들고 있었다. 그것을 바라보고 있다가 다쓰오는 불현듯 미즈나미 교외의 언덕에 서 있던 어두운 인상의 정신병원 건물을 연상했다.

다시 고부치자와로 되돌아와서, 고우미 선으로 갈아타고 사쿠우미노구치(佐久海口)라는 작은 역에 내린 것은 밤 10시가 가까워서였다. 어둠 속에서도 산의 감각이 갑자기 피부에 와 닿았다.

역 앞에 아래쪽은 음식점이고 2층은 여관으로 돼 있는 집이 하나 불을 밝히고 있었다.

노파가 전등불이 어두운 조그마한 방으로 다쓰오를 안내하고 미지근한 엽차를 가져왔다.

"할머니 늦어서 미안합니다. 여기서 하루노 마을은 얼마나 떨어져 있습니까?"
"하루노는 20리 떨어져 있는데, 그곳 어디를 가시려오?"
"아자요코라는 곳입니다."
"아, 아자요코까지? 아자요코라면 한 15리만 가면 되지요."
"혹시, 그곳에 살고 있었던 구로이케라는 사람을 아십니까? 하루노 중학교에서 교편을 잡은 적이 있는 사람인데요, 한 8, 9년 전의 일입니다만."

노파는 그런 사람은 모른다고 고개를 저었다.

이튿날 아침 다쓰오는 일찍 눈을 떴다. 어젯밤 도착했을 때는 어두워서 몰랐지만 밖에 나와보니 아침의 상쾌하고 맑은 공기 속에 야쓰가다케산이 넓은 산자락을 이끌고, 가까이 다가와 있었다. 언제나 서쪽에서만 보아왔기 때문에 뒷면에 있는 다른 산모양이 신기하게 느껴졌다.

아침 식사를 하고 다쓰오는 버스를 기다렸다. 아무리 깊은 산간벽지라도 버스가 있어 편리하다는 것을 다쓰오는 새삼스럽게 통감했다.

면사무소가 있는 곳까지 버스는 고원 지대의 길을 40분쯤 덜컹거리며 달렸다. 이 산중에서는 중심지인 모양으로 농기구나 잡화 같은 것을 팔고 있는 가게가 두서너 집 모여 있었다.

조그맣고 어두운 면사무소에서는 대여섯 명의 직원들이 책상에 앉아서 묵묵히 일들만 하고 있었다.

'호적'이라는 푯말이 서 있는 창구에 서서 다쓰오는 늙은 직원에게 말을 건넸다.

"호적부를 잠깐 열람하고 싶은데요."

"네, 누구말입니까?"

"이 마을 아자요코의, 구로이케 겐키치의 호적인데요."

다쓰오가 40원의 열람료를 지불하자 늙은 직원은 두툼한 호적원부를 선반에서 내려가지고 안고 오더니, 들추기 시작했다.

"네, 여기 있습니다."

그는 가리켰다.

다쓰오는 들여다보았다. 구로이케 겐키치, 1925년 7월 2일 출생신고가 기재돼 있었다. 형이 하나 있는데 사망한 것으로 되어 있었다. 그리고 또 하나 그 옆에 있는 기재를 보았을 때 다쓰오는 별안간 눈을 크게 떴다. 그리고 뚫어지게 쳐다보았다.

그는 겐키치의 어머니 난을 다시 보았다. 어머니 이름은 야스코였고 우메무라 도라마쓰(梅村寅松)라고 하는 자의 장녀로서 역시 본적도 같은 마을인 야자요코였다.

"이 우메무라 도라마쓰 씨의 것을 좀 보여주십시오."

다쓰오가 말하자, 늙은 호적계는 일어나서 선반에서 다른 호적부를 가지고 왔다.

"네, 이겁니다."

그는 마디 굵은 손가락으로 펼쳐 보였다.

우메무라 도라마쓰에는 두 자식이 있었다. 장녀는 야스코이고 그 아래 남동생이었다. 그는 사망해 있었다. 그런데 그 남동생에게는 아들이 하나 있었다. 다쓰오는 수첩을 꺼내 그들의 이름을 적어 넣었다. 그 아들의 이름은 온지(音次)라고 씌어 있었는데, 1914년 4월 17일 출생으로 되어 있었다.

"무슨 일로 그러시는 겁니까?"

직원은 원부를 덮으면서 물었다.

다쓰오는 15리 길을 걸어서, 아자요코로 향했다. 고원 지대의 여름은 공기가 몹시 건조했다.

아자요코의 마을은 호수가 30채 정도로 산골짜기에 있었다. 부농처럼 보이는 농가들은 드물었다.

물론 가게도 없었다. 다쓰오는 수소문할 방법이 막연했지만 마침 길가에 앉아서 담뱃대를 물고 있는 한 노인을 발견하고 가까이 다가갔다. 그 노인은 한 일흔쯤 되어 보였다.

"구로이케 겐키치 씨 댁은 어느 집입니까?"

다쓰오가 물으니까, 노인이 다쓰오를 쳐다보았다.

"이제 구로이케 집안은 없소. 얼마전만 해도 지서에서 도쿄 경시청 사람들을 데리고 와서 겐키치에 대해 여러 가지 조사를 하고 갔는데, 당신도 경찰에서 온 거요?"

"아닙니다, 전 그런 사람이 아닙니다만."

"겐키치가 굉장히 나쁜 짓을 한 모양이지요? 그놈도 도쿄로 가더니 사람이 아주 버렸더군요."

"우메무라 씨 댁은 어딥니까?"

다쓰오는 화제를 돌렸다.

"우메무라가 누구였더라?"

"온지 씨 말입니다."

노인은 또다시 다쓰오를 쳐다보았다.

"오토(音)네 집도 없어졌죠, 오토는 열 예닐곱 살 때 이 마을을 떠났죠. 도쿄에 갔다고들 하던데 죽었는지 살았는지 그 뒤로는 소식조차 못들었어요. 어렸을 땐 꽤 똑똑한 애였는데, 지금쯤은 어떻게 살고 있는지……."

이런 얘기를 주고받고 있는데, 짐수레를 끌고 오던 한 사나이가 지나가다가 노인에게 인사를 했다.

"일찍 나오셨군요."

"아, 자넨가……."

짐수레에는 거적으로 싼 소주통 같은 것이 세 통 실려 있었다. 그 통은 나무가 아니고 도자기로 만들어진 것이 거적 사이로 드러나보였다.

"저건 뭡니까?"

다쓰오가 물었다.

"유산(硫酸)이지요. 이 동네 끝에 자그마한 가죽 공장이 있어요. 거기서 쓰는 약품입니다."
다쓰오는 들길을 가고 있는 짐수레를 물끄러미 바라다보고 있었다. 고원 지대의 공기는 써늘한 느낌을 주었으나, 햇빛만은 멀리까지 풀숲 위에 화창하게 비치고 있었다.

무연한 여름 들판에, 고독한 햇빛

다쓰오는 혼자 중얼거렸다.
그 햇빛 속에는 우에자키 에쓰코의 모습이 있었다.

호반에서 목맨 사나이

1

나가노 현 기타아즈미 군(北安曇郡)에 아오키(青木)라고 불리는 호수가 있다. 이른바 니시나(仁科)의 3대 호수 중 하나로 해발 8백미터에 위치하는 담수호로서, 약간의 빙어(바다 빙어과에 속하는 물고기)와 황어(잉어과에 속하는 담수어)가 잡힌다. 동서의 양쪽으로 뻗은 산지가 호반의 언덕을 이루고 있다.

서쪽은 시로우마다케(白馬岳), 야리가다케(鑓ケ岳), 가시마야리가다케(鹿島槍ケ岳) 등, 3천미터에 가까운 산맥이 북에서 남쪽으로 뻗어 내리고 있다.

그날 아침 구로자와 마을의 젊은이가 가시마야리가다케와 아오키 호의 중간에 있는 해발 1천5백미터의 산에 나무를 하러 갔다가, 백골이 된 사나이의 시체를 발견했다. 남자로 알아볼 수 있었던 것은 와이셔츠와 바지를 입고 있었기 때문이었다.

신고를 받고, 오오마치(大町) 서원이 검시를 하러 갔다.

시체는 반쯤 백골이 되어 있어서 썩다 남은 고깃덩러리가 군데

군데 조금씩 붙어 있었다. 풀 위에 나둥그러져 있었는데, 목에는 새끼줄이 매어져 있었다. 새끼줄은 썩어서 검게 변색돼 있었다. 시커먼 새끼줄은 바로 그 위의 나뭇가지에도 매어져 있었는데, 중간이 끊어진 채 새끼줄은 늘어져 있었다.

"목을 매서 죽었는데, 새끼가 썩자, 시체의 무게로 끊어진 거로군요."

서원은 이렇게 단정했다.

"죽은 지 4개월 내지 6개월쯤 됐소."

따라왔던 경찰의가 감정했다.

"신원은?"

신원을 조사했다. 썩어서 해져 버린 와이셔츠, 비바람으로 바래진 감색 바지만으로는 아무런 단서도 잡을 수 없었다.

주머니 속에는 6천 몇백 원쯤 되는 돈이 든 지갑이 하나 있을 뿐이었다.

그러나 그 시체를 움직였을 때, 서원은 눈을 크게 떴다. 그 아래서 권총이 한 자루 나온 것이다.

권총은 강렬한 여름 햇빛을 받자 검게 번쩍거렸다.

"놀라운 것을 가지고 있었군요!"

서원은 다시 시체의 얼굴을 보았다. 얼굴이라고 할 수가 없었다. 뼈에 고깃덩이가 진흙처럼 달라붙어 있는 '물질'이었다.

감식 결과, 시체에서 나온 권총은 미제 1911년형 45구경 자동권총임이 판명되었다.

"잠깐 기다려 봐!"

계원이 수배서의 카드를 들췄다. 그 권총을 보니 생각나는 것이 있었던 것이다.

──도쿄 요도바시 서(淀橋署)의 수사본부가 나가노 현 오오마

치 서에서 연락을 받은 것은 그날 밤이었다.

"구로이케 겐키치처럼 생각되는 자살자가 나가노 현 기타아즈미 군 산중에서 발견되었다."

본부로서는 일대 충격이 아닐 수 없었다.

사토무라 수사 1과장도, 주임인 야구치 경부도 흥분했다.

"이 일을 어쩐다?"

주임은 주먹을 불끈 쥐었다.

"이제야 겨우 범인의 본명을 알아냈다 싶었는데, 그놈이 자살을 했어. 이런 일이 있나? 억울하다, 억울해!"

수사당국으로서는 범인이 자살하는 것만큼, 아쉽고 억울한 일이 없다. 게다가 이 사건은 난항을 거듭하면서 장장 4개월이나 끌어오지 않았던가?

"자아 자, 그렇게 비관할 것만도 아니야."

수사 1과장은 그를 위로했다.

"자살자가 과연 구로이켄인지, 아직 확실한 건 아니잖나, 실망하긴 너무 일러."

"아닙니다. 틀림없이 구로이케일 것입니다. 그런 생각이 듭니다. 권총만 해도 틀림없잖습니까?"

야구치 주임의 안색은 정상으로 돌아오지 않았다.

"아, 그래도 아직 그렇게 낙담할 건 없어."

과장이 다시 그를 위무했다.

"확인을 해봐야 해! 만사는 그러고 나서 결정하는 거야. 그런데 야구치 군, 이번엔 자네가 직접 현지에 가주지 않겠나?"

"알았습니다."

주임은 과장의 뜻을 알아채고 대답했다.

'신주쿠 살인 사건의 범인 자살'이란 커다란 타이틀로 신문은 구로이케 겐키치가 목을 매고 죽은 사실을 보도했다. 수사본부의 발표가 소스라 비슷한 기사 내용들이었다.

시체는 죽은 지 4개월 이상 경과되어 있었고, 그래서 반 정도 백골이 되어 있었다. 나뭇가지에 목을 맸는데, 새끼가 썩어서 끊어지고 사채는 풀숲 위에 떨어져 있었다. 신원은 알 수 없었지만, 소지하고 있었던 권총에 대해 오오마치 서로부터 연락이 있어서, 수사본부에서는 야구치 수사주임을 현지로 급파했다.

시체 확인을 위해 구로이케가 바텐더로 근무했던 레드문이라는 바의 여급 A양(21살)과 구로이케의 제자 고시바 야스오(22살) 씨가 동행했지만, 시체의 얼굴이 백골에 가까울 정도로 썩어 문드러져 있었기 때문에 식별할 수가 없었다. 그러나 입고 있던 감색 바지와 세탁소 표지를 보자 A양은 그것이 구로이케의 것이었다고 증언했다. 혁대에 달린 버클도 구로이케의 것이었다고 A양은 말했다.

야구치 주임은 그날로 귀경해서 권총을 경시청 감식과에 의뢰했는데, 탄도 검사 결과, 그것은 신주쿠에서 세누마 변호사 사무소원 다무라 도시이치를 사살한 미제 1911형 45구경 자동 권총과 틀림없이 동일한 권총이라는 것이 판명되었다. 이로 인해 시체는 거의 범인 구로이케라고 확정되었다.

당국의 추정에 의하면 구로이케는 신주쿠에서 범행 후 곧 탈출해서 나가노 현으로 도주, 결국 기타아즈미(北安曇) 군 시로우마 마을(白馬村)의 산림에서 목을 매고 자살한 것으로 보인다. 현장은 아오키 호에 임한 가시마야리가다케의 동쪽 산중으로 사람들의 발길이 거의 드문 곳이었기 때문에 4개월 이상이나 시체가 발견되지 않았던 것으로 보인다. 권총 탄환은 두 발만 발사했을 뿐 나머지 탄환은 그대로 장전돼 있었다.

수사본부는 이것으로서 구로이치 겐키치의 수사를 일단 종결하고, 이제부터는 고 세누마 변호사를 유괴한 일당의 추적에 들어간다고 밝혔다.

하기자키 다쓰오는 이 기사를 고오후에 가까운 유무라(湯村)의 온천 여관에서 읽었다. 다쓰오로서도 가슴이 메어지는 것 같은 느낌이었다. 그는 신문의 활자를 한 자 한 자씩 뚫어지게 읽었다.

'구로이케 겐키치도 자살했단 말인가……'

충격도 감개도 아닌 감전 속에 그는 잠겼다.

구로이케 겐키치는, 아마추어인 자기나 프로인 수사 당국의 손이 미치기 훨씬 전에 스스로 자멸해 사라져 버렸다. 자기와 수사 당국이 눈이 빨개서 행방을 수사하고 있는 동안 구로이케의 육체는 신슈(信州)의 산속에서 썩어가고 있었다……. 다쓰오가 예감하고 있었던 '노력의 허사'는 뜻밖의 형태로 나타났던 것이다.

그러나 다쓰오에겐 겐키치의 죽음이 아직 실감 나지 않았다. 그렇게 생각할 무엇인가가 남아 있었다.

'구로이케 겐키치는 자살할 남자가 아니다!'

이것이었다. 야쓰가다케 산록의 고원에 있는 마을을 찾아갔던 결과 얻은 직감이었다.

이론적으로 생각해 보자. 수사당국은 아직 모르지만, 구로이케는 범행 후, 하네다에서 닛페리의 비행기를 타고 나고야로 날랐다. 이것은 배후에 후네자카 히데아키의 손이 움직이고 있다는 것을 충분히 짐작케 하는 것이다. 그 구로이케가 어째서 기타신노(北信濃)의 산중에서 자살할 수가 있단 말인가. 사후 4개월이 경과했다는 감식이 옳다면, 그는 살인을 범한 직후에 자살한 것이 된다.

미즈나미 우체국에서 우에자키 에쓰코를 시켜서 10만 원의 수표를 현금으로 바꾼 것은 틀림없이 구로이케였다고, 다쓰오는 확신하고 있다. 그것이 그의 도주 자금이 되었음은 틀림없을 것이다.

구로이케 겐키치는 절대로 자살을 할 사나이가 아니다. 그의 성격은 야성적 의지로 응고되어 있다. 게다가 후네자카라는 우익의 조직 속에서 행동하고 있었기 때문에 더구나 죽을 사람이 아니다.

구로이케의 시체는 백골에 가까울 정도로 부패해 있었기 때문에 인상이 판별되지 않는다고 한다. 얼굴을 알 수 없다는 점에 어떤 작위의 냄새가 풍겼다.

감식은 입고 있었던 바지와 허리띠의 버클, 그리고 권총만으로 할 수밖에 없다. 권총은 범행에 사용한 것과 일치하기 때문에 진짜다. 여기에 무슨 사슬이 있는 것이 아닐까?

다쓰오는 여관에 부탁해서 지도를 사오게 했다. 그는 기타아즈미 군 시로우마 마을의 그 현장이 마쓰모도(松本)에서 갈라져서 에치고(越後)의 이도이가와(糸魚川)로 가는 지선에 있는 것으로, 야나바(簗馬)라고 하는 역에서 내리면 가깝다는 것을 알았다. 열차시간표를 조사해 보니, 고오후에서 5시간 거리였다.

도쿄가 아니고 우연히 고오후 가까이 있었던 것이 뭔가 인연이 아닐까 하는 감상을 다쓰오로 하여금 느끼게 했다.

'어쨌든 현장에 가보도록 하자.' 그는 결심했다.

야나바 역은 버려진 곳 같은 작은 역이었다. 다쓰오가 내렸을 때는 해가 기울기 시작할 무렵이었기 때문에 좁은 길 위의 그의 그림자가 길게 뻗어 있었다.

역전에서도, 오른쪽에 있는 아오키 호수의 수면 일부가 석양을 받고 번쩍이는 게 보였다.

담배 가게에 들러 담배를 한 갑 산 다음, 다쓰오는 중년의 가게 여주인에게 물었다.

"이 근처에서 목매달아 죽은 사건이 있었죠, 그게 어딥니까?"

중년 여자는 눈빛을 번쩍이며 일부러 한길까지 나와서 손으로 가리켜주기까지하였다.

"바로 저 산이에요."

가시마야리가다케를 배경으로, 나무가 우거진 산줄기가 호수 기슭까지 뻗어 있었다.

발전소가 있는 곳으로부터 다쓰오는 오솔길로 접어들면서 올라가기 시작했다. 한참 가니까 언덕이 나왔다. 한 덩어리의 마을이 산그늘에 몰려 있었다.

다쓰오는 아까부터 집 앞에 서서 걸어오고 있는 자신을 뚫어지게 바라다보고 있는 한 노인에게 가까이 가서 담배 가게에서 물은 것과 같은 질문을 했다.

노인은 이 빠진 잇몸을 드러내고 웃었다.

"목매달아 죽은 사건 참 굉장한 사건인 모양이군. 조금 전에도 물어온 사람이 있어 내 알려 주었는데."

그렇게 말하면서 노인은 오른쪽 가파른 산을 통해 현장으로 올라가는 길을 자세하게 가르쳐 주었다.

"이 길을 곧바로 올라가면 가지가 둘로 뻗은 아주 큰 삼목이 하나 있소. 그것을 목표로 계속 가보시오."

다쓰오는 가르쳐 준 대로 올라갔다. 사람들의 발길로 다져진 듯한 작은 오솔길이 나왔다.

위로 올라감에 따라서 수림은 깊어졌다. 1천6백미터나 되는 산이었지만 언덕이 벌써 1천미터 가까이 되는 표고(標高)였기 때문에 그다지 높은 것처럼 느껴지지 않았다.

위로 다 올라가 보니까, 과연 가지가 둘로 뻗은 삼목이 있었다. 현장은 그곳에서 한 2백미터가량 떨어진 북쪽이라고 한다.

오른쪽 아래로는 나뭇잎 같은 형태를 한 아오키 호의 전경이 마주보이는 산 사이에 끼어서 조용히 드리워 있었다.

수림은 사람들이 가까이 할 수 없을 정도로 깊고 무성했다. 자살한 시체가 있더라도 몇 개월 동안 남의 눈에 띄지 않을 가능성은 충분히 있었다.

풀이 심하게 짓이겨진 곳으로 나오자 다쓰오는 여기가 바로 현장이라는 것을 깨달았다. 경찰 수사원들이 모여 있었기 때문이리라.

머리 위를 올려다보니, 나뭇가지가 무수히 교차되어 있어서 어느 것이 목을 매단 가지인지 알 수가 없었다. 새끼줄은 벌써 거기에 없었다.

구로이케 겐키치는 정말 이곳에서 죽었을까, 이런 생각이 새삼 다쓰오의 의문을 불러일으켰다. 의문이라기보다 검토에 가까운 것이었다.

이런 장소에서 자살하는 사람의 모습은 어떨까, 다쓰오는 상상해 보았다. 어깨를 축 늘어 뜨리고, 기진해선 언덕을 올라오는 모습, 이런 황량한 산속이라면 그런 모습이 아닐 수 없었다.

'구로이케 겐키치가 아니다, 자살자는 다른 사람이다!'

구로이케는 자살을 하기 위해서 이런 산속으로 어정어정 찾아올 그런 사나이가 아니다. 그의 강인한, 윤기 있는, 생활력에 넘친 정신은 병약자나 노인처럼 이런 황량한 장소에서 목을 매지는 않을 것이다. 만일 그가 죽음을 결심했다면 그는 그다운 좀더 장렬

한 방법을 취했을 것이었다. 그렇다, 권총 탄환도 신주쿠에서 사람의 생명을 앗은 두 발만 없어졌을 뿐, 나머지는 전부 그대로 있지 않은가. 만일 그가 정말 자살했다면, 그는 그 한 방을 자기 머리에 쐈을 것이다. 그는 그런 성격의 사나이였다.

또 있다. 그는 돈을 가지고 있었다. 미즈나미 우체국에서 10만 원을 찾았고, 또 별도로 수표를 가지고 있었을 것이다. 돈이 있는 한 그는 자살할 리가 없다.

주위는 차차 어두워지고 있었다. 해는 산너머로 지고, 하늘은 붉게 타오르고 있었다.

　　황량하게 싸늘히 식어가는 몸에
　　호수가 적셔 든다.

다쓰오의 머리에 그런 시구가 떠올랐다.
그때, 수림 속에서 사람의 그림자가 움직였다. 키가 작고 뚱뚱한 모습이었다. 다쓰오는 깜짝 놀라서 눈을 크게 떴다.
"여어!"
누군가 저쪽에서 말을 걸어왔다.
"다쓰오 아냐?"
틀림없는 다무라 만키치였다.
다쓰오는 어이가 없어 한순간 멍청히 서 있었다.
"묘한 곳에서 만났군그래."
다무라 만키치는 어둠 속에서 빙글빙글 웃으면서 가까이 다가왔다.
"다무라였구나."
다쓰오는 겨우 입을 열었다.

"아까 산기슭 마을에서 먼저 산에 올라간 사람이 있었다던데, 자네였군."
"응, 그래, 그런데 난 자네가 여기 와 있으리라고는 뜻밖인데?"
안경 속에서 다무라의 눈이 기쁜 듯이 웃고 있었다.
"나 역시 자네는 아직 규슈에 있으리라 생각했는데."
다쓰오는 아직도 의외라는 느낌이 가시지 않았다.
"규슈에서 어제 돌아왔어, 신문사에서 이 소동을 들었기 때문에 아침에 곧장 달려왔지."
"그래, 자네도 현장을 보고 싶었군."
"그럼, 확인하고 싶었던 거야."
"확인한다고? 무엇을 확인해?"
"구로이케 겐키치가 정말 여기서 목을 매 죽었는가를 말야."
아, 다무라도 역시 같은 생각을 하고 있었구나, 하고 다쓰오는 생각했다.
"그래? 그래 어떻게 생각하나?"
"자네는 어떻게 생각하나?"
다무라가 반문했다.
"시체의 얼굴은 이미 부패하여 구로이켄지 누군지 확인할 수 없다더군. 나는 그 시체는 구로이케가 아니라고 생각해."
다쓰오가 말하자, 다무라는 다쓰오의 어깨를 탁 치며 소리쳤다.
"맞았어, 내 생각도 그래."
"권총, 바지 버클, 그런 것은 모두 남이 입혔거나, 가지고 있게 한 거야. 절대로 구로이케 겐키치는 아니야. 구로이케는 여기서 자살할 이유가 없어."
다무라가 너무나 강한 단정을 내렸기 때문에 다쓰오는 그의 얼굴을 보았다.
"확실한 근거라도 있나?"
"근거는 구로이케를 조종하고 있는 후네자카 히데아키야."
"그게 무슨 뜻이지?"
다무라 만키치는 이 말엔 대답하지 않고, 담배를 문 채 호수가 있는 쪽으로 고개를 돌렸다. 호수는 차차 어두워지는 나무들 사이에서 둔한 흰빛으로 번쩍이고 있었다.
"난 규슈엘 갔었어."
그는 다른 말을 했다.
"그건 들어서 알고 있어. 무슨 독직 사건이라도 생겼나?"
"독직 사건 같은 건 내버려두는 거야."
다무라는 나직이 웃었다.
"규슈에 간 것은 말야, 후네자카 히데아키의 신원을 조사하러 갔던 거야."
"뭐라구? 후네자카가 규슈 출신이었던가?"
"아냐, 후네자카 히데아키란 인물의 이력을 전혀 모르기 때문에 말야, 모를 수밖에, 그자는 중국 사람이라는 거야."
"아니, 뭐라구?"
"하카다(博多)에 있는 중국인 단체까지 가서 조사해 본 거야."

2

"어두워 졌으니 이제 내려가 볼까?"
다무라 만키치가 말했다.
"아무래도 오늘 밤으로는 도쿄로 돌아갈 수가 없겠어, 오오마치에서 하룻밤 묵어 가도록 하지. 자네와 이야기할 것도 많으니 여관에 가서 천천히 하세."

호수에 비치고 있던 빛도 갑자기 희미해지고, 푸른빛 속에 주위는 차차 어두워가고 있었다. 숲 속은 아주 어두웠다. 곧 산을 다 내려가지 않으면 오솔길을 잃어버릴 것 같았다.

산을 다 내려온 곳에 마을이 있었다. 흐릿한 전등 밑에서 마을 사람들이 저녁을 먹고 있는 모습들이 길에서 보였다.

이 길을 반대로 서쪽으로 가면 가시마야리가다케의 등산 코스 입구로 나가게 된다.

마을 끝에 있는 나지막한 집 앞에 한 노파가 어린아이를 업고 서 있었다.

"여보세요, 젊은 양반들!"

노파가 다쓰오와 다무라가 오는 것을 보고 어두운 처마 밑에서 말을 걸어왔다.

"네에, 할머니, 왜 그러시죠?"

다무라가 걸음을 멈추자 노파는 두서너 걸음 앞으로 나왔다.

"댁들은 전기회사 사람들이유?"

"아닙니다. 우린 전기회사에 있는 사람이 아녜요……. 왜 그러시지요?"

"한 대엿새 전에 전공들이 이 산에 왔었죠, 그래서 물었어요. 고압선 공사를 곧 시작한다구 그랬었는데……."

"아, 그래요? 우리들은 그런 사람들이 아니에요."

다무라는 이렇게 대답하고 걸음을 옮겼다. 언덕길을 내려가서 길을 도니까, 야나바 역의 불빛이 저만치 바라다 보였다. 작은 호수의 수면만이 아직도 희미하게 비치고 있었다.

오오마치의 여관에서 두 사람은 늦은 저녁을 먹었다.

"자 어디, 산에서 하던 이야기를 계속 들어 보세."

다쓰오는 목욕을 해서 얼굴이 뻘겋게 상기한 다무라에게 말을 걸었다.
"응, 슬슬 시작해 보려던 참이야."
다무라는 김이 오른 안경을 닦아서 고쳐 썼다.
"후네자카 히데아키가 중국인이라니, 그건 참 놀라운 일인데. 그걸 어디서 조사했나?"
다쓰오는 그것부터 알고 싶었다.
"그건 또 다른 단체에서 알아냈어, 내가 알아낸 건 아니야."
"자네가 아니라니? 아니 그럼 자네는 사건을 혼자 조사하고 있었던 것이 아니었군그래."
다쓰오가 다무라의 표정을 응시하자, 그의 눈은 안경 속에서 거북한 듯한 웃음을 띠었다.
"실은 더 이상 혼자서는 계속할 수가 없었어. 첫째, 생각대로 행동할 수가 없었거든. 회사에서는 뚱딴지 같은 사건을 맡아 보라는 거야. 그래서 할 수 없이 부장에게 털어놨지, 야단을 좀 맞았어. 그래 몇 사람이 한 조가 돼서 이 일을 하게 된 거야. 이해해 주게나."
신문의 특종기사는 옛날처럼 개인 활동으로 하는 것이 아니고, 근래에는 팀웍을 짜서 하게 되어 있다는 것은 다쓰오도 들어서 알고 있었다. 그래, 다무라의 공명심도 이 기구 앞에서는 패배해 버리고 말았는가 하고, 다쓰오는 목욕한 지 얼마 안 되어 땀을 잔뜩 흘리고 있는 다무라 만키치의 얼굴을 바라보았다.
"수사본부에서는 아직 이 사건과 후네자카의 연결을 몰라. 그러니 이것은 어디까지나, 우리만 알고 독자적으로 취재해 가자는 방침을 세웠어. 당연하지 않아? 여기까지 캐냈는데, 이제 새삼스레 다른 신문사에게 선수를 빼앗긴다는 것은 있을 수 없으니까 말야. 후네자카에 대한 것을 당국에 알리자는 의견에는 내가 끝내 반대했지."

듣기에 따라서는 그것은 다무라의 지기 싫어하는 성격처럼 들렸다. 그러나 그것은 다쓰오에 대한 변명 같기도 했다. 어느 쪽이든 다쓰오는 신문사의 기동적인 조직이 발동을 걸었다는 것을 알았다.

다무라 한 사람이었을 땐 느끼지 못했던 저항감 같은 것이 다쓰오의 의식에 떠올랐다. 신문사라는 폭풍에 날려 버리고 말 것 같은 위구심이었다. 뉴스라는 폭력적인 속력에 묻히어 무너지는 순간의 황폐감이 그를 휩쓸고 지나갔다. 다쓰오는 우에자키 에쓰코를 생각하고 있었던 것이다.

"그래서 후네자카를 조사해 봤단 말이지?"
다쓰오는 그것이 알고 싶었다.
"규슈까지 그것을 조사하러 갔었어. 하카다에 중국인 단체가 있어. 후네자카와 의가 좋지 않은 우익단체의 정보에 의하면, 후네자카 히데아키는 만주 출신 중국인이라는 거야. 하카다에는 어렸을 때부터 와서, 겐요오 사(玄洋社) 계의 어떤 사람 밑에서 일을 했어. 그때 그도 그 감화를 받았다고 하기보다는 그 재미를 알게 되어, 도쿄에 나와서 우익에 파고 들어가 신흥 세력으로 컸다고 하더군. 그래서 일부러 규슈까지 조사하러 갔었단 말야. 그런데 세상 인심이란 참 공리적인 것이더군. 이번 출장은 부장이나 데스크가 격려를 하면서 공개적으로 대우를 하더란 말야."
다무라는 씁쓸한 웃음을 띠고 있었다.
"그래, 확인은 됐나?"
"그게 확인이 안 된단 말야."

다무라는 고개를 저었다.

"하카다에서 끈질기게 조사를 해봤는데, 중국인들 가운데 그를 아는 사람은 하나도 없었어. 겐요오 사 관계자들로부터도 아무런 정보를 얻지 못했고……."

"중국인이라는 건 사실일까?"

"난 그런 것 같아."

다무라가 말했다.

"후네자카 히데아키는 지금 마흔 일고여덟쯤 됐다고 하는데, 그가 일본 이름을 쓰기 시작한 것을 스물 두서너 살 때라고 하면 25년 전이 된단 말야. 그간 그런 신원 관계 일이 자세히 조사된 적도 없고, 그래서 지금은 모든 것이 불분명해지고 만 걸 거야."

"그런데 반대파에서는 그 자식의 신원을 어떻게 그렇게 잘 알았을까?"

"그거야 그런 놈들의 세계니, 상대편의 장단점은 냄새만 맡아도 알게 마련이겠지. 게다가 후네자카 자신이 중국인이라는 근거를 가지고 있단 말이야."

"뭔데, 그게?"

"그의 처세 말이야. 즉 그의 전력이 전혀 알려져 있지 않아. 도대체 어디서 나서 어디서 자랐으며, 어떤 학교를 나왔는지, 모든 것이 분명치 않단 말야. 후네자카 자신이 그런 것을 일체 함구하고 있다는 거야. 혹시 호적도 없는 놈이 아닐까 몰라. 이런 비밀 속에 숨어 있다는 것이 중국인 설을 입증하고 있는 것 같단 말이야."

그렇다면 후네자카 히데아키는 중국인이었단 말인가, 하고 다쓰오는 새삼스럽게 생각해 봤다. 뜻밖이었지만, 뜻밖이 아니라는 생각도 들었다. 후네자카 히데아키의 행동으로 미루어 보아 그것은 사실처럼 꼭 들어맞는 것 같은 느낌이었다.

"그렇다!"

다쓰오는 묘안이 떠올랐다.

"레드문의 마담은 알고 있을 거야, 후네자카의 애인이니까."

"그런데 말이야."

다무라가 약간 흥미를 잃은 것 같은 표정으로 말했다.

"우메이 준코는 우리가 생각하고 있던 것처럼 후네자카와 깊은 관계는 아닌가 봐, 물론 다소 무언가가 있기는 하겠지만. 후네자카라는 인물은 여자와도 깊이 사귀는 남자가 아닌 것 같단 말이야. 하긴 바에 약간 돈을 대고 있는 것만은 사실이고, 부하를 바텐더로 앉히는 정도의 이용은 하고 있지만, 마담을 자기 집으로 끌어들이는 일은 없었던 성싶어. 그 점에서는 마담도 선을 잘 지켜서 이따금 애정상의 교제를 하고, 돈만 받으면 그것으로 족하다고 생각하고 있는 모양이야. 사실상 조사를 해보니, 마담에게는 따로 애인이 있었거든. 그 여자만은 우리 짐작이 잘못된 거야. 후네자카에 대한 것은 아무것도 아는 게 없더란 말이야. 왜 그 언젠가 우지야마다의 후네자카가 묵고 있던 여관에 나타났던 아름다운 여자도 우린 마담이라고 생각하고 있었지. 그것만 해도 틀렸었어. 그녀는 그때 전혀 도쿄에서 떠난 적이 없었단 말이야."

그 여자의 정체를 다쓰오만은 알고 있었다. 그러나 이렇게 되고 보니, 그것을 더욱 다무라에게는 말할 수가 없었다.

"후네자카는 아내도 없고, 육친이나 형제도 없어. 아주 완전한 외톨이란 말이야. 어때, 이러고 보니 중국인 설이 더욱더 사실처럼 생각되지 않나?"

"그러나……."

다쓰오는 그의 말을 막았다.

"야마스기 상사는 어떨까, 후네자카의 정체를 알고 있지 않을까?"

"야마스기 기타로에 대한 것은 다른 친구가 조사 중이야."

다무라가 말했다.

야마스기는 솜씨 좋은 고리대금업자다. 그들은 금전적인 이해 관계로만 결합되어 있을 뿐으로 거기까지는 후네자카로선 털어놓지 않았을 것이다. 야마스기로서도 알 필요가 없다. 그에게 필요한 것은 사업상의 관계뿐이다.

"그럼 그 국회의원은 어떨까, 뭐라고 했었지? 왜 그 후네자카와 사이가 좋은 의원 말이야. 구로이케가 은행에서 우리 회사의 3천만 원짜리 어음을 사기했을 때, 명함을 이용당한 국회의원 말이야. 언젠가 자네와 같이 만나러 갔을 때 화가 머리 끝까지 나 있던 의원 말일세."

"이와오 데루스케 말인가? 그 사람인들 뭘 알려고. 후네자카로부터 돈만 받아먹을 뿐이지."

다무라는 한 마디로 잘라 말하고, 갑자기 생각난 것처럼 말을 이었다.

"아, 그러고 보니 이와오는 틀림없이 현 출신 국회의원이었지, 아마……."

"나가노 현 말인가?"

다쓰오는 그때 그 말을 대수롭지 않게 흘려 들었다.

"그런데 다쓰오, 난 여기에 올 때, 도쿄에서 직행해서 온 게 아니라 실은 규슈에서 돌아오자, 곧 기소후쿠시마(木會福島)로 갔다가 오는 길이라네."

다무라는 흥분하기 시작할 때의 버릇인 가는 눈을 크게 떴다.

"아, 세누마 변호사에 관한 것을 조사하러 갔었군그래?"

"음, 세누마 씨가 시체가 되어서 기소 산속에서 발견됐다는 걸 나는 규슈에서 알았거든. 놀랐어, 굶어 죽었다니 말이야."

"그걸 조사했나?"

"음, 굶어 죽다니, 수긍이 안 가, 네댓 사람이 산속으로 끌고 들어가 버려졌었다고 하지만, 어쩐지 이상한 생각이 든단 말야. 아사할 정도까지 산에서 나올 수 없었을까? 하긴 들어 보면 그럴듯한 조건이야 얼마든지 있지. 세누마 씨가 등산 경험자가 아니었다는 것, 안개가 짙었고, 산속으로 들어가면 쉽사리 나올 수 없다는 것, 게다가 태풍이 불었기 때문에 산이 조용하지 못했었다는 점 등등 여러 가지 이유가 있지만, 아무리 그렇더라도 굶주려 죽을 상태에 이르도록 산에서 빠져나오지 못했다는 것은 아무래도 좀 이상해."

"그래, 후쿠시마에서 그것을 확인했나?"

"세누마 씨를 해부했던 의사를 만났지. 굶어 죽는 상태가 의외로 빨리 왔다더군. 정신적인 동요, 피로, 낮은 기온, 심한 호우 속에서 지낸 하룻밤, 그런 것들이 죽음을 재촉한 것은 사실인 모양이야. 그러나 그 외에 이상한 것은 시체 후두부에 파열상이 있는 점이야. 깊이가 5밀리미터나 돼. 그런데 해부 소견엔 두개골 내피에 출혈이 없다는 거야. 이 점이 더욱 이상하단 말이야."

"그렇다면?"

"그 정도 파열상이면 당연히 내피 출혈이 있어야 해, 살아 있었다고 하면 말이야."

"살아 있었다면?"

"즉 생명반응 말일세. 왜 그 시다야마(下山) 총재 사건으로 신문들이 한동안 떠들어 댔던 그 생명반응 말이야."

'아, 그렇구나.' 다쓰오는 생각했다. 살아 있는 사람이 상처를 입으면 출혈이 있다. 죽은 뒤의 상처에는 출혈이 없다고 하는 그 말이다.

"그렇다면, 자네는 세누마 씨는 이미 숨진 뒤 암반 위에 추락했다고 생각하나?"

"죽은 사람이 굴러떨어질 수 있나? 나는 시체가 던져진 것이라고 생각해."

"잠깐, 그러면 변호사를 산으로 데리고 들어간 패거리들이 굶어 죽은 것을 확인하고 나서 던져 버렸단 말인가?"

"산속에서 굶어 죽은 것은 확인한 게 아냐. 내 생각으로는 세누마 씨는 다른 장소에서 죽었는데 그 산에 운반되어 유기된 것 같아."

다쓰오는 갑자기 다무라의 얼굴을 힘주어 노려봤다.

"무슨 근거라도 있나?"

"있어."

다무라는 자신 있게 대답했다.

"이것은 의사한테서 들은 말인데, 세누마 씨를 해부하고 있는 동안에 그 내장이 매우 건조한 느낌이 들더라는 거야. 방광에도 오줌이 매우 적었대. 도쿄에서 온 수사관도 그런 말을 듣고 돌아갔지만 아무 소리도 없었다는 거야, 깜박했던 모양이야."

"그것이 어쨌단 말인가."

"세누마 씨는 물을 마시지 않았다는 것이 내 결론이야."

다무라의 표정은 자신이 있어 보였다. 목욕한 뒤라 더위는 식었을텐데, 얼굴에 계속 땀이 흐르고 있었다.

"하기는 현장은 물웅덩이가 없는 곳이긴 해. 그러나 태풍이 지나고 있었고 호우도 내리고 있었어. 그러니, 전혀 물을 마실 수 없었다고는 할 수 없어. 때문에 물을 마시지 않았던 것이 아니고 물을 마실 수가 없었던 것이라는 결론이 나와. 물을 마시지 않는 것은 굶주림을 촉진하는 중요한 조건이 된단 말이야."

다쓰오는 다무라가 하는 말의 의미를 알 수 있었다.

"그렇다면, 세누마 씨는 어딘가에 감금되어서 물도, 음식도 먹지 못하고, 죽었다는 건가?"

"그래, 나는 그렇게 생각하고 있어."

"그러나 세누마 씨의 체내에서는 산딸기라든가 으름덩굴 씨가 나오지 않았나?"

다무라는 그 말을 듣자 빙긋 웃었다.

"그것은 범인의 속임수일 수도 있지. 산딸기라든가, 으름덩굴을 따다가, 감금되어 있는 세누마 씨에게 주면 되는 거 아냐? 경찰은 그것에 완전히 속아 넘어간 것이란 말야."

다쓰오는 다무라를 쳐다봤다. 그것은 그를 다시금 보게 된 데 따른 경탄이었다.

"그렇다면, 버스를 타고 오다이라를 넘어가다 기소도케에서 내린 패거리 가운데 세누마 씨 같은 인물이 있었다는 것은?"

"그것도 그들의 위장이지. 그 패거리 중 한 사람만은 옷차림이 달랐다고 했었지? 빛바랜 녹색 모자와 셔츠, 바지 말이야. 그것만 일부러 사람들의 눈에 띄게 만들어 놓은 거야. 시체는 그것과 꼭 같은 복장이었으니 말야."

"그렇지, 틀림없이 그 무렵 세누마 씨는 어딘가에 감금되어 아사 상태가 진행중에 있었을 거야."
"그렇지만."
다쓰오는 저항하듯 말했다.
"허점? 뭐가, 어디 말해 봐!"
다무라는 어깨를 으스대며 물었다.
"어째서 놈들은 그렇게 복잡한 절차가 필요했을까, 난 그 이유를 모르겠는데?"
"그 이유야 간단하지."
다무라는 여전히 땀을 흘리며 응수했다.
"세누마 씨가 기소의 산속에서 죽었다고 생각하도록 하는 것이 필요했던 거지. 살인자는 세누마 씨를 죽일 경우 그 시체 처치가 문제였을 거야. 어설프게 근처에 버릴 수는 없겠지. 그래서 생각해 낸 것이 살아 있는 동안에 피해자가 제 발로 살인 현장으로 걸어가서 거기서 죽은 것처럼 보이게 하는 것이야. 이 경우 굶어 죽는다는 방법을 쓴 것은 특이하고 근사한 방법이거든. 타살이 아닌 것처럼 보이지 않겠나?"
그것은 옳은 말이라고 다쓰오도 생각했다.
"그렇다면, 세누마 씨를 죽인 장소는 먼 곳이라는 결론이 나오게 되는구먼?"
"그렇지."
다무라는 눈을 번쩍 빛냈다.
"그런데 이봐, 다쓰오. 이번의 목을 달아맨 사건도 그것과 공통점이 있다고 생각되지 않는가?"

3

이번의 목을 달아맨 사건이 세누마 씨의 타살과 공통점이 있다고 다무라는 눈을 번쩍이면서 말했다. 다쓰오는 잠깐 생각했다.
"자살로 보이게 한다는 말인가?"
"그래."
옳다는 듯이 다무라는 고개를 끄덕였다.
"목을 달아매 죽은 것은 범인이 아냐. 구로이케 겐키치는 어딘가에 살아 있으면서 혀를 날름거리고 있을 거야."
"그렇다면."
다쓰오는 무서운 표정으로 말했다.
"목을 매 죽은 사람은 누굴까?"
"그건 모르겠어. 나로서는 짐작도 안 가. 일류 탐정소설가라면, 또 다른 살인을 해서 대체했다는 가설을 세울 수 있을지도 모르지만 현실적으론 그건 불가능해."
두 사람은 얼마 동안 입을 다물고 있었다. 두 사람 다 '목매여 죽은 시체는 과연 누구일까'를 생각하고 있었다. 그 시체는 사후 적어도 4개월 이상이나 경과하고 있어 반쯤은 뼈만 앙상하게 남았다.
틀림없이 죽인 다음 새끼로 나무에 달아매 놓았을 것인데 지금으로선 그 흔적을 찾을 길이 없는 것이다.
"또 하나 공통점은……."
다무라가 입을 열었다.
"그 시체 역시 세누마 씨의 경우와 같이 범인이 있는 곳으로부터 멀찍이 운반되었다는 점이야. 즉 구로이케 겐키치는 방향이 전혀 다른 곳에서 자살한 것처럼 보이고 있는 점이야."
"운반한다? 시체를 운반한다는 것은 요즘 세상에서는 그리 용이하지 않을 텐데. 어떤 방법일까, 기차로 했을까?"
"글쎄……, 방법은 아마 기차일 거야. 현장이 야나바라는 역에서 가까운 점으로 보아 그렇게 생각되는군."

그렇게 말하고 나서 다무라는 짬짝 놀란 표정을 지었다. 무슨 생각이 떠올랐을 때의 표정이었다.

"왜 그러나?"

"아니, 아무것도 아냐."

"그렇지만, 아무리 시체를 짐처럼 꾸려가지고 기차로 부친다 해도 발각되기가 쉬울 텐데…… 냄새 같은 것 때문에 곧 드러난단 말이야."

"그도 그렇긴 하지만……."

다무라의 표정은 아직도 건성이었다.

"도대체 구로이케 겐키치를 왜 자살한 것처럼 보일 필요가 있었을까?"

다쓰오가 말하자, 다무라는 힐끗 그의 얼굴을 쳐다보았다.

"자네 모르겠나?"

"아니?"

"신주쿠에서 구로이케가 돌발적으로 살인을 하자, 일당은 곧 세누마 씨를 숨겼지? 그것과 같은 수법이야. 살인범의 본명이 구로이케 겐키치라고 드러나게 되자, 일당은 위험을 느껴 구로이케를 사라지게 할 위장이 필요했던 거야. 신문에 발표되자, 곧 행동에 옮겼을 거야."

"그럼 사흘 전에 했을 텐데…… 이상한데, 이거? 그 목매달아 죽은 시체는 죽은 지 4개월 이상이나 된단 말이야. 즉, 구로이케 겐키치가 살인을 하고, 도쿄를 항공편으로 탈출했을 때란 말이야. 그러니, 그때부터 대체할 시체를 준비하고 있었을까?"

다무라는 '끙' 신음을 하고 머리를 저었다.

"그러고 보니, 그도 그런데. 그렇게 빨리 솜씨 좋게 준비를 했다고는 생각할 수가 없고……."

다무라는 생각이 막히자 얼굴을 찌푸렸다. 그는 자기 추론의 결함에 솔직히 손을 들었다.

"그건 뒤에 다시 생각하기로 하지."

그는 시원하게 말했다. 그리고 나서 다른 말을 시작했다.

"그런데, 이봐, 세누마 씨의 대신이 있었지? 바꿔치기로 해서 생각이 난 건데."

"아, 버스에서 내려서 산으로 올라간 패들 속에 있었다는 녹색 셔츠를 입은 사나이 말인지?"

"음."

다무라는 고개를 끄덕였다.

"그 사나이가 바로 구로이케 겐키치라고 나는 생각하는데 말야."

"뭐? 그가 구로이케 겐키치라고?"

다쓰오는 눈을 크게 떴다.

"무슨 근거라도 있나?"

"근거는 없어, 직감이야. 구로이케 겐키치라는 놈, 어쩐지 그런 짓을 할 성싶은 사나이란 말이야."

"음."

그런 말을 듣고 보니 다쓰오도 어쩐지 그런 기분이 들었다.

"그뿐만 아니라, 그 시체를 말이야, 목을 매달아 죽은 것처럼 꾸민 것도, 구로이케가 한 짓인 것 같은 생각이 든단 말이야."

다무라는 또 말했다.

다쓰오도 그런 생각에는 동감이었다. 구로이케 겐키치라는 사나이의 분위기에는 왠지 모르게 그런 연기자 같은 것을 느끼게 하는 것이 있었다.

"그렇다면, 구로이케 겐키치는 자기 존재를 말살했단 말인가?"
"적어도 겉으로는."
다무라는 말했다.
"자살이라는 것은 어쩔 수 없는 거란 말이야. 완전히 자기를 말살하는 것이기 때문에, 수사의 손도 여기까지 오면 '뒤로 돌아'지."
"그렇다면 구로이케 겐키치는 안전하단 말인가?"
"그렇지, 그는 다시 다른 이름을 갖고 느긋하게 숨을 쉴 거야."
다쓰오는 레드문 바에서 본 바텐더 차림의 구로이케의 얼굴을 머리에 떠올렸다. 조금도 특징이 없는 용모였다.

모래언덕의 한 알의 모래처럼 눈에 띄지 않는 얼굴이었다. 누구라도 무관심하게 지나쳐 버릴 인상이었다. 목격자의 증언에 의해서 만들어진 몽타주 사진도 별로 비슷하지 않은 편이었다. 누구라도 곧 잊어버리고 말 얼굴인 것이다.

구로이케 겐키치는 어딘가에 있다. 세키노 과장을 자살로 몰아넣었을 때, 다쓰오는 범인이 이 세상의 공기를 한가하게 호흡하고 있을 것에 대해 격렬한 의분을 느꼈었는데 지금도 역시 같은 기분이 되살아났다.

구로이케 겐키치는 도대체 어디 있을까.

그러자, 다쓰오의 눈에 구로이케와 나란히 있는 우에자키 에쓰코의 모습이 떠올랐다. 구로이케가 항공기 편으로 하네다를 출발할 때도 그랬었다. 미즈나미의 우체국에서도 그랬었다. 지금도 그럴 것이 틀림없다.

그들은 어떤 관계일까, 우에자키 에쓰코는 단순한 일당의 연락원일까, 구로이케 겐키치와는 어떤 관계가 있을까? 다쓰오는 혼자서 어두운 표정을 지었다. 에쓰코에 관한 것을 생각하게 되면 다쓰오는 이상하게 마음이 설레었다. 다무라에게는 말할 수 없는 일이다. 거기에 남모르는 죄악감이 있었다.

"무엇을 생각하고 있는 거야?"

다무라가 담뱃불을 붙이면서 말했다.

"음, 구로이케에 관한 것, 어디서 팔다리를 뻗고 있을까 생각하고 있는 중이야."

다쓰오는 제정신으로 돌아와 대답했다.

"바로 그거야. 그 친굴 찾아내지 않으면 안 돼."

다무라는 연기를 내뿜으며 맞장구를 쳤다.

"후네자카 히데아키가 있는 곳에 숨어 있는 것이 아닐까?"

"그야 물론 그럴 테지. 그러나 후네자카의 신변은 아닐 거야. 어딘가 그와 인연 있는 곳에 있을 거야."

"후네자카라니까 생각이 나는군. 그의 행동을 알려 주겠다고 말했다는 우지야마다의 통신원으로부터는 무슨 소식이 없나?"

"없어. 내가 규슈에서 돌아와 회사에 나갔을 때 소식이 오겠지."

아직 아무런 소식도 전하지 않는 것을 보면, 그 중견의 통신부원은 일에 쫓겨서 약속을 잊어 버렸거나, 아니면 별로 알릴 만한 일이 없어서인지도 모른다. 어쨌든 다무라의 얼굴빛은 그것에 그다지 기대를 가지고 있는 성싶지는 않았다.

"그건 그렇고, 구로이케 대신 목매달아 죽은 시체는 누구일까?"

"어디서 준비했을까?"

대신 죽을 사람을 마련한다……. 보통 일이 아니다. 어떻게 준비했을까는 짐작조차 가지 않았다.

둘은 생각에 잠겨 버리고 말았다.

호반에서 목맨 사나이

이튿날 아침, 다쓰오는 다무라가 깨워서 일어났다. 다무라는 벌써 양복을 입고 있었다.

"꽤 서두르는군."

시계를 보니까 아직 8시도 되기 전이었다.

"이제부터 함께 야나바 역으로 가보세."

"뭐, 야나바 역?"

"어젯밤부터 생각해 두었던 게 있어."

다쓰오는 곧 나갈 차비를 했다.

여관으로 택시를 불러 타고 달렸다. 오오마치 거리를 벗어나자 왼쪽에 기자키 호수가 보였다. 호수는 아침의 부드러운 햇빛을 수면 가득 받고 있었다.

"역에 가서 화물로 포장해 보냈을 그 '시체 화물'을 조사해 보자는 거지?"

택시 속에서 다쓰오가 말했다.

"그렇지, 일의 순서가 그렇게 되지 않겠나."

"그 목매달아 죽은 시체는 4개월이나 됐어. 그렇다면 화물 도착도 그 무렵의 일이라고 보아야 하지 않을까."

"4개월 전?"

"그래."

다무라는 애매한 표정을 지었다.

다쓰오의 말을 듣자 비로소 깨닫고 당황한 안색이었다.

"4개월 전의 도착 화물을 조사한다는 것은 약간 곤란한데?"

다무라는 바깥 경치를 바라보면서 그렇게 말했다.

"시체를 포장한 화물의 크기로 한정하면 그렇게 힘든 일도 아닐 테지."

다쓰오가 의견을 말했다.

"토막난 시체라면 모르겠지만 우리가 본 그 시체는 완전히 형태를 갖추고 있었단 말야. 그렇다면 지금까지의 예로 보아서 고리짝이라든가 이불 보따리라든가 트렁크라든가에 넣어 보냈을 공산도 있어. 요컨대 그 정도의 크기가 아닐까?"

"찻장(茶欌)으로 보낸 예도 있었지."

"그만한 덩치의 것을 표준으로 해서 조사하면 빠를 거야."

차는 기자키(木崎) 호를 지나, 철도 연변을 따라 달리다가 이윽고 야나바 역에 닿았다.

화물 취급장은 개찰구 바로 옆에 있었다.

다무라는 역무원을 만나서 명함을 주고, 어느 사건을 취재하고 있는데 도착화물 전표의 사본을 좀 보여 줄 수 없겠느냐고 말했다.

"4개월 전부터요?"

젊은 역무원은 약간 귀찮은 듯이 말했다.

"아니, 뭐 죽 훑어만 보아도 됩니다."

다무라는 사정을 했다.

역무원이 서류장에서 꺼내 준 두꺼운 서류철을, 다무라와 다쓰오는 1장씩 조심스레 펼치면서 찾아나갔다.

중량과 포장 형태와 용량이 그 기준이었다. 시골이라 일반 상품은 적었다. 이불 보따리는 생각보다 많았지만, 역무원의 말에 의하면 수취인은 이 한적한 지방에서는 모두 다 신변을 알 만한 사람들뿐이란다.

그 밖에는 발전소가 있었기 때문에 전기 기구류가 꽤 많았다.

4개월 이전의 화물에는 그럴듯한 것이 하나도 없었다. 다무라는 그래도 계속해서 최근의 것에 이르기까지 들쳤다.

"한 달 전쯤은 대상 밖이겠지."

다쓰오가 작은 소리로 말했다.

시체는 백골에 가까울 정도로 썩어 있었다. 만일 한두 달 전에 부쳤다고 하면 심한 냄새가 나서 발송할 수 없었을 것이다. 그것이 가능한 것은 냄새가 안 나는 사망 직후 다시 말해, 저 목을 매서 죽은 시체의 검시 추정에 의한 4개월 전이 아니면 안 된다. 그래서 최근의 도착 화물은 조사를 해봐도 소용이 없을 것이라고 다쓰오는 말했던 것이다.

그러자 그때 다무라가 어느 한 곳을 손가락으로 짚었다.

"이것은 어떤 사람이 찾으러 왔던가요?"

다쓰오가 들여다보니까 아래와 같이 씌어 있었다.

나무상자 1개. 59킬로. 품목 전기 애자. 발송인, 기후 현 쓰치기 시(土岐市) ××거리, 아이치(愛知) 상회. 수취인, 시로우마 마을, ××전력주식회사 발전소.

도착일은 일주일 전이었다.

"아, 그것은 도착한 날 저녁때 전기공 같은 남자 둘이 와서 찾아갔습니다." 하고 역무원은 기억을 더듬어 말했다.

역을 나와 산길을 걸어가면서 다무라가 말했다.

"점점 재미있어지는데?"

"지금 본 그 나무상자 말인가?"

"음, 어젯밤 우리들이 산에서 내려와 마을에 이르렀을 때, 어린애를 업고 섰던 노파가 물었지. 당신네들 전기회사 사람들이 아니냐고 말야. 대엿새 전에 전공이 저 산에 왔었기 때문에 묻는다고 하지 않던가. 즉, 역에서 나무상자를 수취한 놈이 산에 올라갔던 거야."

"그 나무상자엔 시체가 있었는데, 그것을 현장까지 운반하여 나무에 매달았다고 하는 것이 자네의 추린가?"
다쓰오는 나란히 걸으면서 물었다.
"말하자면, 그렇지."
"그러나 목을 맨 끈은 풍상에 시달려서 썩어 있었는데?"
"그런 것은 얼마든지 그렇게 만들 수 있어."
"시체를 썩게 하는 것도 그런가?"
다쓰오가 찌르고 들어갔다.
"그게 문제야."
다무라는 머리가 아픈 듯이 얼굴을 찌푸렸다.
"어젯밤 자리에 누워서도 계속 생각해 보았지만 아무래도 그 점을 알 수가 없단 말야. 나는 노파가 한 말을 퍼뜩 생각하고 이거 좀 이상하다고 생각했어. 그 산엔 목매 죽은 시체가 있었던 현장을 보기 위해서 올라갔었는데, 고압선 가설 공사를 하는 것 같지는 않았어. 고압선 철탑을 세우려면 그 자리를 정지해야 해. 그런데 그런 흔적이 없었어. 그래서 이상하다고 생각했던 거야. 그렇게 생각했기 때문에 나는 그 나무상자의 도착을 전표에서 발견했을 때, 가슴이 마구 뛰었지. 그러나 말야, 시체의 부패에는 나도 손을 들었어. 그런 상태라면 냄새가 대단했을 테니까 말야. 그렇지만 넣었다면 잔뜩 무슨 헝겊 같은 것으로 시체를 싸고 또 싸서 냄새가 밖으로 풍겨나오지 않을런지도 모르지."
"글쎄, 그럴까?"
다쓰오로서도 알 수 없는 일이었다.

그처럼 부패했으면 냄새가 심했을 것이다. 발송 역에서든 도착 역에서든 역무원들 아무에게도 발견되지 않을 수 있을까?

"아무튼 나무상자를 확인하자. 사리에 맞지 않는 부분은 나중에 생각하기로 하고."
다무라는 약간 강하게 말했다.
어제 갔던 길로 올라가니, 그 마을이 나왔다.
"가만 있자, 이 집 앞이었지?"
다무라는 나지막한 지붕을 쳐다보았다.
"실례합니다." 다무라가 사람을 불렀으나 대답이 없었다. 세 번째 불렀을 때야, 뒤뜰에서 닭을 쫓으면서 노파가 나타났다.
"왜 그러십니까?"
노파는 빨갛게 짓무른 눈을 뜨고 물었다.
"아, 어제는 실례했습니다. 할머니, 어제 이렇게 말씀하셨지요? 이 산에 전기공이 한 대엿새 전에 들어왔던 일이 있었다고요."
"네에."
노파는 어리둥절해서 다무라를 바라보았다.
"그건 두 사람이었나요, 세 사람이었나요?"
"잘 모르겠군요, 벌써 해가 졌을 때니까."
"아니, 해가 져서 왔어요?"
"네, 그땐 어두워진 뒤였습니다. 내가 당신네들은 무엇하는 사람이냐고 물었죠. 산속에 고압선을 가설하는 사람들이라고 큰소리로 말하고 올라갔었죠."
"그때 그 사람들 나무상자를 메고 있지 않았던가요?"
"글쎄 상자 같은 건 들고 있지 않았던가봐요. 하지만 한 사람이 무슨 도구를 넣었는지 자루 같은 것을 가볍게 어깨에 메고 있었던 것 같았죠."

나무상자와 마대

1

"나무상자는 없었다, 이상한데?"

노파와 헤어져 온 길로 되돌아오면서 다무라는 중얼거렸다.

"자루라고 했것다, 자루라니 이상한데?"

다쓰오도 이상스럽게 생각되었다.

"그 노파가 잘못 본 게 아닐까?"

"아니야, 나무상자를 잘못 볼 리가 있나. 자루를 어깨에 가볍게 메고 있었다는 건 전기공이 공구 같은 것을 넣은 거 아냐?"

다무라는 혼자 중얼거리듯이 말했다.

"아무래도 이상하다. 그러고 보니 정말 전기공인 것 같기도 한데, 앞뒤가 안 맞아."

발전소의 흰 건물이 보이기 시작했다. 건물 주위에는 철재를 종횡으로 조립한 것에 흰 애자(碍子)를 잔뜩 장식해 붙이고 거대하게 서 있었다.

"잠깐 물어보자."

다무라는 그렇게 말하더니 코스모스가 피어 있는 안으로 들어갔다. 통로에는 잔 자갈이 깔려 있었지만 '위험'이라는 표지판이 도처에 세워져 있었다.

발전소 안으로 들어서자 기계 돌아가는 소리로 귀가 멍멍해졌다.

"무슨 용무십니까?"

수위가 나타나서 앞을 막아 서면서 물었다.

"잠깐 문의할 말이 있습니다, 소장님이나 주임을 만나게 해주십시오."

수위가 건물 속으로 사라지고 잠시 뒤 작업복 주머니에 접자를 꽂은 키 큰 사나이가 나타나서 자기가 이곳의 주임이라고 말했다.

"바쁘실 텐데 미안합니다."

다무라는 먼저 양해를 구했다. 기계 소리가 요란해서 소리를 지르지 않으면 안 들렸다.

"한, 일주일쯤 전입니다만, 기후 현의 쓰치기 시로부터 전기 애자를 이쪽으로 보내 온 일이 있습니까?"

"전기 애자라니요?"

상대편도 큰 소리를 질러 대답했다.

"애자는 때때로 보내오긴 합니다만, 일주일 전에는 온 일이 없는데요?"

"역의 도착 화물 장부에 있더군요. 발송인은 아이치 상회, 수취인은 이 발전소로서 나무상자 1개, 전기공 차림이 남자 둘이 그 화물을 찾으러 왔었다고 역에서 말하더군요."

다무라는 수첩을 꺼내 보이면서 말했다.

"재료의 주문은 전부 본사의 자재과를 통해서 하고 있는데요?"

주임이 대답했다.

"아이치 상회라는 업자로부터 화물이 온 적은 한번도 없습니다. 게다가 나무상자라고요?"
"네에……."
"애자는 나무상자 같은 데에는 넣어 오지 않습니다. 아주 큰 것, 이를 테면 고압선 애자 같은 것은 거적으로 말아서 널빤지로 묶어 보내옵니다. 작은 것은 짚으로 싸서 가마니에 넣습니다. 애자의 포장은 뻔한 걸요. 나무상자 같은 데는 절대로 넣지 않습니다."
"이상한데?"
다무라는 일부러 머리를 갸웃거렸다.
"화물 장부에는 그렇게 기록돼 있던데요. 그것을 전공이 와서 찾아갔다고 했습니다."
"그런 일 없습니다."
주임은 단호하게 부정했다.
"일부러 우리가 화물을 찾으러 가지 않더라도 운송점에서 배달해 줍니다. 게다가 그런 전공은 여기 없습니다, 공사 현장과는 다르니까요."
주임은 발전소의 명예를 손상당하기라도 한 것처럼 불쾌한 표정을 잠깐 보였다.
"용건은 그것뿐입니까?"
다무라가 고맙다는 인사말을 하자 그는 바쁜 듯이 서둘러 건물 속으로 사라져 버렸다.
"역시 생각했던 대로군."
다무라는 시끄러운 소음 속을 나와서 이렇게 말했다.
"나무상자는 이 발전소 앞으로 보내온 것이 아니었어. 내용물 또한 전기 애자가 아니야. 목매단 시체가 들어 있었던 거야. 59

킬로라고 하는 중량은……."

다무라는 코스모스가 피어 있는 구내를 나와 천천히 걸음을 옮기면서 말을 이었다.

"한 사람의 몸무게와 나무상자의 중량을 합하면 그 정도가 되지 않을까?"

"그러나 그만한 중량이라면 두서너 사람이 달라붙어 운반해야 할 텐데?"

다쓰오가 말했다. 길은 내리막이 끝나고 역으로 뻗어 있었다.

"그야 물론이지, 혼자서는 옮길 수 없겠지."

다무라가 수긍했다.

"그렇다면 마땅히 노파의 눈에 띄었을 텐데, 아무리 눈이 어둡더라도 그것을 못 볼 리가 없지 않은가?"

"그렇지만 말이야……."

다무라는 조용히 부정했다.

"그때는 이미 해진 뒤라 어두웠었다고 노파가 말했지? 그래서 자세히 못 봤는지도 몰라. 게다가 노인의 어두운 눈은 믿을 수가 없단 말야. 아니 보통 젊은 사람들도 목격했다고 하는 것은 정확치 못한 경우가 많거든."

"그럼 나무상자를 자루로 잘못 봤다는 말인가?"

"아니, 자루도 있었는지 모르지. 어둠 속에서 좀 떨어진 위치에서 보았기 때문에 나무상자는 못 보았는지도 모르지 않아?"

다무라가 계속 주장했다.

"정확하게 판단해 보자, 부쳐온 것은 나무상자다! 나무상자 이외의 아무것도 아니다. 이것만을 추궁하면 된다. 그것을 찾아가지고 일당이 산으로 운반한 것은 해가 지고 나서다. 물론 사람들 눈에 띄지 않기 위해서다. 다만 저 산기슭 동네, 노파의 눈에 띈 것은 뜻하지 않은 사고였지만, 그러나 근사하게 빠져 나갔다."

하늘에는 밝은 햇빛이 눈부시게 넘실거리고 있었다. 이 대낮의 광선 아래서 그 일부를 드러내고 있는 아오키 호수의 수면은 어제와는 달리 아름답게 비쳤다.

다무라는 손목시계를 들여다보았다.

"11시 40분이군."

그는 말했다.

"나는 오늘 마쓰모도의 지국에 들러야 해. 다른 친구들과 전화 연락을 해야 할 필요가 있어서 말야. 지금은 사정이 달라서 공동 작전이거든."

이마에서 땀이 흐르는 것은 날씨가 좋은 가을 햇빛의 직사 광선 때문만이 아니고, 언제나 그렇듯 흥분하고 있었기 때문이다.

"그리고 나서 형편에 따라서는 쓰치기 시에 갈 작정이야."

"쓰치기 시에?"

"응, 저 화물의 발송 경로를 조사하는 거야. 아이치 상회라는 건 가공인지도 모르겠지만 실제로 있는지도 몰라. 실제로 있더라도 범인이 제멋대로 이름을 도용했을 거야. 그러나 역의 화물 취급 계원은 부치러 온 화물주의 얼굴을 기억하고 있을 거야. 거기서부터 추궁하면 틀림없이 무엇인가 캐낼 수 있다고 생각해."

"글쎄, 알 수 있을까?"

다쓰오는 자기도 모르게 의심쩍어했다.

"알고말고, 그런데 왜 그러나?"

다무라는 마땅찮은 듯이 반문했다.

"용의주도한 놈들의 일이라 거기에서 폭로될 만한 실수는 안 했을 거야. 게다가 역무원이라는 건 생각하고는 달리 손님의 인상을 똑똑히 기억하지 못하는 법이거든. 사람의 얼굴을 보는 것이 습관이 되어 버려서 말야. 왜 그 언젠가 시체를 이불 보따리처럼 싸가지고 부쳤던 사건이 있었지? 시오도메(汐留) 역에서도 나고야 역에서도 역무원은 한 사람도 범인의 인상을 기억하고 있는 사람이 없었잖았나 말야."
"음, 그것도 일리가 있는데?"
다무라는 구태여 부정하지는 않았다.
"그렇지만, 그렇다고 해서 그냥 내버려둘 수는 없잖겠나. 어쨌든 일단 조사해 보지 않고는 마음이 놓이지 않아. 그런데 자네는 어떡할 참인가?"
"나 말인가? 나는 자네가 하는 일을 방해해선 안 되겠으니, 좀더 여기 있다가 나중에 가지."
다무라는 이미 신문사에서 조직된 이 사건의 '특수 수사반'이라고 할 수 있는 구성원의 한 사람이었다. 그는 그 팀의 한 사람으로서 행동하고 있는 것이다. 다쓰오의 대답은 그것을 생각했기 때문이었다.

다무라는 마쓰모도행 기차를 타고 출발했다. 로컬 철도선(線)의 좁은 차창으로 그는 손을 흔들며 남쪽으로 떠났다. 다쓰오는 플랫폼에 서서 그를 전송했다.
낯선 역에서 이런 이별을 하면 야릇한 애수가 가슴을 파고 드는 법이다. 코스모스가 만발하게 피어서 꽃잎이 하얀 햇빛을 빨아 먹고 있었다.
다쓰오가 몇 사람 안 되는 하차객의 뒤를 따라서 개찰구로 나와 입장권을 내주려고 했을 때 옆에서 부르는 사람이 있었다.

"여보세요."

조금 전에 화물을 조사할 때 편리를 보아 주었던 역무원이었다.

"아까 뵌 신문사 분이시죠?"

다무라가 명함을 주었기 때문에 다쓰오까지 그러리라 생각한 모양이었다. 역무원이 그 일로 해서 무언가 말하고 싶어하는 눈치였기 때문에 다쓰오는 애매하게 고개를 끄덕였다.

"그 나무상자 화물에 무슨 문제라도 있습니까?"

역무원은 아까의 귀찮아하는 듯한 표정과는 달리 호기심이 엿보였다.

"아니, 뭐 대단한 건 아닙니다만, 좀 조사해 볼 일이 있었어요."

"그렇습니까?"

다쓰오가 자세히 얘기해 주지 않자, 역무원은 약간 실망한 빛이었지만 그러나 말을 계속했다.

"실은 선생님들께서 돌아가고 나서 생각난 것인데, 그 도착 화물에 관해서 이곳에 왔던 사람이 있었습니다."

"네? 그것은 언제였습니까?"

다쓰오는 역무원 앞으로 한 걸음 다가섰다.

"이틀 전입니다."

"어떻게 생긴 남자였습니까?"

"아니, 남자가 아닙니다. 여자였어요."

"여자?"

다쓰오는 눈을 크게 떴다.

"아니, 여자라구요?"

"젊고 아름다운 여자였어요. 이 역에는 일찍이 그런 미인이 한 번도 내린 적이 없는 굉장한 미모였어요. 말씨로 미루어 도쿄 사람임에 틀림없었습니다."
우에자키 에쓰코다! 다쓰오는 긴장했다. 그녀가 여기에 왔다!
"무엇을 물었습니까?"
다쓰오는 가슴이 두근거렸다.
"그 여자는 발송 역 이름과 품목을 묻더군요. 즉, 최근 쓰치기 시 역에서 애자가 도착하지 않았느냐고 물었습니다."
그 정도까지 알고 있다면 우에자키 에쓰코는 시체의 발송을, 아니 모든일을 알고 있었음에 틀림없다. 다쓰오는 감전이라도 된 듯 펄쩍 뛰었다.
"그래서요?"
"그래서 틀림없이 도착해서 화물을 인도했다고 대답했더니, 대단히 감사합니다 하고 정중하게 인사를 하고 나서 개찰구 쪽으로 가버렸습니다."
"잠깐만! 그것은 이곳 앞산에서 목매단 시체가 발견된 뒤였죠?"
"아 네, 그건 정말 굉장한 소동이었죠. 제 아내도 어린애를 업고 그 산까지 가 본다고 소란을 피원던 모양입니다. 맞아요. 그렇습니다! 그 직후의 일이었죠."
"으음, 그래요?"
우에자키 에쓰코가 무엇을 조사하러 왔었을까? 다쓰오는 다시 한 번 확인했다.
"그 여자는 몇 살이나 되어 보였으며 어떤 스타일이었습니까?"
"스물 두서넛 정도로 날씬한 몸매의 고상한 인상이었습니다. 글쎄, 뭐라고 하면 좋을까? 옳지! 발레리나 같은 느낌의 여자였어요. 약간 큰 키에 말입니다."
분명히 그녀는 우에자키 에쓰코임에 틀림이 없었다.

"이 오이토 선(大糸線)도 요사이는 니이가다 현의 이토이가와(糸魚川)까지 연장되었으니까요. 이제부턴 도쿄에서 오는 등산객으로 그 여자처럼 아름다운 여자도 많이 오게 될 것입니다. 그건 그렇고, 그 화물에는 무슨 용무가 있었을까요?"

역무원이 그렇게 물었지만 그것은 바로 다쓰오가 알고 싶은 일이었다.

다쓰오는 역을 나와 어디로 갈까 망설였다. 역전에는 그리 깨끗지 못한 음식점이 있었다. 시장기를 느꼈기 때문에 다쓰오는 그리로 들어갔다.

이 지방은 메밀국수가 명물이다.

음식이 나올 때까지 그는 식탁에 앉아 턱을 괸 채 멍청히 담배를 피웠다. 청년들 네댓이 마루 위에 모여 앉아 라디오에서 흘러나오는 가요를 흥얼거리고 있었다.

우에자키 에쓰코가 이 역에 와서 그 화물이 도착한 데 대해서 물었다. 그녀는 그것이 쓰치기 시 역에서 발송된 것은 물론, 내용품이 전기 애자란 것까지도 알고 있었다. 그것은 이 범죄의 모든 것을 알고 있다는 분명한 증거다. 하나에서 열까지…… 그렇다, 처음부터 사건의 발단이 그러했었다.

그 여자는 모든 것을 알고 있다. 그럼에도 도대체 무엇 때문에 이곳에 왔었을까? 도착을 확인하러 왔었을까. 아니, 그럴 리가 없다. 그녀가 온 것은 그 목매단 시체가 발견된 뒤가 아니었던가. '화물'이 도착한 것은 그것으로 충분히 알고 있었을 게 아닌가.

메밀국수가 나왔다. 국물은 맵고 별 맛이 없었다. 억지로 먹으면서도 무슨 목적에서 그 화물의 도착을 확인하러 왔었을까 생각했다. 뭔가 있을 성싶었다.

그것이 도대체 무엇일까?

다쓰오는 국수를 반쯤 남기고 담배를 피워 물었다. 라디오의 가요와 박자 맞추는 손뼉은 계속되고 있었다.

순간 한 생각이 떠올랐다. 그는 의자에서 벌떡 일어났다. 해가 머리 위에 떠 있었고 좁고 하얀 길 위에는 먼지가 뽀얗게 일고 있었다. 다쓰오는 도중에서 배낭을 짊어진 젊은 남녀와 엇갈렸다. 남자의 허리에는 가시마야리가다케의 5만분의 1지도가 접힌 채 꽂혀 있었다.

다쓰오는 오늘 아침에 갔던 마을로 다시 갔다. 이번으로 벌써 세 번째였다.

"이틀 전에 젊은 여자가 한 사람 이 근처에 온 적이 없습니까? 아마 혼자였을 겁니다. 도쿄에서 온 사람입니다만."

동네는 집이 열 두서너 채 있었다. 다쓰오는 한 집씩 일일이 물으며 다녔다. 젊은 사람은 여자까지도 일을 나가고 없었고 집에 있는 사람들은 노인이나 어린애들뿐이었다. 그러나 우에자키 에스코 같은 여자가 왔다면 누군가의 기억에 아직 남아 있을 것이라는 확신이 있었다.

이 짐작은 적중했다.

열 두서넛 된 사내애가 그것을 대답해 주었다.

"저 산으로 갔었죠. 제가 데리고 갔댔어요."

"데리고 갔어? 아니 그건 또 왜 그랬지?"

다쓰오는 두근거리는 가슴을 진정하며 물었다.

"나무상자가 어디 버려져 있지 않더냐구 했어요. 그래서 제가 그 전에 산에서 봤기 때문에 데려다 보여드렸어요."

다쓰오는 소년에게 안내를 부탁했다.

산이라고 할 정도가 아니었다. 길에서 20미터가량 들어간 숲 속에 나무상자는 반쯤 부숴진 상태로 버려져 있었다.

그 속에는 도자기의 파편이 잔뜩 들어 있었고, 상자의 깨진 틈으로는 자잘한 파편이 쏟아져 나와 있었다.

그것들은 햇빛을 받아 수풀 속에서 하얗게 빛났다.

다쓰오는 달려 있는 꼬리표를 보았다.

진흙이 묻은 꼬리표에는 글자가 희미하게 남아 있었다.

'발송인, 아이치 상회. ××전력주식회사 시로우마 발전소 귀중.'

다쓰오는 팔짱을 끼고 그 자리에 오랫동안 서 있었다.

우에자키 에쓰코는 이 꼬리표를 확인하러 왔던 것이다…….

2

아까 그 소년은 벌써 어디로 갔는지 사라지고 없었다. 다쓰오는 나무상자 위에 걸터앉아서 생각에 잠겼다. 손으로 턱을 괴고, 오랫동안 꼼짝하지 않고 있었다. 쏟아져 내린 도자기의 파편 한 조각 위를 벌레가 기어가고 있었다.

온갖 생각의 폭풍이 다쓰오의 머릿속을 선회하고 있었다. 침착하게 추적하지 않으면 안 될 일이었다.

결론을 내리기는 아직 이르다. 한 번만 더 다시, 하는 식으로 몇 번이고 생각을 다시 해보았다. 조립을 했다가는 무너뜨리고, 무너뜨렸다가는 다시 조립했다. 이 사고의 작업은 동요하고 있었지만, 그의 몸은 고정 상태를 지속하고 있었다.

구름이 때때로 햇빛을 가렸다. 그 그림자가 땅 위를 천천히 이동해 갔다.

다쓰오는 양손으로 머리를 감쌌다. 생각은 머뭇거렸고, 벽에 부닥쳤다가는 다시 튕겨 되돌아오곤 했다.

목매단 시체는 나무상자로 부쳐온 것은 아니었다. 그렇다면 어떤 방법으로 운반했을까? 나무상자에는 도자기의 파편이 들어 있었다. 무게는 59킬로! 그것은 명백히 시체 한 구를 넣어서 보냈다고 하는 위장이다. 어째서 이런 위장이 필요했을까? 그 이유는 무엇일까?

우에자키 에쓰코는 무슨 필요에 의해서 나무상자를 여기까지 와서 확인했을까? 그녀는 확실히 수풀 속에 버려진 나무상자의 정체를 보았다. 그때 그녀는 어떤 눈초리로 이 나무상자를 바라다보았을까?

복선은 착잡하게 얽혀 있다. 어디쯤 실마리의 끝이 숨어 있는지 알 수가 없다. 어려운 일이기는 하지만 발견이 불가능한 것은 아니리라. 어딘가에는 있다. 또 반드시 있지 않으면 안 되는 것이다.

피로했다. 다쓰오는 나무상자에서 일어났다. 도자기 파편 조각 위를 기고 있던 벌레는 다른 조각으로 옮겨 기어가고 있다. 느린 동작이었다. 다쓰오는 아무런 생각 없이 그 한 마리의 벌레를 보고 있었다.

잠깐이나마 사색에서 해방될 수 있었다는 것이, 아니 해방된 것은 아니리라. 마비 상태가 어떤 섬광을 불러일으켰다. 두뇌가 한 부분만 제멋대로 활동하기 시작하는 것일까? 의지도, 노력도 아니고 그곳만이 빛꼬리를 끌고 돌진하고 있었다. 그 상태는 예술가가 전후의 관계도 없이 하늘이 계시하는 것처럼 영감을 받을 때와도 흡사했다.

다쓰오는 나무상자에 붙어 있는 꼬리표를 떼어 호주머니에 넣었다. 그리고 걸음을 옮겼다. 구두 밑에는 말라 시든 잡초가 밟혔다.

길로 나오자 서둘러 아까의 마을로 되돌아왔다. 어느 집이나 초가을 햇빛 아래서 조용히 한가하게 졸고 있었다. 다쓰오는 차례로 집을 찾았다.

"실례합니다."

다쓰오는 어느 집 문전에서 주인을 불렀다. 처마 밑에는 곶감을 엮어 놓은 것이 드리워져 마루 장지문에 염주 모양으로 비치고 있었다.

"누구세요?"

노파가 나왔다.

다쓰오를 보자 눈을 크게 떴다. 아니, 아까 그 사람이 또 왔군 그래, 하는 눈치였다.

"할머니, 전기공이 어깨에 메고 있었던 자루는 정말 가벼워 보였습니까?"

노파는 못마땅한지 입을 다문 채 곧 대답하지 않았다. 다쓰오는 주머니에서 100원짜리 지폐 몇 장을 꺼내어 주름투성이인 노파의 손에 쥐어 주었다. 노파는 어리둥절해했다.

"글쎄요, 잘은 모르겠지만, 그다지 무거워 보이지는 않았어요."

노파가 대답했다.

"그래요? 분명 가벼워 보였습니까?"

"네, 가벼워 보였어요. 그래그래, 인제 생각이 나는군. 그 자루는 솜을 넣은 것처럼 부피가 있어 보였지만, 한 손으로 들고 있는 듯했어요."

"네? 한 손으로요?"

다쓰오는 한 걸음 다가섰다.

"그럼 한손으로 들고 있기도 하고, 어깨에 메기도 했단 말씀이죠?"

"글쎄, 그랬다니까요."

다쓰오는 야나바 역으로 서둘러 달려갔다.
곧 도착할 기차가 없어서인지, 역무원이 책상 앞에서 멍청하게 앉아 있는 것이 유리창 너머로 보였다. 그는 저쪽에서 다쓰오를 보자 일어나 나왔다.
"또 오셨군요, 어떻게 아셨습니까?"
역무원이 물었다.
"알았습니다. 이거지요?"
다쓰오는 호주머니에서 꼬리표를 꺼내 보였다.
"이겁니다, 맞았어요. 도착했던가요?"
아무것도 모르는 역무원은 웃으면서 물었다. 다쓰오는 그 물음에는 대답 않고 말했다.
"귀찮으시겠지만 한 마디만 더 묻고 싶은데요."
"네, 뭡니까?"
"이 나무상자는 어느 날 화차에 실려서 여기 왔는지 알고 싶은데요?"
"화차라뇨? 이건 화차편이 아닙니다, 객차편이에요."
역무원은 즉석에서 대답했다.
"네, 객차편이라구요?"
다쓰오는 어리둥절했다. 그러나 생각해보니 그 편이 합리적이었다.
"그래요? 하긴 그럴 법도 하군요. 그럼 미안하지만, 언제 부쳤는지 알 수 없을까요?"
"잠깐 기다리십시오."
역무원은 책상으로 돌아가서 장부를 펼쳤다. 이젠 귀찮은 듯한 표정도 없었다. 그는 종이쪽에 메모를 해 가지고 왔다.
"그것이 도착한 날 아침에 발차역에서 실었군요. 여기에 123열차로 왔으니까요."
"그건 몇 시입니까?"
"18시 20분입니다. 순서대로 말하면, 쓰치기 시 역 출발이 9시 34분입니다. 시오지리에 13시 33분에 도착하고 주오 본선에 연락돼 14시 10분에 발차, 14시 37분에 마쓰모도 도착, 15시 30분 오오마치행에 연락해서 16시 39분 오오마치 도착, 이것은 이 지선(支線)에 연락해서 17시 50분에 발차하고, 이 역에는 18시 20분에 도착한 것입니다. 중계역이 너무 많기 때문에 복잡하기는 합니다만, 각 역에서의 정차 시간은 충분하기 때문에 옮겨 싣는 데 지장은 없습니다."
역무원이 설명했다.
"18시 20분…… 6시 20분이라구?"
다쓰오는 시선을 허공에 두었다. 오후 6시 20분이라면 아직 약간은 밝은 빛이 있을 때다. 그 마을에 도착한 것이 땅거미가 내릴 무렵이었다니까, 시간은 일치한다. 다쓰오는 그 화물과 함께 각 역에서 계속 기차를 바꿔타면서 여기까지 온 사람을 생각하고 있었다. 그들에게는 충분히 그럴 필요가 있었다. 즉 나무상자는 발전소에 배달되기 전에 수취할 필요가 있었던 것이다.
"역무원님."
다쓰오는 물었다.
"그 나무상자가 도착한 18시 20분의 하차객으로서, 자루를 멘 남자가 있었을 텐데요. 개찰계가 어느 분이었는지 기억하십니까?"
"어떤 자루입니까?"

"약간 부피가 있었는지는 모르지만, 아무튼 가벼운 것입니다. 한 손으로 들 수 있을 정돕니다, 그러니까 즉 마대(麻袋)와 같은 것인데요?"
"글쎄요, 한 번 물어는 보겠습니다만."
역무원은, 계원에게 물어봤으나 기억에 없다고 한다는 것이다.
다쓰오는 역무원에게 머리 숙여 정중히 인사를 하고 떠났다.
그러나 그의 발길은 별안간 멎었다. 화물보다 사람이 먼저 역에 내리는 경우가 생각났기 때문이다. 아마 나무상자가 객차의 앞쪽에 붙어 있는 수화물 칸으로부터 내려져서 인도하는 데까지 나오는데는 한 20분쯤 소요될 것이다.
그들은 그 20분 동안을 어떻게 하고 있었을까? 그들 즉, 역원이 발전소 사람으로 알고 나무 상자를 내 준 전기공 차림의 사나이들이 말이다.
다쓰오는 우연히 눈을 역전 음식점으로 돌렸다. 그가 아까 메밀국수를 먹은 작은 음식점이다.
그들은 저녁 6시 20분에 도착했다. 배가 고팠을 것임에 틀림없다. 나무상자를 찾기까지는 20분 정도의 여유가 있다. 시장기를 느낀 주인공의 행동은 상상할 수 있는 것이다.
다쓰오는 음식점을 향해 곧장 걸어갔다.

1시간 뒤, 마쓰모도행 기차에는 하기자키 다쓰오가 타고 있었다. 그는 수첩을 꺼내 들고 새삼 메모한 것을 재확인하고 있었다. 여러 가지의 일들이 가로 세로로 휘갈겨 씌어 있었다. 듣는 것, 혹은 생각난 것을 그대로 기입해 놓은 것들이다.
음식점 여주인의 애기도 있었다.
'어느 날이었는지는 확실치 않다. 아마 목매단 사건이 있기 4, 5

일 전일 것이다. 인부와 같은 차림의 사나이가 세 사람, 메밀국수를 두 그릇씩 서둘러 먹었다. 자루를 가지고 있었던 것을 기억한다. 성기게 짠 더러워진 마대였다. 약간 부풀어 있었고 자루 아가리는 노끈 같은 것으로 붙들어 매 놓았던 것처럼 생각된다. 그 중 한 사람이 한손으로 들고 가게 안으로 들어왔으니 무거워보이지는 않았다. 국수를 먹는 동안 자루는 바닥에 세워 의자에 기대어 놓았었다. 나갈 때도 자루는 한 손에 들고 있었다.'
이것에 계속해서 갈겨 쓴 글씨가 어지럽게 남발해 있었다.

X 마대가 중대하다. 이것의 무게는 가벼웠다. 한 손으로 들 수 있을 정도니까, 10킬로그램 내외일까?

X 나무상자와 도자기의 파편. 중량 59킬로그램, 시체 한 구를 넣은 무게. 이것은 그렇게 보이기 위한 것. 그렇게 보이기 위해서라면 무엇 때문일까, 이것이 문제다. 누구에게 보이기 위한 위장일까?

X 우에자키 에쓰코, 무엇을 확인하러 왔을까. 그녀의 의사에선가, 다른 누군가의 뜻에 의해서일까?

X 나무상자를 역에서 찾아가지고, 숲 속까지 메고 간 것은 세 사람의 사나이, 거기에 버릴 필요가 있었다. 그들은 그뒤 마대를 가지고 목매달아 죽은 시체가 발견된 산으로 올라갔다. 그때, 산 기슭에 있는 마을의 노파에게 발견되었다.

X 목매고 죽은 시체의 주인이 누구인가 짐작된다.

X 그러나 죽은 지 4개월이나 경과된 썩은 반백골의 시체, 이것은 모르겠다. 그럴 리가 없는데, 사후 4개월. 해부의가 아니더라도 누구나 반백골의 상태가 되기까지에는 그 정도의 시일경과는 있어야 한다. 그러나, 그렇게 되면 커다란 모순이 생기게 된다. 이 추리의 최대 장해다. 아니, 근본적으로 시체의 주인을 결정하

는 데 이론이 붕괴한다. 해부는 과학적, 엄연한 사실이다. 약간의 오류도 없다……. 그러나 그럴 리가 없는 것이다. 4개월 전에 죽어 있을 리가 없다. 모르겠다, 아무래도 모르겠다. 아무래도 이것이 해결이 안 된다.

X 나무상자의 발송 역, 쓰치기 시는 미즈나미의 이웃 역이다. 이 두 곳에 무언가가 있다. 미즈나미에는 우에쟈키 에쓰코와 구로이케 겐키치가 있었던 흔적이 확실히 있다.

X 나가노 현 미나미사쿠 군 하루노 마을 아자요코. 구로이케 겐키치의 출생지, 호적 등본의 내용. 우메무라 온지(梅村音次).

X 쓰치기 시 역(土岐津) 9:34발──시오지리 13:33 도착──시오지리 14:10발──마쓰모도 14:37 도착──마쓰모도 15:30발──오오마치 16:36 도착──오오마치 17:50발──야나바 18:20 도착──나무상자와 인간은 같은 기차였다.

X 후네자카 히데아키의 경력 불명. 그는 중국인. 그건 반대파가 한 말이다. 그 근거는 어딜까. 후네자카 히데아키 자신일까? 실은 자신이 중국인이라고 입 밖에 낸 적은 없었을까. 그런 소리가 전해져서 그런 것이나 아닐까.

X 후네자카 히데아키──구로이케 겐키치──우에쟈키 에쓰코의 관계.

X 구로이케 겐키치의 본적지가 나가노 현 미나미사쿠 군. 세누마 변호사가 시체로 발견된 곳이 나가노 현 니시지쿠마 군. 목을 매단 시체가 나온 곳이 나가노 현 기타아즈미 군. 모두가 나가노 현이다. 뿐더러 미즈나미나 쓰치기 시도 나가노 현에 가깝다.

왜 그럴까? 그 이유의 추리는 어렵지 않다.

수첩에 씌어 있는 글자는 휘갈겨 쓴 난필이었다. 써 있는 내용도 전후의 관계없이 지리멸렬한 것이었다. 그러나, 그것을 써 둔

본인에게는 작전도 보다 더 상세한 지도였던 것이다.

현재 이것을 보고 있는 다쓰오의 눈에는 온갖 가능한 일과, 불가능한 일이 관련 경로가 안 보이는 착잡한 노선으로서 떠오르는 것이었다.

"목매달아 죽은 사나이의 정체는 짐작이 간다. 그러나 그는 아마도 2주일 전까지는 살아 있었을 것이다. 그런데도 시체는 반백골이 되어 있다. 사망 추정 4개월 이상이라는 것은 시체 검안의 결과를 듣기 전에 알 수 있는 사실이다. 모르겠다. 이것은 아무래도 알 수가 없다. 도대체 이것은 어떻게 된 일일까?"

거대한 벽이었다.

다쓰오는 머리를 긁었다. 차창 밖에 흐르는 경치는 마쓰모도 시에 가까워진 것을 알려 주었다. 집들이 불빛을 밝히고 있었다.

다쓰오는 다무라네 신문사의 통신부를 찾아갔다. 번화가에서 조금 들어간 샛길에 간판이 나붙어 있었다.

턱수염이 난 통신부장이 나왔다.

"이곳에 다무라 씨가 와 있지 않습니까?"

다쓰오가 묻자, 저쪽에서 말한다.

"아, 당신이 하기자키 씨입니까?"

"다무라 씨는 점심때 이리로 와서, 기소후쿠시마의 통신원과 연락을 취한 다음 그리로 갔습니다. 당신이 올 것이니 용무가 있으면 통신부에 전화해 달라고 하더군요."

다쓰오는 감사를 표하고 물었다.

"지금쯤은 저쪽에 도착했을까요?"

부장은 손목시계를 보았다. 넓은 가죽 줄로 된 시계였다.

"도착했을 겁니다. 아무튼 좀 올라오십시오."

서너 평 되는 방으로 한쪽 구석에 책상이 있고, 주위는 잡동사니로 어수선하게 널려 있었다. 주임은 책상 위에 놓인 수화기를 들고 기소후쿠시마를 지급으로 신청했다.
"저, 송고할 시간이 임박해서, 잠깐 실례하겠습니다."
 부장은 다쓰오에게 양해를 구하고, 갱지에 서둘러 기사를 쓰기 시작했다. 매우 서두르고 있는 모양으로 다쓰오 쪽으로는 얼굴도 돌리지 않았다. 손목시계를 끌러 눈앞에 놓고, 시계 바늘과 경주를 하고 있는 성싶었다.
 굵은 가죽 줄이로구나, 하고 다쓰오는 아무 생각없이 그것을 바라다보고 있었다. 까만 가죽으로 딱딱한 느낌을 주는 것이었다.
 가죽! 갑자기 연상이 분주하게 끓어 올랐다.
 야쓰가다케 산록(八ヶ岳山麓)의 고원에서 보았던 짐수레였다. 수레 위에는 거적에 싸인 작은 질그릇제 단지가 몇 갠가 실려 있었다. 그 짐수레는 그 마을에 있는 피혁공장으로 향하고 있었다. 꿈처럼 아스라한 기억이었다.
 다쓰오의 가슴은 두근거리기 시작했다. 그러나 아직 직감은 형태를 갖추어 나타나지 않았다. 어슴푸레해서 매우 추상적이었다. 그러나 그 하얀 안개의 소용돌이 같은 것으로부터 무언가가 불쑥 두드러져 나올 성싶었다. 아니, 부분적으로는 차차 초점이 맞아 들어가기 시작했다.
 벨이 울렸다.
 다쓰오는 눈앞이 환하게 트이는 것 같았다. 수화기를 든 부장이 다무라가 있느냐고 묻고 나서 곧 다쓰오에게 넘겨 주었다.
 "여보세요?"
 다무라의 목소리가 울려왔다.
 "거기서 무슨 새로운 것을 알아냈나?"

다쓰오가 물었다.

"아직, 쓰치기 시 역에는 가보지 않았지만, 일이 꽤 재미있게 되어가는데?"

다무라는 흥분된 말투였다. 그가 땀을 흘리고 있는 모습이 선하다.

"이세의 통신부에서 말야, 그러니까 우지야마다에서 후네자카 히데아키가 사라졌다고 통지해 왔어. 그는 4월 말부터 내내 여기 박혀 있었는데 말야. 그런데 일주일 전부터 행방을 감췄단 말이야."

"행방불명이라고?"

"음, 도쿄로 조사해 봤지만, 자택에도 안 돌아갔어. 지금 전력을 기울여 조사 중이야. 그런데 이세의 통신부 조사에 따르면 그는 정신병으로 입원한 게 아닌지 모르겠다는데……."

"뭐, 정신병? 그건 어딘데?"

"그것은 아직 모르겠어. 그리고 또 한 가지, 이상한 일이 있어."

3

이야기 도중에 교환수가 여보세요, 여보세요, 하고 불렀다. 다무라가 귀찮은 듯이 야단을 쳤다.

"이상한 일이라는 건, 후네자카가 여러 가지 물건을 한 달 전부터 사들이고 있다는 거야."

"아니, 여러 가지 물건이라니?"

"응, 장난감이라든가, 약품이라든가, 빗자루, 접시, 빈병 따위, 어린이용 야구모자 같은 것도……."

"잠깐, 그게 도대체 무슨 소리야?"

다쓰오가 다그쳐 물었다.

"모르겠어. 요컨대 그런 시시껄렁한 물건을 마구 사들여서는 도쿄의 자기 집이라든가, 친구 집에 보내고 있대."

"어째서일까?"

다쓰오는 수화기를 귀에 댄 채 고개를 기울였다.

"그게 바로 이상한 점이야. 그래서 정신이 좀 이상해진 것이 아니냐고 하는 거란 말야. 이건 이세의 통신부가 조사해 준 것인데, 그 양반 정말 잘 조사해 주었어"

"그래서 정신 이상이 아닌가 하는 건가?"

다쓰오는 말을 건네면서 생각했다. 후네자카 히데아키가 발작을 일으켰다. 아무래도 의심스럽다고 생각했다.

"그렇다니까, 이것도 이세의 보곤데, 후네자카한테 의사 차림의 사내가 와서 진찰을 하고 난 뒤 곧 자동차로 어딘가로 사라져 버렸다는군."

"그 자동차는 택신가?"

"택시가 아니기 때문에 곤란하단 말이야. 자가용이 와서 두서너 명씩 올라타고, 여관비도 깨끗이 치르고 사라졌다는 거야. 그래서 의사 차림의 사내가 후네자카를 데리고 갔다는 점에서 정신 병원이란 설이 나오게 된 거야."

"그 차 번호는?"

"그걸 알면 간단하게? 여종업원의 말로 얻어들은 정보란 말이야."

"그 자가용은 의사 것인가?"

"그런가 봐. 가만 있자, 자가용 말이지, 자가용이라…… 잠깐 기다려."

전화의 목소리가 잠시 끊겼다. 다쓰오는 다무라가 무언가 열심히 생각하고 있다는 것을 알았다. 교환수의 목소리가 재차 여보세요, 하고 불렀다. 그것을 막는 것처럼 다무라의 목소리가 크게 들려왔다.

"아, 그렇다! 이제야 생각이 났다!"
"뭔데?"
"아니, 됐어. 아직 확실치 않은 점이 있어. 전화로 말하다간 길어지니까 이만 끊는다. 벌써 시간이 됐으니까, 그렇다, 맞았어. 이거 바빠졌는데? 빨리 조사해 봐야겠어."

숨 쉴 틈도 없이, 교환수가 시간 됐습니다, 하고 빠른 말투로 말하고 전화를 끊었다.

다무라 녀석 여전히 당황하고 있군, 다쓰오는 쓴웃음을 지었다.

그건 그렇고 후네자카 히데아키의 발작은 어떻게 된 것인지 알 수가 없었다. 아무리 생각해도 사실 같지가 않다. 무슨 속셈이 있는 성싶었다.

장난감·약품·빗자루·접시·빈병·어린이용 모자, 그런 것들을 모두 사들여서 자택이라든가 친지 집에 보내고 있다고 한다. 어찌된 셈인지 이 물건들에는 하나도 공통점이 없다. 품종에는 연결성이 없을뿐더러 저마다 따로따로 동떨어져 있다. 정상적인 머리가 아니라고 하는 것은 여기서 오는 것일까?

옆에 앉아서 기사를 작성하고 있던 통신 부원은 다 썼는지, 펜을 내던지고 만세를 부르듯이 팔을 뻗치며 "끝났다" 하고 하품을 했다.

그러고 나서 다쓰오 쪽을 향하더니, 술을 좋아하는 듯한 눈을 빛내면서 말했다.

"이제 곧 본사가 나옵니다. 송고는 4, 5분이면 끝납니다. 또 새로운 일이 일어나기 전에 빨리 끝내겠으니, 한잔 하십시다."

그리고는 잠깐 기다려 달라고 했지만 다쓰오는 가봐야겠다고 말하고 밖으로 나왔다.
바깥은 이미 캄캄한 밤이었다.
다쓰오는 먼저 여관으로 돌아왔다.
무엇을 어떻게 하겠다는 계획이 있는 것도 아니었지만, 오늘 밤은 이 마쓰모도 시에 머물 수밖에 없었다. 그래서 모든 일은 내일로 미뤘다.
여관은 시내에서 약간 떨어진 시외 쪽이었다. 장지문을 여니까, 시내가 바로 발 밑에 흐르고 있었다.
여종업원이 식사를 시중하러 왔다.
"손님께선 혼자 놀러오신 거예요?"
여종업원은 살이 쪄서 통통한 몸매를 하고 있었다.
"말하자면 그렇지."
"등산 오셨나요?"
"아니, 등산이 아니고 뭘 좀 사려고……."
"여긴 살 만한 것이 없는데, 뭘 사시려는 거죠?"
"장난감·약품·빗자루·빈병·어린애 모자 그런 것들이지."
여종업원은 눈을 동그랗게 떴다.
"그게 뭐죠?"
"모르겠어."
"네에?"
"나도 모르겠어."
여종업원은 의심쩍어 하는 표정으로 다쓰오의 얼굴을 살폈다. 정상이 아니라고 생각하는 모양인지, 그러고 나선 별로 말을 건네지 않았다.
다쓰오는 안내를 받아서 목욕을 하러 갔다. 긴 복도를 걸어가는 그의 머리에서는 좀처럼 후네자카 히데아키가 사들이는 물건에 대한 의문점이 떠나지 않았다. 질서가 없는 것으로부터 하나의 의의를 발견하려고 했던 것이다.

잡다한 구매물의 품종은 정상인이 미친 것으로 보이기 위한 의장(擬裝)인가?

그러나 후네자카 히데아키는 광인이 될 그런 인간이 아니다. 불사신과도 같은 정신의 소유자인 것이다.

그러나 어째서 광인을 가장할까? 그 이유를 알 수가 없다. 아니, 광인이라고 보는 것은 이쪽의 관측이다. 이상스런 물건을 샀다. 의사 같은 사람이 왔다. 그래서 광인으로 만들어서 정신 병원으로 보낸 것은 그 이세의 통신원이었다.

다쓰오는 탕 속에 앉아서 눈을 감고 생각했다. 자기 말고는 아무도 없다. 욕탕의 창밖에서는 시냇물 흐르는 소리가 꽤 크게 들려왔다.

다쓰오에게 갑자기 머리에 번득이는 것이 있었다.

후네자카의 구매물을 계통을 세워서 생각하려 하기 때문에 안 되는 것이다. 이것은 어디까지나 계통이 없는 것이다. 그는 자기가 원하는 것은 다만 하나만을 산 것이 아닐까? 그 외의 것은 그것을 은폐하기 위해서, 쓸데없는 것을 산 것에 불과하다. 필요한 것은 하나뿐이었다. 그 외는 불필요한 것이다. 불필요한 물건이, 타인의 의심하는 눈을 가렸다.

욕탕에 한 사람의 손님이 들어와 앉았다. 그 동작을 다쓰오는 아무 생각없이 바라보고 있었다. 탕 속의 물이 그 사람의 어깨까지 찼다.

다쓰오는 별안간 일어났다. 기분 좋게 앉아 있던 손님이 예기치 않은 그의 동작에 언짢은 듯한 표정을 지었다.

다쓰오는 몸의 물기를 닦아 낼 시간도 아까운 듯 그대로 옷을 주섬주섬 주워 입고 방으로 서둘러 돌아왔다.

온갖 사고가 머릿속에 돌아가고 있었다.

후네자카가 필요로 했던 물건을 알았다, 약품이다! 다쓰오의 머리에는 또, 야쓰가다케의 신록 속에서 한 남자가 천천히 끌고 가던 짐수레가 떠올랐다. 짐수레 위의 거적으로 싸인 단지!

방의 수화기를 들어, 기소의 통신부를 신청했다. 밤이기 때문에 곧 나올 것이라고 여관의 데스크에서 말한다.

그러가 전화가 기다려졌다. 그동안도 다쓰오의 두뇌는 분주했다. 그는 수첩을 꺼내서 메모한 것을 보았다.

한 손으로 들 정도로 가벼운 마대. 백골에 가까운 썩은 시체. 나가노 현 미나미사쿠 군의 외딴 마을 피혁공장.

벨이 울렸다.

다쓰오는 부리나케 수화기를 들었다.

"여보세요. 거기 본사에서 내려온 다무라 씨 좀 바꿔 주십시오."

"없습니다."

상대편의 목소리는 무뚝뚝했다.

"언제쯤 돌아올까요?"

여럿이 어울려 술을 한잔 하러 갔으니 언제 올는지 모른다고 했다. 대답은 여전히 무뚝뚝했다. 다쓰오는 실망했다.

아침에 눈을 뜬 것은 9시경이었다. 다쓰오는 곧 기소후쿠시마에 전화를 신청했다. 전화가 오기까지 그는 서둘러 세수를 하고 급하게 식사를 시작했다. 식사 도중에 전화가 왔다. 다무라를 불러 달라고 하니까 상대편은 대답했다.

"벌써 떠났습니다."

어젯밤의 전화 목소리와는 달랐다.

"떠났다니, 어디로 떠났습니까?"

"나고야 지국으로 떠났는데요?"

다쓰오는 이쪽 여관의 전화번호를 일러놓지 않은 것을 후회했다.

전화를 끊자, 그는 여종업원에게 전보용지를 갖다 달라고 하여 전문을 썼다.

'후네자카가 크롬유산을 사지 않았나 조사바람. 샀다면 곧 경찰에 연락, 또 한 사람 위험. 내일 오후 미즈나미 역 상봉 바람.'

그는 전문을 두서너 번 다시 읽고, 여종업원에게 우체국으로 가서 그 전문을 부치도록 부탁했다. 수취인은 나고야 지국 다무라였다. 후네자카가 사실상 필요했던 구매물은 약품이었던 것이다.

벌써 일각의 여유도 없는 것처럼 마음이 초조했다. 다무라의 공명심도 이해하지만, 이미 이것은 한 신문사만의 문제가 아니다. 또 한 사람의 생명이 위험한 상태에 놓여 있는 것이다. 그것을 막기 위해서는 수사권의 발동이 필요한 것이다.

다쓰오는 11시발 상행열차를 탔다. 준급행 시로우마(白馬)로 차내에는 등산 차림의 남녀 귀성객이 몇 사람 있었다. 모두 재미있게 등산 이야기를 하고 있었다.

그 등산객을 보고 있으니, 다쓰오는 스리코기 산에 올라갔던 한 무리의 모습이 머리에 떠올랐다. 그 속에 엷은 녹색 모자를 쓴 세누마 변호사가 있었다. 아니, 변호사처럼 보이기 위한 인물이 있었다. 2주일 전쯤의 이야기다. 그 뒤, 그 인물은 아오키 호 옆 산속에서 목을 매고 죽었다. 발견되었을 때는 백골에 가까운 썩은 시체였다. 죽은 지 4개월 이상이나 경과된 상태였다.

물론, 변호사의 역할을 한 것이 구로이케라고 단정할 수는 없다. 그러나 다쓰오에게는 그렇게 생각되었다. 그 생각이 옳다고 하면, 두 주일 전까지 살아 있었던 사나이가, 적어도 4개월 전에 죽어 있었다니……

이런 기묘한 논리적 모순의 해결을 후네자카 히데아키의 구매물로 해서 알았다. 장난감·빗자루·접시·어린이용 야구모 등은 죄다 불필요한 물건들이었다.

기차의 움직임이 느리게 느껴졌다. 시오지리, 다쓰노, 가미슈호(上諏訪), 이렇게 한 정거장마다 멈추곤 한다. 가미슈호에서는 대부분 온천에서 돌아오는 귀성객들이었다. 이렇게 한가한 풍경에 화가 났다.

고부치자와(小淵澤)에서 바꿔타고, 야쓰가다케의 기슭을 지나서 다쓰오가 사구우미노구치 역에 내린 것은 3시가 지나서였다.

다쓰오는 버스로 요코에 내렸다.

야쓰가다케의 솟아오른 산의 위용에 저녁 햇빛이 비치고 있었다. 바람이 초원을 지나고 있었다. 지붕에 돌을 올려놓은 나직한 빈집들이 서로 끌어안고 있듯이 붙어 있었다.

다쓰오는 처마밑을 기웃거리며 돌아다니다가 '가토 다이로쿠로(加藤大六郎)'란 문패가 붙은 집 앞에 멈춰 섰다.

늙은 노인이 한 사람, 봉당에 돗자리를 깔고 누워 있었다. 이 노인의 얼굴을 찾으러 다쓰오는 이곳에 온 것이다.

노인은 인기척에 얼굴을 들었다.

"아, 당신은 언젠가 겐키치라든가 오토(音)에 관해서 물으러 왔던 도쿄 사람이죠?"

노인은 주름투성이의 얼굴 속에서 눈을 크게 뜨고 말했다. 이 노인도 다쓰오의 얼굴을 잘 기억하고 있었던 것이다.

"그때는 정말 감사했습니다."

다쓰오는 인사를 했다.

"자, 이리로 들어오십시오."

노인은 돗자리에서 일어나 볏짚을 한쪽으로 밀어 놓았다.

"오토에 관해서 부탁이 있어서 또 왔습니다."

다쓰오는 정중하게 말을 꺼냈다.

"할아버지께선 오토를 잘 알고 계시지요?"

"그야 같은 마을에 살았으니까요. 잘 알고 모를 정도가 아니지요. 어렸을 때는 내가 안아서 오줌을 뉜 적도 있었으니까."

"그건 꽤 오랜 옛날의 일이었지요?"

"그렇지, 오래됐고말고."

노인은 눈을 가늘게 뜨고 당시를 회상하는 듯했다.

"지금도 오토를 만나면 알아보시겠어요?"

"그야 알지, 오토가 이 마을을 떠난 것이 열 예닐곱 때였으니까, 어렸을 때라면 모르겠지만 그땐 벌써 꽤 컸었으니까."

"할아버지."

다쓰오는 간청하는 눈빛으로 말을 했다.

"그 오토를 지금 만나 주시지 않겠습니까?"

"뭐라구? 오토를 만나요?"

노인은 깜짝 놀랐다.

"오토가 여기 왔단 말인가?"

"아닙니다. 여기 온 것이 아니고, 좀 떨어진 곳에 있습니다. 그래서 그곳까지 가셔서 만나 주셨으면 하는 것입니다."

노인은 다쓰오의 눈을 응시했다.

"그가 나를 만나고 싶다고 하던가?"

다쓰오는 대답이 궁했지만, 거짓말을 할 수밖에 별 도리가 없었다.

"오토도 할아버지를 만나면 매우 기뻐할 것으로 압니다."
"오토는 꽤 컸을걸. 옛날부터 그는 성미가 꽤 괄괄한 애였는데, 도쿄에 가서 아주 어른이 됐을 거요. 당신이 그런 말을 하니, 나도 어쩨 만나고 싶은 생각이 드는구먼. 그래 어디를 가야 만나나?"
"나고야 근처입니다."
"나고야? 도쿄가 아니고?"
"지금 거기 있습니다. 할아버지, 여비나 경비는 걱정하시지 마십시오. 오늘 밤은 가미슈호(上諏訪)의 온천에서 편히 쉬시고, 내일 아침 나고야로 가도록 하십시다."
가토 노인은 다시 다쓰오의 얼굴을 보았다.
"당신은 오토의 친구인가요?"
"네에, 말하자면 친구입니다."
다쓰오는 하는 수 없이 그렇게 대답했다.
"그래? 온천도 참 오랜만인걸……."
노인의 얼굴에는 호기심이 움직이기 시작했다.
"좀 있으면, 오토의 부모님들이 들에서 돌아올 거야. 그들이 돌아오면, 일단 의논을 해 보도록 하세."

죽음의 비등

1

하기자키 다쓰오가 가토 다이로쿠로(加藤大六郞) 노인과 함께 주오 본선의 미즈나미 역에 내린 것은 12시 4분이었다.

어젯밤은 밤 11시경 시오지리에 도착해서 묵었다. 가미슈 호에서 내렸었다면 이 기차를 탈 수가 없을 것이다. 모처럼 노인에게 온천을 가기로 약속했지만, 돌아올 때 하기로 양해를 구하고 강행군으로 여기까지 온 것이다. 어젯밤은 늦게까지, 오늘 아침은 일찍부터 행동했기 때문에 혹 노인이 언짢아하지 않을까 했는데, 오래간만에 하는 기차 여행이라 그런지 기분이 썩 좋아 보였다. 일흔 가까운 노인이라곤 믿기 어려울 정도로 원기 왕성했다.

역의 개찰구를 나오자 다쓰오 앞에 성큼 다무라가 나타났다.

"여어!"

두 사람은 동시에 손을 내밀었다.

"전보, 받았나?"

다쓰오가 손을 흔들며 말했다.

"봤어, 봤으니까 여기 왔지."

다무라는 흥분한 표정으로 자기 뒤를 돌아다봤다. 다쓰오가 모르는 사나이가 세 사람 거기 서 있었다.

"모두 한 동료들이야. 이번 사건의 특수 수사반원이지."

다무라는 이렇게 간단히 그들을 소개한 뒤, 다쓰오의 뒤에 서 있는 노인을 보자, 이상하다는 표정을 지었다.

"구로이케 겐키치가 태어난 신슈 미나미사쿠 군 하루노 마을(信州南佐久郡春野村)에 사시는 분이야."

다쓰오가 눈치를 채고 설명하자 다무라는 더욱더 이상한 표정을 지었다.

"구로이케 겐키치?"

"응, 아무튼 나중에 알게 돼."

다쓰오는 일단 노인을 대합실 의자로 모시고 가서 거기 앉아 쉬게 하고, 곧 다무라가 있는 곳으로 되돌아왔다.

"어떤가? 후네자카 히데아키가 구매한 약품이 무슨 약품인지 알았나?"

"응, 알았어. 서둘러 이세 시로 가서 모두가 나누어서 조사해 왔어."

다무라는 수첩에 적은 것을 보였다. 농유산(濃硫酸)과 중크롬산 칼륨을 무척 많이 사들이고 있었다.

"이것은 공업용약품으로서 대개의 경우는 용도가 없는 물건이야. 이것만 사면 눈에 띌 테니까, 그 밖의 장난감과 접시, 빗자루 등을 사서 사람들의 눈을 속이고 있었던 것이지. 즉, 질서가 없는 구매물이기 때문에 정신 이상이 생긴 것이 아닌가 하고 오인했던 것이지. 미친 사람처럼 보이기 위한 것이 후네자카가 노린 점이야."

다쓰오가 말하자, 다무라가 물었다.

"근데, 이건 뭔가? 유산이라든가, 크롬이란 것은?"

"그것이 즉, 아오키 호 기슭에 발견된 목매달아 죽은 시체를 처리한 것이야."

다무라와 세 사람의 기자가 다쓰오에게 시선을 집중했다.

"결론부터 먼저 말하겠다. 저 백골화한 목매달아 죽은 시체는 구로이케 겐키치였단 말야."

"뭐라구?"

다무라가 눈을 크게 떴다. 그런 일이 있을 수 있을까 하는 경악이 나타나 있었다. 그는 지금까지, 그것은 구로이케 겐키치를 위장한 전혀 타인의 시체라고 생각하고 있었던 것이다. 그것이 번복되어 틀림없는 당사자 본인이라고 다쓰오는 단언했던 것이다. 다무라로서는 어이가 없어 입을 벌린 채 멍하니 있었다.

"처음부터 얘기하지, 세누마 변호사처럼 차리고 스리코기 산으로 올라갔던 엷은 녹색 셔츠의 사나이는 아마 구로이케 겐키치였을 거야. 그때 진짜 변호사는 어딘지 다른 곳에서 산딸기라든가 으름덩굴 열매를 먹으면서 굶어죽기 직전의 상태에서 허덕였단 말이야. 그래서 변호사가 실제로 산에서 조난당한 것처럼 보이기 위해서는 원기 왕성할 때 산으로 들어간 모습을 제3자에게 보이지 않으면 안 되었지. 그래서 그 대신 역할을 구로이케 겐키치가 했던 거야. 목격자는 굶어죽은 자의 얼굴을 기억하지도 못하고, 복장만을 기억하고 있었기 때문에 이것은 성공한 거야."

다쓰오는 자신의 추리를 설명하기 시작했다.

"물론, 이것은 후네자카의 지시에 따른 것이지. 진짜 세누마 변호사는 빈사 상태로, 통행인 끊긴 밤에 오다이라 가도를 따라 자동차로 운반되어, 기소도오케를 통과해 그 일당이 어깨에 메고, 현장에 가서 던졌지. 그래서 그 이튿날 태풍과 한기로 불쌍하게도 세누마 씨는 산속에서 마침내 숨이 끊어지고 말았던 거야."

"거기까지는 나도 알고 있어. 의문점은 그 녀석이 2주일 전에 죽었다는 점이야. 그 백골의 시체가 구로이케 겐키치라고 하면, 그 녀석은 4개월 전에 이미 죽었어야 하잖아?"

"이 약품이 그 수수께끼를 풀 수 있는 거야."

다쓰오는 손가락으로 수첩의 글씨를 가리키면서 말했다.

"이것은 말이야. 농유산과 중크롬산칼륨은 혼합하면, 무서운 용해력을 가진 원액이 되지. 가죽을 이기기 위해서는 여기에다 쿨코스를 가해서 환원시키고, 용해력을 약하게 해서 거기다 또 물을 혼합하여 적당하게 희석해서 쓰는 것이지. 원액은 말이야, 보통 중크롬 유산이라고 하는데, 이것에 담그면 어떤 유기물이라도 용해해 버리고 말지. 시체 한 구를 목욕통 만한 크기의 통에 원액을 채우고 담그면, 하룻밤 새에 살덩이는 녹아 버리고 말지."

"아, 그러면, 목 매달아 죽은 시체의 백골은!"

다무라는 입에 손을 대고 소리쳤다.

"그렇다네, 구로이케 겐키치는 살해되어 크롬유산이 가득 찬 목욕통에 담가진 것이야. 그것도 네댓 시간이었을 것일세. 즉, 썩은 시체처럼 보일 정도로 살점이 군데군데 남아 있을 때, 꺼낸 것이지. 그러고 나서, 그 반백골이 된 시체를 약품의 잔류분을 씻어 내기 위해 물로 씻어 낸 다음 마대에 넣어서 기차로 범인 일당이 운반했던 거야."

"마대? 그럼 그 노파가 보았던 자루는 사실이었나?"
"그렇지. 게다가 한 손으로 들 수 있을 정도로 시체는 매우 가벼워졌어. 완전히 살이 붙어 있는 때의 7분의 1정도의 중량밖에 안 되었을 테니까, 기차로 운반하는 정도의 시간은 냄새가 나지 않아. 이만큼 범인에게 편리한 시체도 없지."
다쓰오는 계속했다.
"그리고 마대를 메고 산속 현장에 갖다 버렸어. 아니, 그것도 세공을 해서, 준비했던 썩은 노끈으로 목을 매기도 하고 나뭇가지에서 끊어진 것처럼 매어 놓기도 했지. 목을 매달아 죽은 시체가 정말 부패해서, 떨어진 것처럼 잔재주를 부려 놓았단 말일세. 발견은 그로부터 3일 뒤였지. 한 사흘 지나면 약품으로 용해된 살덩이의 나머지 표면도 공기에 화합해서 부패 현상을 완전히 나타낸다네. 즉, 발견했을 때는 적어도 4개월 이상 경과한 것처럼, 경찰의의 검안까지 속일 수 있을 정도로 알아보지 못하게 되어 버렸던 거야."
다쓰오가 여기까지 말하자, 다무라의 얼굴은 백지장처럼 하애졌다.
"그렇지만, 그렇다면 애자가 든 나무상자는 무엇을 위한 잔재주였을까?"
그가 질문했다.
"그것은 말야. 그것은 어떤 사람에게, 나무상자로 시체를 쓰치기 시 역에서 부쳤다는 것을 믿게 하기 위해서였어."
"무엇 때문에? 그 사람이란 누군가?"
다쓰오는 괴로운 표정을 지었다.
"그것은 나중에 말해 주지."
다무라는 다쓰오의 얼굴을 응시하다가 다음 질문으로 옮겨갔다.

"자네가 크롬유산을 생각하게 된 암시는 어디서 왔나?"
"그것도 나중에 말하지."
"좋아."
"다무라는 또 다음 질문을 했다.
"구로이케 겐키치는 왜 살해됐나?"
"그것은 그 본명이 탄로났기 때문이야. 범인 일당은 신변의 위험을 느끼기 때문에 그를 없앤 거야. 자살한 것처럼 보이면, 수사의 추궁은 없어지거든."
"으음, 그랬구나!"
이때, 가만히 듣고만 있던 세 기자 중 한 사람이 한 걸음 다가서며 말했다.
"도쿄의 수사본부도 해산할 것 같습니다."
"그것이, 그들이 노린 점입니다."
다쓰오가 대답했다.
"그런데, 범인은 어디 있는지 짐작이 가나?"
"응, 짐작이 가……."

다쓰오는 그렇게 대답하고 나서, 역전 공중전화 부스로 달려가 전화번호부를 들추기 시작했다. 그리고 나서 어떤 이름을 찾아내자, 그는 다무라를 손짓해 불렀다.
"이것을 보게."
다무라는 다쓰오가 지적하는 곳을 들여다보았다. 전화번호가 줄지어 인쇄된 난 속에 '세이카(淸華) 병원'을 가리키고 있었다.
"세이카 병원?, 뭐야 이게?"
"그럼, 이것을 보게."
손가락은 미끄러져 내려가, 특별 광고란에 다시 멎었다. 정신과 세이카 병원 원장 이와오 데루지(岩尾輝次)."

다무라는 눈을 크게 떴다.

"정신과? 으음, 이것이었군!"

그러나 다음 순간, 다쓰오와 다무라는 계속해서 놀랐다.

이와오 데루지, 이와오 데루지…… 저 수표의 어음사기에 이용된 명함에 씌어 있던 국회의원 이름 이와오 데루스케!

"그렇다면, 원장은 저 이와오 의원의 형제냐, 친척이냐?"

두 사람의 눈에는 후네자카 히데아키와 이와오 박사와의 연결이 뚜렷하게 떠오르는 성싶었다. 갑자기 다쓰오는 초조감을 느꼈다.

"자네는 경찰에 모든 것을 연락했나?"

"아니, 아직 안 했어. 전문만으로는 무슨 소린지 알 수가 있어야지."

그것도 일리가 있었다. 다쓰오는 자기 혼자만의 생각에 사로잡혀 있었음을 알았다. 그러나 이제 주저할 때가 아니었다. 그는 현재, 자기편이 될 사람의 수를 생각해 보았다. 모두 다섯 사람이다. 어떻게 되겠지 하는 생각이 들었다.

"할 수 없다. 여차하면 모두가 뛰어들자."

다쓰오는 결단을 내리고 말했다.

"후네자카가 세이카란 정신 병원에 입원하고 있으리란 것을 이것으로 알았지만, 또 한 사람의 생명이 위험하다고 한 건 누군가?"

다무라가 물었다.

"여자야!"

다쓰오는 즉시 대답했다.

"여자?"

다무라는 깜짝 놀란 표정이 됐다.

"누구 말인가? 설마 레드문의 마담은 아니겠지?"
"아무튼 가보면 알아. 지금은 서둘러 그 병원에 가는 것이 선결 문제야."
다쓰오는 외치듯 말했다. 모든 설명은 뒤로 미루어졌다.
이 거리에는 택시가 없다. 그래서 도보로 가기로 했다. 다쓰오는 대합실 의자로 가서 가토 노인에게 말했다.
"할아버지, 이제부터 오토 씨를 만나러 갑니다. 좀 서둘러 가야겠는데, 여기는 차가 없습니다. 걸으실 수 있겠어요?"
노인은 이가 없는 잇몸을 드러내며 웃었다.
"무슨 말씀인가, 나이는 먹었어도 들판에서 단련된 몸이야. 웬만한 젊은 사람에겐 안 진다네."
"아무튼 죄송합니다."
노인은 심호흡을 한 번 하고 일어섰다.
역에서 세이카 병원까지는 꽤 멀었지만, 다쓰오도 다무라도, 또 세 기자들도 바쁜 걸음으로 서둘러 걸어갔다. 과연 노인의 걸음은 자랑할 만큼 대단한 것이었다.
언젠가 다쓰오가 왔던 다리를 건너고, 낯익은 언덕의 숲 속에 긴 지붕이 보이기 시작했다. 아는 길이다. 잘못 갈 리가 없다.
정문 앞에 다다랐다. 기억에 있는 음산한 느낌의 건물이다. 다쓰오는 앞서서 사무실 건물의 문 앞에 섰다. 가슴이 뛰었다.
병동은 옆으로 가로놓여 있었다. 작은 창문은 철창이 쳐져 있었다. 인기척이란 전혀 없었다. 다무라가 다쓰오의 옆구리를 쿡 찔렀다.
"저걸 좀 보게."
나직한 소리로 가리켰다. 사무실 옆에 차고가 있었고, 자동차 뒷부분이 보였다.

"저 자동차는 말야. 내가 이세에서 후네자카가 있었던 여관에서 본 것이야."

다무라는 계속했다.

"자네가 그저께 전화를 걸었을 때, 자동차에 관해서 말했었지. 그래서 전화로 그 말을 들었을 때 퍼뜩 떠오르더란 말이야. 혹시 아사 직전의 세누마 변호사를 기소도오케로 운반한 것은 그 차가 아니었을까 하고 말이야. 그래서 곧 이세 통신부의 그 양반에게 전화를 해서, 여관에 가서 조사해 달라고 부탁했지. 그랬더니 그 대답이 태풍이 불기 3일 전부터 그 자동차는 누군가가 타고 간 채 돌아오지 않았다는 거야. 그 자동차는 후네자카가 여관에 온 뒤, 줄곧 그가 타고 다녔었다는 거야."

"아마 그럴 테지."

다쓰오는 고개를 끄덕였다.

"유산(硫酸) 병이라든가, 중크롬산칼륨의 나무상자를 싣고 여기로 운반한 것도 저 자동차임에 틀림없어. 이것으로 모든 것이 명백해졌네."

다쓰오는 힘껏 문을 밀쳤다. 다섯 사람과 노인이 한꺼번에 뛰어들었다. 수위가 놀란 듯이 그들을 바라보았다.

"후네자카 히데아키 씨를 만나러 왔습니다."

다쓰오가 말하자, 수위는 어리둥절한 표정을 지었다.

"입원 환자입니까?"

"글쎄요, 입원 환자로 와 있는지 어떤지는 모르겠소."

아무튼 다쓰오는 도중에서 작전을 달리해야겠다고 생각했다. 그래서 말을 바꿨다.

"원장 선생님을 만나게 해주십시오."

"누구신지?"

다무라가 재빨리 옆에서 명함을 내밀었다.
"신문사에서 왔습니다. 잠깐 만났으면 합니다."
수위는 명함을 가지고 안으로 사라졌다.
거절할는지도 모른다는 생각을 하고 있는데, 쉰이 넘어 보이는 흰 가운을 걸친 사나이가 안경을 번쩍이면서 나타났다.
다쓰오는 그 얼굴을 보자, 언젠가 한 번 만난 적이 있는 이와오 의원의 얼굴과 공통점이 있는 것을 발견했다. 틀림없이 형제라고 생각되었다.
"내가 원장이오만."
그는 모두를 훑어보면서 말했다.
"후네자카 씨가 계시지요? 환자로서 입원하고 있는지 어떤지는 모르겠습니다만, 잠깐 만나게 해주십시오"
다쓰오는 저돌적으로 말했다.
"그런 사람은 오지 않았습니다."
원장은 한 마디로 잘라 대답했다.
"이름은 틀리는지 모르겠습니다. 그러나 당신이 이세 시의 여관에서 자동차로 데리고 온 사람입니다."
원장의 표정이 굳어졌다. 그는 결후를 움직여 침을 꿀꺽 삼켰다.
"모르겠는데, 나는 그런 일을 한 적이 없소."
"그건 아무래도 좋습니다. 아무튼 후네자카 씨를 만나게 해주십시오!"
다무라가 강한 말투로 크게 말했다.
"없소, 그런 사람은."
원장은 노려보면서 지지 않고 소리를 쳤다.
"숨기지 마십시오."

"없다니까! 난 모르는 사람인걸."
"없다면 없는 줄 알아요."
대화는 점점 거칠어 갔다.
이때, 문이 왈칵 열리면서 한 사나이가 나타났다.
"뭐야, 너희들은?"
방 안 가득히 목소리가 울렸다. 다쓰오도 다무라도, 또 세 기자들도 모두 멍하니 서 있었다.

짧게 깎은 머리의 사나이로 광대뼈가 불거진 얼굴은 노여움으로 상기되어 있었다. 미간의 굵은 주름이 떨리고, 커다란 눈이 이글거리고 있었다. 학생복 같은 양복이 위압적이 태도로 앞으로 다가와 우뚝 섰다.
"아니, 당신은 야마자키 사무장!"
다무라가 소리치는 것과 동시였다.
"아니, 넌 오토가 아니냐. 오토구나, 오토. 이거 참 오랜만이군."
뒤에 서 있었던 가토 노인이 크게 소리치며 앞으로 나아갔다.
"뭐라구, 이 사람이 오토라니?"
다쓰오는 깜짝 놀랐다. 그는 뚫어지게 후네자카의 얼굴을 응시했다. 다무라도 어이가 없는지 응시한 채 꼼짝 않고 있었다.
"그럼, 당신이 후네자카였군그래!"
마침내 실체를 드러낸 후네자카 히데아키는 두 사람은 거들떠보지도 않고 2,3초 동안 노인의 얼굴을 놀란 듯이 응시하더니, 몸을 움직였다.

"오토, 훌륭해졌구나. 이게 얼마 만이지? 20년도 더 된 것 같구나."
 노인은 후네자카의 양복 깃에 주름투성이의 손을 갖다대며 반가워 했다.
 "으음, 가토 할아버지였군요!"
 후네자카는 노인의 얼굴을 한참 쳐다보았다.
 "잊어버리지는 않았구나, 나도 이젠 늙어서 말이야…… 네가 나를 만나고 싶어한다고 해서, 난 이 분을 따라 여기까지 온 거야."
 노인은 다쓰오를 가리켰다.
 후네자카의 이글거리는 눈은 다쓰오를 향했다.
 "넌 누구냐?"
 불덩어리 같은 소리였다.
 "당신에게 3천만 원을 사취당한 쇼와전기의 사원이오."
 다쓰오는 후네자카 히데아키를 쏘아보았다. 그 말 속에는 지금까지의 온갖 증오가 한꺼번에 깃들어 있었다.
 후네자카는 뚫어지게 다쓰오의 얼굴을 응시했다. 그리고 나직이 중얼거렸다.
 "용하게 여기까지 찾아왔군!"
 그의 입에서 나온 소리는 이것뿐이었다.
 "용케도 여기까지 조사했군!"
 가토 노인을 데리고 온 것을 말하고 있는 것이다. 과연, 우익진영의 한 보스다운 말투였지만, 그런 여유는 목소리엔 전혀 없고, 그 소리는 마치 목구멍에서 피가 뿜어나오는 것과도 같았다.
 "후네자카 씨, 자수해 주시오!"
 다쓰오가 소리쳤다.
 "바보 같은 소리, 3천만 원을 먹었기 때문이냐?"

후네자카는 비웃었다.

"그것뿐이 아니오. 부하에게 지시해서 세누마 변호사와 구로이케 겐키치를 죽였소. 구로이케 겐키치는 당신의 외사촌 동생이고!"

"뭐라구?"

후네자카의 얼굴은 험악한 표정으로 일그러졌다!

"그리고 또 있지. 당신은 또 한 사람, 여자를 죽이려 하고 있소. 그 여자는 여기 함께 있소. 더 이상 괴롭히지 말고 여자를 풀어 놓으시지?"

"샅샅이 조사했군!"

후네자카가 폐부 밑바닥에서 소리를 짜냈을 때였다. 밖에서 '끽' 자동차의 급정거 소리가 들려왔다.

"경찰이다!"

원장이 소리쳤다. 다쓰오도, 다무라도, 그리고 그곳의 모든 사람은 일제히 뒤돌아봤다. 밖에 멎은 트럭에서는 검은 제모와 정복 차림의 경관들이 차에서 뛰어내리는 찰나였다.

어떻게 경찰이 여기에, 하고 생각해 볼 여유조차 없었다.

기껏 후네자카 히데아키와 원장이 바람처럼 건물 안쪽으로 달아나는 것을 뒤쫓는 것이 고작이었다.

어두운 복도와 지하로 내려가는 계단을 다섯 사람은 깃을 세운 양복의 사나이를 뒤쫓아 달렸다. 그 뒤로 많은 사람의 구둣소리 또한 뒤따랐다. 소리가 울려서 좌우 양쪽 철창살 속에 있는 미친 사람들이 폭풍처럼 술렁거리기 시작했다.

흰옷 입은 간호사들은 무서움에 질려서 벌벌 떨었다.

후네자카 히데아키가 지하의 한 방으로 달려들어가는 것이 보였다. 다쓰오와 다무라가 문을 밀치고 뒤쫓아 들어갔을 때, 물소리와 함께 처절한 절규 소리가 들렸다. 이상스레 둔하게 들리는 물소리였다. 독한 약냄새가 후각을 자극했다.
"위험해!"
다쓰오는 서둘러 따라들어오려는 다무라를 가로막았다.
욕실이었다. 흰 타일이 붙여져 있었다. 두 사람 정도는 충분히 들어감직한 네모난 욕탕이 한쪽 구석에 있었고 시커먼 물이 가득 채워져 있었다.
깃을 세운 양복의 사나이는 그 물속에서 버둥거리고 있었다. 물은 사나이의 몸을 삼키고 무수한 거품과 흰 연기를 피워올리고 있었다. 거품은 불꽃처럼, 물속에 잠긴 사나이의 주위에서 맹렬히 피어오르고 있었다.
"후네자카 히데아키가 용해되고 있다!"
다쓰오는 소리쳤다. 다무라와 세 기자들은 장승처럼 우뚝 멈춰섰다.
"중크롬유산의 탕 속에서 후네자카 히데아키가 녹아 들고 있어!"
피어오르는 거품은 계속 끓어서 이상스런 자극을 가진 흰 연기는 자욱하게 방 안을 메웠다. 후네자카의 옷이 타고 살이 탔다. 인간을 적신 검은 물은, 마침내 한쪽부터 조금씩 녹청색으로 변화하기 시작했다. 그것은 후네자카 히데아키의 육체가 조금씩 용해해 가고 있다는 표시이기도 했다.
뒤따라 들어온 경관들이 소란을 피웠지만, 이 광경 앞에선 손을 놓고 멍하니 쳐다볼 수밖에 다른 도리가 없었다.

2

긴자는 네온사인으로 환했다.

다쓰오와 다무라는 나란히 유라쿠 거리의 샛길을 걷고 있었다. 스키야바시(數寄屋橋)를 건너서 곧 북쪽으로 꺾었다. 이 근처는 요새 공사가 시작되어 매우 복잡했다. 군중은 한쪽에 몰려서 붐비는 가운데 흐르고 있었다.

그 붐비는 속에서 둘이는 빠져나오듯이 한쪽 지하실로 내려갔다. 여기는 음식 맛이 별미라 다무라의 신문사 패거리들이 단골처럼 다니고 있는 가게였다.

"어서 오세요."

종업원이 다무라의 얼굴을 보고 웃으며 다가와서 말했다.

"다무라 씨, 기쁜 일이 있다면서요, 축하합니다."

"뭐야, 벌써 들었나?"

다무라는 안경 속의 눈을 가늘게 뜨고 웃었다.

"국장상(局長賞)이라니 굉장해요, 얼마죠?"

"얼마 안 돼. 여기 외상을 갚아 버리면 절반은 날아갈 거야."

"그렇다면, 빨리 갚으세요. 호호, 없어지기 전에."

둘은 방으로 올라갔다. 좁기는 하지만 깨끗했다. 주문한 음식이 나오자 다쓰오는 잔을 받으며 물었다.

"국장상을 탔나?"

"응, 처음이야, 입사한 지 7년 만에."

다무라는 웃는 낯으로 대답했다. 그의 눈에는 아직도 다른 신문사를 누르고 이번 후네자카 사건을 특종으로 취급한 톱 기사가 환영처럼 꼬리를 물면서 어른거렸다.

둘은 잔을 마주대고 축배했다.

"꽤 오래 걸렸지?"

"오래 걸렸어."

다무라의 말에 다쓰오가 시인했다.

"그땐 약간 추울 때였으니까, 어느덧 반년이란 세월이 흐르고 말았어."

"어음 사기 사건에서 뜻밖의 사건으로 옮겨갔지? 자네한테 처음 들을 때는 이런 발전이 있으리라고는 예상하지 못했었지."

다무라는 젓가락을 입으로 가져 가면서 말했다.

"그건 후네자카도 마찬가지야. 설마 이런 방향으로 발전하리라곤 그도 예상하지 못했겠지. 구로이케 겐키치가 지레 겁을 먹고 당황해서, 세누마 변호사의 직원을 쐈기 때문에 뜻밖의 방향으로 빗나갔던 것이야. 그 때문에 세누마 씨를 납치했고, 끝내는 숨길 수가 없어서 죽였지. 게다가 신주쿠 살인 범인을 수사본부에서 냄새 맡게 되자, 외사촌 동생인 구로이케 겐키치까지 죽였지. 이렇게 둑을 막으려고 허둥댈수록 파탄은 꼬리를 물고 크게 벌어졌던 거야."

"맞았어!"

다무라가 맞장구쳤다.

"자네는 겐키치가 후네자카 외사촌 동생이라는 걸 언제부터 알고 있었나?"

"야쓰가다케 기슭의 하루노 마을에 갔을 때, 구로이케 겐키치의 호적을 열람해 보았었지. 왜, 자네가 신슈에 출장갔을 때야. 그때, 겐키치에게는 여동생과 외사촌 형이 있다는 것을 알았어. 외사촌 형의 이름은 우메무라 온지(梅村音次), 1914년 4월 17일생이지. 마흔 넷이지, 그러나 그땐 이자가 후네자카 히데아키인 줄은 몰랐었지. 후네자카 히데아키는 마흔 일고여덟으로 생각하고 있었단 말이야."

"겐키치의 어머니가 시집을 갔기 때문이야. 온지의 아버지, 즉,

겐키치의 어머니의 동생이 친정을 잇고 있기 때문에 성이 다른 거지. 알기 쉽게 쓰면 이렇게 되는 거야."
다쓰오는 연필로 수첩을 보면서 종이 위에 썼다.

```
              우메무라 도라마쓰(梅村寅松)
         ┌─────────────────┴─────────────────┐
    장녀 야스코                          장남 후미오
 (구로이케 선타로의 아내)                  (文男·사망)
   ┌─────┴─────┐                              │
 겐키치(健吉)  사치코(幸子)                  온지(音次)
```

"겐키치에게 여동생이 있었군."
다무라가 말을 이었다.
"그런데 자네는 왜 내게 진작 말하지 않았지?"
그는 다쓰오의 눈을 응시했다.

"설마, 그 사람이 우에자키 에쓰코라는 것을 몰랐기 때문이었지."
다쓰오는 대답했다.
"이 여동생이라는 존재는 아주 제외하고 있었거든."
"그럼, 자네가 온지를 후네자카 히데아키라고 안 것은?"
"그 목매달아 죽은 시체때문이야. 그것도 중크롬유산으로 시체를 용해했다는 것을 알고 나서지. 나는 전에 하루노 마을 요코에 갔을 때, 거기 있는 피혁 공장으로 극약을 운반하고 있는 마을 사람을 보았어. 피혁 공장에서는 그 극약이 필수약품이었거든. 그것을 시체와 결부한 것은, 신슈 마쓰모도(信州松本)의 여관에서, 탕내에 앉아 있을 때였어. 다른 손님이 들어와서 탕내에 앉아 있을 때 '앗' 하고 나는 생각을 했지. 우리 회사에선 축

전지 제조용으로 농유산을 구입해 들이고 있어. 전에 한 번, 공장에서 그 농유산을 잘못 다루다가 화상을 입은 공원이 있었어. 그래서 농유산에 관해서는 나는 얼마쯤 지식을 가지고 있었다네. 만일 농유산 액 속에 인체를 담그면, 그 목매달아 죽은 시체처럼 백골화하지 않을까? 여기까지 생각이 미치자 확신을 얻었던 거야. 마대를 들고, 게다가 한손으로 어렵게 시체를 운반할 수 있었다는 것도 알 수 있지. 그만큼 가벼워지기 때문이지. 농크롬유산의 효용을 알고 있는 자, 그는 저 피혁공장이 있는 요코에 살았던 자가 아닐까? 이런 생각이 들었던 거야. 그런데, 열 대여섯 살 때 마을을 뛰어나가, 도쿄로 간 뒤 소식을 모른다고 하는 겐키치의 외사촌 형이 머리에 떠 오르더란 말일세!"
"그렇군!"
"자네 말로는 후네자카 히데아키는 중국 사람이라고 했지. 그러나 조사해 봤는데 잘 모르겠더군. 이 경력을 모른다는 점 때문에 한층 더 후네자카 히데아키 과거가 불분명하게 됐던 거야. 아마 중국 사람이라는 소문을 퍼뜨린 자는 후네자카 자신이었을 거야"
"어째서?"
"후네자카 히데아키, 아니, 우메무라 온지가 자란 환경이지. 출생이라고 해도 좋아. 요코라고 하는 곳은 부근에서도 빈농으로 알려진 마을이야. 온지는 그 가난에 견디다 못해 집을 뛰어나간 거지. 무엇보다도 지방에서는 빈곤한 농가에 대해서는 인습적으로 멸시하는 경향이 많기 때문이야."
"잘못된 생각이지."
"그렇구말구!"

"그런데 그에게는 반항심이 있었지. 그 반항심은 어떻게 해서든 자기를 멸시하고 있는 세상을 복수해 주려는 일념에 사로잡혔던 거야."
"그렇군그래"
"그 일념은 후네자카 히데아키라고 이름을 바꾸게 하고, 우익에 가담케 했어. 즉, 우익에 의해서 한바탕 명성을 떨치고 싶었던 거야. 그는 원래 재능이 있었어, 배짱도 있고. 그러는 사이에 부하도 생기고 해서 보스가 됐지. 즉 세상을 향해 복수하는 존재로 한 걸음을 내디뎠던 것이지."
"으음."
"그러나, 최근의 군소 우익에는 돈이 없어."
다쓰오는 말을 이었다.
"전쟁 전 우익의 재원은 군부의 기밀비였어. 그것이 그들의 커다란 금고였던 것이야. 그런데, 전후에는 예전 후원자를 잃어버렸단 말이야. 그래서 신흥 우익은 그 재원을 비합법적인 수단에 호소하지 않을 수가 없었어. 약간의 기부만으로는 부족했던 것이지. 그래서 절조도 주의도 없는 전후의 우익은 공갈, 사기, 횡령 등을 일삼게 됐지.

후네자카의 경우는 금융업자인 야마스기 기타로와 결탁해서 야마스기로부터 정보를 얻어 가지고, 돈에 몰려서 할인 수표를 발행하는 회사를 함정에 몰아 넣어 어음사기를 하고 있었던 거야. 물론 분배는 야마스기에 주었을 것이지만, 이 돈이 후네자카의 단체에 중요한 자금이 되었던 것은 물론이지. 그 돈으로 그는, 그를 위해서라면 생명도 아깝지 않다고 복종하는 부하 10여 명을 거느리고 있었던 것이야. 이 하수인이 되었던 자가 후네자카 즉, 우메무라 온지의 사촌동생인 구로이케였단 말이야."

또 한 사람, 야마스기의 사무실에서 비서로 있으면서 연락을 취하고 있었던 우에자키 에쓰코가 있지만 다쓰오는 그것을 말할 수가 없었다. 새로 술이 나왔다.

술이 뜨거웠기 때문에 다무라는 술잔을 '후욱' 하고 불었다.
"그러나……."
그는 다쓰오의 얼굴을 힐끗 보았다.
"자네가 그 정신 병원에서 느닷없이 후네자카에게 구로이케 겐키치의 여동생을 어떻게 했느냐고 했을 때는 난 깜짝 놀랐어. 그런 여자의 존재를 언제부터 눈치채고 있었나?"
넌, 내게 숨기고 있었지? 하는 듯한 말투였다.
"야나바 역에 시체로 생각하도록 나무상자에 애자를 넣어 후네자카 일당이 부친 것을 알게 된 그때부터야."
다쓰오는 내심 뜨끔했으나 그렇게 설명했다.
"아오키 호의 숲 속에서 발견된 시체는 구로이케 겐키치라고 생각하도록 후네자카 일당은 공작을 했어. 경찰은 감쪽같이 그 수에 넘어갔지. 그러나 우리들은 시체는 구로이케 겐키치가 아니라고 단정했었지. 그 점을 후네자카는 노렸어. 시체가 발견되기 며칠 전, 애자를 넣은 나무상자는 쓰치기 시 역에서 발송되었고 야나바 역에서 수취되었어. 전공 차림의 사나이가 그것을 찾아 가지고 현장인 산으로 올라갔어. 그것은 어떤 인물에게, 시체는 딴 데서 보내온 것입니다, 하고 말하고 있는 것 같은 행동이지. 그것이 누구에게 하고자 한 말인지, 자네는 모르겠지만 나는 뒤에 남아서 나무상자를 버리고 간 현장을 보러 갔던 거야, 나무상자는 수풀 속에 버려져 있었고 내용물은 도자기 파편이었어. 시체를 넣었던 흔적 같은 것은 전혀 없었어. 이때 노파가 봤다는 마대를 생각했단 말이야. 그런데 젊은 여자가 이 현장을 우리들이 가기 이전에 보러 왔었다는 사실을 알았던 것이지."
"아, 그랬었군"
"그 여자는 역에서도 화물에 관한 것을 물었어. 명백히 나무상자에 관한 것을 확인하러 왔던 것이지. 어째서 확인하러 왔을까? 즉, 그 여자는 쓰치기 시 역에서 부친 나무상자 속에 시체가 과연 들어 있었는가의 여부를 확인하러 왔던 거야. 무엇 때문에 그랬을까? 나는 그것을 구로이케 겐키치에게 가장 관심이 큰 여자의 소행이라고 단정했어. 생각해 보게나, 목을 매달아 죽은 시체는 구로이케 겐키치로 의장된 타인의 시체란 말이야. 그것이 후네자카의 본래 계획이었지. 여자에게 그렇게 알렸고, 그녀도 그렇게 믿고 있었지. 물론 그 여자는 그들과 한패였지. 그런데 그 여자가 나중에 확인하러 왔다는 것은, 과연 타인의 시체인가 겐키치 본인의 시체인가에 의문을 품고 왔을 것이리라고, 난 그렇게 생각했어. 그처럼 비상한 관심을 가지는 여자는 누구일까? 나는 그때, 호적등본에 있는 겐키치의 여동생을 생각해 본 거야."
"음, 약간 복잡한데."
"복잡한 것 같지만, 생각하면 간단해. 후네자카는 겐키치의 본명이 경찰에 의해서 살인 범인으로서 폭로되었기 때문에, 겐키치를 없애지 않으면 안 되겠다고 생각했어. 거기서 착안한 것이 남의 시체를 겐키치에게 의장(擬裝)시키는 것이었어. 이렇게 해서 겐키치는 자살한 것으로 하고, 수사의 선을 끊게 하려고 했던 거야. 대신할 시체는 쓰치기 시의 시골 묘지에서 죽은 사람의 시체를 발굴해, 나무상자에 넣어 야나바 역에 부치기로 했어. 그 근처는 매장을 하기 때문에 무덤을 파면 되는 것이지.

이리하여 겐키치는 표면상으론 자살한 것으로 하지만 사실은 생존한다, 이런 계획을 했어. 이것을 겐키치도 양해했고, 여동생인 사치코, 즉 이름을 우에자키 에쓰코라고 바꾼 여자에게도 알렸어."

"맞았어, 그렇게 됐을 거야."

"스가시마(管島)라는, 쓰치기 시에서 30리가량 떨어진 시골에서, 그 무렵 이상한 무덤 파기 사건이 일어났지. 죽은 자는 8개월 전에 사망한 사람이었어. 그러나 시체는 도난당하지는 않았어. 이상스런 무덤 파기라는 기사만이 지방판에 조그맣게 나왔을 뿐이야."

"사망한 사체는 도난당하지는 않았다고까지 신문에 난 것은 그에게 결정적인 타격을 주었는데, 그것은 그의 부하가 어설프게 했기 때문이었단 말이야. 게다가 후네자카는 사촌이기는 하지만, 겐키치를 안심할 수 없었어. 신주쿠의 살인도 그가 경솔했기 때문이었지. 이 이상 앞으로 또 무슨 일을 저지를지 모른다, 얌전하게 조용히 몸을 숨기고 있을 성싶은 사나이가 아니다. 그래서 그가 8월 초부터 크롬유산을 계획적으로 사들이고 있었던 것으로 생각하면, 겐키치의 말살은 그 무렵부터 이미 결정하고 있었던 것이 아닌지 여겨져. 아마 겐키치는 그 정신 병원의 지하실에서 살해되어, 저 무엇이든 용해시키는 그 액체 속에 담기어져 몇 시간 만에 백골의 상태가 되어 버렸던 걸 거야. 이렇게 되면 사촌 형제의 혈연 관계 같은 것은 도대체 문제조차 되지 않았겠지."

다쓰오는 계속했다.

"후네자카가 중크롬유산을 알고 있었다는 것은 앞서도 말했잖

아. 그러나 정신 병원에는 그런 극약은 없어. 시체 한 구를 용해하는 데는 상당한 분량을 필요로 해. 병원에서 그것을 산다면 의심을 받게 될 테니까, 그 계획을 구상했을 때부터 그의 광인 연극이 시작됐어. 그는 온갖 불필요한, 무질서한 물건들을 사들였어. 그 속에 필요한 농유산이 들어 있었지. 광인을 가장하는 것에는 또 하나의 목적이 있었지. 즉, 그 자신이 세이카 병원에 들어가서, 겐키치를 죽이기 위해서지. 정신 병원만큼 외부와 차단된 편리한 장소도 없거든. 여기가 그들의 비밀 아지트였다는 것은 사건 뒤 판명된 바와 같단 말이야."
"잠깐 기다려, 자넨 세이카 병원에 대해선 어떻게 알았나?"
"전에 말이야, 겐키치를 찾아서 미즈나미 거리를 어슬렁어슬렁 걷고 있을 때, 그 정신 병원을 우연히 보았지. 그래서 곧 그 기억이 떠올랐던 거야."
"이와오 의원의 동생이 원장이었더군. 이와오가 후네자카와 통하고 있으면서 동생에게 그 편의를 도모케 한 것으로 알았더니, 그 반대였더군그래. 동생이 후네자카의 일당이었고 그 형이 이용당하고 있었더군."
"그렇지, 그런데 겐키치를 없애 버리겠다는 속마음은 물론 여동생인 사치코에게는 알리지 않았어. 사치코에게는 당분간 겐키치는 딴 데서 숨어 있게 한다고 말해 두었어. 사치코에게는 무덤 파기의 계획은 잘됐다고 말하고, 바꿔치기할 시체는 쓰치기 시역에서 애자라는 명목으로 야나바로 보냈다고 말했지. 그런데 사치코가 분위기가 이상하다는 것을 눈치챈 거지. 아마도 겐키치는 어디 숨어 있느냐고 물어도 애매한 말만 하고, 있는 곳을 확실히 가르쳐 주지 않았기 때문일 거야. 지방판의 기사를 읽고 후네자카를 의심하기 시작했는지도 모르지. 그동안 사치코는 실제로 확인해 볼 결심을 하고 발송역인 쓰치기 시 역에 가서 문의했어. 애자가 들은 나무상자는 확실히 발송되어 있었지. 다음으론 무덤 파기 현장에 가보았지. 무덤은 파여 있었지만 다른 이상은 없었어, 시체는 그대로 있었고. 사치코는 다시 화물 도착 역인 야나바 역으로 갔어. 나무상자는 틀림없이 도착되어 있었어. 그러나 그 현장 근처인 수풀 속에서 본 것은, 시체를 꺼내고 난 빈 상자가 아니고, 처음부터 도자기의 파편이 들어 있었다는 것을 알았어. 이때 사치코는 모든 것을 짐작했음에 틀림없어. 목을 매달은 백골의 시체는 겐키치의 의장 시체가 아니고, 겐키치 자신이었다는 것을 말야."
"아, 용케도 거기까지 추리했군그래?"
다무라가 약간 기묘한 표정으로 말했다.
"그건 하나의 핵심만 붙잡으면 알 수 있지."
"핵심은 그녀가 겐키치의 여동생이었다는 건가?"
"그렇지, 그 다음은 그것으로부터의 발전일 뿐이야."
"그러나 나무상자를 확인하러 왔다는 것만 가지고, 그녀를 겐키치의 여동생이라는 걸 알았다니, 그 점엔 정말 감탄했네."
다무라의 입술은 이상하게 이죽거리고 있었다.
"자네가 그 여자에 대한 것을 안 것은 나무상자 때문이 아니었을 거야. 그전부터 데이터가 있었지?"
그렇다, 확실히 그랬다! 우에자키 에쓰코가 언제나 겐키치 옆에 존재하고 있었다는 점이다. 하네다에서 겐키치가 닛페리 항공편으로 도망갈 때도, 미즈나미의 우체국에서 송금수표를 현금으로 찾을때도……. 다만 다무라에게는 말을 할 수가 없었던 것이다.
"어째서 내게 그것을 감추고 있었지?"
"감추고 있진 않았어. 그때가 처음이었어."

다쓰오는 끝까지 우겼지만, 얼굴이 화끈거리는 것 같았다. 내심을 훤히 들여다보인 것 같아서 계면쩍었다.

"그래서 자네는 곧, 여동생이 위험하다고 생각했나?"

다무라가 화제를 바꾸어 물었다.

"그렇지, 사치코는 반드시 후네자카에게 따지고 들 것이라고 생각했던 거야. 그녀의 오빠인 겐키치에게 끌려 들어가 할 수 없이 그 일당의 수족으로 이용당하고 있었기 때문에 겐키치가 그런 일을 당하게 되면, 후네자카를 책하는 것은 불 보듯 뻔한 일이니까 말야. 이건 곤란하다, 위험하다. 후네자카는 또 그녀까지 겐키치와 같은 방법으로 처치해야겠다고 생각했을 거야. 내 추측은 틀림없었어. 우리들이 그 병원으로 달려갔을 때는 사치코는 철창 속에 감금되어 있었으니 말이야. 아마도 그날 밤에 행동할 예정이었을 거야."

"그렇지만, 그 전에 그녀가 수사본부에 일체를 고백하는 편지를 내고 있었다는 점을 후네자카는 전혀 눈치채지 못했던 모양이지?"

"응, 그것은 정말 의외였어. 경찰이 들이닥쳤을 때는 나도 깜짝 놀랐어. 늦지 않았던 것이 무엇보다 다행이었어."

"후네자카가 스스로 몸을 던진 농유산의 탕은 사치코를 위해서 준비해 두었던 것이겠지?"

"그렇지, 위험한 순간이었어. 시간만 늦었더라도, 그녀가 마치 후네자카의 최후처럼 될 뻔했단 말이야."

"후네자카의 최후는 처참했어. 나는 그 순간의 공포를 평생 잊지 못할 거야. 직업상 지금까지 상당히 처참한 장면을 보아 왔지만 말야."

"다만, 야마자키라는 사나이가 후네자카 본인이었다는 것은 정말 뜻밖이었어, 놀랐어!"
"나 역시 놀랐어. 나는 이세에서, 후네자카로 둔갑한 그놈의 졸개를 만났으니 말이야."
"그러나 후네자카 히데아키라는 사나이는 불운한 사내였어."
다쓰오가 회포를 말했다.
"그렇기도 해."
다무라도 시인했다.

다무라와 헤어져서 다쓰오는 혼자서 걸었다. 목적도 없이 긴자 거리의 번화가로부터, 동떨어진 어두운 뒷골목이었다.
이 길은 통행인도 드물었고 수은등도 어두웠다. 높은 건물들이 즐비했지만 느낌은 마치 교외처럼 쓸쓸했다.
모든 일이 다 끝났다. 오랜 회오리바람 속을 겪고 나온 듯한 기분이었다. 바람이 자고 나니, 일종의 허탈감이 전신을 엄습해 왔다.
내일부터 회사에 나가기로 했다. 사장은 어제 만났다. 신문에는 사건의 전모가 보도되어 있었다. 주모자는 자살, 일당 8명은 체포, 그 중 한 사람은 여자, 이렇게 나와 있었다. 사장은 그 기사를 읽고 한이 풀렸다고 했고, 다쓰오에겐 수고했다고 치하했다. 다무라가 다쓰오의 활약을 썼기 때문이었다.
그러나 다쓰오는 충족감이 들지 않았다. 세키노 과장은 누명을 벗었는지도 모른다. 미망인은 기뻐할 것이다. 그러나 그래서 만족해야 할 텐데도 그의 마음에는 구멍이 뚫려 허전했다.
그는 구둣소리를 내면서 걸었다.
주위에는 아베크족이 오고 갔다. 서로 팔을 낀 채 몸을 바싹 붙여 걷고 있다. 높고 어두운 건물 위로 보이는 밤하늘엔 별이 빛나고 가을바람이 그 별빛을 타고 흘렀다. 한 쌍의 남녀가 뜻하지 않은 곳에서 갑자기 나타나서 그의 옆을 스쳐갔다.

다쓰오는 자신이 우에자키 에쓰코와 나란히 걷고 있는 착각을 일으켰다. 갸름하고 흰 얼굴과 날씬한 몸매다. 구둣소리는 이중으로 보조를 맞추고 있다. 그는 그 환상에서 깨어나지 않으려고 애쓰면서 계속 걸었다.

그렇다! 이것이 현실이 되었으면…….

불가능한 일도 아닌 성싶었다. 1년 뒤일는지도 모른다. 어쩌면 그보다 더 길는지도 모르고. 혹은 또, 보다 짧은 시일 내에 이루어 질는지도 모른다. 아무튼 '기간'이 지나면, 곧 실행할 것을 그녀에게 청하리라고 생각했다. 그 기간이란 그녀에 대한 재판이 결정하는 시간을 말하는 것이다. 다쓰오의 마음에는 비로소 충족감이 샘물처럼 솟아 올라왔다.

그는 번화가를 향해서 걸었다. 마음의 변화가 다리의 움직임을 그렇게 바꾼 것일까? 통행하는 사람이 많아지고 불빛도 환하게 비치기 시작했다. 우에자키 에쓰코를 또 곁에서 의식했다.

정신을 차려 주위를 살펴보니, 언제 나왔는지 양과자점 앞을 걷고 있었다. 그 옆골목은 낯이 익었다. 다쓰오가 골목을 접어들어 가 보니, 바 레드문은 굳게 닫혀 있었고, 내부 수리라는 쪽지가 붙어 있었다.

"경영자가 바뀌었습니다."

서 있던 옆집의 호스테스가 그의 물음에 대답했다. 다쓰오는 다시 큰 거리로 나왔다. 그 회오리바람의 흔적이 여기에도 남아 있었구나, 생각하면서…….

건물도, 전차도, 자동차도, 사람도 그의 시야에는 무표정하게 비쳐 들어왔다. 눈에 비치고 있는 것은 현실일까. 그러나 현실의 실제는 눈에 들어오는 것들의 구체적인 모습, 저 너머에 있을 성 싶었다. 눈은 그것을 가리고 있는 벽을 바라보고 있을 뿐이다.

거리를 흐르고 있는 군중은 가벼운 흥분에 싸인 듯했다. 그렇게 생각하는 것은 자신이 흥분하고 있기 때문일까?

우에자키 에쓰코가, 하얀 옆모습을 보이면서 아직도 자신의 곁에서 나란히 서서 걷고 있다.

환상의 여인과 함께 걷는
밤의 꽃 팔손이나무

그의 머릿속에는 이 한 구절의 시구가 불현듯 떠올랐다.

사회파 미스터리의 탄생

 마쓰모토 세이초(松本淸張, 1909~1992)는 어린시절 〈신청년〉을 정기구독하며 에도가와 란포의 작품에 깊은 인상을 받았는데 이것이 추리소설에 대한 지속적인 관심을 쏟게 한 계기가 되었다. 하지만 세이초는 그 뒤에 나온 다른 작품들에서는 크게 만족하지 못했다. 그때까지만 하더라도 일본의 추리소설은 비현실적인 스토리, 전형적인 인물성격, 희박한 범죄동기 등에서 다소 불만스러운 점이 있었기 때문이다. 또한 미스터리광들은 무엇보다 트릭을 가장 중시했다. 따라서 작가들도 기술적인 트릭에만 치중하게 되었고 소설적 기법에 대한 고민은 부족했다는 것이 세이초의 견해였다.
 세이초의 처녀작 《사이고지폐(西郷札, 1877년 서남전쟁 때 佐渡에서 군자금조달을 위해 발행한 군표)》는 1951년에 발표되었다. 그는 이듬해 〈미타문학(三田文學)〉을 편집하고 있던 기기 다카타로(木木高太郎)의 권유로 《기억》을 읽으면서 그 신선한 소설적 기법에 선명한 인상을 받았다. 세이초는 1952년 《어느 고쿠라일기전(小倉日記傳)》으로 아쿠타가와(芥川)상을 수상하면서 현대소설과 시대소설 분야를 넘나들며 3년 정도 활발하게 작품 활동을 했다.

그가 추리소설의 세계에 발을 들여놓은 것은 1955년 끝무렵 《잠복》을 발표하면서부터이다. 다음 해에는 《살의》《얼굴》《왜 별자리표는 펼쳐져 있었나?》《반사》《시장의 죽음》 등을 발표했는데 이 작품들을 모아 펴낸 단편집 《얼굴》로 일본탐정작가클럽상을 수상했다. 이 수상은 말하자면 세이초를 만족시키지 못했던 대표적인 기성미스터리작가들로부터 자신의 성과를 인정받는 아이러니한 결과였던 셈이다.

세이초가 새로 추리소설을 쓰기 시작한 것은 시류에 편승하거나 취재의 폭을 넓히려는 단순한 생각에서가 아니었다. 과거 20년 동안 끊어질 듯 이어지던 미스터리에 대한 관심 속에서 이 특수한 영역에 대한 세이초 나름의 견해와 신념이 차츰 굳어왔기 때문이었다.

그는 먼저 현실에 바탕을 두지 않으면 독자에게 실감을 줄 수 없다는 추리소설의 리얼리티를 강조했다.

'추리소설은 본디 이상한 스토리를 갖고 있다. 말하자면 인간관계가 극한 상태에 놓이게 되는 것이다. 그렇기 때문에 추리소설에 더욱 리얼리티가 필요한 법이다. 서스펜스도 스릴도 수수께끼도 리얼리티가 없다면 실감도 감흥도 끓어오르지 않는다. 더구나 현대처럼 인간관계가 복잡하고 서로의 조건들이 착종되거나 절단된, 어떤 의미에서는 인간이 개개로 고립된 상태에서는 추리소설의 수법이 좀더 폭넓게 활용되어야 한다. 따라서 리얼리티의 부여도 더더욱 필요해진다고 생각한다.'(작품집 《검은 수첩》에서)

여기에 세이초의 작풍이 참신함을 더한 또 다른 요소로는 범행 동기를 중시하고 더 나아가서는 인간성과 사회성을 탐구해 들어간 면을 들 수 있다. 이제까지의 추리소설이 동기를 경시했던 것은 오로지 트릭에만 치중했기 때문이며, 사건이 해결될 무렵에야 변명하듯 동기 비슷한 것을 덧붙이는 것은 치졸하고 장난스런 문장에 불과하다고 그는 질책하고 있다.

'동기를 강조하는 것은 그것이 그대로 인간묘사로 이어지기 때문이다. 범죄 동기는 극적인 상태에 놓여진 인간의 심리에서 비롯된다. 이제까지의 동기가 천편일률적으로 개인적인 이해관계, 예를 들면 금전상의 문제라든가 애욕관계처럼 극히 전형적이며 특이성이 없다는 것이 참으로 불만스럽다. 나는 동기에 좀더 사회성이 부여되기를 주장하는 바이다. 그렇게 되면 추리소설도 좀더 폭넓어지면서 깊이를 더해가게 되고, 그러다 보면 더러는 문제제기도 할 수 있게 되지 않을까?'(월간 〈부인공론〉에서)

이러한 새 기치를 내건 세이초는 드디어 그것을 몸소 실천으로 옮기지 않으면 안 되었다. 특히 사건이나 심리의 단면을 보이기 쉬운 단편보다는, 시작과 결말이 서로 잘 어우러지는 구성을 취해야하는 장편에서야말로 자신의 주장을 유감없이 실현시킬 필요가 있었다. 그런 부담감을 안고 1957년 2월부터 《점과 선》을 월간 〈旅〉에, 그리고 4월 14일호부터 12월 29일까지 《너를 노린다》를 《눈의 벽》이란 제목으로 〈주간 요미우리〉에 동시 연재하였다. 다음 해 2월 이 두 장편이 단행본으로 출판되자 독자들의 압도적인 환영을 받게 되었고, 추리작가로서의 저자의 지위를 확고히 다지는 계기가 되었다.

세이초는 《너를 노린다》를 탈고하면서 작품의 의도를 이렇게 밝혔다.

'추리소설에는 살인이 있다. 아마 비율로 따지면, 7할 이상은 살인사건이 아닐까 생각한다. 경시청으로 말하자면 수사 1과의 담당이 되는 셈이다. 소설에서는 지능범을 다루는 예가 적고, 있어도 고작 기지적인 재미 정도로 그치는 경우가 대부분이다. 지능범죄는 수사 2과의 담당이다. 나는 이 2과의 범죄를 써보고 싶었다. 이 소설의 시작부분이 그에 해당한다. 여기서 나오는 위조어음사기는 오히려 단순한 형태로, 실제로는 좀더 교묘하고 복잡하지만 나름대로 생각이 있어서 이번에는 생략했다. 어쨌든 이것을 동기로 삼아 저지른 살인사건으로 만들 생각으로 작품을 기획했다. 이 살인사건도 간단히 마무리 지으려 했지만 좀처럼 매듭이 지어지지 않았다. 왜냐하면 추리소설을 읽는 독자의 수준이 높아서 진부한 이야기로는 불만만 살 것 같았기 때문이다. 그래서 쓰다보니 어느새 600장이나 되어버린 것이다.'(《너를 노린다》 후기에서)

세이초가 이 소재에 몰두하게 된 이유는 그즈음의 검찰청 검사 가와이 신타로(河合信太郎)의 권유 때문이었다. 수사 2과에서는 공갈, 부정행위, 사기 등 모든 지능범을 담당하고 있었는데, 검사는 이 작품의 발단에 해당하는 위폐(僞幣)의 예를 이야기 해주었다. 세이초는 이 작품을 쓰기 위해서 조사를 하러 갔을 때 동경역 대합실에서 이런저런 흥정을 벌이고 있는 어음사기꾼의 모습을 직접 보기도 했다.

그가 집필할 즈음에 세운 구상은 창작노트에 자세하게 남아 있다. 산문집《검은 수첩》에도 들어가 있지만, 본 작품과는 다른 부분이 있어서 흥미를 끈다. 주인공인 회계과 차장에게는 애인이 있고, 어느 남자의 대리인으로 어음사기를 하는 A는 도쿄대를 졸업한 27, 8세 인텔리신사로 나온다. 신변이 위험해진 A가 불심심문을 하는 경관을 사살하게 되는 후반설정은 여자를 추적해 사도(佐渡)까지 쫓아가는 투쟁적인 형식이다.

고전적 탐정소설에도 금전욕에 얽힌 범죄는 계속 일어나지만, 대부분은 개인적이고 가정적인 사건으로 처리되었다.《너를 노린다》에서는 우선 어음사기꾼이라는 새로운 형태의 경제사범을 소개하고, 사기를 당한 희생자가 자살하는 비극에서 이야기가 시작된다. 그 희생자에게 신뢰를 받았던 주인공은 사건이 공개되지 않음으로써 범죄자가 사법의 추궁도 받지 않고 어물쩡 넘어가버리는 부조리에 분노를 느끼며 아마추어 탐정을 지원하게 된다.

《점과 선》에서는 도리가이(鳥飼) 형사와 미하라(三原) 경부보를 동원하지만,《너를 노린다》에서는 아예 아마추어 탐정을 기용했다. 아마추어 탐정은 어음사기꾼을 소개한 고리대금업자인 여비서에게 매혹당하는 수준이지만 시행착오를 거듭해 가면서 범행 실마리를 찾으려는 힘겨운 사투를 벌여 독자를 충분히 긴장하게 만든다.

결국은 신문기자에게 지원을 요청하게 되지만, 찾으려는 상대 앞에는 우익의 우두머리가 가로막고 있다. 이어서 다른 루트로 추적해 들어갔던 변호사의 조사원이 살해되며 사건은 급격히 전개되고, 거기에 중요한 존재인 변호사마저 납치당하고 만다.

세이초는 그 실종사건의 무대로 중앙선 역로와 중앙알프스를 선택했다. 점점 복잡한 양상을 더해가는 사건과 잘 어울리는 침울한 풍경, 마침내 거기에서 아사한 백골까지 발견되는 상황에서 독자들은 참담하고 두려운 결말을 예상하지 않을 수 없게 된다.

《너를 노린다》는 회사원과 신문기자 콤비가 차례차례 다가오는 방해공작을 뿌리치고 하나하나 사건의 수수께끼에 도전하는 형식으로 되어있지만, 사건이 진행될수록 범인은 누구인가라는 개체에 대한 물음보다는 그 배후에서 조작하고 있는 흑막의 존재가 커다란 과제로 다가온다. 기업의 약점을 이용한 사기행위, 이러한 악덕수단에 의해 빨아들인 자금을 또다시 갈취하는 조직과 같은 것들은 일본 정재계를 썩게 하는 강력한 악의 세균들로 묘사된다.

거대한 조직의 악에 대항하여 겨우 맨주먹으로 맞서는 것이 얼마나 무의미하고 무기력한 일인지 알게 되면서, 더욱 저돌적으로 변해가는 두 사람의 사명감이 독자들에게도 자연스럽게 전해진다. 사건의 진상이 밝혀지고 사건을 일으킨 장본인의 얼굴이 드러나지만, 세이초는 범인의 악행보다는 그가 어째서 그런 일을 저지르게 되었는지에 초점을 맞춘다. 비뚤어진 봉건제도에 억압받았던 과거까지 언급하면서 그가 단순한 악인으로 평가받는 것을 거부하는 것이다.

추리소설이라는 형식에서도 인생은 묘사될 수 있다. 동기를 중요한 요소로 다룰 때 추리소설은 인간묘사로 이어지게 된다. 또 그 동기 또한 사회적인 면으로 발전되면 소설은 더욱 깊이가 더해지고 폭이 넓어지리라는 것이 세이초의 신념이었다. 이런 신념에 따라 그의 대표작 《점과 선》 《제로의 초점》 《너를 노린다》가 탄생하게 된 것이다. 그는 '말하기는 쉽고, 행하기는 어렵다는 것을 알게 되었다'고 하지만, '실패해도, 이 이론적인 실험은 해 볼 생각'이라는 소신을 밝혔다. 이들 작품을 기점으로 한 마쓰모토 세이초의 미스터리 집필 활동으로 일본 미스터리소설계는 사회파 미스터리의 탄생이라는 새로운 세기를 맞게 된다.